As filhas da noiva

Título original: DAUGHTERS OF THE BRIDE

Copyright © 2016 by Susan Mallery, Inc.

Todos os personagens neste livro são fictícios. Qualquer semelhança com pessoas vivas ou mortas é mera coincidência.

Direitos de edição da obra em língua portuguesa no Brasil adquiridos pela Editora HR LTDA. Todos os direitos reservados. Nenhuma parte desta obra pode ser apropriada e estocada em sistema de banco de dados ou processo similar, em qualquer forma ou meio, seja eletrônico, de fotocópia, gravação etc., sem a permissão do detentor do copyright.

Direitos exclusivos de publicação em língua portuguesa cedidos pela Harlequin Enterprises II B.V./ S.À.R.L para Editora HR Ltda.

A Harlequin é um selo da HarperCollins Brasil.

Contatos:
Rua da Quitanda, 86, sala 218 — Centro — 20091-005
Rio de Janeiro — RJ
Tel.: (21) 3175-1030

CIP-Brasil. Catalogação na publicação
Sindicato Nacional dos Editores de Livros, RJ

M22f

    Mallery, Susan
      As filhas da noiva / Susan Mallery ; tradução Carolina Caires. - 1. ed. - Rio de Janeiro : Harlequin, 2018.
      352 p. : il. ; 23 cm.

    Tradução de: Daughters of the bride
    ISBN 978-85-398-2600-1

    1. Romance americano. I. Caires, Carolina. II. Título.

Meri Gleice Rodrigues de Souza - Bibliotecária CRB-7/6439

28/03/2018   02/04/2018

18-48677   CDD: 813
                              CDU: 821.111(73)-3

AUTORA BESTSELLER DO *THE NEW YORK TIMES*

Susan Mallery

As filhas da noiva

TRADUÇÃO DE
CAROLINA CAIRES

Rio de Janeiro, 2018

I

Uma das poucas vantagens de ser estranhamente alta era o acesso fácil àqueles armários de cima da cozinha. As desvantagens... Bem, as desvantagens provavelmente eram resumidas pela palavra *estranhamente*.

Courtney Watson dobrou as pernas compridas demais sob o corpo ao tentar se ajeitar em uma cadeira muito baixa. Ajustar a altura não era possível. Ela estava ocupando o balcão de atendimento enquanto Ramona corria para ir ao banheiro de novo. Aparentemente, o bebê havia mudado de posição e agora pressionava a bexiga da futura mamãe. Pelo que Courtney sabia, a gravidez dava muito trabalho e desconforto. A última coisa que faria seria mudar qualquer coisa que fosse na cadeira em que Ramona passava boa parte do dia. Courtney era capaz de fingir ser um pretzel por cinco minutos.

No fim de uma noite de terça-feira, a recepção do hotel Los Lobos estava silenciosa. Alguns hóspedes andavam por ali. A maioria já tinha subido para os quartos, que era onde Courtney gostava que eles ficassem à noite. Não gostava dos que ficavam vagando. E eram esses que se metiam em problemas.

A porta do elevador se abriu e um homem pequeno e bem-vestido saiu. Olhou ao redor e seguiu diretamente na direção dela. Bem, não *dela*, mas sim do balcão da recepção no qual Courtney estava.

Seu sorriso ensaiado perdeu um pouco da força quando reconheceu Milton Ford, o atual presidente da Organização de Produção de Sabonete Orgânico da Califórnia, também conhecida como OPSOC. O sr. Ford havia organizado as coisas para que a reunião anual fosse realizada na cidade, e todo mundo estava hospedado no hotel Los Lobos. Courtney sabia disso — ela mesma fizera a reserva. Mas as reuniões, as refeições e todo o dinheiro que eles estavam gastando iam para a Anderson House.

— Olá. — Ele olhou para a placa com o nome dela no balcão. — Ah... Ramona. Sou Milton Ford.

Courtney pensou em corrigi-lo em relação a seu nome, mas concluiu que não faria muito sentido. Apesar de ele ter dado todo o dinheiro das refeições a um dos concorrentes deles, ela ainda assim faria seu trabalho — ou naquele caso, o de Ramona — da melhor maneira que pudesse.

— Sim, sr. Ford. Como posso ajudá-lo hoje? — Ela sorriu ao perguntar, determinada a ser agradável.

Apesar de o sr. Ford ter decidido realizar o evento de premiação na Anderson House e não no belo e espaçoso salão de festas do hotel, Courtney faria o melhor que pudesse para garantir que a estada dele e a de seus colegas fosse perfeita.

Lembrando que sua chefe diria para não ser amarga, Courtney voltou a sorrir abertamente e prometeu a si mesma que quando terminasse de atender o sr. Ford, iria para a cozinha tomar um sorvete como lanche da noite. Seria uma excelente recompensa por bom comportamento.

— Estou com um problema — disse ele. — Não com os quartos, que estão excelentes como sempre. É com... Bem... *outras* áreas que reservamos.

— A Anderson House. — Ela fez o melhor que pôde para não se alterar.

— Sim. — Ele pigarreou. — Infelizmente, há... abelhas.

O problema deixou de ser a falta de sorriso e passou a ser o excesso dele. Joyce, sua chefe, desejaria que Courtney fosse profissional, pensou ela. Sorrir largamente, ainda que fosse exigido, não era educado. Pelo menos, não na cara do sr. Ford. Abelhas! Que glorioso.

— Não sabia que tinham voltado — disse ela de modo solidário.

— Já houve abelhas antes?

— Algumas vezes. Elas costumam ficar longe da cidade, mas quando atravessam as fronteiras, preferem a Anderson House.

O sr. Ford secou a testa com um lenço muito branco, e então o enfiou de novo no bolso.

— São centenas. Milhares. Colmeias inteiras apareceram, quase da noite para o dia. Há abelhas por todos os cantos.

— Elas não são especialmente perigosas — disse Courtney. — A abelha bêbada de cara vermelha é conhecida por ser calma e trabalhadeira. Ah, e está correndo o risco de ser extinta. Como fabricante de sabonete orgânico, o senhor deve conhecer os problemas que estamos tendo para manter os números de abelhas como deveriam. Tê-las de novo em Los Lobos é uma boa notícia. Significa que a população está saudável.

— Sim, claro. Mas não podemos fazer nossa premiação no mesmo lugar. Com as abelhas. Esperava que você tivesse um espaço para nós aqui.

Aqui? No lugar que ofereci e vocês se recusaram, dizendo que a Anderson House era mais adequada? Esse tipo de pensamentos eram para si mesma, não para um convidado.

— Deixe-me ver — disse Courtney. — Pode ser que eu consiga abrir espaço.

Ela se preparou para ficar de pé. Não física, mas mentalmente. Porque o bem-vestido sr. Ford, com todo seu garbo e elegância, devia ter cerca de 1,70m. E Courtney, não. E quando ela ficasse de pé... Bem, sabia o que aconteceria.

Ela esticou as pernas compridas e se levantou. O sr. Ford acompanhou com o olhar, e então ficou boquiaberto por um instante. Courtney era cerca de 15cm mais alta do que ele. Possivelmente mais, mas ninguém mediria.

— Minha nossa — murmurou ele ao acompanhá-la. — Você é muito alta.

Havia milhares de respostas, mas nenhuma era educada e todas eram inadequadas para o ambiente de trabalho. Desse modo, Courtney cerrou os dentes, pensou rapidamente na Inglaterra, e então murmurou da forma mais sem ironia que conseguiu:

— Sério? Não tinha reparado.

Courtney esperou enquanto a chefe colocava dois sachês de açúcar em seu café e dava uma fatia de bacon para cada um dos dois cachorros. Pearl — um poodle amarelo e lindo — esperou com paciência pelo petisco, enquanto Sarge, mais conhecido como Sargent Pepper — um bichon frisé misturado com poodle — resmungava baixinho.

A sala de jantar no Los Lobos estava quase vazia às 10h. Os hóspedes tinham saído depois do café da manhã e os que almoçariam ainda estavam para chegar. Courtney entendia o paradoxo de aproveitar melhor o hotel quando os hóspedes não estavam. Sem eles, não haveria hotel, nem emprego, nem salário. Ainda que um casamento maluco em cada quarto reservado tivesse um certo charme, ela gostava muito do silêncio que ecoava das salas vazias.

Joyce Yates olhou para Courtney e sorriu.

— Estou pronta.

— A nova empresa de roupa de cama está dando certo. As toalhas são muito limpas e os lençóis não são nada ásperos. Ramona acha que vai conseguir trabalhar até uns dias antes de parir, mas, para ser sincera, me dói só de olhá-la. Mas pode ser coisa minha. Ela é tão pequena e o bebê é tão grande. O que Deus tinha na cabeça quando permitiu isso? Ontem à noite, encontrei o sr. Ford da Organização de Produção de Sabonete Orgânico da Califórnia. Abelhas invadiram a Anderson House, e ele quer reservar tudo aqui. Eu não ri, mesmo que ele merecesse. Agora, vamos cuidar de todos os eventos e também das refeições. Eu o convenci a pedir salada de siri.

Courtney parou para respirar.

— Acho que é só isso.

Joyce bebericou o café.

— Uma noite cheia.

— Nada fora do comum.

— Você dormiu?

— Claro.

Pelo menos seis horas, pensou Courtney, fazendo a conta de cabeça. Ela permaneceu na recepção até o turno de Ramona terminar. Às dez, percorreu os corredores do hotel, depois estudou até a uma e então acordou às seis e meia para começar tudo de novo.

Certo, talvez cinco horas.

— Vou dormir quando tiver quarenta e poucos anos — disse Courtney.

— Duvido. — A voz de Joyce era bem simpática, mas seu olhar era determinado. — Você faz coisas demais.

Não eram palavras que os chefes costumavam dizer, percebeu Courtney, mas Joyce não era como os outros chefes.

Joyce Yates tinha começado a trabalhar no hotel Los Lobos em 1958. Tinha 17 anos e fora contratada como camareira. Em duas semanas, o dono do hotel, um cara bonito de trinta e poucos anos, solteirão, havia se apaixonado perdidamente por sua nova funcionária. Eles se casaram três semanas depois e viveram felizes por cinco anos, até ele morrer de ataque cardíaco repentinamente.

Joyce, na época com 22 anos e com um filho pequeno para criar, assumiu o hotel. Todo mundo tinha certeza de que ela fracassaria, mas sob seu comando, o local cresceu. Décadas depois, Joyce ainda cuidava de todos os detalhes e conhecia a história de todos que trabalhavam para ela. Era chefe e mentora para a maioria de seus funcionários e sempre tinha sido uma segunda mãe para Courtney.

A bondade de Joyce era tão lendária quanto seus cabelos brancos e os terninhos clássicos. Era justa, determinada e excêntrica o suficiente para ser interessante.

Courtney a conhecia desde sempre. Quando ela era um bebê, seu pai morreu inesperadamente. Maggie, sua mãe, se viu com três filhas e um negócio. Joyce passou de cliente a amiga em questão de semanas. Provavelmente porque também já tinha sido uma jovem viúva com filho pequeno para criar.

— Como está seu projeto de marketing? — perguntou Joyce.

— Bem. Recebi as observações de meu orientador, então estou pronta para partir para a apresentação final. — Quando finalizasse a aula de marketing, estaria a apenas dois semestres da formatura e de seu diploma de bacharel. Aleluia!

Joyce encheu de novo a xícara com café.

— Quinn vem semana que vem.

Courtney riu.

— É mesmo? Porque você só falou disso todos os dias nas últimas duas semanas. Eu não sabia bem quando ele chegaria aqui. Tem certeza de que é semana que vem? Porque eu não estava me lembrando.

— Sou velha. Posso me animar com a chegada de meu neto, se quiser.

— Sim, pode. Estamos todos ansiosos.

Joyce fez uma careta.

— Você está toda saidinha hoje, mocinha.

— Eu sei. São as abelhas bêbadas de cara vermelha. Sempre fico *saidinha* quando elas tomam a Anderson House. Atitude de gratidão.

— Quinn ainda está solteiro.

Courtney não sabia se deveria rir ou bufar.

— Quanta sutileza. Agradeço pelo voto de confiança, Joyce, mas sejamos francas. Nós duas sabemos que eu teria mais chance de me casar com o príncipe Harry do que de fazer Quinn Yates me notar. — Ela levantou a mão. — Não que eu esteja interessada nele. Sim, seu neto é lindo. Mas o cara é sofisticado demais para o meu gosto. Sou uma moça de cidade pequena. Além disso, estou focada na faculdade e no meu trabalho. Não tenho tempo sobrando para rapazes. — Seus planos eram claros: se formar no ano seguinte, depois arrumar um ótimo emprego, e, por último, dar atenção aos homens. Ou a um homem. Sem dúvida, só um. *O* homem. Mas isso era para mais tarde.

— Você vai namorar quando tiver quarenta anos? — perguntou Joyce, divertindo-se.

— Espero que não demore tanto, mas você entendeu.

— Entendi. Que pena. Quinn precisa se casar.

— Então é melhor você encontrar alguém para ele, e que não seja eu.

Não que Quinn não fosse incrível, mas meu Deus. Com ela? Não aconteceria. Courtney o havia visto algumas vezes quando ele tinha ido visitar a avó. O cara era muito bem-sucedido. Era da indústria da música — produtor, talvez. Nunca tinha prestado muita atenção. Nas visitas, ele ficava com Joyce e os cachorros, ou sozinho, e então ia embora sem alarde. Claro, o alarde acontecia sem que ele fizesse nada, só precisava aparecer.

O cara era bonito. Não, não era bem isso. Palavras como *bonito* ou *lindo* deviam ser usadas para pessoas comuns com aparência incomum. Quinn estava completamente em outro nível. Courtney já tinha visto mulheres de meia-idade muito bem casadas sorrirem afetadamente diante dele. E para ela, sorrir dessa forma tinha saído de moda há décadas.

— Você acha mesmo que ele vai se mudar para o Los Lobos? — perguntou Courtney, duvidando.

— Foi o que Quinn me disse. Até ele encontrar uma casa para ficar, reservei o bangalô do jardineiro — avisou Joyce.

— Legal — disse Courtney. — Seu neto nunca mais vai querer ir embora.

No entanto, para ser sincera, ela não conseguia imaginar o executivo da música de Malibu sendo feliz na apática cidadezinha da região central da Califórnia, mas coisas mais esquisitas sempre acontecem.

— Vou checar o horário de chegada dele e eu mesma vou limpar o quarto — ofereceu à Joyce.

— Obrigada, querida. Aprecio seu gesto.

— Não é bem um gesto. É meio que meu trabalho.

Apesar de Courtney ser considerada uma faz-tudo no hotel, seu cargo era de camareira. O trabalho não era glamoroso, mas pagava as contas, e naquele momento, era só o que importava.

— Não seria se você tivesse...

Courtney levantou a mão.

— Eu sei. Aceitado um outro emprego. Contado meu grande segredo à minha família. Me casado com o príncipe Harry. Desculpa, Joyce. O dia passa rápido, preciso ter prioridades.

— Você está escolhendo as prioridades erradas. O príncipe Harry adoraria você.

Courtney sorriu.

— Você é uma querida, te amo.

— Eu também te amo. Agora, vamos falar do casamento.

Courtney resmungou.

— Temos que falar disso?

— Sim. Sua mãe vai se casar daqui a alguns meses. Sei que está cuidando da festa de noivado, mas também tem o casamento.

— U-hum.

Joyce ergueu as sobrancelhas.

— Tem algum problema?

— Não, senhora.

Courtney não se importava com o fato de sua mãe se casar de novo. Maggie tinha sido viúva por décadas, literalmente. Já estava mais do que na hora de ela encontrar um cara bacana com quem ficar. Não, o problema não era o casamento. Era a festa. Ou melhor, o *planejamento* desse casamento.

— Você está tentando me colocar em apuros — murmurou.

— Quem? Eu? — Joyce fracassou na tentativa de parecer inocente.

Courtney se levantou.

— Está bem, sua danada. Farei o melhor que puder com a festa e com o casamento.

— Sabia que faria.

Courtney se abaixou e beijou o rosto de Joyce, e então se endireitou, virou-se e trombou com Kelly Carzo — garçonete e, até aquele momento, uma amiga.

Kelly, uma bela ruiva de olhos verdes, tentou segurar a bandeja com xícaras de café que estava carregando, mas o impacto foi grande demais. As xícaras saíram voando, o líquido quente espirrou para todos os lados e, em menos de três segundos, Courtney, Joyce e Kelly estavam ensopadas, com os cacos de seis xícaras espalhados no chão.

O restaurante já estava relativamente silencioso antes. Naquele momento, o silêncio reinou absoluto quando todos se viraram para olhar. Pelo menos, só havia dois hóspedes e alguns funcionários. Mesmo assim, Courtney sabia que a notícia de sua mais nova trapalhada iria se espalhar.

Joyce ficou de pé e tirou Sarge de perto para ele não se machucar, e mandou Pearl se afastar.

— O que sua irmã diz em momentos assim?

Courtney puxou a saia molhada para longe do corpo e sorriu para Kelly de forma a se desculpar.

— Que estou "dando uma de Courtney". Você está bem? — perguntou para a amiga.

Kelly passou as mãos pela calça preta.

— Nunca estive melhor, mas você vai pagar a conta da lavanderia.

— Pode deixar. Assim que eu terminar de te ajudar a limpar essa bagunça.

— Vou trocar de roupa — disse Joyce. — Tenho a desculpa de ser a dona.

— Sinto muito — falou Courtney enquanto a chefe se afastava.

— Tudo bem, querida. Não tem problema.

Tem, sim, pensou Courtney enquanto saía para pegar uma vassoura e um esfregão. Tinha problema, sim. Mas a vida dela era assim.

—⚜—

— Quero que combine com meu vestido. Só uma mecha. Mãããe, qual o problema?

Rachel Halcomb pressionou as têmporas com os dedos ao sentir que uma dor de cabeça se aproximava. O sábado do baile de primavera da Los Lobos High era sempre muito movimentado no salão no qual trabalhava. Garotas adolescentes chegavam para fazer penteados e maquiagem para o baile. Elas andavam em grupos, o que Rachel não achava ruim. Mas os gritos e as risadinhas estridentes estavam começando a irritá-la.

Sua cliente — Lily — queria, desesperadamente, uma mexa roxa para combinar com o vestido longo. Seus cabelos eram compridos, ondulados, de um lindo tom avermelhado. Rachel tinha clientes que pagariam o que fosse necessário para ter uma cor daquelas, enquanto Lily simplesmente tinha ganhado na loteria dos cabelos.

A mãe da garota mordeu o lábio inferior.

— Não sei — disse ela, parecendo em dúvida. — Seu pai vai ter um treco.

— O cabelo não é dele. E vai ficar ótimo nas fotos. Vai, mãe. O Aaron me convidou. Você sabe o que isso significa. Eu tenho que estar linda. Estamos aqui há apenas três meses. Tenho que causar uma boa impressão. Por favor?

Ah, o argumento *o cara mais incrível me convidou* combinado com o poderoso *sou nova na escola*. Golpe baixo. Lily sabia o que queria. Rachel nunca tinha sido o alvo daquela tática em especial, mas sabia que os filhos eram muito persuasivos. Seu filho tinha só 11 anos, mas já era um especialista em pressioná-la. Ela duvidava que tivesse tido o mesmo nível de habilidade quando na idade dele.

Lily se virou na direção de Rachel.

— Você pode usar aquela tinta que sai ao lavar, certo? Então é temporária?

— Vai demorar algumas lavagens, mas sim, sai lavando.

— Viu? — A voz de Lily era triunfante.

— Bem, você *vai* com o Aaron — murmurou a mãe.

Lily gritou e abraçou a mãe. Rachel prometeu a si mesma que assim que pudesse fazer um intervalo, tomaria não só um, mas dois comprimidos para evitar a dor de cabeça. E o maior chá gelado do mundo. Sorriu sozinha. Lá estava ela sonhando alto.

Lily foi vestir um avental. A mãe deu de ombros.

— Eu não deveria ter cedido. Às vezes é difícil dizer não a ela.

— Ainda mais hoje em dia. — Rachel assentiu observando as adolescentes em cada canto. Elas estavam se vestindo... ou ainda sem roupa. Algumas estavam de jeans e camiseta. Outras, de roupão ou avental. Outras ainda experimentavam vestidos para o baile daquela noite. — E ela *vai* dançar com o Aaron.

A outra mulher riu.

— Quando eu tinha a idade dela, o nome do meu era Rusty. — Ela suspirou. — Ele era lindo. Fico tentando imaginar o que aconteceu com ele.

— Na minha época, era o Greg.

A mãe riu.

— Vou tentar adivinhar: capitão do time de futebol?

— Claro.

— E agora?

— Ele trabalha no corpo de bombeiros de Los Lobos.

— Vocês mantiveram contato?

— Eu me casei com ele.

Antes que a mãe de Lily pudesse fazer mais perguntas, Lily voltou e se jogou na cadeira.

— Estou pronta — disse ela, animada. — Isso vai ser demais. — Sorriu para Rachel. — Você vai fazer o olho esfumado em mim, não vai?

— Como foi pedido. Tenho sombras roxa e violeta-acinzentado só para você.

Lily ergueu a mão para cumprimentar Rachel.

— Você é a melhor, Rachel. Obrigada.

— É para isso que estou aqui.

Duas horas depois, Lily estava com uma listra roxa nos cabelos, um penteado lustroso e olhos esfumados para concorrer com qualquer modelo da

Victoria's Secret. A adolescente de rosto de menina agora parecia uma mulher de vinte e poucos anos.

A mãe de Lily fez várias fotos com o celular antes de colocar um punhado de notas na mão de Rachel.

— Ela está linda. Muito obrigada.

— Foi um prazer. Lily, traga as fotos com Aaron para eu ver na próxima vez.

— Pode deixar! Prometo!

Rachel esperou mãe e filha saírem para contar a gorjeta. Fora generosa, o que sempre a deixava feliz. Ela queria que as clientes — e suas mães — ficassem satisfeitas com seu trabalho. Mas se uma milionária excêntrica entrasse, adorasse seu trabalho e deixasse uma gorjeta de alguns milhares, seria ótimo. Assim, poderia adiantar seu financiamento, e deixaria de se preocupar com a falta de um fundo emergencial. Além disso, John precisava de uma nova luva para o time de beisebol, e seu carro andava fazendo um barulho esquisito que indicava que o conserto não seria barato.

Rachel acreditava que, se tivesse dito uma dessas coisas à mãe de Lily, a mulher recomendaria que conversasse com Greg. Era para isso que os maridos serviam.

Só havia um problema naquela ideia: ela e Greg não eram mais casados. O garoto mais incrível da escola, capitão do time e o rei do baile havia mesmo se casado com ela. Mas, algumas semanas antes de completarem dez anos de casados, Greg a havia traído e ela pediu a separação. Agora, aos 33, Rachel se via como uma criatura infeliz: uma mulher divorciada com um filho prestes a entrar na puberdade. E não havia olho esfumado nem mecha colorida que tornassem aquela situação bonita.

Ela terminou de limpar as coisas e foi para a sala de descanso por alguns minutos antes de atender as últimas clientes — duas gêmeas de 16 anos que queriam que seus cabelos ficassem "iguais, mas diferentes" para o baile. Rachel pegou o remédio que deixava dentro do armário e tirou dois comprimidos.

Enquanto os engolia com um gole de água, seu celular apitou. Ela olhou para a tela.

Oiê. Toby concordou em cuidar dos dois meninos na quinta à noite. Vamos sair para fazer algo divertido? Uma noite para as garotas. Diga sim.

Rachel analisou o convite. A voz racional em sua mente dizia que deveria fazer o que a amiga pedia e dizer sim. Sair da toca. Vestir algo bonito e passar um tempo com Lena. Honestamente, não conseguia se lembrar da última vez que tinha feito qualquer coisa daquele tipo.

Mas, por outro lado, Rachel sabia que não lavava roupas havia dias e que estava atrasada com todas as tarefas que tinha para que sua vida fora do trabalho corresse razoavelmente bem. Além disso, por que faria isso? Elas iriam a um bar perto do píer e depois? Lena era casada e estava feliz. Não tinha interesse em conhecer homens. E apesar de estar solteira e ter a liberdade de paquerar quem quisesse, ela não tinha a menor vontade de fazer isso. Estava *ocupada* o dia todo. Para Rachel, divertir-se era dormir até tarde e deixar que alguém preparasse seu café da manhã. Mas não havia ninguém. O filho precisava da mãe, e ela fazia questão de estar sempre por perto. Cuidando das coisas.

Quando seu pai morreu repentinamente, Rachel tinha 9 anos. Nove anos e a mais velha de três filhas. Ela ainda se lembrava da mãe arrasada, com os olhos cheios de lágrimas.

— Por favor, Rachel, preciso que você seja a melhor amiga da mamãe. Preciso que me ajude a cuidar de Sienna e de Courtney. Pode fazer isso para mim? Consegue segurar essa barra?

Na época, ela sentiu muito medo. Não tinha ideia do que aconteceria em seguida. Rachel quis dizer que ainda era criança e que segurar aquela barra não era uma opção. Mas não disse. Fez o melhor que pôde para ser tudo, para todos. E mesmo depois de vinte e quatro anos depois, isso ainda não tinha mudado.

Ela voltou a olhar para o telefone e digitou:

Quer vir tomar uma taça de vinho e comer uns sanduíches de pasta de amendoim?

A resposta de Lea foi rápida:

Vou para tomar vinho e comer queijo. E levo o queijo.

Perfeito. A que horas devo deixar o Josh?

Umas sete da noite. O que acha?

Rachel concordou com "uma carinha" e enfiou o telefone de novo dentro do armário, fechando a porta em seguida. Algo a que esperar, disse a si mesma. Planos numa quinta à noite. Veja só, ela era quase normal.

2

— A sra. Trowbridge morreu.

Sienna Watson olhou para a frente.

— Tem certeza? — Mordeu o lábio inferior. — Ou melhor, que horror. A família dela deve estar arrasada. — Ela respirou fundo. — Tem certeza?

Seth, o diretor de operações de trinta e poucos anos da Helping Store, recostou-se no batente da porta.

— Trabalho diretamente com o advogado dela. A sra. Trowbridge faleceu há duas semanas e foi enterrada no sábado passado.

Sienna franziu a testa.

— Por que ninguém nos contou? Eu teria ido ao velório.

— Você está levando seu trabalho muito a sério. Não é como se ela fosse saber que você estava lá.

Sienna entendeu o que Seth quis dizer. Ainda mais porque a falecida era a própria sra. Trowbridge. No entanto... Anita Trowbridge tinha sido uma doadora fiel da Helping Store por anos, doava produtos para a loja beneficente e dinheiro para diversas causas. Com sua morte, a loja herdaria as roupas e itens de cozinha, juntamente com dez mil dólares.

Infelizmente, quase seis meses antes, Sienna havia recebido, erroneamente, a notícia da morte da sra. Trowbridge. Depois de conseguir a aprovação do advogado, ela mandara uma van e dois homens à casa para pegar a herança... Mas foram confrontados pela bisneta da sra. Trowbridge. Erika Trowbridge havia informado aos homens que sua bisavó ainda estava viva e que eles, urubus, podiam sair em debandada enquanto a situação não mudasse.

— Não foi nossa culpa — Seth disse ao empurrar os óculos para cima. — O advogado deu a você a chave da casa.

— Algo que não deveria ter feito. Olha, não teria acontecido se eles tivessem contratado um advogado da região. Mas não. Tinham que escolher um de Los Angeles.

Sienna havia se desculpado com a sra. Trowbridge pessoalmente. A senhora — pequena e frágil em sua cama de internação domiciliar — riu e disse que compreendia. A bisneta Erika não entendeu. Claro, Erika ainda se ressentia do fato de que Sienna, além de ter levado o papel de Sandy na encenação de *Grease, nos tempos da brilhantina* do ensino médio, havia também — e talvez isso fosse mais importante — ganhado o coração de Jimmy Dawson no terceiro ano.

— Ela era uma senhora gentil — murmurou Sienna, pensando que gostaria de ter enviado flores. Como alternativa, doaria o valor das flores para a Helping Store em nome da sra. Trowbridge. — Fico pensando se sobrou alguma coisa na cozinha dela.

— Você acha que a neta pegou as coisas?

— Bisneta, e não duvido. Se dependesse dela, Erika faria uma limpa na casa. Pelo menos, receberemos a doação.

— Vou me reunir com o advogado amanhã cedo.

Sienna era a coordenadora de doações da Helping Store, uma de vários funcionários contratados. O local grande e movimentado era gerenciado por voluntários. Todos os lucros da loja, além do dinheiro arrecadado com as doações, iam para um abrigo para mulheres que eram vítimas de violência doméstica. Escapar do agressor era metade da luta. Ao longo dos anos, a Helping Store havia conseguido comprar vários imóveis de dois andares nos limites da cidade. Eram simples, mas limpos e, mais importante para as mulheres que fugiam, ficavam longe de seus agressores.

O chefe dela meneou a cabeça em direção à parte da frente do prédio.

— Pronta para sapatear?

Sienna sorriu ao se levantar.

— Não é assim. Gosto do meu trabalho.

— Você faz uma boa apresentação. — Ele ergueu a mão. — Pode acreditar em mim. Não estou reclamando. Você é a melhor. Meu maior medo é que uma ONG gigante na cidade grande faça uma oferta que você não possa recusar e eu fique sem Sienna. Não consigo pensar num destino mais triste.

— Não vou a lugar nenhum — prometeu ela. Ah, claro, de vez em quando imaginava em como seria morar em Los Angeles ou em São Francisco, mas essas ideias passavam. Aquela pequena cidade costeira era tudo o que tinha. Sua família estava ali.

— David não é de algum lugar do leste? — perguntou Seth.

Sienna abriu a gaveta da escrivaninha, tirou a bolsa e caminhou até o corredor.

— St. Louis. Toda a família dele está lá.

Seth resmungou.

— Me diga que ele não tem interesse em voltar.

Havia muitas implicações naquela frase. Que ela e David tinham envolvimento suficiente para ter aquela conversa. Que um dia se casariam e, se ele quisesse voltar para sua cidade, Sienna iria junto.

Ela deu um tapinha no braço do chefe.

— Carroça, volte para trás dos bois. Você está se empolgando. Namoramos há poucos meses. As coisas não estão tão sérias. Ele é um cara legal e tal, mas...

— Não tem aquele algo mais. — A voz de Seth era de solidariedade. — Droga.

— Nem todo mundo encontra o amor verdadeiro.

— Tem razão. Gary é incrível. Certo, então, vou mandá-la para a Anderson House para você poder ver as pessoas bacanas que fazem... Com quem você está conversando?

— Com a Organização de Produção de Sabonete Orgânico da Califórnia, e eles estão no hotel Los Lobos. A Anderson House tem abelhas.

A expressão de Seth mudou.

— As abelhas bêbadas de cara vermelha? Adoro aquelas coisinhas. Você sabia que o mel delas tem 30% mais antioxidantes do que qualquer outro mel na Califórnia?

— Não sabia e poderia ter passado sem saber disso.

— Está com inveja porque sou esperto.

— Não, você está com inveja porque sou linda e nosso mundo é fútil, então isso conta mais.

Seth riu.

— Beleza. Vá ser linda com o pessoal do sabonete e traga algum dinheiro para nós.

— Pode deixar.

Sienna dirigiu até o hotel. Conhecia o caminho. Não só porque sua cidade ficava no lado menor, mas também porque quase todo evento importante era realizado ali.

O hotel Los Lobos ficava em um vale de frente para o Pacífico. A construção principal era uma mistura de modernismo de meados do século XX e da Califórnia espanhola. Tinha quatro andares com paredes brancas de ofuscar a vista e telhado vermelho. A parte de trás tinha sido construída nos anos 1980, e bangalôs de luxo pontuavam a propriedade.

Devido ao agradável clima do centro da Califórnia, a maioria dos eventos importantes era realizada no enorme gramado dos fundos. Um grande pavilhão ficava no jardim entre a piscina e o mar, e um menor, perto do lago.

Sienna estacionou o carro e pegou seu material. Enquanto caminhava na direção da entrada de trás do hotel, viu que as janelas brilhavam e que as cercas-vivas estavam muito bem aparadas. Joyce realizava um ótimo trabalho gerenciando o hotel, pensou. Também era uma colaboradora generosa da Helping Store. E não só com dinheiro. Mais de uma vez, Sienna havia telefonado para saber se havia um quarto extra para uma família sem casa ou para uma mulher em fuga. Um ano antes, Joyce havia oferecido um quarto pequeno reservado para uso permanente deles.

Joyce ajudava mulheres em necessidade desde sempre. Quase vinte e quatro anos antes, quando Sienna e suas irmãs tinham perdido o pai, e Maggie, a mãe delas, havia se tornado viúva, a família mergulhou no caos. Sem seguro de vida, com a renda limitada e três menininhas para sustentar, Maggie ficara no sufoco. Em questão de meses, ela havia perdido a casa.

Joyce levara todas elas para morar no hotel Los Lobos, Sienna sorria ao lembrar. Na época, ela tinha só 6 anos. Sentia falta do pai, claro, mas estava descobrindo também a alegria da leitura. No dia em que a família Watson passou a morar em um dos quarto-bangalôs do hotel, Joyce deu a ela um exemplar de *Eloise*. Imediatamente, Sienna passou a se ver como a heroína charmosa do livro e ficou à vontade no hotel. Apesar de não ser a mesma coisa que viver no The Plaza, era parecido o suficiente para ajudá-la a superar o luto.

Ela se lembrava de ter ligado para o serviço de quarto e dito à pessoa que atendeu que era "a cobrar". Provavelmente, aquelas contas tinham ido diretamente para Joyce, não para Maggie. E quando implorou para que a mãe lhe desse uma tartaruga, porque Eloise tinha uma, um hóspede decidiu comprar uma para ela.

Apesar de algumas lembranças serem dolorosas, Sienna tinha que admitir que morar no hotel fora divertido. Pelo menos para ela. Devia ser uma história diferente para a mãe.

Ela entrou pela porta de trás e começou a atravessar o caminho em direção às salas de reunião. No fim do corredor, viu uma figura familiar mexendo no aspirador de pó. Enquanto observava, Courtney tropeçou no fio e quase foi de cara na parede. Uma mistura de amor e frustração cresceu dentro dela. Havia um motivo para a expressão *dar uma de Courtney*. Porque se alguém iria tropeçar, cair, derrubar, quebrar ou escorregar, essa pessoa seria sua irmã mais nova.

— Ei, você! — disse Sienna ao se aproximar.

Courtney se virou e sorriu.

Sienna fez o melhor que pôde para não fazer uma careta para o uniforme de Courtney — não que a calça cáqui e a camisa polo fossem horríveis, mas na irmã não ficavam bem. Enquanto a maioria das pessoas considerava uma vantagem ser alta, em Courtney, a altura ficava simplesmente esquisita. Como agora, com a calça curta demais e, apesar de a irmã ser relativamente magra, marcada no quadril e nas coxas. A camisa parecia dois números menor e havia uma mancha na frente. Courtney não estava usando maquiagem e os cabelos loiros compridos — seu melhor traço — estavam presos em um rabo de cavalo. Ela estava, para ser sincera, um caos. Algo que era desde quando Sienna conseguia se lembrar.

Courtney tinha algum tipo de déficit de aprendizagem. Sienna não sabia em detalhes, mas aquilo tinha tornado os estudos difíceis para a irmã. Apesar da tentativa da mãe de despertar o interesse de Courtney em um curso de negócios, a mais nova das três filhas parecia feliz por ser camareira. Uma pena.

— Você está aqui para falar com o grupo do sr. Ford? — perguntou Courtney enquanto Sienna se aproximava.

— Sim, vou fazer os donos da Organização de Produção de Sabonete Orgânico da Califórnia gastarem um belo dinheiro.

— Não tenho a menor dúvida. O equipamento está todo montado. Eu o testei mais cedo.

— Obrigada. — Sienna deu um tapa em sua bolsa grande de lona. — Meu material está bem aqui. — Ela olhou em direção à sala de reunião, e depois para a irmã. — Como está indo a festa de noivado da mamãe? Você precisa de alguma ajuda?

— Está tudo bem. O cardápio está quase finalizado. Cuidei das decorações e das flores. Vai ser lindo.

Sienna torcia para que fosse verdade. Quando Maggie e Neil anunciaram o noivado, as três irmãs quiseram fazer uma festança para a mãe. O hotel era o local óbvio, o que não tinha problema, mas então Courtney disse que cuidaria dos detalhes. E onde Courtney estava, o desastre ia junto.

— Se precisar de alguma coisa, é só me falar — disse Sienna a ela. — Fico feliz em ajudar. — Ela também pararia e falaria com Joyce na hora de ir embora, só para ter certeza de que tudo estava encaminhado.

Os olhos azuis de Courtney foram tomados de emoção, mas antes que Sienna pudesse adivinhar o que ela estava pensando, a irmã sorriu.

— Claro, sem problema. Obrigada por oferecer. — Ela deu um passo atrás, bateu na parede, e então se endireitou. — É melhor você... hum... ir para sua reunião.

— Tem razão. Até mais tarde.

Courtney assentiu.

— Boa sorte.

Sienna riu.

— Agradeço, mas não vou precisar.

Ela acenou e foi em direção ao Stewart Salon. A sala de reunião estava organizada com taças de vinho e muitos aperitivos. De um lado, ficava uma tela grande, um palco e um microfone. Sienna tirou o laptop da bolsa e o ligou. Enquanto o computador começava a funcionar, ela o acionou o sistema audiovisual da sala. Iniciou o vídeo e ficou satisfeita ao ver imagens na tela e ouvir a música pelos alto-falantes.

— Perfeição por meio do planejamento — murmurou ela ao recomeçar o vídeo.

Dez minutos depois, os membros da OPSOC entraram na sala e pegaram taças de vinho e aperitivos. Sienna caminhou pelo local, conversando com o máximo de pessoas possível. Sabia como as coisas funcionavam: tinha que se apresentar, fazer um monte de perguntas simpáticas e ser receptiva e interessante, para que quando fizesse seu discurso, ela já fosse considerada alguém de quem aquelas pessoas gostavam e que conheciam.

Sienna fazia o mesmo esforço com as mulheres e com os homens. Apesar de os estudos se dividirem em relação a qual gênero fazia mais doações, Sienna sempre percebeu que a generosidade vinha de modos inesperados, e não perderia uma oportunidade com base em estereótipos. Cada dólar arrecadado era um dólar que a organização podia usar para ajudar.

Milton Ford, o presidente da OPSOC, a abordou. Aquele homenzinho mal alcançava o ombro dela. Tão adorável. Sienna sorriu.

— Estou pronta quando o senhor estiver, sr. Ford.

— Obrigado, minha querida. — Ele balançou a cabeça. — Esta cidade está bem servida de mulheres altas. Há uma jovem que trabalha aqui no hotel. Ramona, acho.

Sienna por acaso sabia que Ramona tinha cerca de 1,57m, mas ela não o corrigiu. Sem dúvida, Courtney tinha feito algo para confundir o sr. Ford, mas não era a hora de se explicar. Não com as doações em jogo.

— Vamos? — perguntou ele, fazendo um gesto em direção ao palco.

Sienna se aproximou do microfone e o ligou, e então sorriu para a multidão.

— Boa tarde, pessoal. Muito obrigada por reservarem um tempo em sua agenda para se encontrarem comigo hoje. — Ela piscou para um homem mais velho e de barba vestindo macacão. — Jack, você decidiu tomar a segunda taça de vinho? Porque eu acho que isso vai ajudá-lo a tomar a decisão certa.

Todo mundo riu. Jack fez um brinde a ela, que sorriu e então apertou o botão para religar o computador. Música começou a tocar. Devagar e cuidadosamente, Sienna deixou o sorriso desaparecer. Uma imagem de uma grande bandeira americana apareceu na tela.

Entre 2001 e 2012, quase 6500 soldados norte-americanos foram mortos no Iraque e no Afeganistão. Na tela, apareceu a foto de uma mulher de rosto maltratado com duas crianças pequenas no colo. *Durante esse mesmo período, quase 1200 mulheres foram mortas por seus maridos, namorados ou ex-parceiros. Atualmente, três mulheres são assassinadas todos os dias por homens que afirmam amá-las.*

Ela fez uma pausa para que a informação fosse assimilada. *Com o dinheiro que arrecadamos na Helping Store, oferecemos um porto seguro para mulheres e suas famílias em épocas de necessidade. Elas são encaminhadas a nós de todas as partes do estado. Quando chegam aqui, ofereceremos de tudo, de abrigo a ajuda jurídica, passando por assistência médica e serviços de recolocação. Cuidamos do corpo delas, de seu coração, de seu ânimo e de seus filhos. Uma a cada quatro mulheres passa por algum tipo de violência doméstica na vida. Não podemos impedir que isso aconteça no mundo, mas podemos fazer a nossa parte para torná-lo mais seguro. Espero que você se una a mim para fazermos isso acontecer.*

Ela pausou quando a narração do vídeo começou. Havia plantado a semente. O material apresentado faria o resto.

Duas horas depois, o último dos convidados saiu. Sienna cuidadosamente guardou os formulários. O grupo não só tinha sido generoso, como também quis estimular outras seções de suas empresas a fazerem doações.

— Como está a moça mais linda do mundo?

A voz veio da porta. Sienna hesitou apenas um segundo e se virou.

— Oi, David.

— Como foi? — perguntou o namorado, aproximando-se dela. — Por que estou perguntando? Você os impressionou. Tenho certeza.

Ele a puxou para perto e a beijou. Sienna permitiu que os lábios se demorassem um pouco, e então se afastou.

— Estou trabalhando — disse ela, rindo.

— Não tem ninguém aqui. — David levou as mãos ao traseiro dela e a puxou para perto de novo. — Poderíamos trancar a porta.

Se as palavras não tivessem sido suficientemente claras, sua ereção contra a barriga de Sienna passou a mensagem. Que romântico — fazer sexo sobre uma mesa, cercados por pratos sujos e taças com restos de vinho.

Ela se repreendeu por não ter aceitado o gesto com a mesma disposição de David. Ele era bem-sucedido e esperto, adorava a família, os cãezinhos, e até onde Sienna sabia, era um rapaz muito bacana, de modo geral.

— Você se lembra quando me contou do que aconteceu quando levou uma namorada para casa para conhecer seus pais e percebeu que não poderia fazer nada na casa deles? — perguntou ela, brincalhona.

Ele riu.

— Sim. Foi humilhante.

— Joyce, a dona do hotel, é um pouco como minha avó.

— Ai. — Ele deu um passo para trás. — Avós são ainda piores do que mães. — David mordiscou o pescoço dela. — Entendido.

— Isso. Obrigada.

Ele a soltou e empurrou os óculos para cima no nariz.

— Vai voltar para o escritório?

Sienna queria ir para casa depois da apresentação. Poderia entregar os formulários ao chefe de manhã. Mas, se dissesse isso, David faria planos. Nossa! Ela preferia voltar ao trabalho a passar a noite com o namorado? O que estava acontecendo?

Sienna olhou-o. David tinha mais ou menos a sua altura, cabelos e olhos escuros. Um bom corpo. Não era bonito, mas ela nunca tinha se preocupado muito com isso. Se o cara não fizesse parte do "grupos dos babacas", Sienna o aprovava.

David Van Horn deveria ser o homem de seus sonhos. Só Deus sabia o quanto ela tinha procurado. Ele era o vice-presidente de 35 anos na empresa de design aeroespacial da cidade. Sienna tinha quase 30 e não fazia de ideia do motivo pelo qual ainda não tinha encontrado o cara certo. Talvez houvesse algo de errado com ela.

Não era uma conversa que quisesse ter consigo naquele momento, pensou. Nem nunca.

— Não preciso voltar ao trabalho — disse Sienna.

— Ótimo. Vamos jantar aqui.

— Vou adorar.

Uma resposta que forçava a verdade um pouco, mas quem poderia saber?

3

— Quer colocar um pouco de vodca no seu? — perguntou Kelly ao entregar a Courtney uma bandeja de copos cheios de limonada.

— Queria — disse Courtney. — Mas não, tenho uma reunião.

— Aham. Com sua mãe. Se precisar, é só me dar um sinal para eu começar a gritar. Assim, terá uma boa desculpa para vir correndo. — Kelly enrugou o nariz. — Vou ter que pensar em um motivo. Talvez um tornozelo quebrado.

— Você ficaria linda com gesso. Pequena e machucada. Os homens iriam se aglomerar.

Kelly sorriu.

— Seria bom que se aglomerassem.

Courtney ainda estava rindo ao sair do bar e dar a volta na área da piscina, onde Joyce estava com a mãe de Courtney, Maggie, sentada a uma das mesas do lado mais distante. Um grande guarda-chuva as protegia do sol do meio da tarde naquele mês de maio. Sarge e Pearl estavam deitados na grama a poucos metros dali.

Joyce vestia suas peças St. John de sempre — naquele dia, uma calça e uma camisa com mangas três quartos, ambas pretas. Um cachecol azul, preto e cinza completava o look. Maggie acabara de sair do escritório. O vestido verde-escuro destacava a cor de seus olhos e complementava os cabelos loiros.

Quando Courtney se aproximou, a mãe a viu e logo ficou de pé. A pressa para chegar até onde a filha estava e salvar a bandeja teria sido cômica se não fosse uma metáfora de todo o relacionamento delas. *Acreditar que, independentemente das circunstâncias, Courtney não consegue.* Apesar da habilidade, um tanto previsível, de criar um desastre inesperado, ela achava que não deveria se surpreender.

— Eu pego isso — disse a mãe com um sorriso. Ela levou a bandeja até a mesa.

Courtney hesitou por um segundo e se aproximou. Era uma pena Neil não estar junto. Ele sempre acalmava a todos. Courtney e as irmãs gostavam de passar tempo com o futuro padrasto. Era um homem meigo, com um senso de humor peculiar. Não haveria Neil naquele dia, e como Joyce se considerava tanto amiga de Maggie quanto de Courtney, também não teria ajuda nesse aspecto.

Courtney se sentou ao lado de Joyce e pegou um copo de limonada. Ao tomar um gole, pensou que talvez devesse ter aceitado quando Kelly ofereceu a vodca. Isso teria deixado a reunião um pouco mais agradável.

— Como discutimos antes — disse Joyce — a festa será aqui fora. — Ela fez um gesto em direção à área gramada na frente da piscina. — Teremos uma tenda aberta para o jantar, mas espero que o tempo coopere e possamos tomar nossos drinques sob as estrelas.

— O pôr do sol vai ser perto das 20h — comentou Courtney, voltando a colocar a bebida na mesa e abrindo a capa do tablet. — Vamos ter drinques e aperitivos para o momento.

— Vai ser lindo. — Maggie sorriu para a filha, e então se inclinou na direção de Joyce. — E a comida?

Joyce se virou para Courtney e ergueu as sobrancelhas.

— O que vamos comer?

Courtney encontrou o cardápio em sua pasta.

— Falamos sobre um buffet. Assim, teremos muitas opções. Você e Neil gostam de comida apimentada, então sugiro que sirvam frango com molho barbecue e camarão grelhado agridoce como entradas.

Ela relacionou os extras oferecidos e os aperitivos, juntamente com a ideia de oferecer mojitos de melancia como a bebida padrão.

— Eles são cor-de-rosa — disse à mãe. — Poderíamos fazer *cosmopolitans* também. — Estes eram muito mais simples e a tornariam popular com os funcionários do bar. Na teoria, os funcionários não queriam nada trabalhoso, como um mojito como drinque-padrão em um evento, mas ela havia feito alguns pedidos para aprová-lo.

— Adoro cor-de-rosa — murmurou Maggie, olhando entre os dois. — E Neil diria que pode ser o que me deixar feliz. Ah, vamos fazer *cosmos*. Eles vão me lembrar de *Sex and the City*.

Courtney praticamente conseguiu ouvir um suspiro coletivo de alívio dos funcionários do bar. Ela fez anotações em seu tablet.

Quando a mãe começou a namorar Neil Cizmic, nenhuma das filhas se opôs. Viúva havia quase vinte e quatro anos, Maggie tivera alguns namorados, e às vezes se envolvia com um homem por alguns meses. Mas os relacionamentos nunca tinham se tornado sérios. Até Neil aparecer.

Por fora, eles não poderiam ser mais diferentes. Maggie era alta e magra. Neil tinha cinco centímetros a menos e era mais redondo. Mas ele a havia conquistado com seu coração gentil e amor sincero. Agora, eles se casariam. De vez em quando, Courtney cutucava o próprio coração para ver se se importava com o fato de seu falecido pai estar sendo substituído, mas não havia reação nenhuma. Já tinha se passado tempo mais que suficiente. Se casar-se com Neil fosse deixar sua mãe feliz, então Maggie deveria fazer isso.

Quanto à parte do "até que a morte os separe", bem, não era Courtney quem ia se casar. Estava disposta a admitir que nunca tinha se apaixonado, mas, pelo que tinha visto, a maioria dos relacionamentos românticos terminava mal. Quanto ao amor não romântico, este também doía.

— Os *cosmos* ficarão lindos — disse Joyce. — E haverá um open bar para todo mundo que quiser algo diferente.

Maggie se recostou na cadeira.

— Estou muito animada. Sempre quis uma festa de noivado, mas minha mãe dizia que não era possível. — Ela olhou para Joyce. — Eu tinha só 18 anos quando Phil e eu noivamos, e 19 quando nos casamos. Minha mãe tomou *todas* as decisões. Foi terrível. Discutimos todos os dias por um ano. Eu queria vestidos diferentes para as damas de honra, um bolo diferente. Detestei as flores que ela escolheu. Por isso, dessa vez, juro que vou fazer tudo o que *eu* quiser. Que se dane a tradição.

— Você tem bom gosto, mãe. Ninguém está preocupado — garantiu Courtney. Algo que tinha sido herdado por duas de suas filhas. Sienna conseguia transformar um vestido de chita em alta costura, e Rachel ganhava a vida fazendo cabelo e maquiagem. Courtney sabia que era a única sem o gene do estilo na família.

A mãe sorriu.

— Você deveria se preocupar um pouco. Comecei a planejar meu casamento quanto tinha 14 anos. Tenho muitas ideias acumuladas. — Ela olhou para a piscina. — Essa água é tratada com cloro?

Joyce pareceu um pouco assustada com a pergunta.

— Claro que sim. Por quê?

— Ah, eu estava pensando que seria bacana colocarmos uns cisnes. Mas eles não podem nadar em água com cloro, não é?

Courtney sentiu os olhos se arregalarem.

— Não, e cisnes fazem muito cocô, mãe. Limpar a piscina depois do fato seria um pesadelo.

A mãe suspirou.

— Que pena. Porque eu sempre quis cisnes.

Joyce lançou a Courtney um olhar de preocupação. Ela rapidamente procurou entre os arquivos de seu tablet, e então o virou para que a mãe pudesse ver a foto na tela.

—Tenho testado algumas ideias com base em fotos que vi no Pinterest. Por exemplo, uma fonte de champanhe antes do brinde. Kelly, uma das garçonetes daqui, sabe empilhar as taças e vai me ajudar com isso. Não vai ser demais?

Ela imaginava que aquilo seria o equivalente, entre adultos, a balançar chaves a um bebê birrento, e as chances de sucesso eram praticamente as mesmas.

Maggie se inclinou para a frente e assentiu devagar.

— Que fascinante. Neil e eu adoraríamos.

— Ótimo. — Courtney virou para outra imagem. — Esta será a toalha que colocaremos na mesa principal.

A mãe ficou olhando por um segundo, e então seus olhos se arregalaram e, em seguida, ficaram marejados.

— Como você fez isso? — perguntou ela, baixinho.

— Foi fácil. Subi as fotos para o site, e então as organizei. A empresa imprime a toalha e a envia.

A toalha sob medida era feita com uma colagem de fotos. A maioria das fotografias era das irmãs na infância. Algumas mostravam Maggie com as filhas. Intercaladas, estavam fotos de Maggie e de Neil em suas diversas viagens.

— Onde você conseguiu essas? — perguntou a mãe. — São lindas.

— Rachel tinha um monte delas no computador. Peguei emprestados alguns álbuns de fotos na última vez em que nos chamaram para jantar. Peguei as de você e de Neil com ele.

— Lindo. Obrigada. Que ideia incrível.

Courtney ficou surpresa com o elogio. Satisfeita, claro, mas surpresa. Aquilo era ótimo. Estavam progredindo. E nenhum cisne seria forçado a nadar em água com cloro.

— Parece que está tudo sob controle — disse Joyce ao se levantar. — Excelente. Preciso ver alguns hóspedes que estão chegando. Eles são novos e, para ser sincera, pareceram meio estranhos ao telefone.

Courtney resmungou.

— Você aceitou reservas? Já falamos sobre isso. Você precisa ficar longe do telefone.

Joyce, apesar de ser uma pessoa adorável, às vezes falava demais com os hóspedes. A maioria das pessoas só queria saber a disponibilidade e o preço. Joyce queria que elas compartilhassem sua história de vida e, se não fossem muito abertos com a informação, eram rotulados como "estranhos".

— É o meu hotel. Posso fazer o que quiser.

Courtney sorriu.

— Verdade. — Ela se virou para Pearl e Sarge: — Sejam bonzinhos com quem vai chegar. Tenho certeza de que são bem bacanas.

— Meus cães são ótimos para julgar personalidades. Não tente influenciá-los.

— Estou tentando evitar que você assuste os hóspedes.

Joyce sorriu.

— Onde mais se hospedarão? A Anderson House tem abelhas.

— Você é impossível.

— Eu sei. Faz parte do meu charme.

Joyce acenou e caminhou em direção ao hotel. Courtney virou-se para a mãe e viu Maggie analisando-a.

— O que foi?

— Fico feliz por você e Joyce se darem tão bem e por ela cuidar de você.

Courtney cuidadosamente fechou a capa do tablet e se preparou. De certa forma, Maggie era mais difícil de se lidar do que Sienna. A irmã do meio achava que Courtney era incapaz e que estava no limite do normal. A mãe temia que ela tivesse... um defeito.

— Joyce é uma boa amiga e uma chefe excelente — disse Courtney com tranquilidade. — Tenho sorte.

Maggie contraiu os lábios.

— Eu sei. Só queria que você tivesse um pouco mais de ambição. Eu me preocupo. Você acha que não pode fazer melhor do que isso ou não quer?

Respire, Courtney disse a si mesma. *Só respire.* Não havia como vencer nessa situação. Tinha que simplesmente aguentar a conversa, e então poderia voltar para a sua vida.

— O fato de estar ajudando com minha festa de noivado me deixou pensando que talvez você possa estar interessada em fazer algo que não seja ser camareira. — A mãe enfiou a mão na bolsa e tirou um folheto. — Sei que disse não querer ser assistente de dentista, mas e massoterapeuta? Você gosta de pessoas, é muito cuidadosa e é fisicamente forte.

Courtney pegou o folheto e olhou a primeira página. Simplesmente não sabia o que dizer. Joyce diria que aquilo era sua culpa. Era ela quem tinha deixado a família acreditar que estava trabalhando como camareira no hotel. Bem, teoricamente, era esse seu trabalho, mas só por meio período enquanto continuava estudando. Era essa a parte que eles não sabiam.

Courtney acreditava que podia contar a verdade — mas não queria. Iria esperar até poder esfregar o diploma na cara de todos e ver a cara de susto deles. Era um momento pelo qual esperava fervorosamente.

— Obrigada, mãe — disse com um sorriso. — Vou pensar nisso.

— Sério? Seria ótimo. Eu ficaria feliz em poder ajudar a pagar. Acho que você vai se dar bem. — Maggie hesitou. — Existem muitas oportunidades maravilhosas por aí. Detesto ver você desperdiçando a vida.

— Sei disso e agradeço.

A mãe assentiu.

— Amo você, Courtney. Quero o melhor para a minha filhinha.

Todas as palavras certas. Todos os sentimentos calorosos e carinhosos. Em dias bons, Courtney conseguia acreditar neles. Nos ruins, bem, era difícil deixar o passado para trás e perdoar.

— Obrigada, mãe. Também te amo.

— Uma luva é importante, mãe.

— Sei que é.

— Preciso muito de uma nova.

Rachel não duvidava disso. John era um menino bonzinho, de modo geral. Não resmungava, não pedia muita coisa. Seus interesses eram simples: qualquer coisa relacionada a esportes e um ou outro jogo de videogame. E só. Os presentes de Natal e de aniversário giravam em torno do esporte no qual mais estivesse interessado. Como tinham feito nos últimos três anos, a primavera e o verão significavam beisebol.

Los Lobos não tinha uma equipe na Little League, mas havia uma liga regional. John insistiu para que o inscrevessem assim que fosse possível, algo que ela fez com gosto. Ele tinha 11 anos — e Rachel acreditava que ainda havia dois, talvez três anos até os hormônios masculinos surgirem com força e todas as apostas serem perdidas.

— O papai disse que compraria para mim, mas eu tinha que perguntar para você primeiro.

Pelo menos, ela estava dirigindo e tinha uma desculpa para não olhar para Josh. Porque não podia encarar o filho sem que ele visse o ódio em seus olhos. *Maldito Greg*, pensou com amargura. Claro que ele podia comprar uma luva nova para o filho. Greg só tinha a si mesmo com quem se preocupar.

O ex-marido possuía um bom salário trabalhando como bombeiro de Los Lobos. Também tinha um ótimo plano de saúde — algo que ela havia perdido depois do divórcio. O mais irritante é que o horário de trabalho dele era de 24 horas em serviço e 24 horas de folga, por seis dias, seguidos por quatro dias de folga. Com isso, ele tinha muito tempo para se divertir e aproveitava cada minuto. Além disso, tinha voltado a morar com os pais, então, basicamente, não tinha despesas com moradia. O homem estava nadando em tempo e em dinheiro.

Não pense nisso, disse Rachel a si mesma. Pensar em como Greg estava bem só a enfurecia mais. Tinha que lembrar que ele pagava a pensão em dia. Já era alguma coisa. Mas, quanto ao resto, não conseguia deixar de se ressentir com a facilidade com que Greg conseguia as coisas.

Sim, ela se dava bem no salão. E podia sustentar a si mesma e ao filho. A pensão pagava o financiamento da casa, e Rachel arcava com todo o resto. Mas não era como se sobrasse uma boa grana no fim do mês. Ela estava fazendo o melhor que podia para criar um fundo emergencial e se manter em dia com as reformas da casa. Não restava nada para coisas como luvas de beisebol.

Quando se acalmou a ponto de conseguir falar com uma voz feliz e animada, disse:

— Faça isso, Josh. Você precisa de uma luva nova. É ótimo que seu pai possa comprar. Você já sabe o que quer ou precisa pesquisar?

— Sei exatamente do que preciso. — E começou a descrever a luva, incluindo a costura.

Ah, ser tão novo e inocente, pensou ela com tristeza. Confiar que tudo acaba como deveria acabar. Acreditar em finais felizes.

Rachel já tinha sido assim. Também tivera esperanças e sonhos, principalmente de encontrar um príncipe lindo. E ao postar os olhos em Greg, soubera, simplesmente soubera, que era ele. Na época, *todo mundo* pensou que era ele. Greg era o cara que toda menina queria.

E Rachel tinha conseguido conquistá-lo — até o dia em que ele a traiu.

Ela dobrou a esquina e parou na frente da casa de Lena. Josh saiu do carro antes que estivesse totalmente parado.

— Tchau, mãe! Até mais tarde.

Ele correu para dentro da casa sem se dar ao trabalho de bater. Rachel ainda estava balançando a cabeça quando a amiga apareceu na varanda. Lena se virou para beijar o marido, e então correu até o carro. Entrou e mostrou a sacola que segurava.

— Queijo delicioso e chocolate amargo. Eu sou legal com você ou não?

Elas se abraçaram.

— Você é a melhor — disse Rachel. — Obrigada por ter vindo hoje. Eu estava precisando de uma noite de garotas.

— Eu também. Diga que o vinho é tinto.

— É tinto e há duas garrafas.

— Perfeito.

Elas eram amigas desde o ensino fundamental. Eram opostos, fisicamente — Lena era pequena e curvilínea, de cabelos castanhos e olhos escuros. Rachel era mais alta e loira.

As duas tinham brincado juntas, sonhado juntas e, quando cresceram, foram madrinhas de casamento uma da outra. Mas as coisas eram diferentes agora. Lena e Toby ainda eram felizes para sempre.

— O quê foi? — perguntou a amiga. — Você parece nervosa.

— Nada. Estou bem. Só as coisas de sempre.

— Greg?

Rachel sussurrou:

— Sim. Josh precisa de uma luva nova e o pai vai comprar para ele.

A amiga não disse nada.

Rachel se virou para a rua.

— Eu sei o que está pensando. Que eu deveria ser grata por ele ser um pai presente. Que o dinheiro extra que Greg ganha poderia ser gasto com mulheres e bebida, mas ele gasta com o filho.

— Você é quem está dizendo.

Rachel estacionou na garagem.

— É que eu queria...

— Que caísse um raio na cabeça dele?

Ela sorriu.

— Talvez não, mas algo parecido.

Porque era culpa de Greg que o casamento tivesse fracassado. Ele havia decidido passar uma noite com uma turista. Rachel soube assim que o viu — sabia o que ele tinha feito. Ele nem tentara negar! E pronto, o casamento terminou.

Quando entraram em casa, encheram as taças com vinho. Rachel olhou para o bonito pedaço de queijo e soube que devia haver 5000 calorias naquele pedaço macio de delícia, mas não se importava nem um pouco. Tinha ganhado peso recentemente? Provavelmente, mas quem se importava? Suas roupas ainda serviam, pelo menos as largas. Ela trabalhava muito e merecia se recompensar. E não tinha ninguém para quem estar bonita.

Rachel bebericou o vinho e soube que a resposta certa era que precisava ser bonita para si mesma. Que merecia isso e todas aquelas outras bobagens. Que se quisesse ficar melhor, precisava se cuidar. Tudo isso não fazia sua roupa se lavar nem os banheiros se limparem.

— Você precisa superá-lo.

O comentário de Lena foi tão diferente do que Rachel vinha pensando que ela precisou de um segundo para entender o que a amiga estava dizendo.

— O Greg? Já superei. Estamos divorciados há quase dois anos.

— Você pode ter se divorciado legalmente, mas emocionalmente ainda está enredada.

Rachel revirou os olhos.

— Passou muito tempo na sala de espera do médico? Leu algumas daquelas revistas de mulher? *Enredada*? Ninguém usa essa palavra.

— Você acabou de usar.

Rachel resmungou.

— Não quero pensar nele — admitiu. — Quero seguir em frente com minha vida.

— Encontrar um homem? Se apaixonar?

— Claro.

Uma mentira, pensou, mas uma que a amiga desejaria ouvir. Apaixonar-se? Rachel não conseguia se imaginar saindo com alguém que não fosse Greg. Ele tinha sido seu primeiro namorado, sua primeira vez, seu primeiro tudo. O mundo ainda se dividia claramente entre com Greg e sem Greg. Como ela conseguiria superar isso?

— Você está mentindo muito — disse Lena, animada. — Mas fico feliz por estar se esforçando para me divertir.

— Quero seguir com minha vida — admitiu Rachel. — Só não sei como. Talvez se eu conseguisse me livrar dele. Mas com Josh, não tenho como fazer isso.

— Você poderia se mudar.

A sugestão foi feita num tom de voz baixo, como se Lena soubesse o que a amiga iria dizer. Rachel fez o melhor que pôde para manter a calma, mas por dentro, queria começar a gritar.

Mudar! Me mudar! De jeito nenhum. Não dava. Adorava sua casa. Precisava dela e de tudo que representava. Era prova de que estava bem. Conseguiria um segundo emprego para pagar pela casa, se fosse preciso.

Nada daquilo fazia sentido. E ela sabia disso. Também sabia que estava reagindo a um acontecimento traumático de sua infância: a morte de seu pai e o fato de sua família ter sido forçada a sair da casa em que viviam alguns meses depois.

Rachel se lembrava de odiar tudo que envolvia a vida no Hotel Los Lobos. Analisando o passado, sabia que devia ser grata por eles as terem aceitado, por não terem sido obrigadas a morar em um abrigo. Mas não conseguia superar o choque e a dor do dia em que voltou da escola e viu a mãe chorando por terem perdido tudo, dizendo ter sido culpa do pai dela. Rachel sentiu muito medo. O papai estava morto. Como era possível que ele continuasse criando encrenca?

Quando cresceu, percebeu que o pai não tinha sido um homem ruim — apenas descuidado financeiramente. Não havia deixado seguro de vida, nem economias.

Quando ela e Greg se casaram, Rachel se concentrou em comprar uma casa. Eles eram jovens e tinha sido um grande esforço juntar o dinheiro, principalmente tendo um bebê, mas conseguiram. Aquela era a casa dela e nunca sairia.

Mas o preço a ser pago por aquilo era viver com os fantasmas de seu casamento falido. A memória de Greg ainda estava presente em todos os cômodos.

— Talvez eu pudesse chamar alguém para fazer uma limpeza espiritual na casa. Com sálvia. E sal. Precisa de sal?

Lena fechou os olhos por um momento.

— Amo você como se fosse minha melhor amiga.

— Sou sua melhor amiga.

— Eu sei, então, por favor, entenda por que estou dizendo isso. O problema não é a casa, Rachel. É você. E não há sálvia nem sal suficientes no mundo para fazerem você superar o Greg. Você vai ter que decidir de uma vez por todas seguir em frente, emocionalmente falando. Se não fizer isso, estará presa. Para sempre.

A verdade, apesar de ser dita com carinho, ainda doía para caramba.

Rachel hesitou um pouco, e então pegou o vinho.

— Vamos precisar muito de outra garrafa.

4

— Gosta dessa, querida? Escolhi o couro para combinar com seus lindos cabelos encaracolados.

Quinn Yates esperou que sua companhia dissesse alguma coisa, mas Pearl só ficou olhando para o carro como se estivesse aguardando ele abrir a porta do passageiro. Ele abriu. O poodle grande pulou graciosamente para dentro do veículo e o olhou como se esperasse um elogio.

— Você está linda — disse Quinn. — Aonde quer ir? Comer hambúrguer?

— Ela prefere sorvete.

Ele se virou e viu a avó descendo a escada na lateral do hotel. Estava vestida como sempre, com um terninho sob medida da St. John e sapatilhas Chanel. Seus cabelos grisalhos estavam presos num penteado bufante que ele sempre associava a ela. Sabia que sentiria seu perfume L'air du Temps e baunilha. Atravessou a rua para encontrá-la e a puxou para um abraço. A tensão presente nele enquanto seguia em direção ao norte havia desaparecido.

— Você conseguiu — disse Joyce, abraçando-o como se nunca fosse soltá-lo.

Quinn sempre havia gostado disso nela. Joyce sabia dar bons abraços. Na infância, ela era sua âncora. Quando ficou mais velho, a avó sempre estivera presente, pronta para oferecer um conselho ou uma bronca — dependendo do que acreditasse que ele precisava. Agora, aquela mulher era seu lar, simplesmente.

Ele esperou mais alguns segundos, feliz por Joyce não parecer mais fragilizada do que estava quando a havia visitado seis meses antes. Ela tinha quase 80 anos, mas estava disposta e esperta como nunca. Ainda assim, Quinn andava se preocupando ultimamente.

— Sorvete, né? — disse Quinn, olhando para a cadela sentada no banco do passageiro de seu Bentley. — Então, vamos tomar sorvete.

Joyce deu um passo para trás. Ela mal alcançava o ombro do neto e precisava olhar para cima para encará-lo.

— Você não vai levar o cachorro para tomar sorvete. Não sei que tipo de coisas ridículas você vê em Los Angeles, mas aqui, no mundo real, cachorros não tomam sorvete.

Quinn ergueu as sobrancelhas.

— Estou aqui há trinta segundos e você já está mentindo para mim, vovó.

Joyce sorriu.

— Está bem. Eles tomam sorvete, mas em casa. Não os levamos para tomar sorvete. Além disso, se levar Pearl, vai ter que levar Sarge também. Caso contrário, ele vai sentir ciúmes.

Como se tivesse ouvido o próprio nome, uma bolinha de pelos passou pela porta e desceu pelo caminho. Pearl saiu do Bentley e correu para encontrar seu companheiro.

Eles eram uma dupla estranha. O poodle era amarelado e alto, e o bichon frisé misturado com poodle, branco. Pearl tinha quase quatro vezes o tamanho de Sarge, mas ainda assim dava um show. Agora, estava ao redor de Quinn, cheirando e latindo. Ele se abaixou para falar com os dois. Depois de permitir que cheirassem seus dedos, Quinn distribuiu tapinhas e carinhos.

— Seu homem chegou ontem — disse a avó.

— Ele é meu assistente, Joyce, não meu homem. Não estamos vivendo em um filme de Cary Grant de 1950.

— Mas não seria divertido se estivéssemos? Tentei fazer o check-in dele no hotel, mas ele disse que ficaria em outro lugar.

Quinn se endireitou e fechou a porta do passageiro do Bentley.

— E vai mesmo. Wayne e eu trabalhamos melhor quando existe algo nos separando.

— Você não está voltando porque acha que eu estou ficando velha, está?

Sua avó sempre gostava de ir direto ao ponto. Ele se inclinou e beijou lhe o rosto.

— Há muito tempo acho que você está velha, e nem tudo tem a ver com isso.

Ela tocou o rosto do neto.

— Você só fala besteira.

— Verdade. — Quinn estendeu o braço e apoiou a mão da avó no seu antebraço, levando-a de volta ao hotel.

A mãe de Quinn era a única filha de Joyce. Ele passara grande parte de sua infância tendo apenas Joyce como figura materna. Quando tinha 14 anos, a mãe o abandonara e ele havia se mudado para o hotel de modo permanente.

Agora, enquanto entravam no saguão, Quinn observou o teto alto, as lâmpadas de cristal e a mesa de recepção, grande e sinuosa. A mobília era confortável, a comida deliciosa, e os garçons eram generosos servindo a bebida. Somando-se a isso sua localização, de frente para a praia na região central da Califórnia, o Hotel Los Lobos era quase perfeito.

Aos 17 anos, Quinn não pensava em estar em nenhum outro lugar. Agora, cerca de vinte anos depois, estava feliz por voltar.

Os cães guiaram o caminho em direção ao bar. Ele e Joyce se sentaram em uma mesa de canto. Os cachorros deitaram a seus pés.

Quinn tinha certeza de que levar cachorros a um estabelecimento que servia alimentos era violar várias leis estaduais, mas, até onde sabia, ninguém reclamava. Se reclamassem, diriam que os cachorros analisavam bem as personalidades. Isso costumava calar a maioria dos clientes que perguntavam. E os que insistiam eram convidados a se retirar.

Uma bela ruiva apareceu perto da mesa.

— Oi, Joyce. Quinn.

Ele reconheceu o rosto dela de visitas anteriores, mas não lembrou do nome. Felizmente, foi fácil ler seu crachá.

— Prazer em te rever, Kelly.

Ela sorriu.

— O que querem beber?

— Vou tomar uma taça do chardonnay Smart Pants.

Quinn riu da avó.

— Não acredito que ainda está chateada com o que aconteceu.

— Não esqueci porque tenho uma memória excelente. Além disso, adoro meus novos vinhos. Vou servi-los como exclusivo da casa no hotel.

Alguns anos atrás, a vinícola da região na qual Joyce havia feito pesquisas decidiu mudar os vinicultores e, assim, o estilo e o gosto dos vinhos. Sua avó reclamou, o vinicultor não deu ouvidos e, como protesto, ela saiu à procura de vinhos de que gostasse mais. O Middle Sister Wines, estabelecido no norte da Califórnia, tinha ganhado seu paladar e seu negócio.

O chardonnay era muito pedido pelas senhoras que almoçavam no hotel, com uma seleção fresca e variada contendo toques cítricos e de pera. Outro de seus vinhos brancos, o pinot grigio Drama Queen, andava ganhando prêmios em competições de vinho pelo país.

— Eles se tornaram uma tradição — disse Joyce.

Ele apertou a mão dela.

— Você é minha tradição preferida. Adoro tudo relacionado a você.

E como não adorar? Sua avó era incrível e, mesmo que não fosse, era a única família que tinha.

Kelly virou-se para ele.

— E para você?

— Vou beber a mesma coisa.

Vinho branco não era seu preferido, mas estando com Joyce...

— E um prato de queijo — acrescentou a avó. — Quinn está com fome.

Não estava, mas não havia motivo para discutir.

— Já venho — disse Kelly.

— Reservei o bangalô do jardineiro — disse Joyce quando Kelly se afastou. — Você vai ficar muito à vontade ali.

Ele conhecia o chalé que ficava no lado sul da propriedade. Era reservado e grande.

— É um de seus quartos mais caros — disse ele. — Só preciso de um quarto simples por algumas semanas até decidir o que fazer.

— Não. Quero que você fique com ele. Vai ter mais conforto ali.

Quinn sabia que a avó não precisava do dinheiro que o quarto poderia render, por isso resolveu não insistir.

— Obrigado.

— Eu o reservei pelo verão todo — disse ela.

Ele ergueu as sobrancelhas.

— Tenho 41 anos. Não acha que já está na hora de eu sair de casa?

— Não. Você acabou de voltar e vai encontrar uma casa em breve. Assim, pode pesquisar com calma até encontrar o mais adequado. Isso se você for ficar mesmo.

— Você duvida de mim.

— Claro. Você mora em Malibu, Quinn. Tem negócios lá. O que vai fazer na sonolenta Los Lobos?

Uma boa pergunta que estava ansioso para responder.

— Posso cuidar do meu negócio daqui. Assim que conseguir um estúdio de gravação, meus artistas virão até mim.

— Você é tão importante assim?

A voz dela era brincalhona, e o sorriso, contido. Quinn deu uma piscadinha.

— Sou tudo isso e muito mais.

Joyce riu.

— Espero que seja verdade e que você fique. E não me importa se vai se mudar porque está preocupado comigo. De que tipo de lugar você precisa para o estúdio?

— Praticamente qualquer lugar. Vamos ter que reformar, de todo modo. Então pode ser uma casa ou um galpão. Gostaria de que fosse uma construção isolada e com bom estacionamento. E privacidade. Onde as pessoas pudessem circular sem serem vistas ou fotografadas.

— Aquele homem mudo e bacana vai vir?

Quinn suspirou.

— Zealand não é mudo. Ele só não fala muito.

— Nunca ouvi a voz dele. Tem certeza de que fala mesmo?

— Sim. Ele já falou pelo menos duas vezes comigo.

Zealand podia não falar muito, mas era o melhor operador de som do mercado. Ele decidiria se o espaço em que Quinn estava interessado poderia ser transformado em um estúdio magnífico. Um no qual pudessem trabalhar e transformar som em mágica.

Um movimento chamou a atenção dele. Quinn olhou para a frente e viu uma loira alta caminhar até o bar. Ela tinha cabelos compridos presos em um rabo de cavalo e usava calça preta, além de uma camisa preta de mangas longas.

Não foi o rosto dela que fez com que ele continuasse olhando, apesar da mulher ser bem bonita. Foi mais seu jeito de andar — parcialmente curvada, com os ombros encolhidos —, como se não quisesse ser notada.

Quando chegou ao bar, ela e Kelly conversaram. E riram. A loira disse alguma coisa, e então se virou para sair dali. Ao dar um passo, acabou batendo em um banco do bar e tropeçou. Ela se endireitou, olhou ao redor para ver se alguém tinha notado, e então saiu correndo.

— Aquela é a Courtney — disse Joyce a ele. — Você já a conhece.

Quinn conhecia a avó o suficiente para entender a indireta e dizer "não" com uma voz firme.

— Só estou...

— Não. Independentemente do que pense que vai me dizer, não.
— Ela é mais interessante do que aparenta.

Kelly serviu o vinho e o prato de queijo. Pearl e Sarge se sentaram no mesmo instante. Quinn viu que havia dois biscoitos caninos na bandeja. Kelly entregou um a cada cachorro, sorriu e se foi.

— Você não é velho demais para ela, sabe? — disse a avó, acabando com a esperança que Quinn tinha de que a chegada das bebidas tivesse sido uma distração. O lado bom era que obviamente não havia nada de errado com a cabeça dela. Mas o lado não tão bom... droga.

— Ela tem quantos anos? Vinte e cinco?
— Vinte e sete. É uma diferença de apenas catorze anos.
— Não são os anos, é a quilometragem.
— Você ainda é um homem bonito.

Ele parou enquanto erguia a taça.

— Tá, isso está me assustando.

Joyce riu.

— Você sabe o que quero dizer.

Eles tocaram as taças uma na outra. Quinn bebericou o chardonnay fresco e amanteigado.

— Bom.
— Eu gosto. Mas voltando a Courtney...

Ele ergueu a mão.

— Não vai acontecer. Amo você como minha avó, mas não vou falar disso.
— Você vai precisar falar em algum momento. Não quer se apaixonar?

Uma pergunta familiar. A resposta sempre tinha sido *de jeito nenhum*. Mas ultimamente... Quinn andava duvidando dessa resposta. Um ano atrás, conhecera alguém que o fizera imaginar que havia possibilidades. Antes que conseguisse entender o que podia ser, ela se apaixonara por outro. Apesar de ter conseguido esquecê-la, o fato de ter imaginado algo além de sua atitude sem compromisso, só pelo prazer, deixara Quinn surpreso. E fez com que ficasse pensando. Será que queria mais?

Ainda não chegara a uma resposta para a pergunta *Eu quero me apaixonar?*. Não sabia se havia algum homem no mundo que tivesse feito essa pergunta a si mesmo. Mas ter alguém por perto, sempre... talvez fosse bom.

— Preciso pensar — admitiu.
— Pense depressa. Você não é mais criança.

Quinn riu.

— O que aconteceu com o papo de "Eu sou um homem bonito"?
— A beleza vai embora.
Ele ergueu a taça para a avó.
— Não a sua.
Joyce revirou os olhos.
— Seu charme não funciona comigo. Sou velha.
— Você é perfeita.
Joyce não sorriu de volta. Só o olhou com atenção.
— Estou falando sério, Quinn. Quero que você encontre alguém. E sossegue. Tenha filhos. Eu me preocupo com você.
— Sei me cuidar.
— Sim, querido, mas às vezes é bom não ter que se cuidar.

Escrever de fato um plano de marketing não era tão difícil. Estava chegando ao ponto de a dificuldade ser onde poderia ser escrito. Courtney decidiu recompensar suas três horas de pesquisa tediosa e de cálculos com um pouco de sorvete e, talvez, um biscoito.

Ela ficou de pé e se espreguiçou enquanto pensava se iria ingerir um pouco de açúcar ou se permanecia no quarto. Na verdade, a ida do quarto andar até a cozinha não seria difícil. Ainda assim, estava tarde e ela deveria ir para a cama.

Mas não parava de pensar no sorvete. Salvou o trabalho no laptop e caminhou em direção à porta.

Seu quarto no hotel ficava no fim do corredor, perto da escada, escondido ao lado do armário de roupas de cama e dos sistemas de ar-condicionado, sem falar dos vários canos de água. A vista também era prejudicada, graças a uma grande árvore que crescera demais. Em resumo, um desastre completo para alugar a hóspedes.

Joyce havia tentado reformá-lo várias vezes e até ofereceu um desconto na locação, mas sempre houve reclamações. Alguns anos antes, ela havia procurado Courtney com uma proposta. Quarto grátis e alimentação em troca de um determinado número de horas de trabalho como camareira. Pelo tempo que Courtney trabalhasse além disso, receberia pagamento.

O acordo deu às duas o que precisavam. Courtney havia pegado uma antiga cama de solteiro que Joyce pretendia jogar fora, e também uma escrivaninha e uma cômoda. Ela dormia pesado o bastante para não se importar com o barulho do ar-condicionado e dos canos e não ligava para a falta de paisagem. Com aluguel grátis, refeições e dependências para usar, só tinha que trabalhar o suficiente para pagar seu carro, celular e seus livros. O dinheiro que havia economizado para a faculdade não era suficiente para pagar o curso todo, mas tivera a sorte de conseguir algumas bolsas de estudo e descontos. Todos os semestres, Courtney conseguia se virar. Agora, só faltava um mês para a formatura e, com sorte, iria concluir o curso sem precisar de um empréstimo.

— Mais um motivo para comemorar com sorvete — disse a si mesma.

Desceu a escada até o andar da recepção e atravessou o salão silencioso. Seus tênis não faziam barulho no chão de madeira. Apesar do jeans surrado e do moletom da USC não serem exatamente alta costura, Courtney sabia que a chance de encontrar um hóspede ali naquela hora era pequena.

Ela não se incomodou com as luzes da cozinha. Sabia qual caminho tomar na semipenumbra produzida pelo brilho fraco da iluminação da área do balcão e das placas de saída. Pegou uma tigela e uma colher, e então atravessou até o enorme frigorífico e entrou para pegar o seu sabor preferido.

Saiu da sala refrigerada com um pote de dez litros de sorvete de baunilha com gotas de chocolate e se viu na cozinha totalmente iluminada, na frente de um homem alto e de ombros largos.

Courtney gritou e deu um salto. O sorvete escorregou de suas mãos. Ela se adiantou para segurar o pote, assim como o homem e os dois acabaram com os braços ao redor de um pote muito grande e muito frio.

E estavam próximos o suficiente um do outro para que Courtney conseguisse ver os vários tons de azul em seus olhos e sentisse o cheiro de roupa limpa e de homem. A mandíbula dele era forte, com uma barba rala e o olhar era penetrante. O coração dela batia forte no peito, mas isso tinha muito pouco a ver com o susto e tudo a ver com a atração.

— Um de nós deve largar — disse ele.

— O quê? Ah, sim. — Imediatamente, Courtney soltou o pote e se endireitou. — Hum, me desculpa, você me assustou.

— Pode deixar comigo. — Ele colocou o sorvete em cima do balcão. — Lanchinho de fim de noite?

— Mais ou menos.

Eles continuaram ali, um olhando para o outro. Ele esboçou um sorriso.

— Sou Quinn.

Sério? Era isso que ele tinha para falar?

— Todo mundo sabe quem você é. No quarto de Joyce, há muitas fotos. Além disso, ela fala de você o tempo todo.

Ele resmungou.

— Não quero saber o que minha avó diz.

— Na maior parte do tempo, só coisas boas.

Ele ergueu as sobrancelhas.

— Na maior parte do tempo?

Courtney sorriu.

— Você disse que não queria saber. Olha, eu sou a Courtney. Já nos vimos algumas vezes.

— Eu me lembro.

Ela duvidava. Um homem como Quinn se lembraria de ter encontrado Rihanna e Taylor Swift, mas não alguém como ela. Courtney não passava de uma funcionária, e quem se lembraria da mulher que limpava o quarto?

Ela apontou o pote de sorvete.

— Baunilha com gotas de chocolate... nosso sabor do mês. Quer um pouco?

— Claro.

Courtney pegou mais uma tigela e uma colher, e serviu sorvete para ambos. Levou o pote de volta para dentro do frigorífico. Quando voltou, esperava que Quinn já tivesse saído. Mas ele havia puxado um dos banquinhos perto do balcão como se pretendesse ficar. Ela fez a mesma coisa, tomando o cuidado para deixar uma distância educada entre os dois.

— Ah, tem biscoito também — disse Courtney. — Se quiser.

— Não, obrigado, isso basta.

Não era uma filosofia da qual ela compartilhava, mas agora estava pouco à vontade para colocar alguns biscoitos esfarelados na tigela. Ficaria para mais tarde, prometeu a si mesma. Ela os levaria para o quarto.

— Por que você está acordada uma hora dessas? — perguntou ele.

— Gosto do hotel à noite. É silencioso. Todos os hóspedes estão dormindo. Ou pelo menos não estão andando por aí, dando trabalho.

— É isso o que você acha deles?

— Você nunca limpou um quarto de hotel depois de uma festinha.

— Verdade.

Comeram em silêncio por alguns segundos. Courtney achou aquele momento surreal. Quinn podia não ser um astro do rock, mas era famoso por descobrir talentos musicais de todos os tipos e por levar esses talentos ao topo das paradas.

— Você é torcedora? — perguntou Quinn.

Courtney demorou um pouco para perceber que ele se referia a seu moletom e ao logotipo do time de beisebol da University of South Califórnia.

— Na verdade, não. Uma hóspede o deixou aqui e achei legal demais para jogar fora.

E se lembrou da bela, mas chorosa estudante que havia jogado o moletom nela, exigindo que fosse queimado.

— Era do noivo dela, e ele acabou dormindo com uma das strippers contratadas para a despedida de solteiro. — Courtney lambeu a colher. — Nunca vou entender o conceito de se meter em encrenca dias antes de se comprometer com alguém pelo resto da vida. Mas os casamentos são todos cheios de drama. — Ela encarou Quinn. — Você vai mesmo voltar a morar em Los Lobos?

Ele assentiu.

— Mas você mora em Los Angeles.

— Isso não é necessariamente bom.

— Você não tem negócios lá?

— É um negócio móvel. E estou pronto para uma mudança.

Courtney tentou imaginar se parte da decisão dele tinha a ver com a avó.

— Joyce está bem, viu? Física e mentalmente.

— Obrigado pela atualização. Ela não é o único motivo, mas é um deles. — Quinn fez uma pausa.

Courtney tomou um pouco de sorvete e ele esperou que ela engolisse antes de dizer:

— Minha avó está tentando juntar nós dois.

Courtney começou a engasgar.

Quinn esperou que ela retomasse o controle e adicionou:

— Ou quer que eu a assuma como um projeto. O que faz com que me pergunte por que você precisaria de ajuda.

A porta estava muito longe, Courtney pensou com tristeza ao olhar em direção à saída. Ignorou o rosto quente. Não havia como fingir que aquilo não estava acontecendo, não com as luzes no teto tão fortes. Em questão de segundos, soube que seu rosto estava tão vermelho quando a blusa de moletom.

— Você está imaginando coisas, tenho certeza — disse ela, pensando que por mais que adorasse sua chefe, ia matá-la. Não havia nenhuma outra resposta adequada.

Quinn esperou.

Courtney respirou fundo.

— Não preciso de ajuda. Estou ótima. Faltam só dois semestres para eu me formar em administração hoteleira. Tenho um bom emprego e muitos amigos.

— Você tem 27 anos.

Ela ficou dividida entre imaginar como ele sabia daquilo e qual a relevância da afirmação.

— E daí?

— Você esperou um tempo para entrar na faculdade.

Uma afirmação, não uma pergunta. Mas, ainda assim, Courtney se sentiu tentada a explicar. Talvez fossem os olhos muito azuis. Talvez fosse o fato de ser quase uma da madrugada. Talvez fosse um gene falastrão escolhendo aquele momento inadequado para surgir. De qualquer modo, ela começou a falar e parecia incapaz de parar.

— Nem todo mundo entra na faculdade quando sai do ensino médio — começou dizendo. — Você sabia que as mulheres que decidem voltar a estudar são a população mais bem-sucedida na faculdade?

— Não.

— É verdade. Minha teoria é que elas experimentaram o medo. Sabem como é tentar sobreviver sem um bom estudo, e não é fácil.

— Você passou por isso?

— Passei. Saí do ensino médio quando fiz 18 anos. Eu estava no segundo ano, porque repeti umas duas vezes, e não esperei o semestre terminar nem nada. Legalmente me tornei adulta e fui embora. — Ela lambeu a colher. — Não foi tanto pelas coisas que aconteciam em casa, apesar de terem tido um papel nisso. A verdade é que eu não aguentava ser dois anos mais velha que a turma e ser rotulada como burra. — Courtney olhou para ele, e depois para o sorvete de novo. — Eu tinha um déficit de aprendizagem que só foi diagnosticado quando eu tinha quase 10 anos.

Não se deu ao trabalho de explicar os motivos. Não era preciso repassar tudo aquilo.

— Depois que saí do ensino médio, consegui um emprego no Happy Burger.

— Adoro o Happy Burger — disse Quinn.

— Todo mundo adora. Aluguei um quarto em uma casa perto da cidade e me sustentava. — O que era quase verdade. Ela tinha sido forçada a aceitar uma série de subempregos para conseguir se virar, rompeu contato com a família por quase um ano porque tinha 18 anos, sentia raiva e precisava crescer, e havia se envolvido com vários caras ruins.

— Eu não estava indo a lugar nenhum. Quando fiz 20 anos, duas coisas aconteceram que mudaram tudo: consegui um emprego aqui como camareira, e o gerente do Happy Burger me disse que se eu continuasse estudando, ele me indicaria para a vaga de gerente. Disse que eu tinha um futuro no Happy Burger.

— Isso foi uma notícia boa ou ruim?

— Foi a pior. Eu não queria passar a vida no Happy Burger. Mas foi o alerta de que eu precisava. Continuei estudando, entrei na faculdade. No meio do caminho, pedi demissão da lanchonete.

— E agora faltam dois semestres para você se formar.

Courtney balançou a colher.

— Isso aí.

— Impressionante.

— O monte de informação?

Quinn lançou um sorriso sensual. Courtney tinha certeza de que ele não pretendia que fosse sexy, mas não conseguia evitar. Quinn era assim. Não era o modo dele de caminhar, porque no momento ele estava parado. Mas sempre estava presente. Talvez fosse a autoconfiança, ou tivesse algo a ver com hormônios. De qualquer modo, ela se viu querendo se aproximar, e suspirou.

— Você é impressionante — disse ele. — Veja onde começou e onde chegou. Respeito isso. Eu trabalho com um monte de gente talentosa. A maioria não segue os caminhos tradicionais para o sucesso. Que bom que você decidiu agir e seguir o seu próprio caminho. — Ele sorriu de novo. — Você tem razão, não precisa de ajuda.

As palavras fizeram com que Courtney sorrisse e sentisse um calor por dentro. Um sentimento que durou oito segundos, até o sorvete pingar da colher em sua blusa. Ela segurou um gemido e limpou o sorvete com o dedo.

Será que não podia ser sofisticada e elegante pelo menos uma vez? Ou apenas casual e um pouco coordenada? Sempre tinha que derrubar, sujar e lambuzar alguma coisa ou alguém?

Aquilo era o que sua irmã Sienna chamaria de "dar uma de Courtney" — uma frase que sempre detestou, mas tinha que admitir que existia por um motivo. E por falar na família...

— Não pode contar a ninguém o que eu disse a você — pediu Courtney.

— Sobre a faculdade.

Quinn franziu o cenho. As sobrancelhas se uniram e pequenas linhas de expressão apareceram. Aquilo era ainda mais sensual do que o sorriso.

— Como assim?

— Joyce sabe, mas ninguém mais, nem a minha família. Sobre eu estar na faculdade. Não sabem que voltei a estudar. Se você conhecê-las, seria ótimo se não contasse, entende?

— Tudo bem. Interessante. Por quê?

Ela ergueu o ombro.

— Longa história.

— Certo. E você não é de contar muita coisa. — Quinn ficou de pé. — Não se preocupe. Seu segredo será bem guardado.

— Obrigada.

Ele a observou por um segundo. Courtney não fazia ideia do que aquele homem estava pensando, mas achou que devia ser coisa boa.

— Boa noite, Courtney.

— Boa noite, Quinn.

Ele colocou a tigela dentro da lava-louças, e então saiu da cozinha. Ela o observou partir, admirando o traseiro masculino e o modo como ele caminhava. O cara tinha graça e estilo. Era sofisticado e inesperadamente simpático. Se Courtney fosse outra pessoa que não ela mesma, adoraria começar algo com ele. Mas não era. Além disso, estava concentrada nos estudos, no trabalho e em acabar o último ano de faculdade. Depois, conseguiria um emprego dos sonhos e encontraria alguém para namorar. Um cara esperto e gentil que achasse que Courtney era exatamente o que ele procurava. Supondo que esse homem existisse.

Ela colocou a tigela ao lado da de Quinn e pegou um punhado de biscoitos. Enquanto voltava para o quarto, ficou imaginando o que teria acontecido se Quinn a tivesse puxado para mais perto e a beijado. Sem dúvida, Courtney teria derrubado a colher em cima dele. Ou arrotado durante o beijo. Porque sua vida era assim. Até mesmo nos sonhos.

5

Rachel tinha certeza de que as roupas se multiplicavam à noite. O que tinha sido só uma trouxa de roupas alguns dias antes, agora eram quatro. Cinco, se considerasse os lençóis de Josh. Ele diria que não precisavam ser lavados, mas Rachel sabia que precisava, sim.

Ela olhou para o relógio e conteve um resmungo. Eram cinco da tarde de domingo. Rachel havia trabalhado até tarde no dia anterior achando que poderia ganhar um dinheiro extra durante o fim de semana no qual Josh estava com o pai. O que era ótimo, mas sempre se sentia exausta após a semana de trabalho puxado. Ela acabava dormindo até tarde, algo de que provavelmente precisava, mas, dessa forma, suas tarefas não eram cumpridas.

Rachel tinha feito compras no mercado, pagado algumas contas e passado as últimas duas horas cuidando do jardim. Nos intervalos, fizera biscoitos, um ensopado na panela elétrica e preparou o lanche do filho para o dia seguinte. Naquele momento, estava lavando as roupas e limpando a cozinha. Quando Josh chegasse em casa — o que deveria acontecer a qualquer momento —, eles revisariam a lição de casa, isso se Greg tivesse se lembrado de fazê-la com o filho, repassariam os compromissos de Josh na semana e então assistiriam a um programa na TV por uma hora antes de dormir. E a partir do dia seguinte, recomeçaria a jornada de trabalho de Rachel.

Colocou as peças brancas dentro da lava-roupas, pôs sabão e alvejante, e apertou o botão para ligar. Os uniformes de beisebol já estavam dentro do tanque na lavanderia. Com as manchas de grama e de terra, eles tinham que ficar de molho, caso contrário, nunca ficariam limpos. Honestamente, não sabia como as organizações esportivas profissionais mantinham os uniformes tão bonitos. Talvez não se incomodassem tanto. Talvez todos os jogadores usassem uniformes novos em cada jogo.

Ela ouviu passos na frente da casa seguidos por um familiar "Mãe, cheguei!".

Havia um milhão de coisas para fazer e ela estava cansada e talvez um pouco irritada, mas nada disso importava. A voz de Josh era o melhor som do mundo, e saber que ele estava de volta tornava tudo um pouco mais fácil.

Rachel caminhou em direção à sala de estar e sorriu quando viu o filho.

Ele era alto para a idade. Todo desengonçado, com pernas e braços compridos demais. Aos 11 anos, estava à beira da adolescência. A voz ainda não tinha mudado e o menino ainda não tinha nenhum pelo no rosto, mas ela sabia que isso logo viria.

Ele havia herdado os cabelos e os olhos escuros do pai, mas o sorriso era dela. Era um bom garoto. Esperto, carinhoso, generoso. Tranquilo. Ele largou a bolsa no chão e correu para encontrá-la.

— O papai comprou uma luva nova pra mim — contou Josh, segurando a luva com uma das mãos enquanto corria em direção a ela com o outro braço estendido. Ele a abraçou depressa, e então deu um passo para trás e mostrou a luva. — Era exatamente o que eu queria. O papai e eu brincamos de lançar ontem, para estrear a luva. Ele lançava, eu pegava. Experimente.

Rachel enfiou a mão na luva e ficou surpresa ao ver que não era muito pequena para sua mão.

— É tamanho de adulto? — perguntou.

Josh sorriu. Os cabelos compridos demais caíram na frente dos olhos e ele os jogou para trás com um gesto que fez com que Rachel se lembrasse muito do pai dele.

— U-hum. O vendedor da loja disse que eu estou no meio do caminho, então decidimos que fazia sentido pegar a maior.

Ambos levantaram as mãos para compará-las. Os dois esticaram os dedos. Rachel ficou surpresa ao descobrir que a mão de seu filho de 11 anos era quase do tamanho da dela.

— Quando isso aconteceu?

Josh riu.

— Vou ficar da sua altura em breve, mãe. E depois, mais alto.

— Não sei dizer se isso é bom ou não — admitiu.

— Nem eu.

A voz surgiu atrás de Rachel. Ela teve um segundo para se preparar para a inevitável reação de ver seu ex-marido, e então se virou.

— Olá, Greg.

— Rachel.

Ele estava bonito, mas não era sempre assim? Toda a vez que o via, ela procurava um sinal de que o ex-marido estivesse envelhecendo. Decaindo seria melhor. Mas só havia o rosto bonito, os cabelos perfeitos e o corpo de deus do sexo.

— Pensei em comprar pizza para jantarmos — sugeriu Greg. — A de sempre para você?

Rachel queria dizer não. Não estava interessada em partilhar uma refeição com ele. Pizza era a última coisa de que precisava. Sua frequente exaustão e a sensação de que, por mais que trabalhasse, o melhor que podia esperar era pagar as contas, criaram o hábito dela beliscar comida em horários irregulares, e isso estava tendo reflexos em seu corpo. Era isso ou duendes malvados encolhiam suas roupas enquanto ela dormia.

Rachel se sentia gorda, velha e cansada, enquanto o ex-marido continuava bonito, malhado e no ápice. Claro, se ela tivesse folga um dia sim, outro não, teria tempo para coisas como comer direito e se exercitar. Se vivesse com alguém que cozinhasse, limpasse a casa e cuidasse de tudo, não estaria tão exausta. Se não fosse a responsável pela guarda, então...

Respirou fundo. O sermão mental não era novo, tampouco a frustração. Mas havia muito que não podia mudar e que não queria mudar. Ser a mãe de Josh, tê-lo consigo na maior parte do tempo, era importante para ela. O preço disso era algo que estava disposta a pagar. A mesma coisa com a casa. Rachel precisava estar ali. O resto se resolveria.

— Pode ser pizza — concordou ela, pensando na comida que tinha feito na panela elétrica e que ficaria para o dia seguinte.

— Você está bem?

— Bem. Lavando roupa, preparando as refeições para a semana. O de sempre.

— Como posso ajudar?

A pergunta inesperada a surpreendeu. Ajudar? Greg não ajudava. Ele brincava. Surfava com seu melhor amigo, Jimmy. Saía com os outros bombeiros. Andava por aí com sua picape.

— Está tudo bem — disse Rachel. — Josh fez a lição de casa?

— Sim, e eu cheguei. Precisou refazer a redação, mas foi excelente em matemática.

— Ótimo. Falta um mês para as férias de verão. Tenho que pesquisar um acampamento para ele.

Uma despesa que pesaria no orçamento. Greg pagaria metade, mas ela teria que arcar com o resto.

— Essa semana vou pegar a minha escala para os próximos dois meses — comentou Greg. — Assim que eu a tiver, vamos nos reunir para planejar o verão da melhor maneira que pudermos. Posso ficar responsável pelo Josh quando estiver de folga. Se ele estiver no acampamento, posso levá-lo e buscá-lo para que você tenha uma coisa a menos com o que lidar.

Rachel disse a si mesma para não se surpreender. Apesar de Greg não ter sido um ótimo marido, sempre se importava com Josh. Ninguém podia duvidar do amor dele pelo filho.

— Seria bom se o Josh pudesse passar mais tempo com você — sugeriu Rachel, com cuidado.

— Então vai ser assim.

Ela assentiu.

Greg abriu um sorriso para a ex-esposa.

— Vou buscar a pizza. Você não disse se quer o de sempre.

— Sim, por favor.

— Já volto.

Josh voltou do quarto.

— Posso tomar um refrigerante, mãe?

— Não.

Ele riu.

— Um dia, você vai dizer sim.

— Um dia, você não vai perguntar.

— Nunca vai acontecer — falou Josh.

— Eu fiz biscoitos.

Ele a abraçou depressa.

— Você é a melhor mãe do mundo.

— Registre isso por escrito.

— Posso escrever no portão da garagem.

— Seria legal.

Greg manteve a porta da frente aberta.

— Você diz isso agora, mas se ele fizesse isso, você ficaria brava.

— Não dê ideias — disse Rachel. Porque ajudar Josh a pintar frases no portão da garagem era exatamente algo que Greg faria. Ele acharia graça.

Ela arrumou a mesa. Pegou uma cerveja para Greg, uma taça de vinho para si e suco para Josh. A distância, a lava-roupas fazia barulho. Rachel conferiu a panela elétrica, e então foi trocar os lençóis da cama de Josh.

O quarto do filho era grande e bem iluminado, com uma janela ampla e um armário enorme. Havia equipamentos esportivos espalhados por todos os lados, junto com roupas e revistas de esporte. Uma vez por trimestre, fazia com que Josh limpasse o lugar, mas, na maior parte do tempo, ela o deixava à vontade ou fazia a arrumação sozinha.

Agora, Rachel guardava as roupas que o filho tinha levado para a casa do pai, colocando as camisetas não usadas em cabides e jogando as peças sujas no cesto dentro do armário. Depois afastou o edredom e o cobertor antes de retirar a roupa de cama.

Entrou no armário de lençóis do corredor para pegar roupas de cama limpas. O tecido de algodão macio não tinha mais estampas. Não havia mais os carros e os caminhões que John já tinha adorado tanto. Ele estava crescendo depressa.

Rachel se lembrava de quando o filho tinha nascido — tão pequeno e indefeso. Ela e Greg ficaram embasbacados. Foram os primeiros entre seus amigos a se casar, engravidar e ter um bebê. Lena seguiu pelo mesmo caminho seis meses depois, mas então Rachel já se considerava uma especialista. Contudo, aquelas primeiras semanas tinham sido assustadoras.

Não era para ter acontecido daquela forma, pensou ao prender o lençol nas bordas do colchão. Ela e Greg queriam passar os cinco primeiros anos do casamento viajando, e só *depois* ter filhos. Mas Rachel tinha esquecido o anticoncepcional em casa na lua de mel e Greg não quis usar preservativo. Uma coisa levou à outra.

Tudo sempre tinha sido daquela forma com eles. Demais, e rápido. No ensino médio, ele era o cara mais popular. Dois anos mais velho, estava no último ano quando ela estava no primeiro. Rachel só soube que o cara mais popular da escola sabia seu nome quando Greg a abordou no corredor depois da aula de inglês. Sorriu para ela e a chamou para sair. Assim, desse jeito. Na frente de Deus e o mundo.

Rachel tinha dito sim porque Greg era... bem, Greg, e, mesmo naquela época, ela não tinha conseguido resistir a ele. Enquanto ajeitava o lençol, ela se lembrou de como tinha se sentido nervosa. Em relação a tudo. Nunca tinha saído com ninguém. Nem tinha certeza de que a mãe permitiria que fosse. Mas Maggie tivera uma reunião com um de seus clientes da contabilidade e só voltaria para casa bem tarde. E quando chegou, Rachel já estava em um encontro com Greg e nada nunca mais foi como antes.

Ela terminou de arrumar a cama e levou os lençóis sujos para a lavanderia. Quando terminou de transferir as roupas limpas para a secadora e encher a máquina de lavar de novo, Greg e Josh estavam de volta.

— O Dodgers empatou — disse o filho quando ela entrou na cozinha. Seu tom era dramático. — É um jogo bem importante.

Isso devia impressioná-la. Mas, na opinião de Josh, todos os jogos eram importantes.

— Está dizendo que prefere assistir à TV em vez de jantar com seus pais? — perguntou Rachel, fingindo estar chocada com a ideia.

— Por favor, mãe.

Por quanto tempo mais ele pediria em vez de, simplesmente, fazer? Quantos anos mais até que os hormônios chegassem e a mãe se tornasse nada mais que uma irritação na vida do adolescente?

Quando só os dois estavam em casa, ela costumava concordar. Com frequência, os dois sentavam juntos para assistir ao jogo que estivesse sendo transmitido. Mas, se dissesse sim naquele dia, teria que jantar sozinha com Greg. Algum deles queria isso?

Rachel lançou um olhar ao ex. Ele deu de ombros.

— Ele adora o Dodgers. Por mim, tudo bem.

Josh vibrou, como se tudo estivesse definido, e então correu para a sala de estar para montar a bandeja do sofá. Segundos depois, foi possível ouvir os sons do jogo de beisebol. Ele foi à cozinha, colocou duas fatias enormes em um prato, pegou seu copo de suco e desapareceu de novo.

— Vamos sentir sua falta — gritou Greg enquanto o menino se afastava.

Um resmungo foi ouvido em resposta.

— Crianças — disse ele com um sorriso ao se sentar diante de Rachel. — O que podemos fazer?

Ele abriu a caixa menor de pizza que continha a de vegetais com queijo extra de que Rachel gostava, mas que raramente comprava. Porque quando só estavam ela e Josh, não fazia sentido pagar por uma pizza a mais, muito menos por cobertura extra.

— Obrigada — murmurou Rachel ao pegar uma fatia.

Greg colocou duas fatias de pizza de calabresa em seu prato.

— O que vocês dois...

— Como foi...

Eles falaram ao mesmo tempo. Rachel desviou o olhar, mas depois voltou a encará-lo.

— O que você e Josh fizeram esse fim de semana?

— Passamos grande parte do dia de ontem procurando a luva nova. Fomos a três lojas diferentes até encontrar.

O que significava que tinham saído de Los Lobos. Algo que a deixaria maluca — principalmente por causa do tempo. Mas Greg não se importava, sempre tinha sido o mais aventureiro dos dois. Havia um motivo para ele ter escolhido um emprego que colocava sua vida em risco.

Enquanto Greg falava sobre as diferentes luvas que tinham visto, ela se lembrou de como ele tinha sido naquela primeira noite em que saíram juntos. Rachel estava mais do que assustada. Tinha quase 16 anos e tinha sido beijada só uma vez.

Depois do jantar, eles foram ao parque. A noite estava bem quente. A temperatura incomum para a estação fez com que se deitar na grama fosse confortável. Eles encontraram um lugar reservado e se acomodaram. Greg a beijou. Rachel ainda se lembrava da sensação mágica dos lábios unidos. Não havia pressão, nem enrolação, e eles se beijaram pelo que pareceram horas. Em seguida, Greg tinha avançado e tocado os seios dela.

Ninguém nunca tinha feito aquilo, e Rachel não estava preparada para o arrepio que tomou conta de seu corpo. Sua mente alertava para que o impedisse, mas o coração sussurrava que aquele era Greg, e o que ele quisesse fazer era certo. O corpo dela havia adorado o calor e a excitação gerados pelo toque. Rachel não sabia que aquelas sensações existiam. Uma coisa havia levado à outra, e, quando Rachel se deu conta, estava nua e Greg estava dentro dela.

A sensação de enlevo havia terminado assim que ele tirou sua virgindade. A dor foi um atalho para a realidade. Tinha pensado em pedir para que ele parasse, mas era tarde demais. Então, esperou os três ou quatro segundos que ele demorou para terminar, e depois se vestiu.

Nenhum dos dois disse nada no caminho para casa. Rachel saiu correndo do carro, assim que parou em frente à sua casa e entrou — sem saber o que pensar direito. Tinha feito algo errado, sabia disso. Uma puta. Se sua mãe descobrisse...

Na manhã seguinte, Rachel pensou em inventar que estava doente. Mas não queria que ninguém fizesse perguntas. A especulação era o fim da picada. Seria melhor fingir que estava bem e sobreviver àquele dia.

Ficou chocada ao encontrar Greg esperando por ela quando saiu de casa. Ele disse que precisavam conversar. De maneira relutante, Rachel entrou no carro, apesar de não fazer ideia do que diriam um ao outro. Eles tinham feito *aquilo*. Agora precisavam lidar com o fato. O que poderiam dizer?

Aparentemente, muita coisa.

— Você está bem?

Não era a pergunta que ela esperava ouvir. Assentiu.

— Sinto muito — disse Greg, com sinceridade, olhando fixamente para seu rosto. — Não por termos feito sexo, mas por ter acontecido tão rápido. Só deveria acontecer depois de sairmos por uns seis meses, e deveria ter sido muito mais romântico. — Ele parecia preocupado e envergonhado. — Pensei que você fosse dizer não, mas você não disse nada... — Ele deu de ombros. — Não acreditei que você fosse me deixar fazer aquilo.

— Por que não teria deixado? Você é você. Todo mundo te ama.

— Você me ama?

Amar? Ela o amava?

— Não te conheço muito bem. Sei algumas coisas, mas é diferente.

— Então está dizendo que me usou para fazer sexo.

Depois daquele passeio no parque, Rachel teria jurado que nunca mais conseguiria rir, que nunca mais sorriria, que nunca mais se sentiria bem consigo mesma. Mas, naquele momento, não conseguiu controlar o sorriso.

— Quem me dera ser corajosa o suficiente para fazer isso — confidenciou. — Mas não sou.

— Você é a garota mais intrigante que conheço. E a mais linda. Posso te levar para a escola?

Rachel aceitou e aquele foi o começo do relacionamento deles. Namoraram até ela se formar no ensino médio, e então se casaram.

— Em que está pensando? — indagou Greg, trazendo-a de volta ao presente. — E não diga que não era nada. Ficou claro que você não achou interessante a minha descrição da luva.

— Desculpa. Só estava repassando na cabeça o que tenho que fazer esta semana. — Uma mentira descarada, mas nunca admitiria estar revivendo o passado. Apesar de o casamento ter sido tudo para ela, para Greg não tinha sido da mesma maneira. Ele a havia traído.

— O jogo do Josh é na quarta-feira à tarde, certo? — perguntou ele. — Não quero perder.

— Sim. Às quatro. — Rachel pegou uma nova fatia de pizza e deu mais uma mordida.

— Sei que você é uma das mães da equipe. Como posso ajudar nisso?

Como mãe da equipe, ela tinha que arrecadar dinheiro dos outros pais para comprar bebidas e petiscos. Também precisava cuidar para que o equipamento fosse guardado no fim do jogo. Quando alguma coisa sobrava, Rachel levava para casa até o próximo treino. Normalmente, havia duas mães da equipe. Heather era a outra, mas não era muito comprometida.

— Está tudo certo — respondeu ela.

— Tem certeza? John disse que Heather não lembrou de levar os petiscos da última vez. Posso cuidar disso.

— Eu dou conta. Além disso, você vai acabar perdendo alguns dos jogos dele por causa do trabalho.

— Sim, mas posso ajudar quando não estiver trabalhando. Para você não ter que fazer tudo sozinha.

— Não me importo.

— Pelo menos, desse jeito você sabe que vai ser feito direito, certo? — constatou Greg. O tom de voz era leve, mas havia algo em suas palavras.

— Como assim?

— Você não confia nas pessoas com facilidade.

Rachel pôs a pizza no prato e olhou na direção da sala de estar. Quando voltou a olhar para Greg, procurou falar baixo.

— Se quer saber se confio em você, a resposta é: depende. Você é um bom pai e valorizo isso. John precisa de você na vida dele. Quanto ao resto, estamos divorciados, Greg. O que importa o que penso?

Ele afastou o prato.

— Você nunca vai superar o que aconteceu, não é? Não importa quantas vezes eu diga que me arrependi. Que quero consertar as coisas. Você não se importa. Eu errei e você não consegue me perdoar.

O estômago de Rachel começou a doer.

— Você não quer o meu perdão. Só não gosta de ser o cara mau. Isso estraga sua autoimagem. Supere isso. Como eu disse, você é um bom pai. Nunca digo nada de ruim a seu respeito ao Josh. Lidamos bem com nosso filho. Isso é mais do que a maioria dos casais divorciados tem.

— Não acha que poderíamos ser amigos de novo? Tivemos épocas difíceis enquanto estávamos casados, Rachel, mas também houve muita coisa boa.

Sim, houve, pensou. Muitas risadas e amor. Pelo menos, no começo. Mas depois, as coisas tinham mudado. Rachel havia crescido e ele não. Enquanto ela cuidava do filho e da casa, Greg saía com os amigos. Ele a havia traído só dez anos depois do casamento, mas já a tinha decepcionado muito tempo antes.

— Eu gosto das coisas como estão agora — disse ela. — Separados. Você tem a sua vida e eu tenho a minha.

Por um segundo, Rachel achou que ele iria protestar. Que diria querer outra coisa. Algo mais.

Ela sentiu um aperto no peito e o coração acelerou. A esperança, a ansiedade e o medo se misturaram num bolo que não caía bem com a pizza. Porque independentemente da cara que mostrasse ao mundo, Rachel conhecia a verdade. Que apesar do que dizia e de como agia, nunca superara Greg. Não era o fato de ela não conseguir perdoá-lo, mas sim de não conseguir esquecê--lo. Era claro que ele tinha seguido com a vida e que Rachel continuava presa, apaixonada pelo ex-marido.

— Foi o que pensei — concordou Greg, com a voz resignada. — O que passou, passou e não tem como voltar atrás.

A esperança surgiu e morreu, de um jeito bem parecido com o que havia acontecido naquele dia dois anos antes, quando Rachel olhou nos olhos do marido e soube a verdade.

— Preciso ir. — Greg se despediu. — Boa semana.

— Pra você também.

Ele disse tchau para Josh, e então saiu pela porta dos fundos. Rachel guardou o resto da sua pequena pizza. Não conseguiria comer mais nada naquela noite. E ainda que o filho reclamasse da falta de carne, ele comeria o resto quando voltasse da escola no dia seguinte.

Mais tarde, depois que Josh fora dormir, Rachel ficou sozinha na sala de estar. A casa estava silenciosa, os únicos sons eram os que vinham de fora quando um carro passava. Ela disse a si mesma que estava tudo bem, que ia se virando bem, mas sabia que mentia sobre tudo isso.

Quinn olhou para a casa. Tinha três andares e cerca de 390 metros quadrados. Janelas grandes, um bom quintal, e ficava em uma rua silenciosa.

— Nunca vai dar certo — avisou Wayne.

— Você não viu por dentro — disse Quinn. — E se for perfeita?

Wayne — um ex-fuzileiro-naval de sessenta e poucos anos — suspirou com enfado como os amaldiçoados com inteligência demais lidando com meros mortais.

— Vou explicar a você *à la Barney*, o dinossauro — disse ele, falando devagar.

Quinn conteve um sorriso. Explicar algo *à la Barney* significava falar devagar e com simplicidade, como se estivesse falando com uma criança. Wayne era engraçado.

O homem mais velho era seu parceiro há de sete anos. Antes disso, ele tinha sido despachante para uma empresa de caminhões e, antes ainda, fuzileiro-naval. Tinham se conhecido em circunstâncias incomuns. Quando o filho de Wayne morreu, ele tentou se matar de tanto beber. Foi Quinn quem o ajudou a ficar sóbrio e cuidou do homem devastado. Ofereceu a ele um emprego de assistente. E ficou muito assustado quando Wayne aceitou.

— Pode falar *à la Barney* o quanto quiser — aquiesceu Quinn. Era manhã de segunda-feira. Ele não tinha dormido bem na noite anterior, e precisava de mais café. Ouvir Wayne listar os detalhes poderia ser divertido o suficiente para fazer com que se esquecesse da falta de cafeína.

— Não é um verbo — murmurou Wayne. — Você está entendendo a frase toda errada. Maldito civil.

Quinn estendeu a mão. Zealand resmungou, e então passou para ele cinco dólares. A aposta era: quem conseguia fazer Wayne falar que o mundo não era "como a Marinha" primeiro ganhava.

Quinn guardou a nota no bolso, e então assentiu para Wayne.

— Diga por que isso não é uma boa ideia.

Wayne xingou baixinho.

— Não tem espaço suficiente para o estacionamento — o assistente começou a falar. — Poderíamos pavimentar a grama, mas você sabe que os vizinhos vão reclamar. Todas essas janelas... — Ele apontou a parte da frente da casa. — Cada uma delas é um lugar por onde o barulho da rua pode entrar no estúdio ou o barulho do estúdio pode invadir a rua.

— Eu produzo música, não barulho — protestou Quinn.

— É o que você diz. O pessoal que mora no bairro não concordaria. O que vai fazer? Tampar as janelas e colocar placas à prova de som?

Quinn olhou para Zealand, que deu de ombros.

— Então por que ter janelas? — perguntou Wayne. — Você está cuidando de um negócio que funciona até tarde da noite. Não vai poder permitir que bandas entrem e saiam às duas da madrugada. Esta é uma cidade pequena, chefe. Eles têm suas regras.

— O que você sabe sobre cidades pequenas? — perguntou Quinn.

— O suficiente.

— Pelo jeito, você não é fã.
— Não muito. Mas você disse que queria se mudar para cá, então estou aqui.
— Tadinho do Wayne.
— Pois é, estou sofrendo.
Zealand riu.
Quinn pensou no que seu assistente tinha dito.
— Tem razão. Uma casa não faz sentido. Por que vocês dois não saem para conhecer alguns espaços industriais? Mas precisam ser relativamente silenciosos. Não podemos ficar perto de uma fábrica onde haja barulho noite e dia.
— Certo. Porque só as bandas podem fazer barulho.
Quinn olhou para ele.
— De que tipo de barulho está falando?
Wayne franziu o cenho.
— Dos dois, acho.
— Você aprendeu bem conosco, jovem *padawan*.
Wayne suspirou de novo.
— Você vai mesmo se mudar para cá.
— Sim. E você vai aprender a gostar daqui. Tem um calçadão e um píer. Tem mais de cem anos.
— Os píeres não melhoram com o tempo.
— Muitas famílias com crianças. Adolescentes nas férias. O que poderia ser mais perfeito?
Wayne partiu em direção ao carro.
— Você está falando? Porque só escuto um zunido.
— Por falar em zunido, tem uma espécie famosa de abelha que passa o verão aqui, às vezes.
— Se falar mais alguma coisa sobre abelhas, vou voltar para Los Angeles. Sério. Desisto!
Zealand riu quando se sentou no banco de trás.
Quinn deu a partida no Bentley.
— Dizem que a abelha bêbada de nariz vermelho é trabalhadeira e dócil.
Wayne apoiou a cabeça nas mãos.
— Me. Mate. Agora. Só peço isso.
— Desculpa, amigo. Você é o único com treinamento para matar alguém. Vai ter que aguentar e sofrer. Como sempre faz.
Wayne se endireitou.
— Ah, nem me fale. Minha vida é só dor e mais dor.

6

Sienna entregou uma chave inglesa ao homem deitado embaixo da pia da cozinha.

— Você poderia chamar um encanador.

— Sei como trocar um compartimento de lixo.

— É o que você diz. Mas, se isso explodir, vai me levar junto.

— Seria uma perda para todos nós.

Jimmy, o proprietário da casa onde ela morava, um amigo desde o ensino fundamental, e ex-noivo, virou-se para poder vê-la.

— Estou falando sério sobre a parte da perda.

— Melhor mesmo. Não quero ser cortada em pedacinhos por um compartimento de lixo que explodiu.

— Ninguém quer.

Sienna se sentou com as pernas cruzadas no chão da cozinha do duplex alugado. O imóvel pequeno de dois quartos era adequado para ela. Era limpo, bonito e tinha um quintal. Jimmy era o melhor senhorio — cortava a grama, fazia reparos depressa e mandava lavarem o carpete pelo menos duas vezes por ano. Em troca, ela pagava o aluguel na data certa e fazia o melhor que podia para ser uma boa inquilina.

O relacionamento deles funcionava bem.

— Como estão os negócios? — perguntou Sienna.

— Bem. Tenho alguns novos anúncios. Três casas sendo fechadas este mês.

— Quem teria imaginado?

Jimmy riu.

— Que eu acabaria sendo respeitável? Coisas mais esquisitas têm acontecido.

— Não tenho tanta certeza.

No ensino médio, Jimmy tinha mais interesse em surfar do que em estudar. Passava de ano com dificuldade. Apesar disso, era engraçado e gentil, e possuía uma atitude interessante que conquistou o coração de estudante dela. Tinham namorado no último ano. Quando Sienna foi para a UC Santa Barbara, ele foi atrás. Enquanto ela assistia às aulas, Jimmy surfava e fazia trabalhos esporádicos. Durante o segundo ano na faculdade, decidiram ficar noivos. O compromisso durou quase um ano. O rompimento não tinha sido drástico, apenas perceberam que eram jovens demais e queriam coisas diferentes. Ele voltou para casa e Sienna continuou estudando. Mas mantiveram a amizade. Ela gostava de saber que Jimmy estava em sua vida.

Ela olhou para o relógio na parede. Eram quase cinco e meia. Ainda tinha tempo.

— Encontro quente? — perguntou Jimmy.

— Um encontro. — Uma resposta fria.

— Ai. Ele sabe da sua falta de entusiasmo?

— Eu estou animada — mentiu Sienna.

— Não muito. É aquele tal de David, certo?

— É.

— Pelo jeito, ele não é *o cara*.

— Não. Ele é muito bacana e nós nos divertimos.

— Mas?

Ela enrugou o nariz.

— Não sei. Temos muito em comum. Ele é inteligente, educado. Temos a mesma opinião política.

Jimmy riu.

— Vocês têm a mesma opinião política? Sério? Esse é seu critério agora?

— Claro que não. É só que...

Jimmy saiu debaixo da pia.

— Afaste-se. Vou fazer um teste. — Ele apontou o outro lado da cozinha.

— Fique ali. Vou ficar entre você e a explosão.

— Que gentil — provocou Sienna. — Existem poucos como você hoje em dia.

— A maioria dos caras como eu morreram em acidentes com explosões de compartimentos de lixo.

Ela foi para o canto que ele indicou. Jimmy abriu a torneira e acionou o dispositivo. O zunido constante do compartimento de lixo tomou o espaço.

— Impressionante — disse Sienna quando ele desligou. — Muito impressionante.

— Eu levo jeito, admito. — Jimmy lavou as mãos e as secou com uma toalha. — Então por que sair com ele? Você não me parece precisar de um namorado.

Ai. Achou que tinha escapado, mas voltaram a falar de David. Ela se encostou no balcão.

— Não sei. Acho que gosto dele.

Jimmy ergueu as sobrancelhas escuras.

— Acha?

— Ele é bem firme e estável. Isso é bom.

— Ao contrário de seu ex-noivo surfista?

— Você anda muito estável agora.

— Sou praticamente um pudico.

Sienna olhou para os cabelos escuros e despenteados, a barba rala, os brincos e as tatuagens nos braços.

— Jimmy, as pessoas te chamam de muita coisa, mas pudico não é uma delas.

— Você diz as coisas mais doces. E então, o que tem o David? Por que não larga dele?

— Não sei. Talvez devesse fazer isso. — Sienna franziu a testa. — É muito estranho. Adoro meu trabalho. Sério, é o melhor. E gosto de morar em Los Lobos. Tenho uma vida muito boa.

— Mas?

— Mas tem uma coisa que não sei o que é. — Uma inquietação, ela achava. A sensação de estar perdendo algo importante.

— Está chateada por causa de sua mãe? — perguntou Jimmy. — Porque ela vai se casar?

— Meu Deus, não. Mamãe é viúva há 24 anos. Se tem alguém que merece ter um companheiro, é ela. Neil é ótimo. Todas gostamos dele.

— Só queria confirmar. Casamentos deixam as pessoas esquisitas.

— Juro que não tem drama nenhum em relação ao casamento da minha mãe. Ela é uma mulher madura e responsável se casando com um homem bacana.

— Fui convidado para a festa de noivado.

Pensar em Jimmy presente no casamento fez com que ela sorrisse.

— Legal. Você vai?

— Achei que seria divertido. Você e David vão, certo?

— Vamos. — Sienna percebeu que estava com vontade de perguntar se ele levaria alguém, mas então se deu conta de que não queria saber. O que não era justo. Claro que queria que Jimmy fosse feliz. Ele era um cara ótimo.

— Por que você não está noivo nem casado? — perguntou antes que perdesse a coragem.

Ele pressionou a mão contra o peito.

— Você me estragou para as outras mulheres.

Aquilo a fez rir.

— Certo. Você ficou tão mal depois que nosso noivado acabou que decidiu namorar alguém de quem eu não gosto nem um pouco.

— Está falando da coitada da Erika?

— Sabe que sim.

— Mas ela é adorável.

— Ela é do mal, e se me lembro bem, te deu um pé na bunda.

Jimmy não desfez a cara de quem estava se divertindo.

— Verdade. Desconfio de que Erika só queria provar que podia me ganhar, não que podia me manter.

— Se eu tivesse ego, diria que ela foi atrás de você porque te roubei dela, para começo de conversa.

— Você tem um ego grande, sim, e é bem merecido. E sim, você me roubou primeiro. — Jimmy olhou para o relógio. — Você tem um encontro e eu tenho que organizar a bagunça aqui.

— O quê? — Sienna acompanhou o olhar dele. — Tem razão. Obrigada por me lembrar.

Ela desceu o pequeno corredor até a suíte. Não era grande, mas a cama queen size cabia muito bem, assim como a penteadeira que tinha desde os 12 anos, quando sua mãe comprou mobília nova para as três meninas. Não era uma peça que escolheria agora — era decorada demais, com entalhes nos cantos e puxadores de gaveta em formato de passarinho. Mas de alguma forma, aquilo a levava de volta ao passado.

Entrou no banheiro da suíte e usou uma faixa para segurar os cabelos curtos. Depois de lavar o rosto, aplicou hidratante e protetor solar, e então a maquiagem.

David a levaria para comer comida mexicana, o que significava que seria um programa casual, não chique. Ela vestiu uma blusa branca e uma saia jeans curta, e então calçou botas peep toe pretas de veludo com franjas nos tornozelos. Brincos compridos e várias pulseiras completavam o visual. Ela espetou os cabelos curtos e pegou uma jaqueta preta, de couro falso, para mais tarde — quando esfriasse —, e então voltou para a cozinha.

Jimmy limpara a área na qual havia trabalhado e guardado tudo embaixo da pia. Ele desviou os olhos da caixa de ferramentas que estava enchendo e assoviou.

— Você fica bem arrumada. Prefiro sem se arrumar, mas fica bem assim também.

Sienna riu.

— Obrigada. Você é muito gentil.

— Não. Só observador. David não vai ter a menor chance. Mas nenhum de nós teve.

Palavras delicadas. Não eram verdadeiras, mas valiam mesmo assim.

Seu segundo noivado tinha sido com um cara chamado Hugh. Se conheceram no último ano da faculdade de Sienna. Ele era de uma família de banqueiros de Chicago e estava em Santa Barbara em seu primeiro emprego depois de formado. Aparentemente, ele tinha que trabalhar e galgar seu lugar ao sol em outro banco antes de participar do império da família.

Hugh era charmoso, bem-sucedido e fácil de lidar. Tinham se apaixonado quase imediatamente. Sienna conhecera a família dele nas férias de inverno em um resort de esqui em Vail, e então o levou para casa durante a primavera. Ele a pediu em casamento durante um pôr do sol na praia.

Depois da graduação, ela conseguiu um emprego em uma ONG em Santa Barbara e começou a organizar o casamento. O plano era ficar na cidade por três ou quatro anos antes de se mudarem para Chicago, quando ele entraria nos negócios da família.

Tudo mudou quando o pai dele teve um ataque cardíaco e Hugh voltou para cuidar da empresa. Sienna pediu demissão e foi encontrá-lo algumas semanas depois.

O que ela disse a todo mundo foi que, assim que chegou em Chicago, percebeu que não estava tão apaixonada quanto pensara. Que não gostou da cidade nem de ficar tão próxima da família dele. Mas a verdade era outra.

A verdade era que a família de Hugh não tinha gostado *dela*. Aparentemente, nunca gostaram, muito menos a matriarca. Sienna não combinava com os amigos dele nem com seu estilo de vida. Ela não tinha classe suficiente. Tudo isso, Hugh explicou uma semana depois de ela chegar. Ele não terminou o relacionamento, exatamente. Preferiu pedir mais tempo. Além disso, também implorou que Sienna mudasse.

— Você é linda — dissera Hugh, com a voz e a expressão sinceras. — Isso ajuda. Mas você não tem o background certo. Com orientação e tempo, poderia ficar no ponto. Não posso prometer nada, Sienna, mas quero que a gente tente fazer dar certo.

Não eram bem as palavras que uma noiva desejava ouvir. Seria pior se Sienna ainda fosse a noiva de Hugh. O que ele havia explicado com um leve erguer de ombros:

— Ah, e minha mãe acha que você deveria devolver a aliança até termos certeza.

Sienna devolveu a aliança com dois diamantes que ele havia enfiado em seu dedo apenas três meses antes, e foi embora. Chegando em Los Lobos, deu a desculpa de que Chicago e Hugh não eram para ela. Nem uma vez sequer contou a verdade. Que ela, Sienna, não tinha sido suficiente. Pelo menos, não por dentro. Apesar de seu exterior ter sido aprovado, o lado de dentro era deficiente.

Ela balançou a cabeça para afastar as lembranças. Nesse momento, a campainha tocou.

— Seu príncipe encantado — avisou Jimmy com um sorriso.

— Seja bonzinho — pediu. — Estou falando sério.

— Vai me bater se eu não for?

— Pare com isso!

Sienna abriu a porta.

— Oi — cumprimentou animada.

David entrou, e então se abaixou para beijá-la. Em um milésimo de segundo, antes do beijo acontecer, ela ouviu alguém perguntar:

— Oi, David, como estão as coisas?

David se endireitou.

— Jimmy. O que você está fazendo aqui?

Jimmy levantou a caixa de ferramentas.

— Estou trocando o compartimento de lixo. Sou útil assim. Vocês dois, saiam. Eu tranco a porta.

Sienna balançou a cabeça.

— Se já terminou pode ir.

Jimmy caminhou até a porta e passou por ela e por David.

— De nada.

Foi David quem fechou a porta com cuidado atrás dele.

— Um compartimento de lixo novo?

— Sim, quer ver? — Sienna respirou fundo. — Ou está perguntando se mais alguma coisa estava acontecendo? David, conheço o Jimmy desde sempre. Somos amigos e ele é o dono da casa que alugo. Tenho muitos defeitos, mas ser infiel não é um deles. Se não puder confiar em mim, então as coisas não vão dar certo entre nós.

Por um segundo, Sienna se flagrou querendo que ele pressionasse. Que causasse problema. Porque assim... bem, não sabia ao certo. Podia terminar com David? Queria isso? Sinceramente, não tinha certeza.

Ele pôs a mão na cintura dela e a puxou para perto.

— Você tem razão. Sinto muito. Alguma coisa no Jimmy me incomoda, mas esse problema é meu, não seu. Claro que confio em você. Às vezes não acredito que fui tão sortudo, mas confio em você.

— Obrigada.

David a beijou. Um beijo delicado e suave que deveria ter acelerado seu coração, mas não o fez. O que havia de errado com ela?

— Pronto para o jantar? — perguntou Sienna, afastando-se o suficiente para que ele não a beijasse de novo.

— Estou. — David segurou a mão dela e sorriu. — Vamos. Tem uma margarita com seu nome a poucos quarteirões daqui.

— Estou ansiosa.

Seria bom tomar uma margarita. E passar a noite com David... bem, também seria divertido. Ele era um cara ótimo. Sienna precisava se lembrar disso. David nunca diria que ela não era boa o suficiente. A considerava um prêmio. Pensando na outra alternativa, ser vista como um prêmio parecia realmente bom.

Rachel passou o jogo da tarde de quarta-feira muito irritada. Heather, além de não ter aparecido, não se deu ao trabalho de avisar. Ou seja, Rachel levou os petiscos, mas não havia bebidas. Foi obrigada a correr até o mercado e comprar água e caixas de suco para vinte meninos. Quando voltou, não encontrou vaga próxima para estacionar, por isso teve que arrastar tudo por quase dois quarteirões, precisando fazer duas viagens. Quando chegou, o jogo já tinha começado e ela sentia a lombar latejar.

Gelo, prometeu a si mesma. Passaria a noite toda aplicando gelo nos músculos doloridos. Sabia o preço que pagaria se ignorasse os espasmos. Se não cuidasse logo do problema, iria piorar, e não podia faltar ao trabalho.

Sentou-se no banco da equipe e entregava os sucos conforme os meninos iam pedindo. Quando Ryan Owens ralou o braço ao cair enquanto corria, foi Rachel quem levou o kit de primeiros socorros e limpou a ferida.

— Você viu? — perguntou o menino de 12 anos, animado. — Consegui marcar.

— Conseguiu, foi demais. — Ela usou lenços de primeiros socorros no arranhão, depois aplicou um antisséptico que não arde e passou algumas bandagens sobre ele. — Isso vai te ajudar até o fim do jogo — disse ao menino. — Peça pra sua mãe dar uma olhada quando você chegar em casa.

Ryan assentiu e voltou para o banco, no qual foi parabenizado pelo ponto. Rachel se remexeu, querendo que o jogo terminasse para poder se deitar logo em cima de um saco de gelo. Mas ainda faltava muito. Ela procurou os comprimidos para dor dentro da bolsa e tomou dois, então esperou e aguentou. Viu a amiga Lena na arquibancada e acenou. Greg também estava ali, mas não pareceu notá-la.

Quase duas horas depois, o time de Josh venceu. Os meninos comemoraram, e então formaram filas para cumprimentarem uns aos outros, como tinham aprendido a fazer. Lena se aproximou.

— Vamos levar o Kyle para comemorar comendo pizza. Você e Josh querem ir?

— Minhas costas estão doendo. Vou passar dessa vez.

Lena fez cara de decepcionada.

— Que pena. Por que então não levamos Josh conosco e o deixamos em casa depois? Assim, você ganha um tempo para relaxar.

— Você faria isso? Obrigada. Seria ótimo.

— Precisa de ajuda com as bebidas ou com os equipamentos?

— Não, está tudo bem.

A amiga acenou e voltou até onde estavam os meninos. Quinze minutos depois, quase todo mundo tinha saído do campo. Rachel ficou com três sacos de lixo, restos de aperitivos e água, além de cinco bastões, três luvas e todas as bases. Porque Heather não tinha comparecido, e o pai responsável pelos equipamentos tinha se esquecido de pegá-los.

Greg se aproximou.

— Nada da Heather?

— Nada. Ela nem ligou. Tive que ir comprar as bebidas que ela iria trazer. — Rachel se levantou e fez o melhor que pôde para não gemer quando a dor tomou conta de suas costas. — A partir de agora, sempre vou trazer coisas a mais no carro, para garantir.

Greg franziu o cenho.

— Está com dor. Nas costas?

— Estou bem.

Ele ignorou a resposta.

— Onde está seu carro? Não está no estacionamento.

— Tive que sair para comprar as bebidas — contou ela. — Quando voltei, não encontrei vaga.

Ele estendeu a mão.

— Me dá a chave do carro. Vou buscá-lo e trazê-lo mais perto para você, depois ajudo a levar tudo. Você precisa ir para casa e fazer uma compressa de gelo.

Rachel não sabia muito bem por quê, mas a oferta a irritou. Ou talvez fosse por Greg saber o que havia de errado. Ou pela situação toda com Heather.

— Eu disse que está tudo bem.

— Não está nada bem. Vou ajudar, Rachel.

— Posso me virar sozinha. Deveria deixar o equipamento aqui. Alguém vai roubar, mas talvez com isso o pai responsável aprenda uma lição. O problema é que isso não vai acontecer e eu ainda serei a malvada na história por ter deixado. Tenho que fazer tudo.

— Você sabe quem é o pai responsável?

— Tenho uma lista. Está em casa.

— Vai ligar para a pessoa?

— O quê? Não. Não é minha responsabilidade.

— E não vai dizer nada a Heather, não é?

— Pra quê? Ela não leva nada disso a sério. Ela sabe que eu corro atrás e se aproveita de mim. Nem me surpreende.

Greg a olhou.

— Você não vai me dar as chaves do carro, vai?

— Já falei que não precisa.

— Pois é, foi o que pensei.

Ela ficou chocada quando ele pegou a bolsa de suas mãos e procurou até encontrar a chave.

— Ei! Você não pode fazer isso!

— Acabei de fazer.

Greg caminhou em direção à rua. Rachel o observou por um segundo, e então caminhou lentamente para recolher as bases.

Cada passo era um sofrimento. A dor tomava sua perna direita, e ela estava com medo de os músculos estarem prestes a travar. Tinha relaxante muscular em casa, além do gelo salvador. Mas primeiro precisava arrumar aquela bagunça.

Quando Greg voltou, Rachel já tinha empilhado as bases e recolhido os equipamentos espalhados. Ele balançou a cabeça, incomodado.

— Você não podia esperar, não é? Mas que droga, Rachel. Por que sempre tem que ser a mártir? Parece que só você está certa e todo mundo está...

Ele parou de falar.

— Eu não acho que todo mundo está errado — disse ela. — Mas às vezes, está. Como a Heather, hoje.

— Mas ainda assim, você não vai confrontá-la. Simplesmente vai ficar alimentando isso. Vai ser ríspida com ela da próxima vez em que se encontrarem e Heather não vai entender por quê. Ela vai te achar uma mal-educada, mas você tem o direito de ficar indignada. E então, em uma reunião de pais, alguém vai falar sobre a coisa da mãe da equipe e você vai ser aquela que sempre esteve presente.

Rachel não gostou de ouvir aquilo.

— Você está dizendo que estou errada por estar aqui na hora certa, fazendo o trabalho dela e o meu?

— Não. Estou dizendo que você está errada por não telefonar para a Heather e exigir que ela venha ao jogo.

— Não é meu estilo.

— Tem razão, não é. — Greg se virou e deu alguns passos, e então olhou para ela de novo. — Nunca foi seu estilo. Você é a rainha do passivo-agressivo.

— Como é?

Greg apoiou as mãos no quadril.

— Eu sempre soube, mas não entendia o que era. Nunca percebi como isso afetava tudo.

Rachel se sentou no banco e olhou para ele.

— Você está agindo como um maluco.

— Não estou, não. Estou certo, não é? — Ele se aproximou, sentou-se a poucos metros e se virou para a ex-esposa. — Tenho pensando nisso há algum tempo. Sobre nós e sobre o que deu errado.

— Você me traiu.

— Sim, mas é mais do que isso. Você está brava comigo há anos. Por causa de como agi. Porque você tinha que ser a adulta da relação. Eu te amava, Rach, mas não estava pronto para ser marido nem pai. Mas de repente, tive que ser as duas coisas.

— E deixava o trabalho todo comigo — resmungou ela.

— Tem razão. Deixei tudo para você. Você não pôde contar comigo para ajudá-la como precisava. E com certeza não pedia ajuda. É isso o que me incomoda. Por que não pedia?

Greg fez uma pausa, como se esperasse a resposta. Mas Rachel não tinha respostas. Gostava muito mais de conversar quando o assunto eram os erros dele, e não os dela.

— Você acha que tem a ver com a morte de seu pai? — ponderou ele.

— O quê? — gritou Rachel. — Deixe meu pai de fora disso.

— Sei que foi difícil quando tudo aconteceu. Você sentia saudade dele, e sua mãe dependia de você para cuidar das coisas. Você ficou com muita responsabilidade. Muito mais do que conseguia lidar. Mas não foi capaz de pedir ajuda.

Como Greg havia chegado àquela conclusão? Ela procurou uma maneira de escapar, mas só havia seu carro e ele ainda estava com as chaves. Rachel não podia simplesmente sair dali mancando.

— Não quero falar sobre isso — falou a ele.

— Você tinha que fazer tudo — continuou Greg, como se ela não tivesse dito nada. — Por um lado, acho que você gosta *mesmo* de fazer tudo. Não sei se tem a ver com controle, com estar certa ou alguma outra coisa. Mas como hoje, por exemplo. Você poderia ter pedido para dez pessoas pegarem as bebidas, mas não fez isso. Tinha que ir sozinha, mesmo com as costas doendo.

Lágrimas ameaçaram encher seus olhos, mas Rachel as controlou. Não daria a ele a satisfação de vê-la chorar. A humilhação era forte, mas também sua determinação. E esta venceria.

— Ou nós dois — continuou Greg. — Você deveria ter me tornado alguém novo, mas não fez isso. Simplesmente tolerou meu mau comportamento. Eu brincava e você era a esposa fiel e sofredora. Mas com isso, conseguia estar certa, e gostava da situação.

— Você está enganado — sussurrou Rachel, cruzando os braços. — Em tudo.

— Não estou. Demorei quase dois anos para montar as peças, mas acho que agora consegui. Eu errei por trair você, Rach. Soube, no momento em que aconteceu, que me arrependeria para o resto da vida. E me arrependo. Errei e sinto muito. Acabei com a confiança que tínhamos e você estava certa por me largar. Eu precisava daquilo e era o certo. Mas você errou em muitas outras coisas.

Greg se inclinou na direção de ex-esposa.

— O mais difícil para mim é a questão de não pedir ajuda. Você realmente precisa fazer tudo sozinha ou pensa que é a única que sabe fazer as coisas direito? Porque eu acho que a questão é essa. Conseguir responder a essa pergunta.

— Por que está fazendo isso? Por que está me tratando desse jeito?

— Não é para te machucar. Espero que consiga acreditar nisso. A questão é que acho que as coisas não terminaram entre nós. Não sei bem o que isso significa exatamente, mas não andei com minha vida, e acho que você também não. Estamos no limbo, nós dois. Fico pensando que se finalmente conseguir te entender, saberei o que fazer.

Ele ficou de pé e sorriu.

— Obrigado por falar comigo. Foi muito bom. Entendo muito mais agora.

Que bacana da parte dele. Greg a havia exposto, falado que ela era péssima, e agora se sentia melhor? Que sorte a dele. Rachel se sentia enojada. Queria se enfiar num buraco até que o mundo todo desaparecesse.

— Não vou perguntar se você precisa de ajuda — disse Greg. — Sei que vai dizer que não. Simplesmente vou fazer. Você deve ficar sentada aqui enquanto eu carrego o carro. Depois, vou seguir você até em casa para descarregar. Preocupe-se apenas consigo mesma. Vou cuidar de todo o resto.

Para Rachel, era como se ele tivesse lhe agredido fisicamente. De todas as coisas horríveis e cruéis a se dizer, aquela era a pior. Porque Greg queria que ela acreditasse no que dizia. Que confiasse nele. Que desse a ele o controle para fazer as coisas.

Rachel já tinha tentado isso antes. Com ele, com a mãe, até com alguns amigos. E sabia como acabava. Com a outra pessoa deixando-a completamente decepcionada e sozinha. Sempre tinha sido assim e sempre seria.

Greg olhou-a, e então balançou a cabeça.

— Percebi que você não acredita em mim. Tudo bem, Rachel. Agora que sei o que está errado, posso consertar. Talvez isso faça de mim um idiota, mas preciso tentar. Você vai ver. Tudo vai ficar bem.

As famosas últimas palavras, pensou Rachel com desânimo. Meio como dizer "Vou te amar para sempre". Ela também tinha se deixado levar por aquelas. E veja onde isso a tinha levado.

7

Courtney empurrou o carrinho pelo corredor até o último quarto da lista. A menos que um hóspede pedisse que a limpeza fosse feita em um determinado horário, ela tinha a opção de limpar os quartos na ordem que desejasse. Correndo o risco de parecer meio esquisita, deixou o quarto de Quinn por último.

Já era quase uma da tarde. Estava cansada, mas feliz. Havia ficado acordada até as três da madrugada para terminar o trabalho de marketing e enviar tudo ao professor. Tinha mais um trabalho para fazer, e então estaria livre para o verão.

Pensar em não estudar durante quase doze semanas era esquisito. Ela estudava direto, sem pausa, desde que começara na faculdade. Tendo fechado todas as matérias de educação básica, agora só restava as matérias da graduação. E essas não eram oferecidas durante o verão.

Não teria muito tempo livre, apesar disso. A mãe se casaria no hotel em agosto. No dia 20, exatamente. Joyce já tinha deixado claro que Courtney seria responsável pela cerimônia. Ficava feliz porque sua chefe tinha confiança nela. Além disso, cuidar de um evento tão grande como aquele seria bom para seu currículo. Mas, por outro lado, desconfiava de que Joyce tinha segundas intenções — aproximar mãe e filha de novo. Não que elas fossem *afastadas* de verdade. Mas estavam mais para... hum... casualmente envolvidas na vida uma da outra.

Courtney acreditava que sempre tinha sido assim. Quando o pai morreu, a mãe se desesperou para deixar a família unida e, ao mesmo tempo, retomar a empresa de contabilidade do marido. Depois, as contas se acumularam e elas perderam a casa. Maggie passou por dificuldades.

Courtney compreendia isso. Respeitava tudo o que a mãe tinha feito. Já adulta, conseguia olhar para trás e ver como as coisas tinham sido difíceis. Mas ela guardava ressentimentos por ser a caçula da família, aquela que normalmente fora deixada de lado ou ignorada.

Por esse motivo, e talvez por alguns outros, ela e a mãe nunca tinham sido muito próximas. Courtney conseguia conviver com isso. Mas, de acordo com Joyce, ela deveria se esforçar mais. Algo que não aconteceria no meio de seu turno.

Parou o carrinho na frente da porta do quarto e bateu.

— Serviço de quarto — disse alto.

Courtney não havia checado o estacionamento para ver se o carro de Quinn estava ali. Não que costumasse controlar os carros dos hóspedes. Mas, no caso dele, era bem fácil saber. Só havia um Bentley estacionado ali.

Estava prestes a bater de novo quando a porta se abriu. Quinn estava na frente dela, todo alto e sensual, de calça jeans e uma... camiseta da Taylor Swift?

— Eu nunca imaginaria que você é fã da Taylor Swift — admitiu. — Isso muda as coisas.

— Gosto da ironia da camiseta.

— Ninguém acredita nisso. — Ela tocou as têmporas. — Ai, Deus. Agora consigo vê-lo dançando "Shake It Off". Meus olhos! Meus olhos!

Quinn riu. O som baixo e rouco causou uma sensação estranha em Courtney. Ela tentou não dar atenção àquilo e lembrou a si mesma de que estava ali para trabalhar.

— Certo, está na hora de limpar seu quarto. Me dê licença.

Quinn não saiu da frente da porta, apenas ergueu uma sobrancelha.

— Você fala assim com todos os hóspedes?

— Não, mas você é diferente.

— Não tenho dúvidas disso.

— Você é meio como família, é o que quero dizer. Joyce e eu nos conhecemos há muito tempo e você é o neto dela. Então, você é... — não sabia exatamente o que ele era.

— Um tio? — perguntou Quinn, secamente.

— Não. Isso seria meio esquisito. Poderíamos ser primos.

— Acho que não.

— Independentemente de nosso parentesco, preciso limpar seu quarto.

— Estou bem assim.

Uma voz na mente de Courtney tinha certeza de que ele estava bem, sim. Sem dúvida, Quinn estava muito bem. Toda aquela experiência, sem falar da habilidade rítmica.

— Meu trabalho é limpar os quartos. É o que faço aqui. — Courtney abriu um sorriso largo. — Você não quer me impedir de trabalhar, não é?

Ele a observou.

— Não é seu destino?

— De jeito nenhum. Tenho planos.

— A graduação.

— Exatamente. Mas, para pagar por isso, preciso trabalhar.

— Por que camareira? — perguntou Quinn.

— E não engenheira ferroviária, se tivesse o conhecimento para isso?

— Algo assim.

Courtney pensou por um momento.

— Gosto de trabalhar para Joyce. O trabalho é fisicamente exaustivo, mas não tenho que interagir com muitas pessoas, então fico livre para pensar nas coisas. — Ela deu um tapinha no telefone que levava no bolso da camisa. — Ou para ouvir as palestras que baixei da internet. O dinheiro é justo, às vezes os hóspedes dão boas gorjetas que me deixam mais perto do meu plano maior. Ah. — Sorriu. — E também deixa minha mãe maluca. Não é o motivo mais maduro, eu sei, mas não deixa de ser um deles.

— Você é sincera.

— Não tenho ótima memória, então ser sincera me ajuda a manter a vida normal.

Quinn analisou o rosto dela.

— Você não tem nenhum princípio moral para seguir?

— Tenho, mas todo mundo diz isso e ninguém segue.

Ele esboçou um sorriso.

— Você é surpreendente.

Aquilo era a mesma coisa que ser sensual? Provavelmente não, mas sonhar não custava nada. Quinn era um homem muito interessante. Dirigia um Bentley e usava camisetas da Taylor Swift. Já tinha sido notícia de tabloides, mas adorava os dois cachorros de Joyce. Não que as pessoas que figuram em tabloides *não gostem* de animais de estimação.

Courtney respirou fundo.

— Nossa. Você é muito bom. Estou totalmente confusa e só faz cinco minutos. Você vai me deixar limpar seu quarto ou não?

— Não.
— Não quer pensar um pouco? Você tem faxineiras em Los Angeles. Qual é a diferença?
— É diferente.
Porque te desejo desesperadamente. Ela sorriu com discrição. Claro. Porque era exatamente aquilo que Quinn estava pensando.
— Piada interna? — perguntou ele.
— Ah, sim. Bem interna.
Ela ouviu um carrinho descer o corredor e se virou. Viu que um dos caras do serviço de quarto estava se aproximando do bangalô.
— Oi, Courtney.
— Oi, Dan. — Ela olhou para Quinn. — Seu almoço?
— Isso. Quer almoçar comigo?
Dan piscou para Courtney enquanto ela afastava o carrinho de limpeza e retribuía o gesto.
Quinn recuou para deixar que ele entrasse.
— Pode colocar na mesa de jantar — disse, e então se virou para Courtney. — Pedi chips de batata doce.
— Como posso resistir a um convite desses?
— Não tem como.
Ela posicionou o carrinho de limpeza à esquerda da porta, e então entrou. A disposição de todos os bangalôs era a mesma — uma sala de estar e de jantar de um lado, o quarto, o banheiro e o armário do outro. Havia um quintal privativo com duas cadeiras e uma pequena mesa. No caso de Quinn, o quintal tinha vista para o lago.
Dan colocou o almoço na mesa, e então saiu. Courtney foi até o lavabo perto da porta e lavou as mãos. Quando voltou, Quinn tinha cortado o hambúrguer ao meio, dividido os chips de batata-doce e estava de pé ao lado do frigobar.
— O que você quer beber?
— Um copo de água, se não houver problema — respondeu Courtney.
— Tudo bem.
Ele tirou uma cerveja do frigobar. E eles se sentaram um de frente para o outro.
Por um segundo, Courtney se sentiu esquisita. Um hóspede nunca a havia convidado para almoçar antes — não que Quinn fosse realmente um hóspede. E provavelmente isso resolvia o problema.

— Joyce disse que você mora na propriedade.

— Moro. Fico no quarto andar. É um daqueles cômodos mal localizados, com muito barulho e uma árvore bloqueando a vista, para que eu não me sinta culpada quando o hotel estiver lotado.

— Por que se sentiria culpada? O quarto faz parte de seu pagamento.

— Ah, claro, se você usar a lógica. Mas minha mente não funciona assim.

Courtney deu uma mordida no hambúrguer. Quinn tinha pedido o especial californiano com abacate, bacon e jalapeños. Delicioso.

— Eu também morava aqui — contou ele.

— Com a Joyce — Courtney completou depois de mastigar e engolir. — Lembro-me de ter ouvido isso. O que houve com seus pais? — Ela esticou o braço para pegar a água. — Posso perguntar isso?

— Pode me perguntar o que quiser.

Courtney disse a si mesma para não se empolgar muito com aquela afirmação.

— Certo. Onde estão seus pais?

— Não conheci meu pai. Minha mãe engravidou jovem e ele sumiu. — Quinn ergueu um dos ombros, mantendo a expressão neutra. — Minha mãe não estava a fim de ter o filho por perto, e me deixava aqui o tempo todo. Joyce era ótima, mas eu não soube lidar muito bem com o fato de ser ignorado pela minha mãe, então aprontava. Quando tinha 14 anos, fui pego roubando. Minha mãe disse ao juiz que não sabia mais o que fazer comigo, e que eu deveria ser preso. Passei um mês em um reformatório. Quando saí, ela tinha ido embora. Partiu sem contar a ninguém para onde ia.

Courtney ficou olhando-o aturdida.

— Que terrível. Sinto muito. Você deve ter se sentido péssimo.

Quinn deu de ombros de novo.

— Um pouco, mas não foi uma surpresa. Minha mãe me culpava por praticamente tudo o que dava errado em sua vida. Joyce se mudou para um bangalô de dois quartos e me arrastou com ela. Foi difícil por um tempo, mas demos um jeito.

Não havia emoção na voz de Quinn — era como se estivesse falando sobre a necessidade de mandar o carro para o conserto. Mas Courtney sabia que tinha muitos sentimentos envolvidos. Ninguém passava pelo que ele tinha passado sem ficar com cicatrizes.

— Joyce te ama. Você devia saber disso, mesmo na infância.

— Eu sabia. — Quinn sorriu. — Ela se culpou pelo comportamento da minha mãe. Joyce sempre disse que era ocupada demais com o hotel para cuidar da filha.

Courtney pegou uma batata.

— Minha mãe era ocupada demais para nós depois que meu pai morreu. Acho que muitos pais têm que lutar para manter o equilíbrio entre trabalho e família, principalmente quando se é o único responsável.

— Mas?

— Eu não disse "mas".

— Estava subentendido. Mas sua mãe deveria ter se virado melhor?

Courtney se inclinou para a frente e apoiou os cotovelos na mesa.

— Eu sei, eu sei. É melhor eu superar isso. Mas, meu Deus, eu repeti dois anos na escola e ela mal notou. Tem ideia de como foi difícil? De como as crianças me atormentavam? E então, fiquei muito, muito alta. Isso não ajudou em nada.

— Gosto do fato de você ser alta.

Courtney se pegou sorrindo.

— Sério?

— Mulheres altas são sensuais.

Ela podia se animar com aquilo? Provavelmente não enquanto estivesse vestida como camareira do hotel, mas talvez houvesse esperança.

— Joyce sempre disse que eu era uma forma de redenção para ela. Acho que era como uma segunda chance — revelou Quinn.

— Não. Melhor acreditar na parte de ser a redenção dela. É bem mais bacana — sugeriu Courtney. — Quem consegue dizer isso a respeito de si mesmo? Claro, muita responsabilidade acompanha tudo isso, mas valeria a pena.

— Você é uma idealista.

— Na maioria das vezes. E você é um cínico.

— Você não tem como saber disso.

— Posso tentar adivinhar.

— Porque sou mais velho e mais esperto?

— E já viajou o mundo.

Quinn riu.

— Enquanto você esteve presa aqui em Los Lobos. A vida acontece em todos os lugares.

— Sim, mas não é tão animada aqui.

— Não é animada em lugar nenhum. Não acredite no que diz a mídia. Eles mentem.

Courtney teve a impressão de que havia um sentido escondido nas palavras dele, mas não fazia ideia de qual era.

— Quantos anos você tinha quando seu pai morreu? — perguntou Quinn.

Uma grande mudança de assunto.

— Três. Não me lembro dele, nem um pouco. Não lembro muito daquela época. Tenho certeza de que foi horrível, mas é tudo muito borrado para mim. Sei que foi difícil para a minha mãe. Ela trabalhava como secretária no escritório do meu pai, mas não era contadora. Quando ele morreu, muitas pessoas pediram demissão e a maioria dos clientes foi embora. Não havia seguro de vida e acabamos perdendo a casa.

— O que aconteceu?

— Joyce nos acolheu. É engraçado porque ela também te acolheu, e quando você foi embora para estudar, nos recebeu de coração aberto.

— Duvido que esses fatos tenham relação.

— Provavelmente não. Bom, nós morávamos em um dos bangalôs. Minha mãe estudava contabilidade à noite, manteve os funcionários e os clientes que pôde e lentamente reconstruiu a vida. Com o tempo, ela se tornou contadora, comprou uma casa, depois uma casa maior, pagou a faculdade de Sienna...

Quinn mantinha o olhar fixo.

— Você deve sentir orgulho.

— Sinto. — As palavras foram automáticas.

— Mas?

— Não tem "mas". Sinto muito orgulho da minha mãe. Ela passou por algo realmente horrível e conseguiu chegar ao outro lado. Suas três filhas são cidadãs produtivas da sociedade.

— Mas?

— Eu amo minha mãe.

— Ninguém está dizendo que não.

Quinn tinha uma voz bonita, pensou Courtney distraidamente. Baixa, meio sedutora. Atraente. Ela se pegou querendo responder à pergunta não feita. Não por achar que precisasse, mas porque Quinn queria tirar a resposta dela.

— Ainda sinto raiva.

— Por não perceberem que foi deixada para trás?

— Por isso e por outras coisas. Eu tinha um déficit de aprendizagem. Por isso não me dei muito bem na escola. Só recebi o diagnóstico aos 10 anos.

Nada muito drástico, mas era uma maneira um pouco diferente de meu cérebro funcionar. Com as ferramentas certas, comecei a ter um desempenho melhor. Além disso, era o tipo de coisa que eu acabaria vencendo sozinha.

Courtney estendeu o braço e pegou outra batatinha.

— Quando aprendi a ler e entender o que lia, me esforcei muito para acompanhar todo mundo. Comecei a me desenvolver bem. Saí das aulas de alunos com necessidades especiais e fui para as aulas normais. Tirava notas altas. Minha mãe nunca notou. Eu tentava contar, mas ela nunca tinha tempo. — Courtney revirou os olhos. — Eu sei, eu sei. Ainda sou uma criançona.

— Por que diria isso? Você passou por algo bem difícil. Você se sente como se sente. Não está errada.

— Você é uma mulher e não me contou? — perguntou Courtney desconfiada.

Quinn jogou a cabeça para trás e riu.

— Trabalho com artistas. Aprendi a ser sensível. Mas obrigado por afirmar minha masculinidade.

— Disponha.

— Como contou para a sua mãe que estava brava? — perguntou ele.

— Por que você acha que contei?

— Você não teria sofrido em silêncio. Não faz seu estilo. — Quinn sorriu.

— Sei disso porque você não sente medo de mim. Muitas pessoas sentem.

— Talvez eu esconda meu medo com humor.

— Dá pra esconder muitas coisas com humor, mas não o medo.

Droga. Aquele não era um assunto que Courtney quisesse abordar. Responder ao "Como contou para a sua mãe que estava brava?" parecia muito mais fácil agora.

— Saí do ensino médio quando fiz 18 anos. Simplesmente abandonei. Não havia nada que o estado pudesse fazer. Minha mãe não gostou.

— Eu me lembro. Você tinha uma carreira promissora no Happy Burger e jogou fora.

— Tive a chance de fazer mais, então fiz. Nem todo mundo tem essa chance.

— Verdade. O que mais?

— Não falei com ela durante um ano. Nem com minha irmã Sienna.

— Courtney enrugou o nariz. — Não que Sienna e eu já tenhamos sido próximas.

— Por que não?

— Não sei. Você a conheceu? Minha irmã é perfeita demais. Fisicamente linda, quero dizer. Acho que não ligo muito para isso, mas as coisas acontecem para ela com facilidade. Sienna se dava bem na escola sem se esforçar, e os caras a adoravam. Ela já foi noiva duas vezes e rompeu os dois relacionamentos. Ninguém nunca quis se casar comigo.

— E você já quis se casar com alguém?
— Não, mas não é essa a questão. Quero que me peçam em casamento. Nunca aconteceu. Nunca me convidaram nem para ir ao baile da escola.
— Você teve namorados.

Não era uma pergunta, mas era quase, e isso valia para que ela respondesse.

— Já tive uns namorados na vida. Quando fiz 18 anos, não deixei só a escola. Saí de casa também. Fiquei sozinha. Me envolvi com uns caras bem idiotas. Eles eram um pouco mais velhos e eu os achava tão bacanas. — Courtney pegou a última batata. — Estava enganada.
— Você percebeu.
— Depois de um tempo, sim.
— Algumas pessoas nunca percebem.
— Isso é triste. Bem, eu não falava com minha mãe nem com Sienna. Mantive contato com Rachel. Nós duas somos próximas. Um dia, ela me convenceu a me encontrar com minha mãe e nós nos reaproximamos. — Mais ou menos. Elas formavam uma família, mas não se envolviam muito uma na vida das outras. Ou, para ser totalmente sincera, Courtney não deixava ninguém saber o que acontecia na sua vida. — Ah — Courtney lembrou animada. — Eu fiz uma tatuagem. No dia em que fiz 18 anos. Era para ser um símbolo da minha liberdade.
— E é?
— Não. Foi idiota. E como eu era muito jovem, fica na minha lombar. — Ela estendeu a mão. — Não me julgue.
— Eu nunca faria isso. — Ele se recostou na cadeira. — O que é? A tatuagem?
— Não vou te contar, de jeito nenhum. — O olhar fixo de Quinn fez com que Courtney se sentisse incomodada. — Pare com isso.
— Com o quê?
— Pare de tentar me influenciar.
— Eu não disse nada.
— Nem precisa. Sou susceptível. — Bem, aquilo saiu errado. — Quero dizer, você é muito mais velho e... — suspirou. — Você sabe o que estou tentando dizer.

— Não faço ideia. Apesar de estar claro que você me acha velho. Isso é muito lisonjeiro.

— Não, velho não... Só, você sabe, experiente.

— Está me chamando de mulherengo?

— Você merece o título?

Quinn riu.

— Em alguns dias, sim — assumiu e terminou de beber a cerveja. — Conte-me sobre a outra tatuagem.

Courtney estava boquiaberta. Não era possível que ele tivesse adivinhado.

— Do que tatuagem está falando?

— Se você fez uma como símbolo de sua liberdade e percebeu que tinha mais a ver com ficar presa por uma escolha ruim, provavelmente fez outra quando descobriu o que fazer da vida.

— Você é bom.

— Como eu disse, trabalho com muitos artistas. Em alguns dias, fico mergulhado em um oceano de emoções profundas. Pouca coisa me surpreende.

Isso significava que Quinn sabia que ela o considerava sensual? Provavelmente, concluiu Courtney. E, se fosse o caso, a falta de resposta dele significava que não tinha interesse. O que não surpreendia, mas decepcionava mesmo assim.

— Entre os ombros? — perguntou Quinn.

Courtney suspirou.

— Detesto ser um cliché.

— Só se forem asas.

Ela arregalou os olhos.

— Isso não é justo.

— Desculpa — disse Quinn, sem parecer nem um pouco incomodado. — De qualquer modo, tenho certeza de que ficaram ótimas.

— Agora você está me consolando. — Courtney estreitou os olhos. — Se você é tão esperto, qual é a tatuagem que tenho na região da lombar?

— Uma borboleta ou uma libélula.

— Nem passou perto. Pronto! — Ela ficou de pé. — Ganhei.

Quinn riu.

— Sim, ganhou. — Ele se levantou e deu a volta na mesa até ficar a centímetros dela. Courtney não precisava levantar a cabeça para encará-lo, Quinn era só um pouco mais alto. — Você não quer se envolver comigo — afirmou ele baixinho.

Ela disse a si mesma para não corar, apesar de ter certeza de que era tarde demais.

— Não vai rolar como você pensa — avisou Quinn.

— Impotência? — perguntou Courtney, sem conseguir se controlar a tempo.

Ele a olhou por um segundo, e então começou a rir. O som fez com que ela sorrisse. Sentiu um calor no peito. Talvez Courtney não fosse para ele, mas pelo menos tinha sobrevivido ao encontro. Isso contava.

Quinn tocou o rosto dela.

— Há lampejos de poder. O segredo é saber se você consegue canalizar isso em algo que possa ser usado. Está tudo aqui, dentro de você. Tenha um pouco de fé.

Ela queria dizer que não entendia o que ele estava falando. Queria pedir para Quinn explicar o que estava pensando. Queria que ele se calasse e a beijasse. Por fim, Courtney escolheu fugir.

— Tem certeza de que não precisa de mais toalhas? — perguntou.

— Melhor você ir.

— Eu ia fazer isso. Obrigada pelo almoço.

— Disponha.

8

— Três camadas — disse Rachel com firmeza ao entregar a máscara de cílios. — Vão tirar fotos. Você vai querer sair bonita.

— Desde que não fique parecendo que aranhas estão grudadas em minhas pálpebras. — A mãe pegou a máscara. — Nada de fotos assustadoras de velhas senhoras para mim.

— Para isso acontecer, você teria que ser uma velha senhora.

Maggie Watson sorriu.

— Você é muito boazinha, Rachel. Gosto disso.

O carinho familiar, que não ouvia há anos, fez Rachel sorrir.

Ela observou a mãe se inclinar na direção do espelho e começar a aplicar a máscara. Maggie tinha cinquenta e poucos anos. Fazia exercícios físicos regularmente, vestia-se bem e parecia ter pelo menos dez anos a menos do que tinha. Tudo isso deixava Rachel orgulhosa e deprimida. Orgulhosa porque a mãe era sinônimo de determinação. Deprimida porque Maggie fazia parecer que tudo era fácil, e Rachel sabia que as coisas não eram assim.

Enquanto a mãe optava por usar terninhos e vestidos modernos, o guarda-roupa de Rachel era formado por calças e camisas pretas, de tecidos fáceis de lavar e que não amarrotavam. Havia dias em que ela desejava não trabalhar na indústria da beleza, para que não tivesse que estar sempre com o cabelo e a maquiagem impecáveis. As duas coisas tomavam muito tempo. Mas ninguém iria querer se consultar com uma *stylist* se o profissional tivesse um mau gosto. Atualmente, Rachel lutava contra dez quilos extras e com o medo constante de que ela fosse a foto do "antes", enquanto todo mundo ao seu redor era a foto do "depois".

Como naquele momento. Maggie estava incrível com um vestido branco, justo e sem mangas com um delicada renda cor-de-rosa por cima. Adequado para a idade, bonito e sofisticado. Rachel estava com a calça preta que usava para trabalhar e uma camisa verde fina que tinha há... nossa!... seis anos.

Maggie se endireitou.

— Basta? — perguntou, balançando a máscara.

Rachel analisou o resultado.

— Mais uma camada.

— Eu sabia que você ia dizer isso.

— Então não precisava perguntar, não é?

Maggie sorriu, e então retomou a tarefa.

Rachel já tinha feito a maquiagem da mãe. Agora, faria o penteado. Sienna e Courtney tinham se aprontado mais cedo e conferiam os preparativos para a festa.

— Vamos precisar de uma agenda para o casamento — disse Rachel distraidamente, pensando que uma noiva e duas assistentes não eram nada. Ela já tinha feito penteados e maquiagens para festas de casamento muito maiores, às vezes começando às 6h para um casamento ao meio-dia. — Assim que soubermos como você quer que nós nos arrumemos.

A mãe sorriu.

— Isso vai ser divertido. Talvez vocês três pudessem ir com o penteado da Princesa Leia?

— Sienna vai precisar de alongamento de fios. Ou de apliques, se você está se referindo aos montinhos acima das orelhas.

— Você não vai gritar dizendo que estou louca e que você não vai fazer o penteado da Princesa Leia?

— Sei que não devemos discutir com a noiva.

— Isso mesmo. Serei a noiva e todo mundo tem que fazer o que eu mandar. Está bom? — Maggie piscou de modo exagerado.

Rachel olhou para ela.

— Você está perfeita. Agora, sente-se para eu cuidar do seu cabelo.

Estavam no quarto da noiva no térreo do hotel Los Lobos. O lugar já tinha sido um quarto de hóspedes comum, mas anos antes fora transformado para o negócio com casamentos. Espelhos do chão ao teto cobriam uma parede inteira. Do outro lado, havia um balcão de três metros com muitos fios de eletricidade e espelhos com boa iluminação. No armário, havia um varão mais alto para impedir que os vestidos compridos tocassem o chão.

No banheiro, a banheira tinha sido tirada para abrir espaço para prateleiras abertas e uma pia dupla que se estendia sobre um armário dentro do qual havia tudo, de curativos a laquê, incluindo agulhas e linhas. Havia kits de limpeza ao lado de frascos em tamanho miniatura de vodca e uísque. Joyce tinha pensado em tudo.

Ao agendar um casamento — ou uma festa de noivado — no hotel, o acesso ao quarto da noiva estava garantido. O espaço era ótimo para os preparativos da celebração e para as trocas de roupa depois da cerimônia. Rachel já escutara rumores de que mais de um casal de noivos tinha decidido não esperar para consumar na lua de mel, e que o quarto da noiva tinha tido sua cota de ação.

Ela secou os cabelos repicados da mãe. Trabalhava depressa e com facilidade, familiarizada com o que tinha que ser feito. O que era ruim, porque assim tinha tempo para pensar. Principalmente em Greg.

Rachel não o via desde o dia em que ele a atacou no campo de beisebol. Bem, atacar não era a palavra certa. Ele dissera algumas coisas inesperadas, e ela ainda não sabia o que pensar. Maggie o havia convidado para sua festa de noivado, o que significava que Rachel teria que descobrir o que dizer em breve. Ou talvez não. Talvez só o ignorasse.

Ela respirou fundo. Não, isso não aconteceria. Greg seria simpático. Sempre era. Mesmo quando estavam se divorciando, ele não tinha sido um idiota.

Ela ajeitou a franja da mãe, e então usou um babyliss para enrolar os fios. Em seguida, pegou o laquê para fixar o penteado. Quando terminou, apoiou as mãos nos ombros da mãe.

— Você está linda. Neil é um cara de sorte.

Os olhos das duas se encontraram pelo espelho. Rachel percebeu as semelhanças. Olhos castanhos. O mesmo formato dos lábios e do queixo. Ela se pareceria cada vez mais com a mãe conforme envelhecia. Concluiu que não seria nada ruim.

A cor do cabelo era diferente. Rachel não se dava ao trabalho de tingi-los, e eram loiro-escuros. Maggie usava um tonalizante para esconder os grisalhos, e também fazia mechas. Sienna decidira deixar os cabelos loiros platinados, e Courtney era mais como Rachel. Não tingia os cabelos cor de mel.

Variações do mesmo tema, pensou Rachel. Maggie com os olhos castanho-esverdeados, Rachel com o castanho comum e Sienna e Courtney com olhos azuis. Todas loiras, todas altas. Eram a típica família da Califórnia. Praticamente um clichê.

— Obrigada — disse Maggie. — Não acredito que isso está acontecendo.
— Que eu fiz um ótimo trabalho no seu cabelo?

Maggie riu.

— Isso também, claro. — Fungou. — O noivado. Ele é mesmo maravilhoso comigo. Nunca pensei que me apaixonaria de novo. — Ela estendeu a mão e tocou a da filha. — Gostaria que você...

Rachel deu um passo para trás.

— Obrigada, mãe, estou bem.

— Quero mais para você do que isso. Como estão as coisas com Greg?

— Você não é muito sutil, né?

— Sou sua mãe. Não tenho que ser sutil. Sei que ele errou, mas seu ex-marido se arrependeu.

— Se arrepender não muda o que ele fez.

Maggie contraiu os lábios. Rachel sabia o que a mãe estava pensando. Que ela deveria perdoar o marido. Tinha sido apenas uma noite e nada mais, por isso deveria lhe dar outra chance. Mas e se desse? E se acreditasse de novo em Greg e ele a ferisse pela segunda vez? Nunca sobreviveria.

— Está pronta para sua festa? — perguntou para a mãe. — Tenho certeza de que Neil está ansioso para te ver.

Maggie se levantou e olhou para ela.

— Pelo menos, diga que está feliz.

— Claro que estou. Tenho Josh e a minha família. E logo terei um padrasto. — Rachel se inclinou para a frente e abraçou a mãe. — Você sabe que vou pedir para ele me dar um pônei.

Maggie riu.

— Eu não faria piada com isso, se fosse você. Neil é generoso e pode acabar te surpreendendo com um cavalo.

As duas ainda riam quando saíram da sala e partiram em direção à festa.

O clima do fim de maio era perfeito. Quente, mas não muito, e ensolarado. Ainda faltava uma hora para a comemoração começar, e o gramado já estava tomado de atividades. Tendas enormes tinham sido montadas. Garçons cuidavam das mesas nas quais o jantar seria oferecido. A área comum para antes e depois da cerimônia tinha dois bares e uma pista de dança. Havia flores nas mesas e perto dos pilares das barracas.

Rachel viu Sienna e acenou. A irmã caminhou na direção delas, alta e esguia, com um lindo vestido longo e preto, feito inteiramente de quadrados de crochê. A roupa tinha forro do busto até a metade das coxas, mas a pele aparecia no resto dele. Mesmo sabendo que a irmã provavelmente o havia comprado na Helping Store, não desmerecia o visual.

Como acessórios, Sienna usava brincos de argola clássicos, sandálias e maquiagem simples. O cabelo curto estava arrepiado.

— Visual de matar — comentou Rachel, sabendo que nunca seria capaz de usar tudo aquilo.

— Obrigada. — Sienna sorriu para as duas. — Mãe, você está linda.

— Estou muito nervosa — admitiu Maggie. — Vocês viram Neil? Ele não vai me dar um bolo, não é?

— Não tem como alguém dar o bolo na noiva numa festa de noivado — assegurou Rachel.

— Ela está certa — disse Sienna. — Neil está ali, dizendo aos funcionários como você é linda.

Maggie viu o noivo e acenou.

— Vejo vocês mais tarde.

— Divirta-se — falou Rachel, e então olhou para a irmã. — Onde está David?

— Ele vai me encontrar aqui. Eu quis vir cedo para ver se alguém precisava de ajuda. Ai, não.

Rachel acompanhou o olhar da irmã e viu Courtney levando uma tigela grande cheia de laranjas, limões e limas. Enquanto observavam, Courtney tropeçou em um fio de extensão e derrubou a tigela.

— Faz cinco minutos e ela já está dando uma de Courtney — reclamou Sienna. — O que tem de errado com ela?

— Pare com isso — exigiu Rachel, partindo para ajudar a irmã mais nova.

— O que foi? Não me dê bronca. Ela é um desastre. Admita, Rachel. Courtney nem se formou no ensino médio. E faz quase dez anos que é camareira no hotel.

Rachel ignorou Sienna e foi ajudar Courtney com as frutas. A irmã mais nova sorriu quando ela se aproximou.

— Achei melhor passar vergonha logo cedo. Para poder aproveitar a festa.

— Não se critique. Não aconteceu nada de ruim.

— Ah, mas a noite ainda é uma criança.

As irmãs pegaram todas as frutas e ficaram de pé. Enquanto Courtney levava a tigela a um dos bares, Rachel a observou com atenção.

O vestido sem forma ficava muito normal em seu corpo. A estampa azul-marinho e bege era bonita, mas o comprimento era cinco centímetros acima do joelho, o que não caía bem para Courtney. As mangas que iam até os cotovelos eram estranhas, e a frente estava folgada nos ombros. Como sempre, a irmã tinha prendido os cabelos em um rabo de cavalo, que poderia ser bonito, mas não era.

— Venha comigo — disse Rachel, segurando a mão dela. — Me dê 15 minutos.

— O que foi? Não. Estou bem.

— Você está péssima. Venha, Courtney. Você poderia ser bonita. Por que sempre tenta se misturar com as cortinas?

— Não sou atraente. Sou alta e desajeitada.

— Talvez quando tinha 14 anos, mas não mais. Quinze minutos — repetiu. — Você não tem escolha.

— Tudo bem.

Courtney a seguiu hotel adentro. Rachel foi diretamente para o quarto da noiva e começou a abrir os armários. Encontrou alfinetes e fita de tecido. Dentro do cesto de achados e perdidos, pegou uma echarpe cor-de-rosa que teria que servir.

— Pegue a tábua de passar roupa e deixe isto liso — instruiu. — Queremos calor, mas não vapor, então veja se o ferro está sem água.

Ela encontrou uma linha azul-marinho e a enfiou na agulha, e então colocou Courtney de pé na frente do espelho de corpo inteiro enquanto dobrava as duas mangas e as prendia no lugar. Agora, em vez de uma manga solta até o cotovelo, o vestido tinha mangas curtas.

Rachel circulou ao redor da irmã e analisou o vestido.

— Você comprou esse vestido no brechó?

— Claro.

— Ótimo. — Rachel passou alfinetes dos dois lados dele, da metade do ombro até a parte mais protuberante do traseiro de Courtney. — Vista um roupão. Preciso do vestido.

A irmã se despiu e entregou a peça. Rachel usou as fitas de tecido para prender as mangas, e também as pregas que tinha criado nas costas. Quando o tecido esfriasse, prenderia o material para que a fita permanecesse.

Courtney saiu do banheiro com um roupão branco e felpudo.

— Sente-se — disse Rachel, apontando uma cadeira. — E solte os cabelos.

— Você não tem que fazer isso.

— Quero fazer. Minha irmã mais nova é de arrasar. Está na hora de o mundo saber.

Ela penteou o cabelo comprido e grosso de Courtney. Rapidamente, antes que a irmã pudesse protestar, puxou a parte da frente e pegou a tesoura.

— Você não vai... O que você fez? — A segunda parte da frase foi quase um grito. — Não quero franja.

— Eu sei e não me importo. Já comecei. Não tem como colar de volta.

— Pensei que Sienna fosse a megera da família — resmungou Courtney. — Você me enganou.

— Sim, enganei. Agora fique parada.

Rachel penteou mais cabelo para a frente e começou a cortar na altura da testa de Courtney. Cortava com cuidado, mantendo a linha reta. Penteou tudo de novo e acertou alguns fios mais compridos. Em seguida, prendeu o cabelo e passou a cuidar da maquiagem da irmã.

A pele clara e os olhos grandes e azuis de Courtney não precisavam de muito retoques. Rachel passou sombra, depois rímel, usou um lápis de sobrancelha e aplicou uma camada leve de blush. Com um batom cor-de-rosa forte, finalizou o visual.

Ela soltou a franja e se posicionou atrás da irmã. Depois de borrifar um spray para brilho nos cabelos, penteou as mechas compridas em um rabo de cavalo e soltou uma delas para enrolar em cima do elástico que mantinha tudo preso. Prendeu tudo com mais alguns grampos e borrifou spray de novo, e então ajeitou a franja.

— É assim — disse com firmeza — que se faz um rabo de cavalo.

— E se eu não gostar?

— Sofra.

Rachel voltou ao vestido. Usou a linha e a agulha para dar uns pontos, e então pediu para Courtney vesti-lo. A roupa, antes sem forma, agora acompanhava as curvas do corpo da irmã mais nova. Rachel enrolou o lenço cor-de-rosa para que se tornasse uma faixa, e usou para envolver a cintura da irmã.

O cinto falso ajudou a definir o corpo de Courtney ainda mais e fez a barra subir um pouco. O suficiente para passar do esquisito ao sensual. Rachel virou o rosto de Courtney para o espelho.

— Viu?

A mulher comum e desajeitada não estava mais ali. Em seu lugar, estava uma beldade moderna e bem arrumada. A franja suavizava os contornos fortes de seu rosto e fazia os olhos parecerem enormes.

— Demorei 15 minutos. Você conseguiria também, se tentasse. Fico feliz por te mostrar como fazer.

Courtney passou as mãos pelo vestido, e tocou a faixa.

— Foram 25 minutos, mas entendi. Estou bonita.

— Mais do que bonita. Você está lindíssima. Eu deveria te odiar. O fato de eu não te odiar atesta meu excelente caráter.

— Acho que sim. — Courtney a abraçou. — Obrigada. Isso é incrível.

— Que bom que você pensa assim. Agora, ande com orgulho. Você merece.

Quinn não conseguia se lembrar da última festa a qual fora apenas como convidado. Era sempre o homenageado ou, no mínimo, *aquele cara da música*. E descobriu que gostava de poder circular e bater papo sem ter que se preocupar com o que os outros queriam dele.

Pegou uma taça de champanhe de uma bandeja e tomou um gole. Joyce estava batendo papo com um grupo de amigos. O casal de noivos estava perto da pista de dança, e as três irmãs Watson estavam conversando.

Quinn observou as três interagindo. A linguagem corporal era clara. Rachel e Courtney se sentiam à vontade uma com a outra, mas Courtney não se dava bem com Sienna. Sempre que a loira platinada falava, os ombros de da irmã mais nova ficavam tensos.

Quinn imaginou que havia muita história naquela tensão. Uma vida toda de experiências. Ele havia lido um artigo, cerca de um ano antes, que falava que, em um grupo, sempre havia o bode expiatório. Aquela pessoa menos valorizada do que as outras. E diria que Courtney tinha sido o bode expiatório da família durante a maior parte da vida.

Continuou analisando as irmãs. Haviam semelhanças e diferenças claras e interessantes. Rachel era a mais velha. Era mais pesada e tentava esconder o fato com roupas muito largas. Parecia cansada. Ou talvez resignada. Sienna era a mais bonita das três, mas ele nunca gostou do óbvio. Por fim, observou Courtney por um bom tempo.

Ela estava diferente. Mais sensual. Ainda não muito à vontade, mas atraente como sempre. Não parava de passar a mão na parte da frente do vestido, como se não tivesse certeza de como estava. Rachel afastava a mão dela todas as vezes, fazendo Quinn pensar que a irmã mais velha tivera algo a ver com a transformação.

Ele caminhou até o bar e pediu uma dose de tequila com uma fatia de limão, e então se aproximou das mulheres Watson.

Courtney sorriu quando o viu.

— Vocês se lembram de Quinn, não? O neto de Joyce.

— Prazer, Quinn — disse Rachel, apertando a mão dele. — Cuidado com Sienna. Ela vai querer seu dinheiro.

— Por uma causa excelente — protestou a irmã do meio, sorrindo. — E se me der um cheque, prometo não incomodá-lo.

— Hoje não — pediu Quinn com firmeza ao entregar a bebida a Courtney.

— Ainda não jantamos — protestou ela. — Está cedo para tentar me embebedar.

Ele riu.

— É medicinal. Vai ser uma noite longa.

Courtney olhou para a bebida e depois para Quinn, e então deu de ombros.

— Está bem. — Depois de beber, ela chupou a fatia de limão. — Sem sal?

— Difícil de transportar.

Mas Quinn poderia tê-lo colocado em sua mão e ela poderia ter lambido. Ele se permitiu três segundos para pensar em como isso teria sido incrível, e então deixou de lado a ideia e o que acreditava que seria a sensação dos lábios mais fantásticos em sua pele. Courtney não era para ele. Era jovem e impressionável, não alguém com quem Quinn deveria se envolver. Ele *gostava* de Courtney, por isso a protegeria de si mesmo.

— Bela festa — comentou. — Gosto das velas votivas.

Nos vasinhos de vidro em todas as mesas tinham sido pintados a frase "Ela disse sim!".

— Um toque delicado — assumiu Courtney.

— Ela também é a responsável pela torre de champanhe — acrescentou Rachel.

— Desde que não encoste nela — murmurou Sienna. — Porque isso não daria certo.

— Sienna — sussurrou Rachel.

Courtney se retraiu e deu um passo para trás.

— Você experimentou os petiscos? Os *chefs* realmente capricharam hoje. Vamos experimentar alguns aperitivos novos, usando ingredientes da região.

Rachel tocou as costas de Courtney, como uma forma de apoio, antes de se virar para Sienna.

— Ah, veja. Ali está o David. Você deveria falar com ele.

— Vocês duas são sensíveis demais — reclamou Sienna antes de se afastar.

Quinn a observou se retirar. *Dinâmica familiar*, pensou com seriedade. Normalmente, era ruim — apesar de ele ter sorte no que dizia respeito a Joyce, refletiu e se virou para Courtney.

— Você fez o caminho de mesa com as fotos? Foi uma boa ideia.

Ela abriu um sorriso de gratidão.

— Hum, sim, é fácil de fazer on-line. Você poderia copiar a ideia para uma das festas de sua empresa. Com todas as capas dos discos.

— Ótima ideia — disse Rachel. — Vou usá-la no fim da próxima temporada de beisebol. Sempre fazemos uma festa grande com a equipe toda. Vou enviar um e-mail aos pais pedindo para que me encaminhem as fotos preferidas dos filhos durante a temporada. Com licença. Vou mandar um lembrete para mim mesma para não me esquecer.

Ela se afastou. Quinn olhou para Courtney.

— Você está bem?

Ela sorriu, animada.

— Claro. Tomei tequila. O que pode haver de ruim?

A sua irmã, para começo de conversa, pensou ele sombriamente. Pior ainda, conhecer Sienna fez com que ficasse mais protetor com Courtney, e isso, aliado ao fato de já gostar dela, era sinônimo de problemas.

— Você é a estrela — afirmou a Courtney.

— Sou uma camareira. Sienna está arrecadando dinheiro para ajudar mulheres agredidas por seus companheiros a começar uma vida nova. Acho que ela ganha de todo mundo.

— Além disso, ela sempre foi a mais bonita — refletiu Quinn.

Courtney mordeu o lábio inferior.

— É, tem isso.

— O que você tem é melhor do que beleza.

Ela ergueu as sobrancelhas.

— Ah, por favor. Todos sabemos que isso não é verdade.

— Conte-me sobre a tatuagem em sua lombar e direi por que você está enganada.

Courtney riu. O som agradável foi profundo e verdadeiro, indicando que o equilíbrio tinha sido restabelecido.

— Nem se me pagar — respondeu ela. — É o meu segredo e vou assombrar você em todas as oportunidades que tiver.

— Essa é a minha garota — disse Quinn, segurando a mão dela. — Agora, quero ver o caminho de mesa de novo. Você pode me mostrar todas as suas fotos de infância.

— Sienna é a bonita. Você deveria olhar para ela.

— Não estou interessado.

Courtney o olhou espantada.

— Você está interessado em mim?

Mentir seria fácil e provavelmente era o certo a se fazer, mas como sempre, Quinn escolheu o caminho difícil.

— Estou.

Ela o encarou seriamente dessa vez.

— Vai fazer alguma coisa a respeito?

— Ainda não decidi.

— Por que é você quem tem que decidir?

— Porque você não o fará.

— Ah, isso é verdade. Vai me contar quando decidir?

— Você vai ser a primeira a saber.

9

Sienna olhou para as irmãs do outro lado da mesa. Infelizmente, ninguém notou. Ela e David estavam sentados ao lado do casal de noivos, enquanto Rachel e Courtney estavam do outro.

— Você está bem? — perguntou David.

— Estou. Só lidando com minha família. — Sienna sorriu. — Desculpa. Ando muito distraída? Não serei mais.

David a beijou suavemente.

— Obrigado. A festa está ótima.

— Tem razão. Joyce fez um ótimo trabalho.

O jantar estava excelente, e a decoração era simplesmente correta. Uma versão pequena de um bolo de casamento com uma cobertura na qual se lia "Maggie & Neil" tinha sido a sobremesa. O caminho de mesa era um belo detalhe. Aparentemente, Courtney tinha inventado aquilo, o que era difícil de acreditar, mas tinha.

Pensar na irmã fez com que se sentisse chateada. Rachel sempre defendia Courtney, o que fazia sentido na infância. Se alguém era perseguida, era a irmã mais nova. Ela não só tinha sido um total fracasso na escola, mas também era incrivelmente alta. Algo que não teria importado tanto se Courtney não fosse dois anos mais velha do que seus colegas de classe.

— Em que está pensando? — David perguntou ao empurrar os óculos para cima. — Parece concentrada.

— Só na Courtney. Eu me preocupo com a minha irmã, que tem 27 anos e ainda é camareira neste hotel. Sei que ela nunca vai ser cientista espacial, mas pelo menos podia se esforçar. A mamãe sempre tenta fazer com que ela se matricule na faculdade, mas Courtney não aceita. Fico me perguntando se ela tem medo.

David sorriu.

— Você tem uma alma tão doce e generosa.

Ugh. Não era verdade, principalmente no que dizia respeito a Courtney. Na maior parte do tempo, Sienna sentia frustração e talvez um pouco de constrangimento.

— Você será uma ótima mãe — continuou ele.

— Espero que sim. — Sienna voltou a sorrir. — Olho para as mulheres que ajudamos e a maioria têm filhos. Aquelas crianças sentem muito medo. Sei que um pouco disso é porque não sabem o que vai acontecer. Quero abraçá-las e dizer que vai ficar tudo bem. Mas não acreditariam em mim e eu só as assustaria mais.

— Você gosta de seu trabalho.

— Adoro. Pedir dinheiro para as pessoas não é tão difícil e é por uma boa causa. Você fala sobre se sentir animado para ir ao escritório todos os dias. Eu me sinto da mesma maneira. Quero deixar as coisas prontas. Quero saber que fiz a diferença.

Sienna ficou se perguntando se a paixão que sentia por seu trabalho vinha do fato de sempre — em seu coração — ter sentido vergonha de Courtney. Não gostava dessa parte de si, mas existia. Em uma cidade tão pequena quanto Los Lobos, ser a irmã de Courtney tinha sido inevitável. Outros alunos a perturbavam, dizendo que ela era idiota como a irmã caçula. Rachel era mais velha e, por isso, escapou dessas coisas, mas Sienna sofreu muito.

Ela olhou para a multidão na barraca. Quase trezentas pessoas tinham ido à festa. Conhecia a maioria desde sempre. O ex-marido de Rachel estava ali, assim como Jimmy. Os clientes de Maggie, vizinhos antigos, amigos de longa data.

— Eu não queria me mudar para cá — revelou David. — Quase não aceitei o emprego. Afinal, quem conhece Los Lobos?

Sienna sorriu.

— E agora?

— Foi a melhor coisa que me aconteceu. — Ele a encarou profundamente. — Eu te amo, Sienna.

David já tinha usado a palavra "amor" algumas vezes antes. Ela sempre desviava do assunto, porque não sabia o que dizer. Mas, naquele momento, sentindo-se chateada com sua família e sabendo que David só via o melhor dela, Sienna se inclinou para beijá-lo.

— Também te amo.

Ele sorriu.

— Mais tarde, vou fazer você dizer isso umas cem vezes.

Ela riu.

Os garçons começaram a tirar os pratos do jantar. Maggie ficou de pé e pegou um microfone na mesa principal.

— Sei que não é nosso casamento, na prática — começou. — Mas Neil e eu vamos cortar aquele bolo lindo mesmo assim. Depois, poderemos dançar. — Ela olhou para Neil, e então olhou para a mesa na direção de Sienna e de David. — Porém, antes disso, me pediram para tocar uma música especial. Acho que algo incrível vai acontecer... só não sei bem o quê.

— Você tem...

Sienna parou de falar quando David ficou de pé. Começou a tocar "Hello", de Lionel Richie, uma escolha esquisita para uma festa de noivado. Mas o que estava acontecendo? Ele pretendia fazer um brinde? Isso era adequado? Estavam namorando há apenas seis meses, e ele não conhecia a mãe dela nem Neil tão bem assim para isso.

David pegou o microfone de Maggie e então se virou para Sienna. As luzes do teto foram acesas, iluminando os dois. Sienna se sentiu gelada enquanto pensava se era possível escapar dali. Independentemente do que fosse acontecer, seria ruim. Sentia isso.

— Sienna, você é uma mulher incrível.

Seu coração parou de bater. Ela sentiu quando ele parou dentro do peito. Não. *Não!* David não podia estar fazendo o que ela pensava que ia fazer.

Ela se forçou a sorrir.

— Obrigada. Você também é. Estou muito feliz por você ter vindo à festa de noivado de minha mãe.

Uma tentativa desesperada de fazer com que David se lembrasse de onde estavam e do porquê. Era o momento da mãe dela. *Ah, por favor, por favor, que eu esteja enganada*, pediu em pensamentos. Só dessa vez, estar enganada seria ótimo. Perfeito. O maior sonho de todos.

— Conversei com sua mãe e com Neil. Eles são pessoas maravilhosas. Desejo toda a felicidade do mundo para o novo casal. Mas admito que estou sentindo um pouco de inveja. Porque eles sabem que ficarão juntos para o resto da vida. — David sorriu para ela. — Também quero isso. A promessa do felizes para sempre, com a mulher mais incrível do mundo.

Sienna sentiu o desespero aumentar quando ele se ajoelhou. Ao redor, todo mundo arfou surpreso. Alguém sussurrou: "Que romântico." Ela sentiu vontade de encontrar essa mulher e estapeá-la. Não era romântico. Era um pesadelo ao vivo e a cores. Por que David estava fazendo aquilo? Meu Deus, meu Deus, meu Deus.

Ele tirou uma aliança do bolso do blazer e a estendeu a ela.

— Isto era da minha avó. Ela e meu avô passaram sessenta anos juntos. Quando telefonei e contei como me sentia, ela me mandou esse anel. Sienna, eu te amo. Quero passar o resto da vida com você. Quer se casar comigo?

Não! Não! Ela não podia. Não queria se casar com David. Pelo menos, achava que não queria. Mal se conheciam. Era cedo demais... rápido demais.

Desesperada, Sienna se deu conta dos segundos passando. De todo mundo olhando. Aquele era o momento errado, o lugar errado e, talvez, o homem errado. Também era a festa de noivado da mãe dela. Como seria lembrada? Como um evento incrivelmente romântico, ou aquele em que a filha de Maggie deu um pé na bunda do namorado?

Sienna se forçou a sorrir e a se levantar.

— Ah, David, claro que quero me casar com você.

— Foi lindo — afirmou Maggie ao encher a taça com mais champanhe.

Rachel estendeu a sua taça. Lena e o marido dariam uma carona para ela até em casa, por isso se embebedaria o quanto quisesse. Naquele momento, era preciso beber.

— Você viu o horror nos olhos de Sienna? — perguntou Rachel. — O que deu no David?

— Ele foi muito bonzinho quando veio me pedir permissão. — Maggie se recostou na cadeira e suspirou. — Se eu fosse uma mãe melhor, teria dito não. Ou você acha que Sienna está mesmo apaixonada?

— Você acha? — perguntou Rachel.

— Não muito, mas já me enganei antes. Sempre achei que ela e Jimmy eram o casal perfeito. Muito jovens na época, mas perfeitos um para o outro. — Maggie olhou para a pista de dança, na qual Neil dançava com Sienna. — Sou uma mulher de sorte.

— Você é, sim.

Maggie se virou para a filha mais velha.

— Tem certeza? Você se lembra do seu pai mais do que suas irmãs. Não quero que pense...

Rachel a interrompeu balançando a cabeça.

— Mãe, faz vinte e quatro anos. Já passou da hora de você encontrar alguém. Neil a adora e você o adora. É o que importa.

— Obrigada. — Maggie pegou sua taça e voltou a pousá-la na mesa. — Você sabia que David sugeriu fazermos um casamento duplo com ele e Sienna? Eu disse que venho planejando minha festa de casamento desde os 14 anos. Minha mãe não me deixou tomar nenhuma decisão quando me casei com seu pai, por isso, dessa vez, vou fazer tudo o que quiser.

Uma ideia meio assustadora.

— Mãe, você sabe que seus gostos mudaram desde os 14 anos. Pode querer repensar o plano.

— Não — respondeu a mãe com firmeza. — Sei que quero todos os tons de cor-de-rosa e que teremos cisnes.

— Os cisnes têm que ser cor-de-rosa também?

A mãe se animou.

— Você acha que podemos tingi-los para combinarem com a decoração?

— Não. Eu só cuido de cabelos. Não de penas. Além disso, os outros cisnes dariam risada deles.

— Ou sentiriam inveja. — Maggie pegou o champanhe de novo. — Já sei. Vamos trocar por flamingos.

— Muito criativo. — Rachel ficou de pé. — Vou ao banheiro, depois comerei outra fatia de bolo. — Ela se abaixou e beijou o rosto da mãe. — Você vai ser uma noiva linda.

— Obrigada, querida.

Rachel observou a multidão ao entrar. Até aquele momento, tinha conseguido evitar Greg, o que significava que seu plano estava dando certo. Ainda não tinha decidido o que diria quando se reunissem de novo. *Ei, obrigada pela carga emocional que jogou na minha cabeça aquele dia. Foi ótimo*, era uma péssima ideia.

Ela entrou no banheiro feminino sem vê-lo. O local estava vazio e ela foi ao último reservado. Mal tinha se sentado quando ouviu duas mulheres entrando.

— Mas que festa! — disse uma. — Sienna está chocada. Não sei se esse choque é bom ou ruim. Já é o quarto noivo?

— Terceiro, acho. Não sei bem.

Rachel ficou paralisada, sem saber como dizer que estava no último banheiro. Decidiu que não havia nada a ser feito, exceto esperar que elas terminassem.

— Courtney está bonita — disse a segunda mulher. — Rachel deve ter dado um jeito nela. É a irmã que eu não entendo. Rachel tem tanta habilidade. Por que não se cuida? Você viu o que ela está vestindo?

— Eu sei. Horrível. É porque está acima do peso. Parece cansada.

Elas entraram nos reservados, mas continuaram conversando.

— Não está cansada, está deprimida. Você não ficaria triste se perdesse o Greg?

— Nem me fala. Ele é tão gato. E daí que a traiu? Soube que foi só uma vez, então deixe isso para trás. Sei lá, né? Ela se largou totalmente. Se você fosse casada com ela, não trairia?

As duas riram.

O sentimento de humilhação invadiu Rachel. Ela não conseguia pensar, não conseguia respirar. Era aquilo mesmo o que as pessoas diziam dela? O que todo mundo pensava? Que era uma gorda fracassada que deveria aceitar o marido infiel de novo?

— Maggie parece estar feliz — respondeu a primeira. — Neil é um patinho feio, mas está totalmente apaixonado. Olha para ela como se fosse uma princesa. Invejo isso.

— Eu também.

Elas deram descarga e saíram dos reservados.

— A comida está deliciosa — avaliou uma delas. — Joyce contrata os melhores prestadores de serviço.

— Verdade. Aquela sopa!

— Talvez a gente consiga levar um pouco para casa.

As duas riram e saíram. Rachel deu descarga e saiu do reservado, encontrando o banheiro vazio. Disse a si mesma que deveria continuar se movimentando. Que o que aquelas mulheres disseram não importava. Que ela estava bem.

Foi até a pia, lavou as mãos e pegou uma toalha. Ao fazer isso, se olhou no espelho. As olheiras pareciam mais fortes. A blusa sem forma cobria seu corpo. Os cabelos precisavam ser cortados e talvez também precisassem ganhar umas luzes. Aquelas mulheres tinham razão: ela tinha se largado.

Mas não era sua culpa, pensou. Corria o tempo todo com as tarefas. Era mãe solteira de um menino ativo de 11 anos. Trabalhava em período integral. Estava fazendo o melhor que podia para manter tudo de pé sem a ajuda de ninguém. Greg a havia traído. Não tinha sido sua culpa. Independentemente de qualquer coisa, não tinha sido culpa dela.

Afastou as lágrimas antes de sair do banheiro. Deu dois passos e acabou na frente do ex. Greg sorriu.

— Rachel. Oi. Estava te procurando. Quer dançar?

O cabelo escuro dele estava bem comprido. Usava uma camisa verde-escura por dentro da calça jeans preta. Era alto e esguio, e bonito o suficiente para chamar a atenção de Angelina Jolie. E já tinha sido seu marido.

Rachel acreditara, do fundo da alma, que enquanto amasse Greg e fosse amada por ele, nada de ruim poderia acontecer. Na véspera de seu casamento, passou a noite animada, mas também preocupada com o dia seguinte, pensando que seu futuro marido acordaria e perceberia que poderia conseguir alguém bem melhor. Ela o amou muito, e Greg a traiu.

— Não posso — sussurrou Rachel.

— Não está se sentindo bem? Quer que te leve para casa?

— É a dor nas costas — mentiu, pensando que tinha que sair dali. Precisava fugir de tudo o que todos estavam pensando e dizendo.

— Claro. Você trouxe a bolsa com as coisas para arrumar o cabelo da sua mãe? Onde está?

— Vou pegá-la. Pode deixar. Pode dizer à minha mãe que tive que ir embora, por favor?

— Claro. A gente se encontra aqui de novo.

— Obrigada — murmurou Rachel, passando por ele. Tinha que esperar só mais um pouco. Josh passaria a noite na casa de um amigo, então assim que chegasse em casa, estaria sozinha. Lá, poderia se entregar à dor. Onde ninguém pudesse vê-la.

Maggie ergueu a taça de champanhe. Já era quase meia-noite e todo mundo estava sentindo os efeitos da comida e da bebida. Ela deu uma leve balançada. Neil passou o braço ao redor de seu corpo.

— Obrigada a todos que vieram — disse rindo. — Amo todos vocês!

— Também amamos você! — respondeu alguém.

Quinn estava sentado no fundo da tenda, em uma mesa mais reservada, observando todas as pessoas. Tinha se divertido muito. Maggie e Neil não pareciam feitos um para o outro. Pelo menos não fisicamente. Maggie possuía pernas compridas e era esguia, enquanto Neil era baixo e rechonchudo. Mas estavam felizes juntos. Até ele conseguia ver isso, e Quinn se orgulhava por ver todas as coisas através de lentes cínicas.

Como o pedido de casamento. Sienna foi totalmente surpreendida. Isso tinha sido fácil de perceber. Assim como a relutância dela em dizer sim. Mas o que mais poderia ter dito? Recusar o pedido de David seria algo lembrado por todos. E agora, ela estava noiva. Quinn ficou tentando adivinhar quanto tempo iria demorar para que Sienna rompesse o relacionamento.

— Nunca pensei que voltaria a me apaixonar — continuou Maggie. — Mas me apaixonei. Pelo homem mais incrível do mundo. Tenho muita sorte por ter te encontrado, Neil.

Eles sorriram um para o outro, e então se beijaram rapidamente. Maggie se endireitou e se voltou para os convidados.

— Também quero agradecer às minhas filhas. Eu amo vocês, meninas. Sinto muito orgulho de minhas filhas... e de Courtney. — Ela ergueu a taça. — Agora todo mundo tem que dançar!

Quinn ficou de pé e olhou ao redor. Encontrou Courtney do outro lado da tenda. Ela estava de braços cruzados ecom os ombros curvados para a frente. Como se tentasse ficar pequena de novo.

Ele torcia para Courtney aceitar que nunca seria como as outras pessoas. Que ela era muito mais do que imaginava. Mas era difícil ser mais quando as pessoas que deveriam te dar amor insistiam em te ver como menos.

Ela viu quando Quinn se aproximou, e entortou os lábios como se não soubesse bem o que fazer. Em seguida, ergueu o queixo e jogou os ombros para trás.

Ótimo, pensou ele. Courtney ainda era durona e forte por dentro. Ele gostava disso.

Parou na frente dela e a encarou. Courtney retribuiu o olhar.

— Você não contou a sua mãe e irmãs sobre a faculdade porque está punindo a si mesma ou a elas? — perguntou Quinn.

— A maioria das pessoas começa uma conversa com "oi, tudo bem?" ou com um comentário sobre o clima.

— Está escuro, céu sem nuvens. E a minha pergunta?

— É muito direta.

Quinn esperou.

— Não sei — respondeu Courtney. — Talvez as duas coisas. Tenho algo a provar. — Ela inclinou a cabeça. — Para deixar registrado, não estou feliz com suas opiniões. Assim fica difícil continuar. Não tenho nenhuma opinião a seu respeito, o que não é justo. Você deveria me contar algo bem íntimo para ficarmos empatados.

— Você já tem todo o poder, Courtney.

Ela riu.

— Claro que tenho. Esta sou eu, cheia de poder.

— Você só não sabe ainda como usá-lo.

— Você é bom com frases simples.

— Escrevo muitas músicas. É um ótimo treinamento para ser enigmático.

— Você se sai bem. Que poder? Como faço para encontrá-lo?

— Sendo corajosa.

— Você é corajoso?

— Não com a frequência com que gostaria de ser.

Courtney encostou o dedo no peito másculo.

— Seja específico.

Quinn segurou a mão dela e a puxou para perto.

— Eu estava saindo como uma mulher.

— Namorando?

— Transando.

— Sem namorar? Só sexo?

— É mais fácil.

— Acho que sim, mas mais solitário.

Era engraçado que Courtney adivinhasse a verdade tão depressa.

— Eu queria mais com ela, mas não disse nada. Não tive coragem.

— Ela se foi?

Quinn assentiu.

— Se casou com outro cara. Está feliz, e isso é bom.

— Foi por causa disso que você se mudou para cá?

Ele sorriu.

— Não. Não fiquei de coração partido. Só decepcionado por ter perdido a chance.

— Então seu conselho para mim é uma coisa mais "faça o que eu digo, não faça o que faço?".

Quinn riu.

— Sim, bem por aí.

— Tá. Vou pensar.

— Assim?

Courtney pareceu surpresa com a pergunta.

— Isso. Você tem muito mais experiência do que eu. Não por ser, digamos, velho, mas por ter vivido muito mais.

Quinn a puxou um pouco mais para perto. Estavam quase se tocando. Courtney estava calçando sapatilhas, e não precisou inclinar a cabeça para encará-lo nos olhos.

— Velho? — indagou Quinn.

— Você vive me dizendo que é velho, então decidi acreditar. Na verdade, agora, pensando bem, você está de pé há muito tempo. Precisa se sentar?

Quinn a puxou pela mão de novo e Courtney deu mais meio passo. Um meio passo que colocou os corpos em contato direto. Eles se tocavam do peito à coxa... ou, no caso dela, do seio à coxa. Apesar de seu corpo não ser tão feminino, havia curvas suficientes para satisfazer um homem como Quinn.

— Você me atiça.

Courtney sorriu.

— Atiço. Deveria ter medo de você. Mas não tenho. Por que será?

— Porque me deseja.

A frase era mais para testar o terreno do que para atestar um fato, mas Courtney não sabia disso. Corou, começou a se afastar, abriu a boca para falar, e então contraiu os lábios. E isso mostrou a Quinn tudo o que precisava saber.

— Eu também te desejo — disse ele, antes de beijá-la.

Quinn soltou a mão dela ao beijá-la. Nunca tinha sido do tipo de cara que precisava segurar uma mulher para mantê-la por perto. Apesar de sempre gostar de ver mulheres em sua cama, queria que estivessem lá por vontade própria, até mesmo ansiosas. A conquista de que gostava era intelectual, não física. No que dizia respeito ao sexo, Quinn gostava de parceiras em condições de igualdade.

Courtney não se intimidava com ele, mas ainda assim eles estavam em momentos diferentes da vida. Por isso, queria que ela tivesse certeza.

Por um segundo, Courtney não se mexeu. Em seguida, aproximou-se dele e apoiou as mãos em seus ombros. Quinn colocou as suas mãos na cintura dela.

Courtney era quente e a sensação de tê-la próxima era boa. Quinn gostou de perceber que ela retribuía o beijo, ainda que sem firmeza no início, e então com mais confiança com o passar dos minutos. Quando Courtney abriu os lábios, Quinn se permitiu explorar sua boca brevemente. A sensação da língua dela contra a dele bastou para deixá-lo excitado, mas ali não era o momento nem o lugar. Ele se afastou e beijou a testa dela.

— Está tarde — disse Quinn. — Vou agradecer a sua mãe por ter me convidado e dar a noite por encerrada.

— Isso me pareceu muito mais uma afirmação do que um convite — alegou ela.

— Isso mesmo.

— E aquela parte sobre me desejar?

— Continuo desejando.

Courtney o olhou com atenção.

— Você é o homem mais confuso que conheço.

— Faz parte do meu charme.

— Estão chamando de charme agora?

— Boa noite, Courtney. — Quinn se virou e começou a se afastar.

— Eu falei que você é irritante? Porque é. Muito! E se pensa que vai ver minha tatuagem em breve, está redondamente enganado.

Ele ainda estava rindo quando entrou no bangalô.

10

Rachel queria passar o resto da vida encolhida em um canto escuro. Infelizmente, as circunstâncias não iriam cooperar. Ela teve uma noite longa alternando entre a vergonha e a fúria. Queria saber quem havia dito aquelas coisas ruins e confrontar as pessoas. Ou enfiar todas as suas coisas em malas e fugir durante a noite. Aquelas palavras ouvidas por acaso se misturavam com todas as coisas que Greg dissera. Ao amanhecer, estava exausta e confusa, mas também certa de que tinha que fazer alguma coisa. Porque havia permanecido presa no limbo por muito tempo, agindo sem ter plano.

Ela acreditava que eram só coisas da vida. Por pior que estivesse se sentindo, ainda tinha que limpar a casa e planejar as refeições para a semana, lavar as roupas e abastecer o carro. Também precisava encontrar a irmã para um brunch. A parte um de seu plano ainda não determinado era aparecer no restaurante tão bonita para que ninguém tivesse motivo para falar. Depois... bem, veria o que fazer depois.

Forçou-se a sair da cama e a tomar um banho. Em vez de vestir uma calça preta de lã de novo, procurou no armário uma calça jeans que servisse, e então colocou uma blusa vermelha bonita. Depois de passar mais tempo se maquiando, prometeu a si mesma que pediria que um de seus amigos do trabalho cortasse seus cabelos.

Aquelas mulheres dentro do banheiro foram malvadas e malcriadas, mas tinham razão em relação a uma coisa. Rachel *tinha* se largado, sim. Em parte, devido ao divórcio — havia se sentido tão mal que simplesmente não se importava. Em parte, por causa de Greg — sem ele em sua vida, qual era o motivo para se arrumar? Ainda que esse último pensamento acabasse fazendo com que ela fosse expulsa do grupo feminista do qual queria participar. Porque, meu Deus, ninguém pode ser definida por um homem.

Rachel queria ser mais forte do que isso. Queria ser uma daquelas mulheres resolvidas que se ocupavam e se mantinham atualizadas sem serem casadas. O tipo de pessoa que partiria para um safári na África sozinha. Não que fosse fazer isso um dia. Ainda precisava aprender a comer sozinha em um restaurante.

Ela calçou um par de sapatos de salto que não usava havia anos, e então se segurou no puxador do armário, tentando se equilibrar. Sapatilhas ou tênis seriam mais fáceis, mas nunca mais escolheria o caminho fácil. Sim, tivera alguns dias horrorosos, talvez um ou dois anos ruins, mas se recusava a deixar alguém sentir pena dela. Talvez Greg também tivesse razão e ela tivesse mesmo que fazer tudo sozinha. Mas e daí? Faria melhor e com mais coragem. Ou pelo menos tentaria mais do que já tinha tentado.

Courtney já estava acomodada em uma mesa quando Rachel chegou ao restaurante do hotel. A irmã caçula acenou para chamá-la. Rachel demorou um instante admirando como a franja tinha ficado bonita antes de atravessar o salão. Courtney ficou de pé e a abraçou com carinho.

— Como está se sentindo? Suas costas melhoraram?

A mais velha das irmãs Watson demorou um pouco para entender do que ela estava falando. Em seguida, lembrou-se da mentira que havia contado para poder sair da festa de noivado mais cedo.

— Estão bem — revelou. — Deve ter sido um mau jeito ou coisa assim, mas está bem melhor agora.

— Ótimo.

Rachel pediu um café puro e uma omelete de claras com legumes. Decidiu que deveria implementar a sua decisão enquanto estivesse motivada. Assim, emagreceria alguns quilos.

— Perdi alguma coisa interessante? — perguntou quando o garçom se afastou.

— Não. O pedido de casamento de David foi o ponto alto. — Courtney enrugou o nariz. — Ou o ponto baixo, dependendo de que lado você olha.

— Eu sei. O que foi aquilo? — Rachel se inclinou em direção à irmã. — Você acha que mais alguém notou o pânico de Sienna? Foi feio. Ela não queria dizer sim.

— Ai, Deus, foi horrível. Acho David um cara legal e tudo, mas nunca imaginei que eles tinham química.

— Ele deve achar que têm. É o terceiro noivado.

Courtney encarou a irmã.

— Você meio que está se divertindo com o sofrimento de Sienna, não?

— O quê? Não. Claro que quero que minha irmã seja feliz. Talvez David seja o cara certo.

— Acha mesmo possível?

— Sinceramente, não faço ideia. É difícil entender Sienna.

Rachel acreditava que, na maioria das famílias, os irmãos se conectavam em níveis diferentes. Ela e Courtney eram próximas. Talvez por terem uma diferença de idade muito grande. Com a ausência da mãe — que trabalhava e estudava — Rachel havia sido sua substituta quando podia. Fazia sentido que ajudasse a cuidar da caçula da família.

Tinha feito o melhor que podia, Rachel dizia a si mesma. Mas nunca conseguira ajudá-la com a lição da escola. Por muito tempo, ela pensou que era culpada pelo atraso de Courtney, que não estava fazendo direito. Quando a irmã caçula repetiu de ano, Rachel se sentiu arrasada, sabendo que era a responsável. Descobrir que a irmã tinha um déficit de aprendizagem fora um alívio. E junto com o alívio vinha uma vergonha estranha por estar feliz, por não ter sido a responsável.

Não era à toa que gostava de controlar tudo, pensou com seriedade. Se errasse em alguma coisa, não havia ninguém a quem culpar além de si mesma. Não que estivesse admitindo que Greg pudesse estar certo em relação a algumas coisas.

O telefone de Courtney tocou. Ela olhou para a tela e resmungou.

— Ela se lembrou.

— Quem?

— A mamãe. Ontem, na festa, ela disse que estava pensando muito no casamento. Não queria continuar perturbando a Joyce, por isso faria tudo comigo. — Courtney mostrou o telefone para que Rachel pudesse ler a mensagem de texto.

Quero cisnes, não flamingos. E uma máquina de algodão-doce cor-de-rosa.

— Quando ela começou a querer flamingos? — perguntou Courtney.

— Ontem à noite, mamãe falou que queria cisnes, mas a cor estava errada. — Rachel ergueu as mãos. — Eu disse que não tingiríamos as penas deles, por isso falamos em flamingos.

— Ah, que demais.

O empregado voltou com o café. Courtney pegou o dela com as duas mãos.

— Ela quer que a máquina de algodão-doce em si seja cor-de-rosa ou só o algodão-doce?

— Você vai ter que perguntar. — Rachel tomou um gole do café quente e suspirou. — Você sabia que a mamãe não pôde planejar o casamento com o papai?

— Como assim?

— A avó Helen disse que ela era jovem demais para tomar essas decisões e fez tudo da forma como queria. Pelo menos, foi o que a mãe me disse, por isso ela tem um monte de ideias que vem guardando. Esperando. Agora, quarenta anos depois, está determinada a ter a festa de casamento de seus sonhos. Tentei explicar que o gosto dela pode ter mudado um pouco, mas mamãe não quer dar atenção.

— Eu disse "que demais" antes porque realmente estava achando. — Courtney olhou para a irmã. — Vou cuidar do casamento.

— Como assim? Pensei que a mamãe estivesse tratando com Joyce.

— Ah, ela faz reuniões com Joyce, mas sou eu quem estou organizando. Eu preparei a festa de noivado. Tudo. Desde as barracas, passando pelo bar até a contratação do DJ.

— Pensei que você fosse camareira — comentou Rachel sem conseguir se controlar.

— Eu sou, mas faço de tudo quando precisam. Já fui garçonete no restaurante, fiz coquetéis, trabalhei na recepção. Há um ano, a pessoa que planejava nossos eventos teve uma intoxicação alimentar na véspera de um casamento enorme. Tomei o lugar e cuidei de tudo. Desde então, tenho planejado eventos, quando necessário. Por este ser um evento da nossa família, Joyce achou que seria mais fácil se eu fizesse. Mas não sei bem pra quem deveria ser mais fácil.

— Pra você, não — analisou Rachel. A pequena Courtney cresceu. Quando isso tinha acontecido? — A mamãe sabe disso?

Courtney deu de ombros.

— Não sei. Fui em todas as reuniões. Sou seu ponto de contato.

— Então, não.

— Ela vai ficar chateada. Não vai confiar em mim para lidar com as coisas. Vai se preocupar.

E tudo aquilo era verdade.

— Conto a ela depois do casamento — argumentou Courtney. — Quando tudo ficar bem.

— E se não ficar, pode culpar Joyce.

Elas riram.

O brunch chegou. Rachel deu algumas mordidas, mas não estava com fome. Seria um efeito da noite anterior? Ainda conseguia ouvir aquelas mulheres em sua cabeça, falando que tinha sido uma tola por deixar Greg partir.

— Você acha que errei quando me divorciei de Greg por ele ter me traído?

A irmã hesitou.

— Não sei. Você estava tão brava e magoada. Ele foi um idiota pelo que fez.

— Mas você não o odeia.

— Ele é pai do Josh e meio que faz parte de nossa vida. Odiá-lo tornaria as coisas mais difíceis para todo mundo. Fiquei brava por muito tempo, pelo que ele fez com você. — Courtney cortou um pedaço do waffle belga. — Na verdade, nunca entendi bem o que deu errado. Vocês dois eram loucos um pelo outro. Não entendi como ele pôde ter feito o que fez. Você era tudo para ele.

Rachel pensou em como eles vinham brigando o tempo todo. Com a rotina de 24 horas de trabalho e 24 horas de folga, Greg tinha tempo livre demais. Em vez de usá-lo direito, queria passar o tempo com os amigos. Rachel não teria problemas com isso se ele não a tivesse deixado com todas as coisas de casa para fazer, além de cuidar de Josh.

Mas, apesar de querer reclamar que era tudo culpa do ex-marido, não parava de pensar no que Greg tinha dito depois do jogo de beisebol. Que ela queria ser a única a cuidar das coisas. Que precisava estar sempre certa. Que preferia se fazer de vítima a pedir ajuda.

— Nós nos casamos jovens — refletiu Rachel lentamente. — Não estou dizendo que foi um erro, mas uma pressão a mais. Queríamos esperar para ter filhos, mas então engravidei de Josh. Tivemos que amadurecer depressa e Greg não estava pronto. Ele queria ser um cara jovem aos vinte e poucos anos, não um cara casado e com filhos.

— Parece que você também o perdoou.

— Perdoar é um pouco forte. Só não o odeio mais. Você tem razão. Ele não vai embora. Temos um filho juntos. Vou continuar a vê-lo.

— Você se arrepende do divórcio?

Estava arrependida? Queria que as coisas voltassem a ser como antes?

— Não sinto falta de como éramos um pouco antes do fim. Foi feio. Nós dois estávamos bem irritados um com o outro. Mas sinto saudade das épocas boas.

— Você pensa em voltar com ele?

Uma ideia absurda!

— Sem chance.
— Por quê? O Greg é solteiro. Você é solteira.
— Mal nos falamos, e, quando estamos juntos, nosso único assunto é Josh.
— Tem que ser assim?

Rachel não tinha resposta para isso. O desabafo emocional de Greg no dia do jogo não tinha sido apenas sobre Josh, e Rachel podia passar o resto da vida sem ter aquela conversa de novo. Ela e Greg não tinham volta. Fim.

— Já superei isso totalmente.

Courtney sorriu.

— Hum, acho que não. Você não teve um único encontro que seja, até onde sei.

— Não estou procurando um homem.
— Por que não? Deve sentir falta de sexo.

Rachel ficou olhando para Courtney.

— Não vamos falar sobre isso.

A irmã riu.

— Não quero te chatear, mas tenho 27 anos. Eu entendo de sexo. Já fiz algumas vezes.

— Assim como eu, mas ainda assim não vamos falar sobre eu fazer sexo com outros homens.

— E com o Greg?
— Nem com ele.
— Tá. — Courtney deu uma mordida no waffle e mastigou. — Mas aposto que ele era muito bom de cama. Acertei?

— Sim, e não vou revelar mais nada sobre o assunto.

Principalmente porque isso significava que teria que se lembrar. Ela e Greg, independentemente dos problemas que tinham, sempre encontravam muito tempo para fazer amor. Fosse uma rapidinha antes de Josh chegar da escola ou duas horas em uma noite de sábado. Sabiam excitar e satisfazer um ao outro. Sexo nunca tinha sido o problema. Até Greg transar com outra pessoa.

— E você? — perguntou Rachel para se distrair. — Alguém interessante em sua vida?

Se ela não estivesse observando a irmã, não teria notado a breve hesitação. Ficou intrigada com a possibilidade de novidades e aliviada por tirar a atenção de si.

— Quem?
— Ninguém.

Rachel só esperou. Courtney nunca tinha conseguido esconder as coisas por muito tempo. Quando eram mais jovens e a caçula fazia algo errado, Rachel só fazia a pergunta e se calava. Depois de alguns segundos, a verdade vinha com tudo.

— Certo — murmurou Courtney. — Não é nada. Quero dizer, não tem nada acontecendo, só talvez... — Ela pigarreou. — Quinn está interessado.

— Quinn? O Quinn da Joyce? Ficou louca?

Courtney afastou os waffles.

— Esta é você dando apoio?

— O quê? Desculpa. Não. Você é adorável e ele seria um homem sortudo. Quanto a Quinn estar atraído por você... é claro que estaria. Você é linda, meiga e inocente. Minha preocupação não é você não ser o tipo dele, mas você ser e Quinn estar tentando te usar para depois largar.

— Podia ter ficado sem essa. Acha que ele é perigoso?

— Não tipo um psicopata, mas é muito experiente. Já ficou com atrizes, modelos e quem sabe mais o quê. Eu me preocuparia com o fato de ele ter todo o poder, e isso não é certo. É você quem precisa mandar. — Rachel estava com medo de estar dizendo tudo errado. — Courtney, eu te amo. Você é minha irmã. Não quero que Quinn te machuque.

— Não acho que esteja correndo esse risco. Sinceramente, não vou me apaixonar por ele. Isso seria ridículo. Pensei mais em usá-lo para transar.

Minha irmã caçula já é totalmente adulta, pensou Rachel.

— Estou impressionada. Eu não teria coragem. Se é assim que você se sente, deveria correr atrás. Merece um cara gato na sua vida, e Quinn com certeza é gato e gostoso. Então, vá atrás.

Courtney riu.

— Pode ser que eu vá.

Na manhã de segunda, Sienna ainda estava tão transtornada e sem esperança quanto na noite de sábado. Não podia estar noiva de verdade, podia? Talvez não tivesse acontecido e a noite toda fora um pesadelo. Talvez David estivesse bêbado e se esquecesse.

Eles tinham ficado até o fim da festa, e então David a levara para casa. Claro, ele quis passar a noite. E Sienna tinha sido obrigada a fingir tanto sua animação com a companhia como, mais tarde, seu orgasmo. Ele havia adormecido em seguida, murmurando que a amaria para sempre.

Na manhã de domingo, Deus mostrou certa misericórdia causando uma crise com alguma peça de avião. David teve que correr para o escritório e só conseguiu finalizar o trabalho muitas horas depois. Quando saiu, estava exausto e só queria dormir. Claro, ela compreendia essa situação.

Agora, Sienna estava sentada à sua mesa de trabalho, tentando decidir o que fazer. Tudo havia acontecido depressa demais. Ela se sentia confusa e presa. Não era uma combinação feliz.

Não que *desgostasse* de David. Claro que gostava. Ele era esperto, gentil e era louco por ela. Na teoria, formavam um belo casal. Sienna sabia que era o tipo de homem que nunca diria que ela não era boa o bastante, como Hugh. Mas casar? Não conseguia imaginar uma coisa assim acontecendo.

Precisavam conversar, decidiu Sienna. Calmamente, durante o jantar em sua casa. David provavelmente deixou que o romance da festa de noivado o contagiasse. Talvez ele também já estivesse pensando melhor no relacionamento deles. No fim, podiam esperar algumas semanas, e então terminar tudo discretamente. Seria o melhor para todos.

Kailie, uma das voluntárias do grupo de funcionários, entrou trazendo um enorme buquê de flores.

— Isso acabou de ser entregue para você — avisou ela, animada. — São lindas. — A adolescente sorriu. — Alguém está tentando te ganhar.

Sienna sentiu um embrulho na boca do estômago. Um embrulho muito grande e pesado. Ela pegou o cartão.

Estamos muito animados por recebê-la em nossa família. Sempre quis uma filha e agora temos você. Com muito amor, Linda e David Sr.

Sienna estava feliz por estar sentada. Caso contrário, teria caído. Claro, bater a cabeça não seria tão ruim. Talvez conseguisse alegar ter uma amnésia.

— São dos pais de David — sussurrou. — Ele contou aos pais.

— Sobre o noivado? Que bacana. — Kailie olhou para a mão de Sienna. — Por que não está usando a aliança?

Sienna pensou no anel antiquado e fez o melhor que pôde para não estremecer. Não que desvalorizasse as coisas antigas. Quase tudo que possuía tinha sido comprado em uma casa de penhores. A questão é que a aliança da avó de David era horrorosa. Um anel pesado e mal feito que só enfatizava o tamanho diminuto do diamante. Além disso, também era pequeno para o seu dedo.

— Era a aliança da avó dele — comentou Sienna, esperando parecer mais animada do que se sentia. — Não serviu. David vai levá-la a um joalheiro.

— Uma herança de família. Que especial. Você estará ligada ao passado dele para sempre.

Que coisa a se pensar.

Kailie abriu um sorriso.

— Você tem muita sorte, Sienna. David é um cara incrível. Sei que você vai ser feliz.

— Obrigada.

Sienna colocou as flores na mesa atrás da sua. Assim, não teria que olhar para o buquê. Mas ainda conseguia sentir o aroma floral e isso fazia o embrulho do estômago persistir.

E justo quando pensou que seu dia não podia ficar pior, uma ruiva baixa e cheia de curvas entrou em seu escritório e colocou uma folha de papel sobre a mesa.

— Aqui está. Você só vai receber isso, então não peça mais. Não sei por que minha bisavó gostava de você, mas o fato é que gostava.

— Oi, Erika — saudou Sienna do modo mais gracioso possível. — Gostaria de se sentar?

— Não.

— Café?

Erika revirou os olhos verdes.

— Não.

Sienna pegou o cheque. Era de dez mil dólares, como a sra. Trowbridge prometera.

— Obrigada por isto. Vai ajudar. Gostaria de saber como o dinheiro é usado?

Erika se sentou na cadeira à frente de Sienna. Fez um bico.

— Não, eu não me importo. Você não vai conseguir nada da cozinha, fique sabendo. Não sobrou nada.

— Por que você está tão brava comigo?

— Você roubou meu namorado.

— Isso foi há 13 anos. Depois você o roubou de volta e o largou.

— Eu não o roubei de volta — apontou Erika. — Você já tinha terminado com Jimmy. Só para deixar registrado, eu só parei de namorar com ele. Você deu um pé na bunda dele depois que ficou noiva. Isso foi muito pior.

Sienna pensou em dizer que ela e Jimmy eram jovens e tolos, e que nenhum deles havia se entristecido com a separação. Mas isso não resolveria nada na conversa de Erika.

— Obrigada de novo pelo cheque — agradeceu Sienna baixinho. — Sua bisavó sempre foi uma incentivadora generosa e vamos sentir saudade dela.

— Ah, tá — rebateu Erika, se levantou e saiu.

Sienna completou a papelada para registrar a doação e imprimiu uma carta de impostos a ser enviada ao estado. Quando terminou, foi à sala de Seth.

— Recebemos a doação da sra. Trowbridge. Dez mil dólares.

— Excelente. Tem outro duplex à venda. Espero que possamos comprá-lo. — Ele sorriu. — Eu soube do noivado.

Sienna fez o melhor que pôde para não se retrair.

— Soube?

— Você poderia pedir para o noivo comprar uma casa para nós. Seria um ótimo presente de casamento.

— Para você.

— E para você, que apoia a causa.

— Talvez eu queira um jogo de chá chinês.

— É para isso que serve o chá de panela. Além disso, você não é do tipo que gosta de porcelana.

— Não vou pedir para David comprar o duplex, então pode esquecer.

Seth suspirou.

— Detesto quando você não veste a camisa.

— Ha-ha.

Sienna entrou no escritório. Tinha muito trabalho à espera. Tarefas de que gostava. Mas não conseguia se concentrar. Depois de cerca de 15 minutos, notou que parte do problema era porque conseguia sentir o cheiro das flores, apesar de não vê-las.

Ela levou o buquê para a sala de descanso, em seguida voltou para o escritório e entreabriu a pequena janela. Com o primeiro sopro de ar fresco, Sienna relaxou. *Tudo ficará bem*, prometeu a si mesma. Não sabia como, mas ficaria.

11

Courtney tirou a sacola com os limões do porta-malas do carro da irmã. Rachel já estava com os salgadinhos e o molho, além de um pote de guacamole que tinham comprado no Bill's Mexican Food no caminho. O carro de Sienna estava na frente da casa da mãe delas, ao lado da Mercedes branca e reluzente de Neil.

— Pensei que fosse só para meninas — observou Courtney, enquanto subiam o caminho até a porta de entrada.

—Tenho certeza de que Neil vai embora. Não tem como ele querer ficar para uma de nossas noites.

A cada dois meses, as filhas iam à casa de Maggie para uma noite de margaritas e diversões. A tradição existia desde que Rachel saíra de casa para se casar com Greg. Courtney se lembrava de ter esperado ansiosamente pelo aniversário de 21 anos para poder beber margaritas de verdade, e não as sem álcool que a mãe preparava para ela enquanto era menor de idade.

Agora, ao mesmo tempo gostava e temia as noites em família. Às vezes, eram muito divertidas. Mas outras eram como um desafio. Principalmente quando a mãe e as irmãs decidiam dizer a ela como melhorar sua vida.

O que não sabiam, principalmente porque Courtney não contava, era que ela estava se dando muito bem. Tinha recebido um bilhete de seu professor da faculdade dizendo que estava muito impressionado com seu projeto de marketing, sugerindo que ela fizesse o seminário avançado só para alunos convidados no outono. Que sorte!

A porta da casa se abriu antes de elas a alcançarem. Sienna gesticulou para que entrassem.

— Me ajudem — sussurrou ela. — Estou morrendo de medo.

Era difícil ouvi-la com a música alta que soava nos alto-falantes que Maggie havia instalado alguns anos antes. Courtney demorou um segundo para reconhecer a música. "Love Runs Out", do OneRepublic.

Courtney seguiu as irmãs para dentro da casa. As três pararam ao verem Maggie e Neil dançando, balançando os braços, mexendo os quadris, arrastando os pés de um lado a outro. Neil segurou a mão de Maggie e a girou em um movimento meio anos 1950 e meio dança texana.

A mãe as viu e acenou para que entrassem.

— Venham dançar com a gente — gritou Maggie, mais alto do que a música. — Adoro essa música. Neil e eu falamos sobre tocá-la depois da cerimônia. Atravessaríamos o caminho de volta do altar ao som dela. O que acham?

Rachel sorriu.

— Muito bom, mãe. Eu, ah, preciso colocar o guacamole na geladeira.

Ela fugiu para a cozinha. Courtney foi junto, com Sienna logo atrás.

— Não sei se eu deveria ficar impressionada ou assustada — admitiu Rachel. — Ótimo para ela estar tão feliz apaixonada.

— Eu estive aqui *sozinha* com eles — reclamou Sienna. — Vocês não têm ideia de como isso me marcou.

— Deveríamos nos sentir gratas sabendo que, quando ficarmos velhas, seremos assim — apontou Courtney. — Melhor ser cheia de vida do que vazia.

— Expressão esquisita, mas entendo o que quer dizer. — Rachel indicou o liquidificador que Maggie tinha deixado no balcão. — Acho que é sua vez de fazer as margaritas.

— É sempre minha vez. — Mas Courtney não estava reclamando. Ela gostava de saber o que esperar quando chegava para fazer uma visita. Isso deixava as coisas mais fáceis.

Ela colocou gelo, e então começou a extrair o suco dos limões. Quando tirou a tequila do congelador, as caixas de som estavam tocando "It's Five o'Clock Somewhere".

Maggie entrou na cozinha.

— Neil saiu com os amigos — avisou, abrindo os braços. — Como estão minhas três filhas preferidas?

Elas abraçaram a mãe, uma de cada vez. Courtney prolongou um pouco o abraço, torcendo para que aquela noite fosse uma das boas. Sentiu o perfume familiar de Arpège, o perfume preferido da mãe.

— Só para deixar claro — avisou Maggie enquanto Courtney distribuía as margaritas —, pretendo falar sobre o casamento. Muito.

Sienna ergueu a taça.

— É exatamente o que queremos ouvir, mãe.

Alguém mais compreensiva do que Courtney pensaria que Sienna estava sendo uma boa filha e não tentando fazer com que não discutissem seu recente noivado. Ah, como queria ter sido uma mosquinha para ver como ficaram David e Sienna depois que foram embora da festa.

— Vamos fazer o jantar juntas — sugeriu Maggie. — Assim, podemos conversar.

O jantar em geral era mais sobre se reunirem do que cozinhar de fato. Daquela vez, Maggie tinha comprado um frango grelhado no mercado, além de tortillas de milho, queijo ralado e tomates. Havia um saco de salada de repolho com maionese e ingredientes para o famoso molho jalapeño para salada de Maggie.

Rachel separou o frango e o cortou em pedacinhos. Maggie fez o molho, enquanto Courtney preparava mais uma rodada de margaritas e Sienna organizava os recipientes para os tacos, os salgadinhos, o molho e o guacamole. A comida foi servida de forma aconchegante, com a jarra de margarita no centro da mesa da sala de jantar.

Maggie ergueu sua taça.

— Para as minhas meninas. Amo muito todas vocês.

Courtney pensou no brinde da festa e murmurou:

— E a mim. — E então, ralhou consigo mesma para não ser reclamona. Sua mãe tinha boa intenção. Quase sempre.

— Quero falar primeiro — sugeriu Maggie. — Então, da mais velha à mais nova.

Sienna suspirou.

— Detesto ser a filha do meio.

— Você conseguiu ser a bonita — observou Rachel.

Sienna se alegrou.

— Verdade.

Maggie pegou uma tortilla.

— O meu ponto alto é a festa de noivado. Foi linda. Courtney, sei que você se esforçou muito, a Joyce me contou. Obrigada por isso. Adorei o caminho de mesa mais do que tudo.

Sienna olhou para a irmã.

— Ainda não acredito que você fez tudo aquilo sozinha.

Courtney se inclinou para Sienna.

— Não fiz. Bonequinhos de madeira me ajudaram enquanto eu cantava. — ironizou. — Claro que fiz sozinha. Não é tão difícil e, apesar do que pensa, eu sou capaz.

— Eu não disse que você não era — rebateu Sienna. — Estou surpresa por você saber mexer tão bem num computador. Você é camareira. Não é pré-requisito entender de tecnologia quando o seu trabalho é lavar privadas.

— Ei — Rachel chamou a atenção erguendo um pouco a voz. — Estamos nos divertindo.

— Eu só estava afirmando o óbvio.

— Se é óbvio, para que dizer? — perguntou Rachel. — Continue, mãe. Qual é o lado ruim?

— Eu ia dizer que não há nada de ruim, mas acho que é que minhas meninas nem sempre se dão bem.

— Mãe... — começou Courtney.

Maggie ergueu a mão.

— Não. Vamos fazer nosso "um bom, um ruim". Podemos conversar depois.

Rachel colocou frango, molho e tomates no prato.

— O meu ruim foi ter subido na balança depois da festa e perceber que eu engordei 15 quilos. — Ela fez uma careta. — Josh tem 11 anos. Não posso mais dizer que é o peso da gravidez. Então, entrei em um grupo de dieta on-line. O programa é muito fácil de seguir.

Rachel levantou a taça.

— Guardei todas as calorias extras desta semana para poder tomar uma margarita hoje à noite. Esse é meu bom.

— Poderíamos sair para caminhar, se quiser — incentivou Courtney. — Dar voltas no campo da escola.

— Seria bom.

— Vou com vocês — falou Maggie. — Quero entrar em forma para o casamento.

Todas olharam para Sienna, que estava ocupada pegando guacamole.

— O que foi? — perguntou. — Não, não quero dar voltas na escola. — Ela deu uma mordida e mastigou. Depois de engolir, completou: — Meu ruim é que não vou acompanhar vocês, o que já sabem. Então, parem de me encarar.

Ela se virou para Rachel.

— Que bom que você está perdendo peso. Vai se sentir melhor consigo mesma.

Courtney fez uma careta. Sério? Era assim que Sienna a encorajava?

— Qual é seu bom? — perguntou Maggie.

— Seth encontrou outro duplex que está à venda. Como precisa de reformas, o preço vai refletir isso, então temos uma chance de comprá-lo.

Rachel se inclinou na direção de Courtney.

— Então, não é o noivado — sussurrou.

— Está surpresa?

— Parem de cochichar — pediu Maggie. — Isso é excelente, Sienna. Vou falar com Neil e ver com quanto gostaríamos de contribuir.

— Obrigada, mamãe. Vou trazer mais informações sobre o prédio.

— Jimmy é o corretor de móveis? — perguntou Courtney.

— É. Ele conhece a família que quer vender. Eles estão sendo transferidos e o inquilino que vive na outra unidade está se mudando, então é o momento perfeito.

O ex-noivo de Sienna tinha se tornado um corretor de imóveis de sucesso na cidade. Todos os namorados de Courtney tinham se dado mal, por isso ela não quisera manter contato com nenhum deles. Mas Sienna tinha um gosto melhor, por isso fazia sentido que ela e Jimmy tivessem continuado sendo amigos.

As três se viraram para Courtney. Rachel ergueu as sobrancelhas.

— E você, moça?

Courtney pensou no elogio do professor e que só faltavam dois semestres para a formatura. E lembrou das diferentes responsabilidades que teria que assumir no hotel.

— Meu bom é que a festa de noivado foi ótima — comentou por fim. — Eu queria que ela fosse tudo com que você sempre sonhou, mãe. Se você está feliz, então também estou.

— Obrigada, querida.

— De nada. E meu ruim é que um dos vasos do banheiro do hotel entupiu e tive que limpar a bagunça.

Todas resmungaram.

— Isso é ruim *mesmo* — atestou Rachel. — Coitada de você.

— Obrigada a todas por contarem — falou Maggie. — Agora, vamos ao casamento, sim? Temos menos de três meses para planejar tudo, e há muito a se fazer.

Ela olhou para Courtney.

— Você recebeu minhas mensagens sobre os cisnes?

— Sim, e já conversamos sobre isso. Lembra-se? Do cocô? Do cloro?

— Tudo bem. Vou pensar em outra coisa. — Maggie voltou a encher a taça. — Decidi as cores.

Courtney se preparou.

— Não serão apenas os tons de cor-de-rosa?

— Não. Quero o espectro todo entre baunilha e cor-de-rosa. Com ênfase no cor-de-rosa. Não sei o que fazer em relação a meu vestido. Estou pensando em algo tradicional. Achei que poderíamos ir às compras juntas. Mas não sei se quero mais baunilha ou cor-de-rosa.

Courtney suspirou. Apesar de não ser uma paleta muito vasta, podia trabalhar em cima disso. Haveria muitas opções.

— Poderíamos brincar com as cores — frisou Courtney. — O que acha de servir champanhe cor-de-rosa. A decoração será fácil. Há muitas opções de flores e a folhagem será um belo contraste. Ah, queremos cuidar para que os buquês não sejam da mesma cor dos vestidos. Se forem, as flores desaparecem no conjunto e as fotos não ficam bonitas.

As irmãs e a mãe a encaravam. Courtney contraiu os lábios e pigarreou.

— O quê?

— Você fala como se entendesse do assunto — comentou Sienna, com seriedade. — Quando isso aconteceu?

— Ei... — começou Rachel.

Courtney a interrompeu.

— Tenho certeza de que Sienna quis dizer que eu, por ser camareira, não deveria saber de nada disso.

— Isso mesmo! — explicou Sienna a Rachel. — Você sempre pensa o pior a meu respeito.

— Normalmente, você merece isso.

— Courtney é adulta. Pare de tratá-la como um bebê.

— Meninas — exclamou Maggie. — Vamos dar atenção a mim e ao meu casamento.

Courtney riu.

— Há quanto tempo espera para dizer isso?

— Já tem um tempo. Eu sou a noiva. Talvez até uma neurótica. Mas, quero tudo do meu jeito. Neil e eu fazemos questão de ter o casamento de nossos sonhos.

Sienna preparou outro taco.

— Mamãe, o que o Neil fazia? Sei que está aposentado agora, mas o que fazia antes? Ele nunca fala a respeito.

— Ah, ele era dono de algumas casas de jogos.

Casas de jogos?

— Como cassinos? — indagou Courtney.

— Não. Eram esses lugares nos quais as pessoas jogam videogames e comem pizza. Havia uma rede.

— Como uma franquia? — perguntou Rachel.

Maggie se ocupou servindo mais bebida.

— Isso, isso mesmo. Então, voltando ao casamento. Não consigo decidir o vestido para vocês três. Podemos fazer o mesmo estilo em cores diferentes ou estilos diferentes da mesma cor. O que preferem?

— Estilos diferentes.

— Cores diferentes.

Rachel e Sienna falaram ao mesmo tempo. E olharam para Courtney, que ergueu as duas mãos.

— Não vou desempatar isso. Mamãe?

Maggie pegou a taça.

— Acho melhor todas ficarmos um pouco bêbadas antes de decidir.

—⁂—

Quinn estava sentado no lobby do hotel, lendo. Era tarde, quase onze da noite. As portas francesas estavam abertas e, apesar de ser quase junho, uma brisa fria vinha do mar.

Sarge estava no carpete, mordendo uma meia perdida. De dois em dois meses, alguém da equipe mexia na caixa de achados e perdidos, resgatando algumas meias. Depois, eram deixadas em pontos estratégicos pelo hotel para Sarge encontrar e destruir.

Pearl estava deitada ao lado dele. Enquanto Quinn observava, a cadela se levantou e se espreguiçou. Depois de se chacoalhar, ela pulou no sofá e empurrou a cabeça para baixo do braço dele pedindo atenção de um modo não muito sutil.

— Está com saudade de sua mãe? — Quinn perguntou enquanto acariciava Pearl. — Joyce volta amanhã.

A avó dele havia dirigido para San Francisco para jantar com uma amiga. Em vez de retornar no mesmo dia, mas muito tarde, ela decidiu que dormiria lá e voltaria pela manhã. Quinn continuou acariciando o cachorro. Por fim, ela se espreguiçou, apoiando a cabeça em seu colo. Foi quando ele viu a mancha branca em seu peito — aquela que dava nome à bela poodle amarela.

Os dois cachorros eram uma dupla diferente, pensou sorrindo. Sarge, uma cruza de bichon de quase sete quilos, e Pearl, uma poodle elegante e esguia. Mas a relação entre eles não tinha nada a ver com aparência. Eram uma família. Eram unidos. Anos antes, havia prometido a Joyce que se algo acontecesse com a avó, Quinn levaria seus adorados cães para viver com ele, cuidando para que sempre ficassem juntos.

— Não se preocupem — disse aos dois cachorros. — Joyce vai viver mais do que todos nós.

Sarge resmungou enquanto continuava a mostrar a meia que estava mordendo. Quinn voltou a atenção ao livro. Um tempo depois, por volta da meia-noite, quando ele estava pensando em levar os cães para mais um passeio rápido antes de dormir, a porta do hotel se abriu e Courtney entrou.

Quinn não a via direito desde a festa de noivado da mãe. Estava ocupado procurando um lugar para seus negócios e ela estava trabalhando ali no hotel. Ele a observou com atenção. Ela caminhava com o passo controlado, como se fosse um robô, enquanto atravessava o piso de madeira. Quinn percebeu que Courtney estava totalmente embriagada.

Conteve um sorriso.

— Você se divertiu?

Ela se sobressaltou e gritou. Sarge se levantou como se estivesse pronto para fugir, enquanto Pearl só demonstrou ansiedade.

Courtney levou uma mão ao peito.

— Você me assustou. O que está fazendo, aparecendo assim?

— Estou lendo com meus amigos. — Acariciou Pearl. — Joyce foi visitar uma amiga em San Francisco.

Ela abaixou o braço.

— Então está sendo babá dos cachorros? Legal.

O olhar de Courtney estava levemente sem foco e o rosto, corado. Ela parecia ter 17 anos — de franjinha e pernas compridas. Não estava vestindo nada de especial. Só uma camiseta amarela lisa e jeans. Nada de maquiagem. Mas havia algo que chamava atenção naquele rosto. Algo que mexia com o íntimo dele, naquele ponto vazio e sombrio.

— Eu estava na casa da minha mãe — continuou Courtney. — Nós nos reunimos uma vez a cada dois meses. Só as meninas. Meninas e margaritas. — Fez uma pausa. — Rachel me trouxe para casa. Eu não dirigiria nesse estado.

— Bom saber.

— Sou responsável.

— Eu sei disso. — Quinn a observou por um segundo. — Você comeu?

— Um taco. Estava bom, mas Sienna fez uma piada sobre o fato de eu ser camareira e depois disso não foi tão divertido. — Ela levou as mãos ao quadril. — Não há nada de errado em ser camareira. Alguém tem que fazer isso. É um trabalho necessário. Eu me orgulho dele, assim como todo mundo que trabalha aqui. As camareiras são boas pessoas, mas às vezes pelo modo com que Sienna diz isso... — Courtney balançou a cabeça. — Deveríamos respeitar o trabalho honesto e as pessoas que o fazem.

— Você está bêbada.

Courtney bateu o pé.

— Estou falando sério, Quinn.

— Sei que está. E tem razão. O trabalho honesto deve ser respeitado. Vamos à cozinha para tomar um belo copo de água e uma aspirina. Talvez até pegarmos um petisco. Caso contrário, sua manhã vai ser péssima.

Ela enrugou o nariz.

— Eu provavelmente deveria ter parado na terceira margarita.

Quinn se levantou. Pearl pulou do sofá e parou ao seu lado. Ele se aproximou de Courtney e apoiou a mão nas costas dela.

— Três é um bom limite.

— Tarde demais agora. — Ela riu.

Quinn deu um leve empurrão nela em direção à cozinha. Os cães foram junto, Sarge levando a meia. Quando os cães se sentaram na enorme cama de cachorro armada em um canto da cozinha, Quinn pensou depressa sobre a vigilância sanitária, e então disse a si mesmo que Joyce tinha tudo sob controle.

Pegou um copo do armário, gelo e então encheu o copo com água. Courtney se sentou em um dos bancos de bar do enorme balcão.

— Acho que você tem razão — admitiu Courtney. — Sobre eu estar punindo minha família. Ao não dizer a verdade, quero dizer. Eles não sabem de nada. Não sabem do meu curso, da minha graduação.

— Beba — disse Quinn, indicando o copo.

Ela deu vários goles.

— Meu professor de marketing me pediu para participar de uma aula especial que ele dá. É preciso ser *convidado* para participar. É muito interessante.

— Parabéns.

— Obrigada. Eu não disse uma coisa boa e uma coisa ruim.

Quinn se recostou no balcão.

— Para quem não bebeu margaritas, o que isso quer dizer?

Courtney riu.

— No jantar. Tínhamos que dizer uma coisa boa e uma coisa ruim. — Ela arregalou os olhos. — A coisa boa da Sienna não foi o noivado.

— Isso te surpreendeu?

— Não. Minha irmã não estava nada feliz. Mas poxa, se é para fingir, que seja até o fim. — O sorriso desapareceu. — Isso foi feio? Não foi minha intenção.

— Não foi, não.

— Ótimo. Ei, você me tirou de seu quarto.

Quinn repetiu as palavras em sua mente, procurando contexto ou sentido, e não encontrou nenhum dos dois.

— Não trabalho mais no quarto — repetiu ela. — Não sou sua camareira.

— Minha camareira honesta e trabalhadora. Sim, eu sei. Pedi outra pessoa.

Courtney arregalou os olhos.

— Eu faço um bom trabalho.

— Tenho certeza de que faz. Meu pedido não teve a ver com seu trabalho, teve a ver com o fato de eu te conhecer. Era muito estranho ver você arrumando minhas coisas.

— Então, arrume suas coisas. — Ela riu. — Certo, entendo o que está dizendo, mas eu não ia mexer na sua gaveta de cuecas.

— Por que você acha que eu visto cueca?

Courtney arregalou os olhos.

Quinn riu.

— Beba a água.

Ela tomou mais alguns goles, e então perguntou:

— Eu sou um projeto?

— Você quer ser?

— Não sei bem. Acho que seria interessante. Você sabe de coisas que nem imagino. É bem-sucedido em seus negócios. Seria interessante falar sobre isso. Mas a questão toda de projeto faz com que eu sinta que você nunca vai me levar a sério.

— Você precisa que eu a leve a sério?

— Claro. Não sou uma menininha. Sou uma mulher.

— Sei muito bem sua posição quanto a ser menina ou mulher. Você não é um projeto, Courtney. Não faço mais isso.

— Por que não?

— Meu último projeto morreu. — Quinn disse um palavrão baixinho. De onde isso tinha saído? Ele não pretendia contar a verdade.

Ela ficou boquiaberta.

— É sério?

— Sim.

— Sinto muito.

— Eu também.

— Não foi sua culpa.

— Você não tem como saber.

— Não com certeza, mas posso imaginar. Você quer que o mundo todo pense que é muito cínico e desapegado, mas não é.

— Como sabe disso?

Courtney sorriu.

— Você ama sua avó.

— Até mesmo os serial killers amam suas avós.

— Acho que não. Pela minha compreensão muito limitada sobre o assunto, os membros da família costumam ser os primeiros assassinados. — Ela saiu do banquinho. — Melhor eu comer alguma coisa.

— Boa ideia.

— Sei onde escondem as coisas gostosas.

—∞—

Ele sentiu um pouco de medo de perguntar "o quê?". Conhecendo Courtney como conhecia, poderia ser qualquer coisa. Ela caminhou até um dos armários e alcançou uma prateleira alta. Quando se esticou, a camiseta subiu, e Quinn viu a tatuagem na coluna lombar.

— Caramba — falou com a respiração meio presa.

Courtney pegou um pacote de biscoitos recheados, e então o encarou.

— O que foi?

— Sua tatuagem.

— Ha-ha. Não era o que você esperava. Surpreendi?

— Muito.

Ela abriu o pacote e pegou um biscoito.

— Você conhece a canção?

Quinn assentiu.

— Não sei se acredito. Como é a letra?

— Você pode me levar ao rio, mas não pode me afogar — respondeu. Ela havia tatuado uma letra de música na pele.

— Isso mesmo. A cantora é a Zinnia. Ela morreu há alguns anos. — Courtney entreabriu os lábios. — Foi ela? O projeto? Você teve alguma coisa a ver com essa música?

— Sim.

Ela largou o saco de biscoitos e esfregou as têmporas.

— Esse sim foi para todas as perguntas?

— Sim, trabalhei com ela, e sim, nós nos envolvemos. E Zinnia se matou alguns meses depois de terminarmos. — Quinn levantou a mão. — Os acontecimentos não estavam relacionados. — Até onde sabia.

— E a música?

— Eu a escrevi.

A expressão de surpresa de Courtney foi quase cômica.

— Mas você é produtor musical. Pensei que se sentasse em uma cabine, apertasse botões e levantasse alavancas ou coisas assim.

— Que lisonjeiro.

Ela revirou os olhos.

— E descobrisse talentos e tal, mas você escreve músicas?

— Faço quase tudo que precisa ser feito.

Courtney pegou o saco de biscoitos e voltou ao balcão. Quinn encheu novamente o copo dela enquanto Courtney comia.

— Como ela era? — perguntou ela. — A Zinnia?

Quinn pensou no corpo magro, nos cabelos ruivos e compridos, em sua energia.

— Ela era fogo.

— Isso parece bom, mas na vida real deve ser complicado. O drama. — Courtney rapidamente tapou a boca com a mão. — Desculpa. Não devemos falar mal dos mortos e foi o que acabei de fazer. Além disso, não a conheço. Detesto quando as pessoas fazem críticas a alguém que não conhecem. Como se todos nós fôssemos excelentes. Peço desculpas. Sou fraca e sem noção. Quer um biscoito?

Ela empurrou o saco de biscoito na direção dele.

Quinn simplesmente não sabia o que fazer. Zinnia era fogo mesmo e Courtney tinha razão — algumas vezes isso tinha sido péssimo. Mas a arte tinha seu preço. Mas aquela mulher sentada na sua frente era diferente — sagaz, talvez. Leve, inteligente e impossível de segurar. Decidiu que gostava mais disso.

— Você deveria terminar de beber a água — sugeriu Quinn. — Depois, tome uma aspirina e vá para a cama.

— Quer ir comigo? — provocou Courtney, sorrindo. — Você viu minha tatuagem, então não posso te chantagear com essa revelação, mas não vou desistir assim.

— Você está bêbada.

— Bem, e daí? Acabei de pedir para você fazer sexo comigo. Acha que eu não teria coragem de fazer isso sóbria, não é?

Quinn caminhou na direção dela. Depois de segurar seu rosto com as duas mãos, deu um selinho em seus lábios, e então na testa.

Courtney bufou.

— Ah, merda. Nunca rola sexo depois de um homem beijar sua testa.

Ele deu um passo para trás.

— Você é tão direta.

— Não tire sarro da minha cara. Estou me sentindo humilhada e magoada.

Ela estava sorrindo ao dizer isso, e ainda comendo biscoitos. Então, não estava se sentindo como dizia estar.

— Desconfio de que você vai se recuperar. Consegue voltar sozinha para o quarto?

— Claro. Vim até aqui.

— Sua irmã te trouxe.

Courtney sorriu.

— Isso mesmo. Eu estava na casa da minha mãe. Te contei isso?

— Contou. Você vai ter uma baita ressaca.

— Vou ficar bem. Tem certeza de que não quer um biscoito?

— Sim, mas obrigado por perguntar.

— Disponha. Ficou pelo menos um pouco tentado?

Quinn já sabia bem como a mente dela funcionava para saber sobre o que era a pergunta.

— Mais do que um pouco. Mas não curto bêbadas.

Courtney sorriu.

— Que bom que você tem padrões.

Ele tinha certeza de haver um elogio enterrado ali em algum lugar.

— Obrigado. Boa noite, Courtney.

— Boa.

12

Sienna olhou para a aliança que David lhe entregou.

— Você fez o ajuste tão depressa — comentou ela, esperando que o noivo não percebesse a decepção em sua voz. — Estou surpresa.

— Paguei uma taxa pela urgência. Experimente. Quero tirar uma foto para enviar aos meus pais.

Sienna pegou a aliança feia e a deslizou no dedo. Serviu perfeitamente e ficou ainda pior do que imaginava.

Ela nunca achou suas mãos grandes, mas a aliança quase se perdia no dedo. O diamante era inexistente. David, sentado ao seu lado, sorria.

Sienna olhou para baixo.

— É único. — E estranhamente pesado, para algo tão pequeno. Ou talvez fossem a culpa e a tristeza que davam a impressão de que pesava vinte quilos.

David tirou várias fotos de Sienna com a mão erguida. Depois guardou o telefone e a encarou.

— Temos muito sobre o que conversar — começou ele.

— Temos — concordou Sienna.

David segurou a mão dela e encarou-a profundamente.

— Sei que ficou surpresa com a proposta.

Ela se remexeu.

— Não tínhamos falado nada sobre casamento.

Ele assentiu.

— Eu deveria ter dito alguma coisa. É que você é a mulher certa, Sienna. É linda, carinhosa e, sempre que estou com você, tenho a certeza de que nascemos para ficar juntos.

David passava os polegares nas costas das mãos femininas e macias.

— Sei que está assustada. Com a gente, com o futuro. Sei que já ficou noiva antes. Entendo que esteja pensando muito no assunto.

Sienna esperava não parecer tão chocada quanto se sentia.

— Entende?

— Claro. Você perdeu seu pai quando tinha, o quê... Seis anos? E então, sua mãe teve uma vida difícil. Você foi marcada por isso. Tem medo de acreditar em um futuro feliz. Deve ser assustador mesmo.

Ela conseguiu abrir um sorriso.

— Talvez um pouco.

— Estou aqui. Acredito em você e acredito em nós. Quero te fazer feliz. Quero que saiba que pode confiar em mim sobre qualquer coisa. Nas boas e nas ruins. Estou totalmente com você. Pode nos dar uma chance? Pode dar um voto de confiança?

David realmente entende, pensou ela, chocada pela percepção dele e envergonhada das próprias dúvidas. David a surpreendeu. Sim, não havia uma química incrível entre eles, mas estabilidade e aceitação não eram mais importantes do que uma química passageira?

David acreditava nela, acreditava neles. Era um cara muito bom, com uma base e um desejo de que ambos tivessem um futuro juntos. E tinha razão — ela tivera uma infância difícil, e isso influenciou toda a sua vida.

— Acho que tenho muita sorte por ter você em minha vida — admitiu Sienna, e então se inclinou para beijá-lo.

David soltou as mãos dela.

— Que bom. Porque como eu disse antes, temos muito que conversar.

Ela se recostou e observou a aliança. Talvez o anel não fosse tão horrível assim.

— Como o quê?

— Minha mãe tem ligado todos os dias. Ela vai querer conversar com você assim que possível.

Sienna se endireitou.

— Sobre o quê?

— Sobre o casamento. Ela quer que seja em St. Louis, mas eu disse que você preferiria que fosse aqui. Concorda?

Ela mal aceitara o fato de estarem noivos e David queria falar sobre a cerimônia de casamento?

— Humm, não sei.

— Se não tiver preferência, então St. Louis seria melhor para mim. — Ele estava animado. — Mas preciso te alertar: entre amigos e familiares, minha metade da lista de convidados terá cerca de quatrocentas pessoas.

— Quatrocentas? — perguntou Sienna, assustada. — É muita gente.

— Eu sei, mas é um assunto importante para mim e para minha família. — David passou o braço ao redor dela e a puxou para perto. — Minha mãe teve uma ideia maluca hoje cedo. Eu disse que não seria possível, mas admito que uma parte de mim está pensando que talvez funcionasse.

— O que é? — perguntou Sienna, com medo de ouvir a resposta.

— Um casamento no Natal.

Ela se sobressaltou e encarou-o.

— No Natal *deste ano*?

David assentiu.

— Faltam só sete meses. Não teria como organizar uma festa de casamento em tão pouco tempo.

— Sua mãe está fazendo uma em três meses, e minha mãe ajudaria. — Ele se inclinou para ela. — Ou poderíamos pular o grande evento e viajar para nos casarmos. Caribe ou Havaí. E então, fazer uma festa enorme na primavera. Assim, convidaríamos todo mundo.

Então os quatrocentos mencionados antes não eram todo mundo?

— Minha cabeça está girando — admitiu Sienna. — Preciso pensar nisso.

— Pode pensar o quanto quiser — disse David ao lhe dar um beijo. — Ou pelo menos, uma semana. Vai ser demais. Você vai ver. A terceira vez é a vez da sorte, Sienna. Sei disso.

— Já comprei os sapatos — disse Maggie. — Então, o vestido vai ter que combinar com eles.

Betty Grable — sem qualquer relação com a estrela de cinema dos anos 1940 — ficou olhando para Maggie.

— Você comprou os sapatos antes do vestido de casamento?

Courtney quis dizer à moça de trinta e poucos anos que era bobagem tentar entender a lógica da sua mãe. Era mais fácil simplesmente concordar.

— Os vestidos de casamento sempre precisam de ajustes — explicou Courtney, parando entre a mãe e a vendedora morena. — Pelo menos, foi o que aprendi em minhas maratonas de *Say Yes to Dress*. — Ela sorriu para Betty. — Você deve saber muito mais do que nós sobre esse assunto. Qualquer par de sapatos dará certo desde que o vestido não seja curto demais, não é? Se a bainha terá que ser ajustada de qualquer forma, qual é o problema?

— Acho que você tem razão — admitiu Betty, ainda parecendo um pouco em dúvida.

— Mãe, você trouxe um par de sapatos da mesma altura? — perguntou Courtney. — Não deixe de usá-los quando for experimentar os vestidos para podermos ter uma ideia do resultado final.

Rachel se aproximou.

— Muito bem. Você acabou com aquela chatinha lindamente.

— Obrigada. Já tive que lidar com muita gente fresca no hotel.

Elas tinham se reunido na For the Bride, a única loja de vestidos de noiva das redondezas. Apesar de estarem em uma cidade pequena, a loja possuía uma clientela de classe alta. Betty era conhecida por conseguir amostras bonitas e ter muitos contatos em Nova York e em San Francisco. Independentemente de seu orçamento ser de trezentos ou de trinta mil, Betty oferecia uma experiência única com relação a vestidos de noiva em um só lugar.

Maggie havia marcado o horário logo depois de Neil pedi-la em casamento e várias semanas antes da festa de noivado. Havia informado às três filhas que elas tinham que estar lá durante as cinco horas. Sim, uma consulta inicial podia mesmo demorar tudo isso, confirmara ela. Pelo menos, Betty ofereceria almoço, pensou Courtney. E a ressaca da farra de margaritas do fim de semana anterior já tinha passado há muito tempo.

Apesar de a manhã seguinte, que ela passou com uma dor de cabeça horrorosa e o estômago embrulhado, estar gravada em sua mente, a noite que a havia causado estava um pouco mais embaçada. Courtney se lembrava do jantar na casa da mãe, de como Sienna a havia perturbado e do consumo infeliz de muitas margaritas. Era a parte que vinha depois disso que a deixava confusa.

Sabia que Rachel a havia levado de volta ao hotel de carro, e que ela havia encontrado Quinn. As cenas que vieram depois se tornaram um borrão. Houvera água e biscoitos Oreo, e tinha quase certeza de que Quinn lhe dissera que ele havia escrito a letra da música que ela tinha tatuada em suas costas. Mas quanto ao resto... Não se lembrava de muitos detalhes. Esperava que a proposta a Quinn para fazerem sexo fosse algo que tivesse acontecido em sua mente, não na vida real. De qualquer modo, acabara a noite em sua cama. Sozinha. E isso significava duas possibilidades: não fizera realmente o convite ou que Quinn fora um cavalheiro. Apesar de acreditar que ele era um cara legal que não se aproveitava de mulheres embriagadas, estava mesmo torcendo para que o assunto nunca tivesse vindo à tona. Só que tinha um certo medo de descobrir que acabara fazendo o convite, sim.

— Com base em nossa conversa por telefone e nas fotos do Pinterest que me mandou, separei vários modelos para você experimentar — explicou Betty a Maggie. — Você não tem que encontrar seu vestido hoje. Na verdade, se você se apaixonar por algum, não vou deixar você comprá-lo. Essa é a decisão mais importante que vai fazer em relação a seu casamento. Precisa ter certeza. Tem que amar o vestido que escolher.

— Olha só quem está acabando com a graça de quem agora — salientou Courtney baixinho.

Rachel sorriu.

— Talvez isso seja divertido.

— Não desafie o destino com esse papo.

Elas riram.

— Vamos começar — instruiu Betty. — Maggie, você fica neste provador aqui.

Ela levou a mãe delas através das amplas portas duplas. As três irmãs se sentaram em cadeiras confortáveis na área de espera. Sienna pegou o tablet, abriu a capa e fez uma careta.

— Não tem wi-fi.

Rachel indicou um sinal na parede.

NÃO TEMOS WI-FI DISPONÍVEL. PRESTE ATENÇÃO À NOIVA.

— Não sei bem se isso me faz gostar mais ou menos da Betty — admitiu Courtney.

— De qualquer modo, você tem que respeitar o estilo dela.

— Eu só queria ver os e-mails do trabalho — resmungou Sienna. — Seth está entrando em contato com os doadores a respeito da nova propriedade que queremos comprar. Tenho que estar disponível para ajudá-lo.

— Você pode telefonar para ele — sugeriu Rachel.

— Betty provavelmente também bloqueia o sinal do celular — respondeu Sienna.

A irmã mais velha sorriu.

— Tenho que concordar.

Sienna olhou para Courtney.

— Você conhece o neto de Joyce? O cara rico que mexe com música?

— Quinn? — Courtney torceu para ter perguntado com o tom certo de desinteresse. — Ele está no hotel, eu o vi por aí.

Não era mentira, disse a si mesma. Já o tinha visto por aí. Podia ter pedido para que ele transasse com ela, mas não ia dividir essa informação com ninguém.

— Gostaria de saber se ele estaria disposto a ouvir uma apresentação a respeito do que estamos fazendo na Helping Store — explicou Sienna. — Conseguir outro duplex seria algo muito importante para nós. São pelo menos mais duas famílias que seriam protegidas. Ou se usarmos uma das propriedades para as mulheres sem filhos, então três vítimas poderiam ficar ali por vez.

Courtney sentiu as garras da culpa tomando conta de si. Apesar de não saber como definir seu relacionamento com Quinn, acreditava que o conhecia bem o bastante para apresentá-lo a sua irmã. E era por uma boa causa.

— Converse com Joyce — indicou Rachel. — Conte as coisas que a Helping Store faz e deixe que ela vá atrás do Quinn. Ele adora a avó e acho que faria qualquer coisa por ela.

— Por que diz isso? — perguntou Sienna.

— Pelo jeito como Joyce fala dele quando eu a vejo. Eles são próximos.

— Ela tem razão — falou Courtney depressa, mentalmente se desculpando por ter jogado a chefe na fogueira. — Joyce poderia mesmo cuidar das coisas com ele.

As portas duplas do provador se abriram e Betty saiu.

— A mãe de vocês pediu vestidos que não fossem brancos. Então, creme, bege e marfim são nossas principais opções. Podemos fazer pedidos especiais em cor-de-rosa, se ela preferir. O tempo é curto, mas há alguns estilistas que podem ser um pouco pressionados. Pagando-se uma taxa, claro — explicou Betty. Ela deu um passo para o lado e Maggie entrou na parte principal do salão.

Courtney não sabia o que esperar. Tinha visto fotos do primeiro casamento da mãe com seu pai. Maggie usara um vestido de mangas compridas com uma saia comprida. Havia um pouco de renda, mas, na maior parte, o vestido era simples. Mas o que ela usava agora não tinha nada de simples.

O vestido tomara que caia champanhe ia dos seios aos joelhos. Era totalmente coberto com uma renda bonita que tinha um toque de brilho. Dos joelhos ao chão, havia uma enorme armação de tecido cor de champanhe. Courtney não sabia o suficiente a respeito de vestidos de casamento para dizer se era cetim ou outra coisa brilhosa. A armação formava uma cauda.

As irmãs ficaram olhando enquanto Maggie subia à plataforma na frente do enorme espelho. Enquanto ela se observava, Courtney viu que o vestido tinha um decote profundo nas costas.

— Vai precisar de um ótimo sutiã — murmurou Rachel.

— Este está dando conta — disse Maggie, virando-se para a esquerda e depois para a direita. — O vestido não é extremamente confortável. Não sei. O que vocês três acham?

— Você está deslumbrante — elogiou Courtney, dizendo a si mesma que tinha ótimos genes. Ela podia ser excessivamente alta, mas pelo menos era provável que fosse envelhecer muito bem.

Sienna se aproximou.

— É lindo, mãe, mas a cor não está boa. Champanhe não cai muito bem com o seu tom de pele. E duvido que esse vestido possa ser encomendado a tempo. Há muito pano.

— Sua filha tem razão — disse Betty. — Você teria que pegá-lo nesta cor. Mas se pudesse ajustar suas cores.

— Não — Maggie foi enfática. — Não vou fazer isso. Gosto deste, mas receio que seja muito jovial para mim.

— Você tem o corpo para usá-lo — falou Rachel. — Estou com inveja. Você está em ótima forma, mãe.

Courtney observou o corpo da mãe e teve que admitir. Apesar de ter corpo para o vestido, de alguma maneira, ele não parecia... adequado. Não que ela fosse entrar nessa briga. Era o casamento da mãe, por isso era ela quem tinha que estar feliz.

— Vou experimentar outro — decidiu Maggie e desceu da plataforma.

Duas horas e vários outros vestidos depois, ela apareceu com um vestido simples de renda que tinha alças finas nos ombros e um decote em U. O tecido carregado de contas seguia os contornos do corpo até o quadril, onde descia até o chão com um leve movimento. As contas, que tinham um tom de rosa distinto, e a renda cobriam cada parte.

O corpete não era exatamente decotado, e nas costas, mais do que cobria a faixa normal do sutiã.

— Esse é legal — concordou Siena. — Muito bom, mãe.

Courtney assentiu sua aprovação.

— Gosto de como a saia forma uma cauda. Não é comprido demais, mas é marcante.

— A cor é linda também — acrescentou Rachel. — Bem dentro das nossas cores.

— A se considerar. — Maggie deu uma voltinha devagar, e então parou e apontou para fora da janela, com os olhos arregalados. — Ai, meu Deus!

Todas olharam. Courtney se aproximou para ver melhor, e então ficou boquiaberta ao ver um Bentley azul muito familiar parar em um semáforo ao lado da loja.

Ela não sabia ao certo o que chamava mais atenção: o conversível com o teto retraído, o homem bonito ao volante ou ao poodle amarelo ao lado dele no banco do passageiro. Como se percebesse os olhares, Quinn se virou na direção delas, e acenou. Pearl também se virou, exibindo os brilhantes óculos para cachorro cor-de-rosa.

— Olha — comentou Maggie lentamente —, um homem tem que ser muito seguro pra fazer isso, e Quinn se saiu muito bem.

Courtney tinha que concordar. Só podia ser Quinn mesmo, pensou sorrindo quando o semáforo ficou verde e ele partiu.

Maggie se aproximou do espelho, no qual todas analisavam o vestido.

— Está no páreo — concluiu ela depois de discutirem as várias maneiras de ajeitar a cauda para a festa. — Eu poderia comprar o vestido?

— Claro. Nós o lavaríamos e o ajustaríamos. Vou reservá-lo, mas você não pode comprá-lo. Não no primeiro dia. — Betty sorriu. — Vocês devem estar exaustas. Vamos parar para o almoço. Tenho mais alguns vestidos para que Maggie experimente depois de descansar um pouco.

A loja tinha um pequeno quintal, no qual uma mesa estava montada. Havia pratos oferecendo saladas de diferentes tipos, além de frutas e queijos. Maggie vestiu um roupão branco e felpudo que Betty lhe deu e se aproximou das filhas.

— Aquele último vestido foi o melhor — comentou Rachel ao passar pela mesa. — O que você achou, mãe?

— É bonito, mas não tenho certeza de que é ele.

— Nos programas que assisto, todas as noivas dizem saber quando estão experimentando o vestido certo — enfatizou Courtney. — Se for o certo, você sentirá que é.

— Não sei. Talvez eu seja velha demais para que esse tipo de coisa aconteça.

— Mãe, você não é velha demais — falou Rachel. — Você está linda e apaixonada. Vai saber que é o vestido certo quando encontrá-lo.

— Tem razão, é cedo demais para desanimar. — Maggie pegou um garfo. — Courtney, tenho mais algumas ideias para o casamento.

— Claro que tem. Pode falar, pode me assustar. Eu aguento.

— Não é nada assustador. — Maggie fez uma pausa, e então sorriu. — Certo, talvez não seja verdade. Estava pensando que poderíamos ter um balão para levar as pessoas para sobrevoarem o mar.

— Como *parasailing*? — perguntou Sienna. — E se as pessoas tiverem medo de altura e ficarem enjoadas?

— Elas não serão obrigadas a fazer isso.

Courtney olhou para Sienna e assentiu.

— Concordo com você. Acho que seria um pouco demais. Mas se está à procura de algo que torne o dia especial, que tal um tipo diferente de livro de convidados? Em vez de pedir para as pessoas simplesmente assinarem o livro, podemos fazer cartões. — Courtney levantou as mãos de modo que seus indicadores e polegares formassem um círculo de cerca de 15 centímetros de diâmetro. — Eles são grandes assim. Usaríamos um papel de boa qualidade que cortamos em peças de quebra-cabeça. As pessoas escrevem as mensagens no quebra-cabeça, separam as peças e as colocam em um envelope para você e Neil montarem depois. É divertido para os convidados e para vocês.

Maggie uniu as mãos.

— Adorei! Sim, quero isso com certeza. O que mais? Ah, eu falei para vocês que quero usar aquele caminho de mesa nas fotos no casamento?

— Na verdade, o lugar onde eu o comprei pode fazer um desses para ser usado na entrada principal da recepção.

— Perfeito — concordou Maggie. — E o que vocês acham de uma cabine para a gravação de vídeos com depoimentos? As pessoas poderiam dividir seus segredos mais sombrios.

As irmãs se entreolharam.

— Talvez não — respondeu Rachel. — As pessoas bebem um pouco demais em eventos assim.

— Eu sei — concordou Maggie com um sorriso. — Essa é a melhor parte.

O almoço passou depressa. Sienna ouviu mais do que falou enquanto as outras faziam planos para o casamento. Não que ela não estivesse interessada, mas temia que a conversa se voltasse para seu noivado. E ainda não tinha aceitado bem o que havia ocorrido e não tinha certeza se queria abordar o assunto.

Maggie suspirou.

— Neil é um bom homem. Eu tive sorte de conhecê-lo. — Sua mãe parecia pensativa. — Admito que quase não saí com ele porque é mais baixo do que eu. Não é uma bobagem? — Ela pegou um morango. — O pai de vocês era muito lindo. Eu fiquei totalmente apaixonada desde o primeiro momento em que o vi. Neil demorou um pouco para me conquistar.

— Você sempre foi feliz com o papai? — perguntou Rachel. — Não me lembro de muita coisa, mas tenho a impressão de que vocês brigavam muito.

Maggie pareceu assustada.

— Tínhamos nossas divergências, claro, mas... — Fez uma pausa. — Nunca sei o que dizer — admitiu. — Sobre seu pai. Ele morreu há tanto tempo. Era um bom homem, e amava vocês, mas não se preocupava muito em tomar conta de nós. A falta de um seguro de vida, por exemplo. Ainda não consigo acreditar que perdemos nossa casa.

— Você cuidou da gente — afirmou Rachel depressa. — Veja como estamos agora.

— Eu sei, mas foi muito difícil. Sentia medo todos os dias. Eu era só uma secretária na empresa. Ele era o contador. Quando morreu, quase todos os clientes saíram de lá. As contas se acumularam. Se Joyce não tivesse nos ajudado, não sei o que teríamos feito. Foi horrível.

Courtney segurou a mão de Maggie.

— Não me lembro muito daquela época. Então não fiquei traumatizada.

— Eu adorava o hotel — citou Sienna. — Era muito divertido. Todo mundo cuidava de nós. Você não fracassou, mãe. Não foi sua culpa.

Tinha sido culpa do papai, pensou Sienna. Apesar de ter ouvido pedaços da história durante toda a vida, nunca tinha pensado muito a respeito de como devia ter sido difícil para Maggie. David não faria isso, disse a si mesma. Ele não a deixaria sem nada e com três filhos. Ele cuidaria da família.

Talvez devesse aprender com a história da mãe. O fato de Neil não tê-la encantado desde o começo do relacionamento. Que o amor à primeira vista havia se tornado, se não um erro, algo problemático.

Sienna olhou para a aliança de noivado. A peça feia estava começando a conquistá-la... pelo menos um pouco. Talvez pudesse aprender a amá-la.

Courtney olhou para o telefone.

— Precisamos voltar aos vestidos, mãe. É melhor ter o maior número de opções possível.

— Tem razão, querida. Vamos voltar ao trabalho.

Maggie se levantou e fez um gesto para que Courtney fosse na frente. Sienna pensou em como a irmã tivera tantas ideias para o casamento. Como se estivesse lidando com tudo. Mas não estava perdida, mesmo. Parecia saber exatamente o que fazia. Que estranho.

— Sienna? — Betty apoiou uma mão em seu braço. — Seu noivo ligou hoje cedo e conversou comigo sobre vestidos.

Ela simplesmente não soube o que dizer.

— David? — perguntou assustada. — Eu contei a ele o que faria hoje, mas... — hesitou. — Sinto muito. O que ele disse?

— Discutimos algumas ideias. — Betty parecia satisfeita. — Ele está muito interessado nos planos do casamento. Isso é muito incomum. A maioria dos noivos só quer aparecer no dia da cerimônia. Você é uma noiva muito sortuda.

Era isso que achavam?

— Ah, obrigada.

— Tem um vestido em especial que ele gostaria que você experimentasse. Por acaso, tenho ele aqui, então se quiser...

— Hoje é o dia da minha mãe — enfatizou depressa. — Não quero tirar o foco disso.

— Tenho certeza de que sua mãe vai se divertir. Será apenas por alguns minutos. Deixei o vestido na outra sala. Se puder me acompanhar...

Sienna não sabia o que fazer. Dizer não era a solução óbvia, mas quando David perguntasse, o que responderia? Conhecendo sua mãe, sabia que Maggie ficaria feliz em ter companhia. Quanto ao que as irmãs pensariam, ela não fazia ideia.

Quando voltou para a sala de provas, Rachel e Courtney já estavam sentadas em um dos sofás de dois lugares. Por um segundo, Sienna sentiu uma pontada familiar de inveja. Suas irmãs sempre tinham sido as mais próximas. Apesar da diferença de idade, ou talvez por causa dela, cuidavam uma da outra. Ela era a irmã diferente.

Fez uma pausa e disse:

— Tem um vestido que eu... vou experimentar.

As irmãs se entreolharam.

— Vai ser divertido — afirmou Rachel. — Foi um vestido que você escolheu?

— David escolheu.

Courtney pressionou os lábios como se tentasse não rir. Rachel tentou disfarçar tossindo. Por um segundo, Sienna sentiu os olhos começarem a arder quando a raiva se misturou a uma sensação de traição. *Que as duas fossem pro inferno*, pensou, e ergueu o queixo.

Mas antes que pudesse dizer alguma coisa, Courtney ficou de pé e a abraçou.

— Convide todo mundo que você odeia para o casamento, pois vai causar dor física de tanta inveja neles, porque estará maravilhosa. Pode ser que um casamento não seja um momento tradicional para vinganças, mas você deveria fazer isso.

O elogio imprevisto a deixou sem reação. A raiva desapareceu como se nunca tivesse existido, e ela abraçou a irmã.

— Não vamos nos precipitar — frisou Sienna sorrindo. — Este é um vestido escolhido por um homem. Só Deus sabe como será.

— Aposto que terá as costas rendadas, como vimos na revista da mamãe — comentou Rachel. — Aquele transparente que mostra a bunda.

— Não vou mostrar minha bunda no dia do meu casamento.

Courtney ergueu um dos ombros.

— Não sei por quê. Se não for nesse dia, quando terá outra oportunidade?

Sienna ainda estava rindo quando entrou na sala para provar o vestido.

Quinze minutos depois, ela olhou para o reflexo no espelho sem saber o que pensar.

O vestido que David gostara era de alta costura — extremamente bem-feito, nada que ela teria escolhido.

Era um tomara que caia com o decote de coração descendo entre seus seios. Havia cerca de dois centímetros e meio de contas na altura do pescoço. O vestido era justo até a metade da coxa, e a seda macia era coberta por fios de pequenas pérolas que iam da frente às costas. As pérolas se movimentavam junto com ela, criando um efeito cintilante. O restante dos vestido, do meio das coxas até o chão, era uma cascata de tules.

Com as contas e as pérolas, a roupa devia pesar dez quilos. Era justo a ponto de dificultar a respiração. Sienna não sabia dizer se gostava ou não. *Chocada* nem chegava perto para descrever como se sentia. Não era o fato de David ter escolhido um vestido de casamento — era o que a escolha significava, para começo de conversa.

Ele realmente pensava que iriam se casar.

— Vamos — falou Rachel, batendo na porta fechada. — Queremos ver.

Sienna se virou e abriu a porta. As irmãs e a mãe estavam ali. Maggie ainda usava o roupão. Todas a observaram com os olhos arregalados.

— Eu tinha razão — afirmou Courtney. — Você está deslumbrante.

Sienna olhou para o espelho. Não tinha noção de si mesma dentro do vestido. Via seu corpo e o rosto e o vestido, mas não emitiu opinião. Estava bonita ou feia? O vestido lhe caía bem ou mal? Aquelas eram palavras sem sentido. Ela não sentia nada.

Betty apareceu e suspirou.

— Eu sabia que você estaria deslumbrante e estava certa. Venha ver no espelho grande.

Sienna se viu caminhando pela loja até a plataforma. Subiu e, mais uma vez, observou o seu reflexo. As irmãs e a mãe comentavam. Betty fez alguns ajustes no vestido. Ela simplesmente ficou se olhando e se perguntando por que ninguém mais via os muros que se formavam ao redor de seu coração.

13

— Está gostando de sua estada em Los Lobos? — perguntou Joyce.
Zealand assentiu.
Joyce contraiu os lábios.
— Preciso parar de fazer perguntas que exijam sim ou não como resposta?
Zealand deu de ombros.
Quinn riu.
— Deixe-o em paz. Não é legal incomodar as pessoas.
Joyce não pareceu convencida. Ela olhou para o assistente de som de Quinn e suspirou.
— Estou te incomodando?
Zealand levantou a mão esquerda, com o polegar e o indicador separados por dois centímetros.
— Bem, isso ficou muito claro — resmungou Joyce. — Gostaria de salientar que se conseguisse ouvir sua voz, eu te deixaria em paz.
Quinn cutucou o amigo.
— Não se entregue. Você a está deixando louca e poucas pessoas conseguem fazer isso.
Eles estavam sentados no pátio do restaurante do hotel. Havia muitos hóspedes e turistas aproveitando o clima quente e ensolarado da hora do almoço.
Wayne se sentou ao lado de Zealand. O assistente de Quinn tinha uma papelada espalhada à sua frente enquanto analisava os imóveis industriais que tinham visitado nas últimas semanas. O homem mais velho parecia concentrado, mas Quinn o viu se abaixar para fazer carinho na cabeça de Pearl. O poodle estava ao lado da mesa, e Sarge havia subido em uma das duas cadeiras vazias.

— Que bom você ser dona deste lugar — observou Quinn. — Caso contrário, teria que deixar seus cães em casa.

— Isso nunca aconteceria — garantiu Joyce. — Eles fazem parte de minha família. Por falar nisso, você pretende me deixar quando decidir qual local comprar?

— Sim, mas não tenho pressa, se você não tiver.

— Pressa nenhuma. Pode ficar para sempre.

— Nós dois nos cansaríamos disso.

A avó balançou a cabeça.

— Eu não me cansaria, mas um jovem precisa de privacidade.

Como ele tinha mais de 40 anos, Quinn não sabia se ainda era um jovem, mas aceitaria aquele título por ora, pelo menos.

— Dois desses locais são bons — relatou Wayne. — Nenhum vai ser perfeito, mas vamos engolir os defeitos e seguir em frente.

— Engolir os defeitos? — perguntou Joyce.

— Termo militar — explicou Quinn. — Você tira um homem da Marinha, mas não tira a Marinha do homem...

— Claro.

Dando uma olhada pelo pátio, ele viu Courtney. Sua avó tinha dito que ela trabalharia como garçonete naquele dia. Ele não lembrava bem se ela estava cobrindo alguém que tinha se sentido mal ou tido um problema pessoal, mas não importava. Courtney estava sempre pronta para ajudar aonde fosse preciso.

— Ela é bonita, não é? — perguntou a avó.

Wayne e Zealand acompanharam o olhar dela. Zealand ergueu uma sobrancelha. Quinn ignorou a ele e à pergunta.

— Courtney deveria estar fazendo mais do que limpando quartos e preenchendo buracos — falou Quinn. — Poderia ser muito útil por aqui.

— Concordo, mas ela é teimosa. Já lhe ofereci muitas oportunidades. Ela diz estar esperando se formar. Ridículo, na minha opinião, mas Courtney não está exigindo nada de ninguém além de si mesma. Tenho que respeitar sua decisão.

Ele não ficou surpreso com a informação. Courtney fazia o mesmo com a família: não contar o que estava fazendo até estar com o diploma nas mãos. Quinn sabia que aquilo era sobre muito mais do que um pedaço de papel. Era sobre o que isso representava. Ele ficou se perguntando o que aconteceria quando Courtney percebesse que a aprovação não podia vir de fora, mas dela mesma. Que tinha que ser algo que ela sentisse. Quinn acreditava que essa lição, como muitas outras, era uma questão de passar pela experiência.

Courtney olhou para a frente, de onde estava, organizando uma mesa, e notou o olhar de Quinn sobre si. Ele piscou. Ela riu e voltou ao trabalho.

O desejo foi despertado. Aquela mulher o atraía de todas as formas possíveis e deixara seu interesse nele bem claro. Quinn pretendia cobrar o convite feito, mas não ainda. Há muito tempo, aprendera que a ansiedade podia ser um prazer em si.

— Você era igualmente teimoso — revelou Joyce.

Quinn demorou um pouco para se lembrar do que estavam falando.

— Eu? Nunca.

Joyce olhou para os amigos dele.

— É verdade. Quinn queria as coisas do seu próprio jeito. Mas não me deu trabalho. Nunca nos desentendemos.

Ele riu.

— Você está mentindo e todos sabemos disso. Eu era um pé no saco na adolescência... como todos os adolescentes são. Eu passava muito tempo fora, respondia...

O olhar dela era carinhoso.

— Talvez, mas você era gentil e doce comigo. E gostei de ter a chance de compensar pelo passado. — suspirou Joyce. — Tenho certeza de que Quinn não contou a vocês, mas fui uma péssima mãe. — Ela ergueu a mão antes que alguém pudesse discordar. — É verdade. Eu era muito jovem quando meu marido morreu e me deixou este hotel. Eu quis torná-lo um sucesso, então fiz tudo o que pude para que isso acontecesse. Incluindo ignorar minha única filha, a mãe de Quinn. Paguei por essa decisão mais tarde. Nunca fomos muito próximas. Ela foi embora e passamos anos sem nos falar. Minha filha morreu antes de conseguirmos nos reconciliar. Uma lição para todos vocês. Cuidem de quem vocês amam.

Quinn pensou no que Courtney havia dito sobre o seu passado.

— Foi por isso que você ajudou Maggie Watson e as filhas?

Joyce assentiu.

— Vi que ela estava passando por algumas das dificuldades que eu também passei, apesar de Phil não tê-la deixado tão mal quanto eu, no passado. Fiz o que pude por elas e Maggie encontrou seu caminho. Agora, vai se casar de novo com um homem maravilhoso e tem três filhas adoráveis. Tudo acabou muito bem.

Quinn não tinha tanta certeza disso. Pelo que tinha visto, Sienna estava noiva de um homem com quem não queria se casar, e Courtney não tinha contado à família que estava estudando e logo ia se formar. Ele não sabia quais segredos Rachel guardava, mas desconfiava de que eram muitos. Aparentemente, tudo estava bem, mas havia problemas por baixo. Quinn ficou tentando adivinhar como tudo acabaria.

— Tenho o poder de criar paz e felicidade dentro de mim — repetiu Rachel em voz alta ao caminhar pela calçada de seu bairro. Voltou a falar baixo, mas com clareza. Apesar de se sentir uma tola, fazer algo era melhor do que não fazer nada.

Aqueles poucos minutos terríveis nos quais ficara presa no banheiro na festa de noivado de sua mãe tinham sido um ponto de virada para ela. Estava irada, humilhada e magoada. Quando se deitou, dormiu chorando. Mas, em algum momento antes do nascer do sol, havia despertado percebendo que podia passar o resto da vida observando passivamente no acostamento ou podia fazer algo para mostrar para aquelas vacas que estavam enganadas.

A indignação a movera em sua primeira caminhada. Ficara ofegante no fim de um único quarteirão, mas não parou. E então, entrou em um grupo on-line de emagrecimento.

Nos dias seguintes, enfrentou a abstinência do açúcar, a fome e a irritação de modo geral. Agora, quase três semanas depois, estava começando a se sentir melhor. Na noite anterior, havia sucumbido a um biscoito, mas pela primeira vez não deixaria que um único deslize a tirasse do rumo. Por isso, ali estava ela, às sete da manhã, cumprindo com sua meta de caminhada.

De todas as coisas que as duas mulheres tinham dito, o que mais tinha magoado fora o comentário sobre ela ter se largado. Claro, Sienna tinha nascido com uma beleza natural, mas Rachel sempre se orgulhara de saber como trabalhar com o que dispunha. Havia começado a brincar com cabelos — o dela e o de suas amigas — quando tinha cerca de 10 anos. Depois, começara a mexer com maquiagem e sempre soube que queria ser cabeleireira. A escola de cabeleireiros não tinha sido simplesmente trabalho, e sim uma enorme revelação.

Mas, desde o divórcio, não vinha se preocupando muito com a aparência. Ficou chocada ao ver que quase todas as roupas que possuía estava rasgadas, manchadas ou as duas coisas. Sim, o salão tinha um código de vestimenta que incluía quase tudo preto, o tempo todo, mas não significava que Rachel tinha que parecer desgrenhada. A cor preta podia ser interessante e moderna.

Havia revirado o armário e tirado tudo o que não podia ser consertado. Depois, passara a tarde no brechó, à procura de barganhas. Encontrou um cinto de couro vermelho bacana por incríveis 15 dólares, e um par de botas na altura dos joelhos. Também comprou dois alteres pequenos.

A mudança era difícil, pensou ao dobrar a última esquina e seguir em direção à casa. Mudar era desconfortável e ela duvidava de si a cada segundo. Mas tinha certeza de que se sentir uma porcaria não era a solução. Assim como comer mal e detestar a vida. Rachel tinha um filho e uma casa que amava, uma família e amigos. Se estava triste, não era por sua própria culpa?

— Tenho o poder de criar paz e felicidade dentro de mim — repetiu. Era a afirmação do dia do aplicativo gratuito que ela baixara. Artificial, talvez, mas estava dando certo e era só o que importava.

Ela chamou Josh ao abrir a porta de casa para ter certeza de que ele estava acordado e se preparando para ir para a escola. Ouviu o barulho do chuveiro, assim como o cantarolar desafinado do filho, por isso foi para a cozinha e colocou ingredientes nojentos dentro do liquidificador para fazer seu shake.

A combinação de proteína em pó, leite de coco e semente de linhaça era o bastante para fazer qualquer pessoa sentir ânsia de vômito. A única coisa que tornava a bebida ingerível era a manteiga de amendoim em pó que ela adicionava. Pelo menos, o sabor era tolerável.

Quando a bebida ficou pronta, despejou em um copo alto, e então foi para o banheiro. Saiu dali quarenta minutos depois, de banho tomado, cabelo arrumado e vestida. Demorara mais tempo se maquiando naquela manhã. Olhos esfumaçados ficavam bem nela, mas havia muito tempo que não se dava ao trabalho de fazer aquilo. Os quatro minutos a mais eram tão difíceis assim? Ela achava que o problema real era que quando se entreva em uma queda em espiral era difícil de interromper. O impulso em qualquer direção dava mais força.

Rachel vestiu calça e blusa preta, depois passou o cinto ao redor da cintura e o fechou, e então se olhou no espelho. Tinha passado a dormir com os cabelos presos em uma trança para deixá-los ondulados, e então enrolava algumas mechas. A maquiagem extra estava bonita e, apesar de ainda ter que perder mais doze quilos, parecia arrumada, e não largada. Uma grande melhora, disse a si mesma.

Voltou para a cozinha e encontrou Josh sentado à mesa, comendo, e o pai sentado à frente dele. Ver Greg fez com que Rachel parasse. Por um segundo, sentiu-se nervosa. Como se não soubesse o que dizer.

Ridícula, disse a si mesma. Era apenas seu ex-marido. Eles se relacionavam por causa de Josh e só. Greg ia à casa dela com frequência, e Rachel nunca tinha se importado muito com isso. Desde o jogo de beisebol, nada do que ele falasse ou fizesse importava mais para ela.

— Bom dia — cumprimentou Rachel depressa ao levar o copo vazio até a pia e enxaguá-lo. Caminhou até Josh e beijou sua cabeça. O garoto se recostou brevemente na mãe. E então, ela olhou para Greg. — Você disse que viria?

— Não. Acabei de sair do trabalho e passei aqui porque quis.

Seu ex-marido ficava bonito de uniforme. Parecia um pouco cansado, já que, provavelmente, teve que atender alguns chamados durante a noite, mas ainda assim, interessante. Ela se lembrava de quando ainda eram casados e Josh dormia até mais tarde. Greg voltava para casa do trabalho, deitava-se na cama e a acordava da melhor maneira possível.

Ele ergueu uma xícara.

— Fiz café. Espero que não se importe.

— Claro que não. — Rachel pegou uma xícara e se serviu. — Você quer comer alguma coisa?

— Não, obrigado, fique à vontade.

Ela colocou um pouco de queijo cottage em uma tigela e acrescentou amoras. A refeição leve combinada com o shake de proteína a deixaria satisfeita durante toda a manhã. Nos dias em que trabalhava, tentava não beliscar entre as refeições. Quando se mantinha ocupada, não pensava tanto em comida. Já tinha seu almoço, que havia preparado na noite anterior. Um esforço para não ter desculpas e comer o que não devia.

Rachel se sentou à mesa.

Greg sorriu para o filho.

— Está animado para o verão? — perguntou.

— Você sabe que faltam três semanas para acabarem as aulas. Mal posso esperar.

Greg olhou para a ex-esposa.

— Não se esqueça de que precisamos falar sobre a agenda dele. Para eu poder ajudar.

Rachel começou a dizer que daria conta sozinha, mas contraiu os lábios. Lembrou que uma das afirmações tolas e recentes em seu aplicativo de celular era sobre aceitar a ajuda dos outros.

— Isso vai ser bom — respondeu. — Vamos nos reunir e falar sobre como vamos lidar com as coisas no verão.

— Vocês podem começar comprando um videogame para mim — sugeriu Josh sorrindo. — Isso seria bacana.

— Não vai rolar — afirmou Greg. — Além disso, é melhor você brincar fora de casa.

— Sim. — Josh levou a tigela até a pia, e então pegou a mochila. — Estou pronto.

Rachel também levou sua tigela até a pia e a enxaguou.

— Você vai levá-lo para a escola?

— Ele para a escola e você para o trabalho — avisou Greg. — Seu carro está precisando de uma troca de óleo. Vou cuidar disso hoje cedo e o deixo estacionado no salão quando acabar.

Rachel se virou para o ex-marido, surpresa.

— Como você sabe que está na hora?

— Anotei a data em que você trocou pela última vez. Além disso, você dirige a mesma distância todos os meses, por isso não é difícil saber quando é hora de trocar de novo. Como está ocupada e eu não tenho muito que fazer hoje, posso resolver isso.

Greg falava com tranquilidade, mas ela notou a tensão em seu corpo. Os ombros estavam rígidos, como se ele estivesse pronto para um confronto. Porque Rachel normalmente diria que não, que lidaria com o problema sozinha. Preferia não dever nada a ninguém. Queria ser a pessoa que fazia as coisas, não que recebia.

Aceitar ajuda é um ato de nobreza.

Aplicativo de afirmações idiota, pensou ela, mal-humorada. Agora, as frases estavam grudando em sua mente.

— Depois de deixar o meu carro no salão, como vai voltar para a casa dos seus pais?

Greg abriu um sorriso.

— Posso ir andando, são menos de cinco quilômetros.

Ele parecia esperançoso e disposto, como o adolescente por quem ela se apaixonara. Os cabelos compridos demais cobriram olhos de Greg. Ele os afastou com um gesto descuidado.

— Por que não vai ao salão perto das 11h30? Tenho um intervalo de uma hora. Posso cortar o seu cabelo e então te levo para casa.

Greg piscou.

— Encontro marcado.

Palavras bobas. Palavras sem sentido. Ainda que tivessem causado uma agitação. Agitação na qual ela sabia que não deveria acreditar.

14

Já eram quase 22h, e os funcionários do turno da noite estavam ocupados com seus afazeres. Era como se todo mundo tivesse algum lugar onde estar, menos ela. Courtney já percorrera a propriedade e, agora, enquanto atravessava a recepção, percebeu que estava sem lugar para ir.

Sabia o estava fazendo: procurando Quinn. Sua inquietação incômoda tinha tudo a ver com a forma como se sentia quando estava perto dele. Só vê-lo almoçar com Joyce e com os amigos, dias antes, a havia afetado. Quinn a confundia, excitava e desafiava. Basicamente, ele era como catnip e Courtney só queria ronronar e se esfregar toda nele.

— Que analogia horrorosa — desabafou ela ao chegar à escada. Não tinha mais desculpas nem ideias. Com exceção de bater à porta do quarto dele e se despir, o que parecia grosseiro de se fazer sem ter sido convidada, não havia mais nada que pudesse fazer. A única opção era ir para seu quarto e dormir mais cedo.

Subiu a escada de dois em dois degraus e estava sem fôlego quando chegou ao quarto andar. Entrou em seu quarto e viu uma sacola de presentes sobre a cama. Algo que não estava ali duas horas antes, quando saiu para procurar Quinn.

Procurou alguma explicação. Encontrou apenas uma garrafa de tequila cara, a chave de um quarto e um cartão no qual se lia apenas *Venha comigo*.

Ela sentiu o estômago revirar pelo menos três vezes e a boca ficar seca. Apesar de saber de quem eram o presente e o convite, não sabia quem colocara aquilo em seu quarto... nem quando.

Courtney se virou lentamente, como se procurasse uma pista, e então percebeu que estava perdendo tempo. Certo, o que fazer? Deveria trocar de roupa? Passar perfume? Tomar uma ducha? A indecisão a manteve paralisada por um segundo, e então ela olhou para sua calça jeans e para a camiseta que vestia. Era uma boa roupa, concluiu. Revirou os olhos ao pensar em perfume — principalmente porque sabia que não tinha nenhum, e então pegou a sacola e se dirigiu para a escada.

Ela bateu na porta em vez de usar a chave do bangalô. Isso parecia muito... avançado, talvez. Quinn abriu a porta e sorriu quando a viu.

— Estava torcendo para você dizer sim.

— Você não é muito prolixo em bilhetes.

— Eu passo minha mensagem.

Courtney achava que era verdade, sim.

Ela o acompanhou para dentro do bangalô. Quinn pegou a tequila de sua mão e foi até o bar. Já tinha limões cortados em uma pequena tábua, além do que parecia uma mistura com limão em um copo pequeno. Então, colocou gelo dentro de uma coqueteleira, despejou tequila e depois o suco.

Enquanto ele trabalhava, Courtney observou os cantos da pequena sala de estar. Ele havia dado alguns toques pessoais: um livro, um celular, um caderno com rabiscos espalhados. Quinn pegou os copos e então serviu a mistura que preparara. Courtney o observou. Assim como ela, ele estava usando calça jeans. Mas, em vez de camiseta, usava uma camisa masculina branca, para fora da calça e com as mangas enroladas. Estava descalço. Ela não sabia por que esse fato era sensual, mas era. Muito sensual.

Quinn estendeu uma das taças, e então fez um gesto em direção ao sofá. Courtney se sentou e viu que ele havia colocado uma bandeja de aperitivos na mesa de canto.

— Está me seduzindo? — perguntou ela, sem conseguir se conter.

Ele se sentou em uma das cadeiras perpendiculares ao sofá e fez um brinde com sua taça.

— Você quer ser seduzida?

— Acredito que parte do processo é não ter que responder a essa pergunta.

— Eu não sabia.

Courtney tomou um gole da bebida.

— Claro que é. Caso contrário, não é sedução. É uma reunião. Sedução tem a ver com ser surpreendida.

Os olhos azuis estavam indecifráveis quando Quinn sorriu para ela.

— Você é tão determinada em todas as outras coisas. Quer fazer tudo do seu jeito. Achei que valia para nós também.

— Você é irritante. Alguém já te disse isso?

Ele riu.

— Uma ou duas vezes. — Quinn meneou a cabeça indicando o prato de comida. — Sirva-se. Vai precisar de energia.

Os dedos dos pés de Courtney ficaram tensos. Ela pegou um bolinho de caranguejo.

— Você e seu pelotão já encontraram um local?

— Meu pelotão?

— Como se refere a eles? Seus manos? A galera?

— Que tal minha equipe?

— Pelotão é melhor, mas claro, podemos dizer equipe.

— Temos alguns prospectos. Zealand está preocupado com o som. Wayne, com o dinheiro.

— Com o que você se preocupa? — perguntou Courtney.

— Com o mínimo possível. — Quinn se recostou na cadeira. — Vi você no restaurante outro dia.

— Eu sei. Você piscou para mim.

— Você preenche todas as faltas.

— Vou onde precisam de mim. Mas nunca me deixam cozinhar. Provavelmente é melhor assim.

— Minha avó diz que você só vai tentar arranjar um emprego diferente quando se formar.

A deliciosa sensação de expectativa desapareceu um pouco.

— Vocês estavam falando sobre mim?

— Você é um assunto interessante.

— Não se sua avó estiver na conversa. — Courtney esperou, mas Quinn não disse nada. Ela se remexeu um pouco. — Só quero pegar meu diploma.

— Como um talismã?

— Mais como um distintivo. Será prova de tudo o que conquistei.

— Você não acha que tudo o que conquistou até agora já é prova suficiente? A forma como leva sua vida, por exemplo?

Courtney ficou animada.

— Isso me parece bacana.

— Você é bacana. Estou curioso para entender por que precisa se formar antes de mudar de posição. — Quinn levantou uma das mãos. — Entendo o lance com sua família. Você teme que não acreditem que é diferente enquanto não tiverem provas concretas. Eles terão, claro, mas você vai se sentir melhor se tiver algo concreto. Mas Joyce sabe desde sempre. Por que não começa a crescer?

— Não sei. Só quero me formar primeiro. — Courtney pensou no que ele tinha perguntado antes: se estava punindo sua família ou a si mesma. — Essas não são preliminares muito boas.

— Não era para ser uma preliminar. — Quinn esboçou um sorriso. — Prometo que você vai saber quando eu agir.

— E você tem preservativo?

— Sim. Se está curiosa para saber, os lençóis estão limpos e já coloquei o aviso de não perturbe na porta. Mais alguma pergunta?

Courtney estava tentando ser sofisticada e corajosa, mas era difícil. Ela se forçou a tomar um gole da bebida de um modo que acreditou ser tranquilo, e então sorriu.

— Tudo bem.

— Sim, está. Conte-me sobre sua primeira vez.

Courtney hesitou diante da pergunta inesperada.

— Você se refere a sexo?

Quinn assentiu.

— Não preciso de detalhes. Só quem e quando.

Ela tomou mais um gole.

— Eu tinha 18 anos e tinha saído da casa da minha mãe. Trabalhava no Happy Burger.

— Um destino que você ignorou.

— Eu sei. Espero não me arrepender. — Courtney sorriu. — Acho que não vou me arrepender. De qualquer modo, o nome dele era Cameron, andava de moto e dizia que eu era bonita. — Seu sorriso desapareceu. — Eu estava mais interessada em alguém me querendo do que em me importar se eu queria esse alguém ou não.

— E você queria ser como todos os outros.

Ela o encarou.

— Como é?

— Você era mais alta do que todos os seus colegas de classe, e dois anos mais velha. Não se encaixava. Não podia consertar isso, mas podia deixar de ser a virgem. Pelo menos nisso você podia ser como todo mundo.

Courtney tinha a impressão ruim de que ainda estava olhando-o fixamente, mas não conseguia parar.

— Sinceramente, não sei o que dizer.

— Então, vou falar que te acho sensacional. Forte e determinada. Sensual demais, mas você já sabe disso.

Sabia que era sensual demais? Humm, não. Não tinha recebido essa informação em especial. Havia uma maneira de fazer com que Quinn repetisse aquilo? Ou de bordar isso em uma fronha?

Ele ficou de pé, abriu alguns botões da própria camisa antes de puxá-la para cima e tirá-la completamente. Deixou a peça cair no chão antes de fazer Courtney ficar de pé.

— Estou agindo — murmurou Quinn antes de beijá-la.

Ela já tinha sentido os lábios dele antes: uma combinação de força e confiança, com um toque de determinação. Era muito excitante. Quinn a beijou com vontade, tomando em vez de oferecer, mas não de um jeito assustador.

Ele segurou o rosto de Courtney com as mãos grandes enquanto ela pressionava as mãos no seu peito nu. Courtney podia sentir o calor da pele e os músculos de Quinn. Eles se tocaram como iguais — pelo menos fisicamente. Ela tinha a sensação de que, no que dizia respeito à experiência, ele estava quilômetros à sua frente.

Quinn aprofundou o beijo e Courtney se deliciou com o calor da língua dele contra a sua. Ela levou as mãos aos ombros másculos e se inclinou para a frente, entregando-se ao momento intenso.

O desejo tomou conta dela. A fome e uma vontade de estar mais perto. De conhecê-lo completamente. Queria que a tocasse em todas as partes e queria explorar todos os segredos dele. *Paciência*, disse a si mesma. A união seria melhor com a espera.

As mãos de Quinn deslizaram pelos braços femininos, pelos os pulsos e depois até o quadril. Com os dedos, ele brincava com a barra da camiseta de Courtney até puxá-la para cima e jogá-la longe.

Então se inclinou para beijá-la de novo, mas, dessa vez, encostou os lábios no rosto dela, e depois no queixo. Quinn se movimentava devagar, afastando os lábios da pele macia, mordiscando enquanto seguia. Quando chegou atrás da orelha de Courtney, ela sentiu a pele arrepiar. Em seguida, Quinn se endireitou e a segurou pela mão.

Ele a puxou um pouco, para que atravessassem a sala de estar.

Entraram no quarto e não havia luz acesa, mas a claridade vinha da sala de estar. Courtney viu a cama grande e Quinn a virou para que o encarasse.

— Está se arrependendo? — perguntou ele.

— Como? Não, quero isso. — *Quero você*, pensou. Deveria ter dito "eu quero você", mas ainda não estava nesse ponto. Precisaria de um pouco mais de coragem do que tinha no momento.

— Ótimo.

Ele abriu o botão da calça jeans e a deslizou para o chão. Não usava cueca e já estava excitado. Courtney permitiu-se admirar o tamanho da ereção, e então observou quando Quinn caminhou até o criado-mudo e acendeu uma luz.

— Vamos ver essas asas.

Ela riu e virou de costas para ele.

— Não me julgue.

— Não vou. — Quinn se posicionou e tocou a tatuagem nas costas dela. — É linda. Você se sente livre?

— Às vezes.

Ele abriu o fecho do sutiã. Courtney deixou a peça escorregar pelos seus braços. Quinn deu a volta e abriu o botão da calça jeans dela, e a desceu pelo quadril, junto com a calcinha. Courtney se afastou das roupas e se tentou se virar para ele, que levou uma mão ao quadril feminino e a manteve onde estava.

— Ainda não — pediu Quinn, com a boca a centímetros do ombro dela.

Courtney permaneceu nua no meio do quarto. Ele estava logo atrás, ela sentia a proximidade. Mas Quinn não a tocou em nenhum outro lugar. Não no começo. Depois, ele encostou a ponta dos dedos no ombro dela e desceu. Um toque bem suave. O que fez com que ela estremecesse e fez seus mamilos enrijecerem. Quinn traçou as palavras que estavam tatuadas na sua lombar — palavras que ele tinha escrito. Finalmente, com as mãos no quadril dela, a virou para ficarem frente a frente. Os olhos se encontraram e Quinn segurou os seios pequenos. Tocou ambos com delicadeza, passando a ponta dos dedos sobre os mamilos. Courtney sentiu uma onda de prazer que seguiu um caminho direto até o seu centro de prazer. A excitação aumentou quando ele se inclinou para a frente e tomou um dos mamilos com a boca.

Quinn respirou fundo, dando voltas no mamilo enrijecido com a língua. Ela ficou sem ar e teve que se segurar nele para se firmar. Ele repetiu os movimentos no outro seio. A vontade crescia, pulsando no ritmo dos batimentos cardíacos dela. Courtney queria o que ele tinha para oferecer, o desejava por inteiro.

Quinn pediu para ela se afastar até que se encostasse na cama.

— Sente-se — ordenou.

Courtney cumpriu o ordenado. Ele caiu de joelhos na sua frente. Quando Quinn indicou para que se deitasse, ela obedeceu. Ele lhe afastou as pernas e abaixou a cabeça para pressionar a boca nas partes mais íntimas dela.

Ao primeiro toque da língua dele, Courtney suspirou lentamente. No segundo, deixou os olhos se fecharem ao se entregar às carícias de um parceiro que sabia exatamente o que fazer.

Quinn usou a língua para explorá-la de todos os ângulos. De cima a baixo. De um lado a outro. Ele circulou o clitóris, primeiro devagar, depois cada vez mais rápido. Quando os movimentos alcançaram aquele ritmo perfeito do tipo "essa é a estrada para o orgasmo", Quinn esquentou as coisas e pressionou a língua contra o ponto central intumescido. Ela arqueou as costas e prendeu a respiração.

Finalmente, ele deslizou o dedo para dentro de Courtney, erguendo-o, encontrando o que ela podia jurar ser a parte de trás do seu clitóris.

Ao mesmo tempo, Quinn chupava, empurrando o dedo para baixo e movimentando-o em círculos e...

Ela gozou inesperadamente. Num segundo, sentiu só prazer, e no seguinte, tremia e mal conseguia puxar o ar. Disse algumas coisas sem sentido e tentou respirar enquanto cada célula de seu corpo gritava e seus músculos entravam em convulsão, fazendo Courtney perder totalmente o controle.

Demorou quase um minuto para o clímax terminar e, mesmo assim, não tinha certeza do que tinha acontecido. Ela abriu os olhos e viu Quinn a observando com os olhos azuis, como sempre, indecifráveis.

— Só uma vez, gostaria de saber o que você está pensando — reclamou Courtney.

Ele sorriu.

— De nada.

Ela riu.

Quinn ficou de pé e a puxou para que se sentasse e depois, se levantasse. Juntos, tiraram as cobertas da cama. Antes de se deitar, ele pegou um pacote de preservativos do criado-mudo. Subiram na capa por lados opostos até Quinn puxá-la para perto.

Ele se deitou ao lado dela, apoiando a cabeça com uma das mãos e a outra na barriga de Courtney.

— Você consegue gozar com penetração também? — perguntou Quinn.

Ela se sentiu corar e olhou para todos os lados, menos para ele.

— Oi?

— Algumas mulheres têm facilidade, outras não. Você consegue? Quer aprender? Como funciona para você? — Enquanto falava, Quinn levou a mão entre as pernas dela e começou a esfregar seu clitóris.

— Hummm, já consegui algumas vezes, mas não é muito frequente — admitiu Courtney.

— O que eles fazem de errado? Não fazem direito? Não aguentam muito tempo? Você não se excita o suficiente? Não consegue parar de pensar?

Courtney engoliu em seco, e então encarou-o. Pela primeira vez, tinha certeza de conseguir adivinhar o que Quinn estava pensando. Sua expressão era gentil e faminta. Ele estava curioso e interessado no que ela tinha a dizer.

Ao mesmo tempo, continuava a estimulá-la. Sem parar, sem parar, sem parar, com movimentos na mesma velocidade, com a mesma pressão, como se não estivessem conversando.

— Temos que falar sobre isso? — perguntou Courtney com um gemido. — Não podemos simplesmente fazer?

— Quero saber do que gosta.

— Você já sabe. Aquela parte antes. Foi muito boa. — Ela o puxou para perto. — Quinn, por favor.

Ele sorriu.

— Gosto quando diz meu nome. Principalmente quando está gozando.

— Não disse seu nome.

— Ah, disse, sim.

Courtney quis discutir, mas o que ele estava fazendo era bom demais. Ela estava cada vez mais perto. Conseguia sentir. A tensão aumentando, a promessa quase se cumprindo. Só mais alguns segundos e...

— Me dê sua mão — ordenou Quinn.

Ela abriu os olhos.

— O-o quê?

— Sua mão. — Ele afastou a mão, e então a colocou sobre a dela. — Continue. Não queremos que perca o ritmo.

— Eu... você... — Quinn estava falando sério? Courtney mal fazia aquilo sozinha, imagine na frente de outra pessoa.

Ele apertou sua mão.

— Continue. Preciso de um segundo.

Antes que pudesse formar palavras para protestar, ele já tinha rolado para o lado e estava pegando um preservativo.

Courtney ficou onde estava... congelada. Mas então, fez um movimento circular, pressionando os dedos sobre o clitóris.

Estou tão inchada, pensou meio distraída. Muito pronta para outro orgasmo. Os dedos continuaram o movimento, e então encontraram o ritmo que a levaria a perder o controle.

— Isso mesmo, linda.

Courtney abriu os olhos. Quinn estava observando com a expressão de um animal prestes a atacar sua presa.

— Não consigo fazer isso — sussurrou ela.

— Já está fazendo.

Ele se movimentou até estar entre as coxas dela e então a penetrou. Ao se sentir totalmente preenchida, Courtney disse a si mesma para parar de se tocar. Mas não conseguiu. Tudo era bom demais.

— O que você está fazendo comigo? — perguntou ela, ainda se acariciando.

Os olhos azuis famintos encontraram os dela.

— Quero as coisas do meu jeito.

— E como são?

Quinn a penetrou mais fundo. Ela arfou e sentiu que estava perdendo o controle. E não teve como não se mover mais depressa, pressionando, ansiando por mais.

— Assim — respondeu ele com a voz rouca.

Quinn entrava e saía. Mais depressa a cada vez até ela não ter escolha e se entregar. Courtney gritou enquanto gozava uma segunda vez, e então envolveu o quadril dele com as pernas para que Quinn fosse mais fundo. Ela se manteve firme até ele gozar e parar de se mexer.

Courtney não sabia bem o que dizer depois, nem como agir. Ele resolveu o problema puxando-a para mais perto e beijando-a, antes de perguntar:

— Quer passar a noite comigo?

Uma pergunta inesperada.

— Sim — admitiu Courtney.

— Ótimo.

Foi bom, pensou ao se acomodar ao lado de Quinn. Inesperado, mas muito, muito bom.

A casa à venda era um rancho pequeno com três quartos. Fora construída nos anos 1950 e tivera poucas reformas. De acordo com o folheto, do quintal era possível avistar o mar, e a escola de ensino fundamental ficava a três quarteirões. Perfeita para uma família.

Sienna caminhou pela sala de estar iluminada e entrou na cozinha. Os balcões tinham sido trocados, mas os armários pintados pareciam originais. Deviam ser feitos de madeira de verdade, pensou. Se fossem raspados e tingidos, ficariam bonitos. O fogão era relativamente novo, provavelmente tinha oito ou dez anos. Ela se perguntava se os novos donos pensariam em comprar um daqueles fogões vintage. Ficariam ótimos naquela casa.

Viu Jimmy conversando com um casal jovem na sala de jantar. A conversa parecia intensa, por isso não interrompeu. Quando Jimmy a viu, deu uma piscadela.

Sienna explorou os quartos e o único banheiro. Tinha um toque retrô com azulejos médios azuis e verdes. Embora ela admitisse que talvez não mudasse a aparência do lugar. Era estranhamente elegante. Mas a casa precisava de um segundo banheiro.

Ela foi ao quintal. Era enorme, com algumas árvores maduras e uma boa cerca. Havia uma mesa de piquenique perto da churrasqueira. Sienna sentou e se permitiu simplesmente aproveitar o momento. Sem pressa, sem correria para fazer nada. Só permanecer ao sol em um dia quente de primavera.

Sua mente era tomada por todos os tipos de pensamentos. Ela os ignorou e se concentrou na respiração. Aos poucos, começou a relaxar.

Não pretendia parar para aquela visita, mas quando viu as placas com o rosto de Jimmy, viu-se entrando no bairro residencial e estacionando na frente da casa. Agora se sentia feliz por ter feito isso. Aqueles poucos minutos de silêncio a haviam renovado.

Sienna ouviu alguém se aproximar por trás.

— O que você acha? — perguntou Jimmy.

— Tem espaço para um acréscimo — respondeu ao se levantar, e sorriu para o amigo. — Eu acrescentaria uma suíte, o que significaria um banheiro a mais. — Ela se virou e apontou o outro lado da casa. — Tem espaço para um segundo quarto aqui. Uma sala de família com um lavabo.

— Você está praticamente dobrando a metragem da casa. Tem certeza de que é uma boa ideia?

— Com base nos tamanhos e nos preços das residências nesta área, sim. Não vai ser a maior nem a mais cara casa do bairro. Nem perto disso.

Jimmy sorriu.

— Você aprendeu direitinho, gafanhoto. Quer uma cerveja?

— Vocês bebem nos dias de visita?

— Que nada. Só estou brincando. Mas tenho algumas lindas garrafas de água importada, se tiver interesse.

— Obrigada.

Sienna o acompanhou de volta à cozinha. As placas de venda não estavam mais no gramado e todos os possíveis compradores tinham se retirado. Ela pegou a garrafa que Jimmy ofereceu e tirou a tampa.

— Veio bastante gente — comentou ela.

— Durante as três horas. Vamos receber pelo menos uma oferta pela casa, talvez duas.

— Que ótimo.

Ele parece ótimo, pensou Sienna enquanto o observava. Jimmy estava vestido para os negócios, mas não muito arrumado. Usava uma calça cáqui e uma camisa azul-clara com as mangas enroladas. Estava com uma gravata meio solta. Ele era um cara bem-sucedido de cidade pequena.

— Como estavam as ondas? — indagou Sienna.

Ele sorriu.

— Não surfei hoje. Tinha uma papelada para organizar.

Ela se assustou.

— Não me diga.

— Quem me dera que não fosse verdade. Mas um homem tem que fazer o que precisa ser feito.

— Eu me lembro de quando surfar teria sido a prioridade.

— Todos crescemos — assumiu Jimmy tranquilamente. E meneou a cabeça em direção à aliança dela. — Parabéns.

O bom humor de Sienna desapareceu.

— Obrigada.

— Você e David vão comprar uma casa na cidade?

Ela tomou um gole de água.

— Sinceramente, não faço ideia.

— Vocês querem ficar em Los Lobos?

Aquela não era a pergunta certa, pensou ela. A questão devia ser: "O que você tem na cabeça, porra?" Mas ninguém parecia ter notado isso. Pelo menos não na frente dela.

— Não sei o que vai acontecer — revelou Sienna, escapando da pergunta.

Jimmy deu um passo em direção a ela. Sua expressão estava intensa, mas os olhos, gentis.

— Sienna, nos conhecemos há muito tempo. Somos amigos. Eu me importo com você. Se um dia precisar de mim... para qualquer coisa, estou aqui. Só precisa me dizer.

— Obrigada. Agradeço por me lembrar.

— Você está bem?

Ela fingiu um sorriso.

— Nunca estive melhor. — Ergueu a garrafa de água. — Obrigada por isto. Gostei muito. E até mais.

Jimmy parecia prestes a dizer algo, mas no fim só assentiu.

— Mande lembranças minhas a sua mãe.

— Pode deixar.

15

Courtney estava exausta. Não por falta de sono. Tinha se recuperado disso em poucos dias. Não, seus maiores problemas eram o medo e ter que fingir. As duas coisas acabavam por exaurir uma pessoa.

Já fazia três dias desde a incrível noite passada com Quinn. Três dias em que o via pelo hotel e sorria discretamente para ele. Três dias de mensagens de texto sensuais e entrega de biscoitos de chocolate, o que era muito melhor do que flores. Três dias pensando que não apenas o sexo fora incrível, mas ela tinha de fato *gostado* de estar com Quinn. Normal para algumas pessoas, mas as escolhas que Courtney fizera no passado para namorados tinham sido em uma escala de ruim para pior. Era por isso que, por um tempo, decidira abrir mão da coisa toda de relação entre homem e mulher. Ela não precisava de distração.

Mas Quinn era diferente. Se Courtney fosse achar algo estranho em toda a situação era ele ser uma força positiva em sua vida. Quinn não era o tipo de cara que tinha que diminuir uma mulher para se sentir homem. Era doce e sensual, e as coisas que tinha feito com seu corpo... *Não pense nisso*, disse a si mesma firmemente. Porque seu problema não era com Quinn — era com a avó dele. Courtney morria de medo que todo mundo ao seu redor percebesse que fizera sexo com Quinn, e isso não era algo que quisesse discutir com Joyce.

Na maior parte do tempo, tinha conseguido evitar sua chefe, mas aquela era a primeira das muitas reuniões com Maggie para planejar o casamento. Aconteceria no espaçoso escritório de Joyce, e não tinha como Courtney não ir. Então, fez sua melhor cara de *não fiz sexo com seu neto* e tentou muito prestar atenção aos detalhes de organização do evento.

Elas já tinham decidido a localização: o gramado perto do grande pavilhão. Haveria tendas, parecidas com aquelas usadas na festa de noivado. A cerimônia seria no lado norte da propriedade; a recepção, no lado sul. As cadeiras teriam uma capa bonita. Courtney deveria conferir a disponibilidade de cores. O cardápio ainda estava sendo discutido, assim como o bolo. Mas as questões seriam sobre o sabor, e não de onde consegui-lo.

— Conferi com Gracie — relatou Courtney, consultando as anotações em seu tablet. — Mesmo sem um aviso com muita antecedência, ela pôde nos encaixar. Houve um cancelamento. Por isso, marquei um horário para uma reunião de design e prova. — Ela sorriu para a mãe. — Posso ir com você, se quiser. Neil também deveria estar presente. E Gracie quer saber se você gostaria de ter um bolo do noivo.

Maggie bateu palmas.

— Não acredito que terei um bolo de casamento feito por Gracie Whitefield. Ela apareceu na revista *People*.

— Eu me lembro — disse Joyce, suspirando. — Ninguém ama bolos tanto quanto Gracie.

Courtney se desculpou silenciosamente com Gracie. Tinha certeza de que ela era muito bacana e que merecia ter paz para viver sua vida. Mas isso não aconteceria, não em Los Lobos.

Apesar de Gracie ser alguns anos mais velha do que Courtney, e de só se conhecerem de vista, a história de vida da outra mulher seguia tendo forte interesse, mesmo cerca de vinte anos após o fato.

Quando Gracie tinha 14 anos, apaixonou-se profunda e totalmente por Riley Whitefield. Ele era alguns anos mais velho e não se interessou nem um pouco. Quando Gracie descobriu que ele estava saindo com outra pessoa, fez de tudo, desde colocar um gambá dentro do carro até bater placas de madeira em portas e janelas para que ele não pudesse encontrar a namorada. Quando a outra garota aparecera grávida e Riley se ofereceu a fazer o certo, Gracie se deitara na estrada, na frente do carro dele, implorando para que a atropelasse. Porque sem Riley, a vida não valia a pena.

Gracie fora embora antes do casamento e não tinha voltado para a cidade durante catorze anos. Courtney se lembrava de algum boato a respeito da namorada não estar tão grávida quanto todos pensavam, e que o casamento terminara com a mesma rapidez com que havia começado. Quando Gracie voltou, Riley também estava na cidade e, de algum modo, acabaram juntos. Courtney não sabia bem todos os detalhes, mas, no fim, Gracie e

Riley se casaram e ela trouxe o seu negócio de bolos de casamento para Los Lobos.

— Você disse a Gracie que o bolo precisa ser cor-de-rosa? — perguntou Maggie.

— Sim. — Courtney checou as anotações. — Ela vai nos mostrar uma variedade de cores e estilos, e diz ter algumas ideias bem divertidas para você.

— Excelente. — Maggie se virou para Joyce. — O que você acha de gelinhos para adultos?

Courtney contraiu os lábios. Era sério mesmo? Aquilo era uma festa de faculdade?

— O que são gelinhos? — Joyce parecia confusa.

Courtney descreveu os doces congelados em saquinhos.

— Eles têm sabores variados. Minha mãe está sugerindo que acrescentemos álcool.

— Vodca — revelou Maggie animada. — Dá para injetar com uma seringa, e então eles são congelados. É divertido.

Courtney não sabia bem qual parte seria a diversão. Nem onde exatamente conseguiriam as seringas.

— Vou anotar a ideia — anuiu, colocando a informação em seu tablet. — A juíza Jill Strathern-Kendrick vai realizar a cerimônia.

— Ai, deus — Maggie sorriu. — Eu adoro a Jill. Ela e eu participamos de diversas comunidades juntas. Mas ela está grávida. Isso será um problema?

Courtney conferiu mais uma vez as anotações.

— A juíza me disse que o bebê só deve nascer três semanas depois do casamento e o último parto dela demorou. Você quer deixar outro juiz de reserva, só para garantir? É sempre uma boa ideia.

— Não. Eu quero a Jill. Tenho certeza de que tudo ficará bem. Agora, sobre as flores...

Courtney ouviu enquanto as outras duas falavam sobre as diversas opções. Ela ofereceu algumas sugestões, pensando que, com o esquema de cores escolhidos, tinham muitas alternativas. Se sua mãe tivesse escolhido tons de azul, elas teriam que ser mais criativas.

Courtney imaginou o hotel cheio de vasos de água com corante alimentício e rosas em uma variedade de azul a roxo. Aquilo seria interessante.

— Vou passar alguns dias fora — avisou Joyce a Maggie. — Só para você saber. Courtney vai cuidar de tudo em minha ausência.

— Com o casamento tão próximo? — perguntou Maggie, com um tom de dúvida.

— Sim. Courtney ajuda em todos os departamentos aqui no hotel, e tem lidado com muitos eventos. Foi ela que planejou a festa de noivado e deu tudo certo.

— Foi algo realmente único. — Maggie se virou para a filha. — Pensei que fosse só uma camareira.

— Na maioria dos dias — assumiu Courtney, lembrando a si mesma que era opção sua não contar nada a família. — Também sou conhecida por servir mesas, fazer drinks e coordenar casamentos. Faço o que for necessário.

— Ela realiza um excelente trabalho — elogiou Joyce olhando para Courtney. — Você deveria perguntar a sua filha sobre isso.

Maggie assentiu, ainda parecendo em dúvida.

— Sim, imagino que depois de todo esse tempo, você seja capaz de fazer muitas coisas no hotel. Mas ainda é, em primeiro lugar, uma camareira.

Por um segundo, Courtney pensou que a mãe fosse dizer mais alguma coisa. Sugerir um novo curso em uma escola de administração. Logo, prometeu a si mesma. Logo acabaria a faculdade e poderia dizer a todo mundo o que vinha fazendo.

Pensou no que Quinn tinha dito sobre validação externa e interna. Talvez devesse...

Não! Já tinha esperado tanto. Queria poder exibir o diploma para todas verem. Queria que fosse algo real e tangível. Até lá, manteria segredo.

Conversaram mais um pouco e terminaram a reunião. Maggie saiu para voltar ao escritório de contabilidade enquanto Joyce foi à recepção com Courtney.

— Você deveria contar a ela — sugeriu Joyce. — Maggie se preocupa com você.

— Vou contar.

— Você conquistou tanta coisa. Ela vai ficar orgulhosa. Por que esperar mais?

— Não terminei ainda.

— Você as está magoando e temo que esteja ferindo a si mesma também.

Variações do que Quinn havia dito sobre ela estar punindo a si mesma e também sua família. Seria uma característica genética esse tipo de perspicácia?

— Agradeço por sua preocupação — falou Courtney —, mas é assim que quero fazer.

Joyce sorriu para ela.

— Uma maneira muito educada de me mandar cuidar da minha vida. Tudo bem. Farei isso. Você tem que decidir sozinha.

— Eu sei, e já decidi. Para mim, isso é o certo.

Mas, mesmo enquanto falava, Courtney não conseguia parar de se perguntar por que só ela conseguia ver o que via. E se todo mundo pensava diferente, não havia uma minúscula chance de estar enganada?

A porta do bangalô se abriu e um homem afro-americano alto e bonito entrou. Ele abriu os braços e disse:

— Quero ser o próximo Prince!

Quinn tirou os fones. Ficou de pé e caminhou até seu cliente e amigo.

— Tadeo — cumprimentou abrindo os braços.

Os dois homens se abraçaram. Tadeo deu um tapinha nas costas de Quinn.

— O que você está fazendo aqui, cara? Esta cidade não tem nada a ver com você.

— Ela acaba se enraizando em todos nós.

— Assim como os fungos. É muito pequena. Não tem shopping center nem restaurantes. O que faz para se divertir?

Quinn pensou em Courtney. Ele se divertia muito com ela, e boa parte dessa diversão não incluía sexo. Com que frequência um homem podia dizer isso sobre uma mulher?

— Eu me viro.

Tadeo colocou a caixa da guitarra no chão.

— Eu estava falando sério quando falei do Prince.

— Não, não estava. O que você está fazendo aqui? Você e Leigh estão brigando de novo?

— Por que pergunta isso?

— O que aconteceu dessa vez?

As discussões de Leigh e de Tadeo eram lendárias. Eles amavam de forma intensa e barulhenta. E o casamento e os três filhos não tinham mudado isso. Qualquer pessoa que pensou que o tempo fosse acalmar o casal apaixonado acabou ficado decepcionada. Embora Quinn tivesse que admitir que, mesmo que não fossem entediantes em nenhum momento, a relação deles era um pouco agitada demais para ele.

— Leigh está tentando reprimir meu estilo — reclamou Tadeo ao se sentar em uma das cadeiras. — Eu passo a noite toda escrevendo músicas, e não consigo acordar para levar as crianças para a escola. Ela precisa ser racional. Eu sou um artista, cara.

— Você também é pai.

— Foi o que Leigh disse. — Tadeo encarou Quinn com os olhos arregalados. — Ela te ligou?

— Não foi preciso.

Tadeo balançou a cabeça.

— Não vou voltar. Dessa vez, é para sempre. Tô caindo fora de lá. Ela me mantém com rédea curta.

— Você ficaria perdido sem a rédea. — Quinn olhou para o relógio. Era quase uma da tarde. — Vou pedir o almoço. Quer alguma coisa?

— Claro.

Tadeo analisou o cardápio do serviço de quarto, e então Quinn fez um pedido, incluindo comida para Wayne e Zealand, que voltariam logo.

— Zealand me mandou uma mensagem de texto sobre o novo estúdio — comentou Tadeo. — Estou a fim. Me mostre os planos e darei minhas ideias.

— O que o faz pensar que quero suas ideias?

Tadeo se recostou na cadeira.

— Sou o artista aqui, mano. Eu ajo.

— E eu assino os cheques.

— Ah, sim. Quase me esqueci dessa parte.

Quinn riu, e então pegou a planta baixa da construção. Ele explicou as reformas que fariam.

— Haverá alguma sala onde poderemos escrever? — perguntou Tadeo. — Preciso escrever e não posso fazer isso em casa.

— Você está morando em Los Angeles — lembrou Quinn. — Pretende vir para cá todos os dias?

— Posso ficar no hotel. É bacana. Leigh precisa se lembrar de que sou um homem.

— Ela precisa é te dar um pé na bunda, o que acho que vai acontecer logo. Se Leigh me ligar, não vou mentir, vou dizer onde você está.

— Você não sabe onde estou. — Tadeo parecia estar se gabando.

— Você está na minha sala de estar.

— Quis dizer que não sabe qual é meu hotel.

Quinn imaginava que o cantor tivesse pegado um quarto no hotel, mas não se deu ao trabalho de dizer o óbvio. Nem deu continuidade à discussão. Uma coisa de que tinha certeza era que quanto mais talentoso o artista, mais problemático era.

Tadeo era um dos melhores. O casamento com Leigh o havia amolecido, mas não o suficiente para que o cantor fosse considerado como mais um na multidão.

Quinn achava que o amigo era um pouco estranho, e não tinha certeza se aquilo era bom ou não. Antes que pudesse decidir, alguém bateu na porta da frente.

— Serviço de quarto — chamou uma voz familiar.

Ele abriu a porta e viu Courtney empurrando um grande carrinho.

— Ou você tem companhia ou está com uma baita fome — comentou ela.

Quinn demorou um pouco observando-a. A roupa de chef ficava boa nela. Tinha gostado da franja no cabelo de Courtney desde o primeiro dia e estava feliz por ela ter mantido o corte. O rabo de cavalo era prático e sensual — uma combinação da qual gostava muito.

— Você está bonita — elogiou Quinn. — Estou com saudades.

Ela hesitou.

— Nossa. Bem direto ao ponto. Você também está bonito, e eu... — Courtney olhou por cima do ombro dele. — Você está acompanhado.

— Tadeo, esta é Courtney — apresentou Quinn sem se virar. — Ela trabalha para a minha avó. Courtney, Tadeo. Ele canta.

— Prazer em te conhecer — cumprimentou Tadeo, e então segurou Quinn pelo braço. — Sou mais do que cantor, cara. Sou compositor. Um artista. Sou o próximo Prince.

— É o que você diz. Não tenho tanta certeza.

Courtney riu.

— Estou vendo que estão bem ocupados. Vou deixar as coisas aqui e em seguida, vocês podem ficar a sós.

— Não precisa sair correndo — disse Quinn enquanto a ajudava a manobrar o carrinho para dentro do quarto.

— Alguém faltou hoje, por isso estou servindo a comida. Preciso voltar para a cozinha.

Courtney analisou o pedido e estendeu a conta para que ele assinasse.

— Tadeo é um de seus clientes? — perguntou ela.

— Eu o conheci cantando em um clube náutico em Riverside. Ele me deve tudo.

Quinn estava brincando, mas Tadeo olhou para a frente e disse:

— Devo mesmo. O cara até me casou.

Courtney ergueu uma sobrancelha.

— Não sabia que você jogava nos dois times.

Tadeo riu.

— Não, quero dizer que ele realizou a cerimônia do meu casamento com minha esposa. Mano, ela acha que você é gay. Essa é boa.

— Não é?

Courtney olhou para os dois.

— Você pode realizar casamentos?

— Só na Califórnia. Fiz o curso on-line e tenho permissão. Pode contar a Sienna.

Ela riu.

— Não vou deixar de mencionar.

Tadeo suspirou.

— Leigh e eu nos casamos ao pôr do sol na praia.

— Pronto — murmurou Quinn. — Daqui a pouco ele vai começar a chorar e depois vai ligar para Leigh.

Tadeo arregalou os olhos.

— Foi um dia lindo.

— Foi — concordou Quinn.

— Leigh estava maravilhosa — fungou Tadeo. — Vou ligar para ela, só para saber como estão as crianças.

— Provavelmente vai ser melhor. Aproveite e diga que está arrependido.

Tadeo ergueu a mão esquerda, com o dedo do meio em riste, mas o que Quinn ouviu antes do amigo fechar a porta do quarto foi "Me desculpa, linda. Você ainda está brava comigo?".

— Tadeo e a esposa sempre foram assim? — perguntou Courtney.

— Eles têm um relacionamento intenso que desafia as descrições. — Quinn se aproximou dela. — Não tenho te visto como muita frequência.

— Eu sei. As coisas andam malucas. Mas podemos nos ver em breve.

Ele deu mais um passo e estava prestes a puxá-la para perto quando ouviu Wayne e Zealand se aproximando da porta.

— Em breve — garantiu. — Muito em breve.

Courtney passou dois dias trabalhando no serviço de quarto. O ritmo era diferente do que estava acostumada. Havia períodos de inatividade quando ajudava na cozinha, e então vinham muitos pedidos e precisava sair correndo de um lado a outro.

O hotel já estava se preparando para a movimentada temporada de verão. O feriado de Quatro de julho chegaria em menos de um mês, o que significava que muitos turistas chegariam a Los Lobos. Funcionários extras tinham sido contratados. Courtney tinha que treinar as camareiras temporárias na semana seguinte. Garçons seriam agregados ao bar e ao restaurante. Sua amiga Kelly tinha sido promovida a chefe das garçonetes.

Courtney deixou uma garrafa de pinot grigio Drama Queen no quarto 312, e depois desceu a escada e saiu na noite fria. Eram quase 20h, e o sol estava a poucos minutos de se pôr. Ela admirava os tons vermelhos e alaranjados manchando o horizonte ocidental. O ar tinha cheiro de mar e churrasco. Uma gaivota sobrevoou o lugar. Courtney deixou a calma tomar conta dela.

Aquelas eram as partes de seu dia de que sempre gostava, os poucos minutos de paz entre os períodos de loucura. Apesar de que, naquele momento, ser tarde o bastante para ela ter apenas mais meia dúzia de entregas nos quartos.

Caminhando pelo pátio, percebeu que estava indo para o bangalô de Quinn. Não que fosse bater à porta nem nada assim, mas, se ele por acaso a visse e a convidasse para entrar... bem, seria grosseiro recusar. Courtney ainda estava sorrindo com sua lógica levemente maluca quando saiu de trás do hotel e o viu sentado em uma das cadeiras do pátio. Ele puxou a mesa de apoio para perto. Enquanto observava, Quinn fez alguns acordes no violão que estava segurando, e depois algumas anotações.

Ele usava calça jeans e uma camiseta desgrenhada. Estava descalço, com os cabelos um pouco despenteados e totalmente delicioso.

Quando se aproximou, Quinn ergueu o olhar e sorriu.

— Oi.

— Oi para você também — disse Courtney. — O violão lhe cai muito bem. Mas você já sabe disso.

— Já me disseram. — Quinn fez um gesto para a cadeira ao lado da sua. — Pode me fazer companhia até a próxima entrega, se quiser.

Ela se sentou.

— Obrigada. Foi uma noite movimentada para o serviço de quarto. — Courtney tocou o violão. — Em que está trabalhando?

— Algumas canções que Tadeo me trouxe. Ele tem boas ideias, mas não consegue terminar uma música, nem que sua vida dependa disso. Eu as limpo e as ajeito.

Já tinham conversado sobre isso antes. Que ele fazia mais do que simplesmente descobrir talentos e apertar botões em um estúdio de gravação. Mas ela ainda tinha dificuldade para entender até onde ia seu envolvimento com os artistas.

— Eu não sabia que você tocava violão.

— Piano também. Pode agradecer a Joyce por isso. Ela insistiu. As aulas de música começaram quando eu tinha cerca de 5 anos. No começo, as detestava, mas então fiquei bom o suficiente para fazer mais do que praticar escalas. Quando as coisas ficara difíceis com minha mãe, as aulas e a prática me deram um lugar para o qual escapar. — Quinn esboçou um sorriso. — Joyce colocou um piano em um dos quartos pequenos do primeiro andar. Eu praticava ali todo dia. Tenho certeza de que os hóspedes dos quartos próximos adoravam.

— Poderia ser pior — brincou Courtney, rindo. — Você poderia ter sido baterista.

Ele riu.

— Nunca tive um senso de ritmo muito bom para isso.

— Não acho.

Quinn a encarou.

— Não me provoque. Você ainda está trabalhando.

A tensão cresceu entre eles. Courtney se perguntou se seria muito ruim caso fosse vista beijando um hóspede. Ou poderiam ir para o quarto dele e...

Seu telefone tocou. Ela abaixou a cabeça.

— Quem é? — perguntou Quinn.

— Minha mãe. Pus um toque especial nas mensagens de texto para saber quando são dela, ainda mais agora com a história do casamento. Mas estou começando a achar que não foi uma boa ideia. Talvez seja melhor que eu veja as mensagens sem saber de quem são.

— Vocês andam discutindo?

— Ah, não. Nada disso. É mais um fluxo constante de ideias. — Courtney olhou para a tela. — Chuva de confetes com pompons — leu.

Quinn franziu a testa.

— Pompons, como os das líderes de torcida? Alguém pode se machucar, não?

Ela riu e estendeu o telefone para que ele pudesse ver a foto.

— Não, minha mãe quer daqueles pequenos e peludinhos. Em vez de soltar confetes, soltaríamos esses pomponzinhos. Não sei se seria mais fácil ou mais difícil varrê-los. Provavelmente mais fácil. Poderíamos usar o aspirador de pó para puxar todos.

Courtney respondeu com um "Ótima ideia!" e enfiou o telefone no bolso de novo.

— Eu não sabia que ela era tão criativa. Acho que está passando tempo demais na internet. Eu te contei que as cores do casamento são basicamente tons de cor-de-rosa com um pouco de baunilha para dar contraste? Então tudo é cor-de-rosa. Tem até champanhe cor-de-rosa.

Quinn tocou uma corda.

— Você quer dizer champanhe rosé.

— Ah, por favor, não venha com essa.

— Tem diferença.

— Claro que tem — sentenciou Courtney de modo sarcástico. — Explique para mim.

Quinn sorriu e começou a tocar acordes que ela reconheceu como sendo um dos sucessos de Tadeo.

— O vinho barato cor-de-rosa recebe a cor que tem com o uso de corante de alimentos. O champanhe rosé verdadeiro ganha sua cor devido à casca das uvas. As uvas pinot noir, para ser exato.

Minha nossa, pensou Courtney. Como ele sabia disso? Provavelmente por ter namorado alguma supermodelo vinicultora.

— Você é muita areia para o meu caminhãozinho — sentenciou ela.

Ele riu.

— Não sou, não, mas tenho talento para aprender coisas aleatórias. Nunca pense que pode ganhar de mim em jogos de variedades.

— Vou me lembrar disso. E dizer para a minha mãe que precisamos de champanhe rosé com certeza.

— Isso vai deixá-la feliz.

Quinn continuou a tocar a música.

— Você escreveu isso? — perguntou Courtney.

— A maior parte, sim. Tadeo ajudou. — Ele sorriu. — Mas Tadeo diria que foi o contrário.

— Seus amigos são interessantes — falou ela. — Zealand, Wayne, Tadeo.

— Zealand e Tadeo eram do ramo da música, então faziam sentido, mas

Wayne fora uma escolha meio estranha. O ex-fuzileiro-naval e o playboy do ramo musical. — Como você e Wayne começaram a trabalhar juntos?

Quinn parou de tocar. O sorriso desapareceu.

— É uma longa história.

— Ah, não precisa me contar. Eu queria saber, mas não importa.

Ele largou o violão, e o silêncio da noite os envolveu.

— É tudo público. Você pode descobrir na internet. — Quinn se recostou na cadeira. — O filho de Wayne, Casey, também era fuzileiro-naval. Ele se feriu na explosão de uma bomba. Os médicos fizeram o melhor que puderam, mas não havia muita esperança. Wayne cuidou do filho o melhor que podia, mas era um trabalho difícil e ele estava fazendo tudo sozinho. A única coisa à qual Casey ainda respondia era à música. Especificamente, a música de Tadeo.

Courtney pensou no que sabia sobre o artista. Ele tivera muitos hits e era conhecido por seus shows barulhentos e meio doidos.

— Wayne comprou ingressos para o show, mas quando tentou chegar ao estádio para conseguir acomodações especiais para Casey, ninguém quis ajudar. Ele apareceu durante a montagem e fez um escândalo.

— Como assim?

— Deu um soco em um dos *roadies*. — Quinn ergueu um dos ombros. — Por acaso, eu estava lá. Levaram-no até mim, e o responsável pela turnê queria chamar a polícia. Perguntei o que estava acontecendo e tudo foi revelado. Wayne estava emocional e fisicamente esgotado. E só queria levar seu filho para o show antes que ele morresse. Era isso. Um pedido bem fácil de ser atendido.

— Você fez acontecer — afirmou Courtney.

— Claro. Casey foi aos três shows. Conheceu Tadeo. Demos alguns telefonemas e conseguimos ajuda para Casey, e então fomos para a próxima cidade. — Quinn olhou além dela, como se visse o passado. — Dois meses depois, Casey morreu. Depois de seis meses, mais ou menos, Wayne apareceu no meu escritório. Estava péssimo. Explicou que queria me agradecer pelo que eu tinha feito. Conversamos por um tempo e então o contratei para ser meu assistente. Isso foi há uns sete anos.

Os olhos de Courtney estavam cheios de lágrimas. Ela não era muito de chorar, por isso ficou meio chocada. Fungou, afastou as lágrimas e olhou para Quinn.

— Você está mesmo me irritando — revelou ela.

— O que foi que eu fiz?

Tudo. Nada. Antes que conseguisse decidir o que dizer, seu pager tocou. Courtney levantou.

— Preciso voltar para a cozinha. Tem uma entrega a ser feita. Até mais tarde.

— Courtney. O que foi?

Ela fez um gesto com a mão para não ter que responder. Afinal, o que diria? Que já gostava dele. Depois do sexo incrível, correu o risco de se sentir ainda mais envolvida. Agora, ao ouvir a história de como e por quê ele havia contratado Wayne, tinha mergulhado ainda mais fundo.

Courtney conhecia o perigo. O amor doía. Sempre. Todos os tipos de amor. Se você ama alguém, vai se machucar. Era assim. E não queria isso. Nunca. Os caras com quem tinha se envolvido antes eram fracassados. Seu coração nunca correu perigo. Mas com Quinn era diferente. Algo que teria que se lembrar. Se quisesse sair daquilo tudo ilesa, precisaria ser muito mais cuidadosa.

16

Os sábados no salão eram sempre longos. O novo programa de caminhada de Rachel havia lhe dado mais energia, mas às 18h ela já estava se arrastando.

Enquanto dirigia os poucos quilômetros para casa depois do trabalho, repassou a lista mental do que tinha que resolver em seus dois dias de folga. Havia roupas para lavar, compras para fazer, refeições para planejar para a semana que viria — uma tarefa que provavelmente seria feita antes ir ao mercado —, uma tarde preparando refeições, fazendo salada e coisas do tipo para adiantar sua semana.

Os dois banheiros estavam desesperadamente imundos, assim como a cozinha. E o quintal. Rachel suspirou. Não queria ter que pensar em como o gramado estava péssimo, sem falar das ervas daninhas.

Ela entrou em sua rua e viu a picape de Greg estacionada na frente de sua casa. Por um segundo, ficou quase nervosa — como não se sentia desde os 17 —, e então suprimiu a emoção absurda. Ele havia passado o dia com Josh. Claro que tinha vindo para deixar o filho. E ficara porque queria falar sobre alguma coisa. Tudo bem. Eles conversariam, Greg iria embora e ela e o filho teriam uma ótima noite juntos.

Mas, quando Rachel parou na frente da casa, viu algo ainda mais inesperado do que o carro do ex-marido. Seu gramado tinha sido aparado e a maioria das ervas daninhas, desaparecido. Quando ela saiu da sua SUV, Greg veio pela lateral casa, empurrando o cortador de grama. E acenou ao vê-la.

— Você chegou na hora certa. Acabei de terminar a parte de trás — informou ele.

— Você cortou a grama?

— Sim. O Josh me ajudou. Daqui a um ano, ele vai conseguir fazer sozinho. Está terminando de cortar nos fundos agora.

Rachel não sabia bem se sua pressão sanguínea podia aguentar saber que seu filho pré-adolescente estava usando algo tão perigoso quanto um cortador de grama, mas lidaria com isso depois.

— Obrigada — disse a ele. — De verdade. Eu não gosto nem um pouco de cuidar do quintal. Agradeço pela ajuda.

Greg sorriu.

— Então vai ficar ainda mais feliz por saber que um dos esguichos de água estava quebrado. Nós o consertamos.

— Obrigada, de novo.

Ela sentia que estava se repetindo, mas não sabia mais o que dizer.

— Vou limpar isto e guardar na garagem — pediu Greg. — Vou avisar o Josh que você está em casa e depois vamos entrar. Paramos para comprar comida chinesa. Está na geladeira.

Aquelas três últimas frases a deixaram sem reação. Rachel não sabia com o que lidar primeiro. Que seu ex tinha comprado o jantar? Que esperava que jantassem juntos? Como se fizessem isso o tempo todo?

O que Greg estava fazendo e o que aquilo tudo significava?

— Você está bem? — perguntou ele.

— Hum, claro. Falo com você lá dentro.

Rachel continuou confusa dentro de casa, enquanto pegava a bolsa e a sacola do trabalho, e então entrou.

Vestiu uma calça jeans e uma camiseta. Por um segundo, tivera a ideia de que deveria retocar a maquiagem e vestir algo bonito. Afastou esse pensamento. Tivera uma semana longa. Estava faminta, cansada e não estava tentando impressionar Greg.

Entrou na cozinha e pegou um saco grande de comida chinesa de dentro da geladeira. Ele havia pedido tudo de que ela mais gostava, o que significava que seu trabalho seria controlar as porções. Ah, e teria que lembrar de se pesar durante pelo menos três dias, sem falar da água a mais que beberia no dia seguinte e do quilômetro e meio que teria que acrescentar à caminhada. Mas, tirando isso, comeria o que quisesse sem se sentir culpada.

Estava prestes a fechar a porta da geladeira quando viu que Greg também tinha comprado uma garrafa de seu chardonnay preferido. Como assim?

— Oi, mãe.

Rachel sorriu para o filho.

— Oi. Você trabalhou muito hoje.

— Eu sei, mas o quintal está ótimo. — Josh sorriu. — O papai disse que um homem tem que sentir orgulho de onde mora.

— Ele disse?

O garoto de 11 anos assentiu, se sentindo importante.

— Vou tomar um banho.

— Claro. — Rachel voltou-se para a geladeira e tirou de dentro a garrafa de vinho quando Greg entrou na cozinha.

— Vou lavar as mãos — avisou ele — e então vou arrumar a mesa enquanto você esquenta a comida. Posso abrir o vinho também. — Greg tirou a camiseta e a deixou em cima do balcão. Rachel teria reclamado por ele estar assumindo a dianteira das coisas e dito que isso não era preciso, mas não conseguiu falar nada.

Ai. Meu. Deus.

Tinha se esquecido. Depois de trabalhar no quintal ou no carro, sempre que Greg entrava em casa, tirava a camiseta, e então lavava as mãos e o rosto. Ele procurava um pano de prato bem limpo e se secava para depois passar o pano no peito e nos braços. Greg sempre tinha essa mania.

Rachel se lembrava de gritar com o marido por isso, dizendo que ele deveria aprender a se limpar no banheiro. E por que pegava os panos de prato? Mas antes eram casados e o impacto dessa atitude era menor pois estava acostumada a vê-lo seminu ou nu.

Mas não eram mais casados.

Ela se viu embasbacada pela visão do ex-marido usando um jeans leve e desbotado, botas de trabalho e mais nada. Seu peito e suas costas eram largos e bronzeados. Podia ver os músculos definidos pelo tipo de trabalho que ele exercia. Supunha que Greg não devia se barbear há quase uma semana, e a barba escura e grossa o deixava mais sedutor.

Quando ele fechou a torneira, Rachel se forçou a desviar o olhar. *Sirva os pratos*, disse a si mesma. Precisava servir os pratos.

Ao caminhar em direção ao armário, sentiu uma pressão esquisita na barriga. O que era aquilo? Não podia estar para menstruar. Então por que estava se sentindo pesada e...

Rachel não xingava, mas várias opções de palavrões lhe ocorreram quando percebeu que não estava com cólica, pelo amor de Deus. Estava excitada. Que injusto!

Demorou só alguns minutos para aquecer a comida. Greg voltou a vestir a camiseta, e então arrumou a mesa e abriu o vinho. Josh apareceu e suspirou.

— Meus preferidos — comemorou ele, e então olhou demoradamente na direção da sala. — Tem um jogo muito importante do Dodgers começando.

Greg revirou os olhos e encarou Rachel. Ela ainda estava tentando ignorar seu estado de excitação sexual. A última coisa de que precisava era que o filho percebesse que ela estava agindo de maneira esquisita.

— Claro — disse, animada. — Pode assistir ao jogo quando começar.

Josh ergueu o braço, comemorando.

— Ótimo. E posso tomar refrigerante?

Rachel hesitou.

— Só hoje.

— Oba!

Greg ergueu as sobrancelhas.

— Isso é novo.

— Vamos tomar vinho. Parece justo permitir o refrigerante.

Ela e o ex-marido se sentaram um de frente para o outro — nas mesmas cadeiras em que sempre se sentavam. Rachel sentiu o passado e o presente se misturando até não saber o que pensar, muito menos dizer.

— O que está passando pela sua cabeça nesse momento? — indagou Greg ao empurrar os rolinhos primavera para ela.

— Que teoricamente você se convidou para jantar.

— Pois é. Também cortei a grama sem que pedisse.

— E por que fez isso?

— Você se lembra daquela nossa conversa, há algumas semanas, no campo de beisebol?

Rachel procurou não corar.

— Não sei se chamaria aquilo de conversa, mas lembro.

Greg sorriu.

— Depois disso, tomei uma decisão. Eu sempre pergunto se posso ajudar e você sempre diz não. A partir de agora, vou simplesmente tomar as rédeas e fazer o que precisa ser feito.

— Mesmo se eu não quiser que faça? Isso poderia te dar problemas.

— Claro, mas acho que você vai ficar menos brava comigo do que tem estado, e isso é uma vitória.

Greg pegou um pouco de camarão kung pao.

— Sienna ainda está noiva de David? — indagou ele desviando o foco para algo mais neutro.

Ela decidiu aceitar a mudança de assunto. Provavelmente seria mais seguro para os dois.

— Até onde sei, sim. Aquilo foi uma coisa maluca. Minha irmã não ficou feliz com o pedido, mas não sei quanto disso foi pelo choque e quanto foi pelo pedido em si.

— Esse noivado é qual? O quarto?

— Terceiro. Primeiro foi o Jimmy, depois o Hugh, e agora, o David.

— Não conheci o Hugh, mas o Jimmy é legal.

— E o David? — perguntou Rachel, curiosa para saber a opinião dele.

— Acho que é legal. Só não os vejo juntos. Não há química. Talvez Sienna esteja grávida.

Rachel engasgou com o vinho.

— Estou bem — falou entre tossidelas, erguendo a mão. — Grávida? Não. Ela já teria dito alguma coisa a respeito.

— Só pensei.

Sienna grávida. Rachel não conseguia imaginar. Não de David. Mas é claro que eles deviam estar transando e, quando se fazia isso, sempre havia um risco. Havia aprendido isso da maneira mais difícil. Não que se arrependesse de ter tido Josh.

— Você tem razão — concordou ela lentamente. — Eles podem ter tido uma gravidez inesperada.

— Droga, Rachel. — A voz de Greg estava baixa, mas intensa.

— O que foi? — perguntou ela olhando para o ex-marido.

— Não é culpa sua que tivemos Josh antes do planejado. Nós dois estávamos na cama, fazendo amor.

Rachel olhou na direção da sala, e então para Greg.

— Eu sei, mas, se eu não tivesse me esquecido de tomar o anticoncepcional, não teria acontecido.

— Você voltaria no tempo e não teria o Josh, se pudesse escolher?

— Claro que não. — Ela bebericou o vinho. — Como você sabia o que eu estava pensando?

— Te conheço.

Algo que era tanto uma bênção quanto uma maldição, pensou ele.

— Por falar no Josh — continuou Greg. — Ele está entrando naquela idade em que precisa fazer tarefas e começar a ganhar uma mesada.

— Provavelmente é uma boa ideia — admitiu Rachel. — Que tipo de tarefas acha que devo passar para ele?

Greg abriu um sorriso que, se ela estivesse de pé, teria sentido os joelhos fracos.

— É você quem cuida dele no dia a dia. O que mais te deixa irritada?

Aquilo era fácil.

— O banheiro. Está sempre bagunçado. Josh deixa toalhas por todos os lados. Não limpa a pia. Até comprei aquele spray que se usa depois de todo banho para manter os azulejos limpos, mas ele não me ajuda.

Greg se levantou e abriu a gaveta. Tirou dali um bloco de folhas e uma caneta, e voltou para a mesa.

— Certo. Vamos ao banheiro. O que ele precisa fazer todos os dias e uma vez por semana?

Trinta minutos depois, o jantar havia terminado, eles estavam na segunda taça de vinho e tinham uma lista de tarefas para o filho. Da sala, vinham sons do jogo de beisebol na TV.

— Vou fazer um quadro — informou Greg. — Podemos colocar na geladeira. Se Josh fizer todas as tarefas durante a semana, vai ganhar um bônus.

— Gosto dessa ideia e fico animada em pensar que não vou ter que perturbá-lo para recolher as toalhas todos os dias.

— Ele é um menino capaz. Pode ajudar.

Rachel achava que aquilo era verdade, mas nunca tinha pensado em pedir. Sempre fizera tudo.

— E o acampamento de verão? — perguntou Greg. — Quando começa?

— Na segunda seguinte ao fim das aulas. Ele se matriculou para as aulas de ciências de manhã e para as de esporte à tarde.

Ele digitou a informação no celular.

— Ótimo. Vou te dar minha escala e vamos ver quando vou estar de folga para poder levá-lo e buscá-lo. — Greg sorriu. — Vou até preparar o almoço.

— Você sabe como?

Greg riu.

— Dou um jeito. Se eu tiver dúvidas, Josh me ajuda.

— Por que está fazendo isso?

Ele se inclinou sobre a mesa e tocou a mão dela de leve.

— Ele é meu filho também. Eu deveria ter feito isso desde sempre.

O toque a distraiu. Rachel sempre gostou de sentir o corpo de Greg perto do dela. Gostava de tudo que faziam juntos. Quando ouvia outras mulheres dizendo que detestavam o ex-marido ou que eram indiferentes, não conseguia se imaginar sendo assim com Greg. Não importava o que acontecesse. Provavelmente esse era o motivo pelo qual não namorara ninguém desde o divórcio. Para quê? Nenhum homem conseguia provocar nela o que Greg provocava.

— Gostaria que você tivesse exigido mais de mim — confidenciou ele.

A frase a trouxe de volta à conversa.

— Eu esperava mais. Você não estava disposto a dar.

Greg se endireitou e levou a mão ao colo.

— Você quer dizer que pedia uma vez, eu não dava atenção e você deixava de lado.

Ela contraiu os lábios.

— Não sei quem você está culpando, a mim ou a você.

— Estou culpando nós dois, mas mais eu. Sei que já disse isso, mas sinto muito. Sinto muito por ter me disposto a casar com você, mas não a ser um bom marido. Eu amei você, Rachel, e queria que estivéssemos juntos, mas não estava pronto para as responsabilidades do casamento. — Greg franziu o cenho. — Eu não queria outras mulheres, só um pouco de liberdade. O que colocava o peso de tudo em cima de você.

Ela não soube o que dizer diante daquilo.

— Certo.

— Só não consigo descobrir o que deu mais errado e contribuiu para o fim do nosso casamento: eu não saber ser um adulto ou você precisar ser a vítima. — Greg encarou-a. — Não se preocupe, não espero uma resposta.

Ele não parecia bravo. Mais curioso, o que era melhor do que bravo, mas também confuso.

— Acho que nunca saberemos — afirmou Rachel.

— Provavelmente não. — Greg ficou de pé. — Deixe-me ajudá-la a tirar a mesa, e então vou sair daqui. Tenho certeza de que tem coisas para fazer.

Rachel tinha um plano para a noite, mas estava bem menos interessada nele agora do que antes. Queria que Greg ficasse. Queria se ajeitar ao lado dele no sofá e assistir a um filme. Ou conversar. Queria que a beijasse e abraçasse, e então a levasse escada acima e fizesse amor com ela.

Sinto falta dele, pensou com tristeza. Que revelação trágica em meio a caixas de comida chinesa. Dois anos depois do divórcio, e ainda amava seu ex-marido.

Eles trabalharam em silêncio, e então Greg foi se despedir de Josh. Ela esperou na porta de entrada.

— Obrigada pelo jantar — falou Rachel. — E por cuidar do gramado. Agradeço pelas duas coisas.

— Que bom. Gostei do plano que fizemos para Josh.

— Eu também.

A porta se abriu e a luz da varanda estava acesa. A noite estava calma. Fresca e clara. Ela podia sentir o cheiro do sal do mar a poucos quarteirões dali.

Queria dizer algo inteligente, engraçado ou interessante. Algo que o fizesse rir ou desejar que ainda estivessem juntos. Algo que despertasse nele a vontade de ficar. Mas a mente de Rachel estava totalmente vazia, então só pôde cruzar os braços e sorrir, um pouco tensa.

— Tenha um bom fim de noite.

— Você também.

Greg se inclinou e encostou os lábios nos dela. O ato foi tão inesperado, tão rápido, que Rachel não teve tempo para reagir. Quando notou o que tinha acontecido, ele já tinha se endireitado e estava descendo os degraus da varanda.

Ela fechou a porta e disse a si mesma que tinha sido um beijo de amigo. Não significava nada. Mas isso não a impedia de sentir a esperança crescer em seu peito. Não pensaria demais sobre a situação, prometeu a si mesma. Simplesmente seguiria em frente com sua vida e esperaria para ver o que iria acontecer em seguida.

Courtney olhou para a caixa sobre a cama. Estava endereçada a ela, com o endereço da Nordstrom na etiqueta. Não tinha comprado nada na Nordstrom. Entre pagar o carro, o seguro e a faculdade, não dava para comprar nada além de uma meia ali. Não um par — só uma meia.

Então por que havia uma caixa da loja em sua cama?

Tinha a sensação de que já sabia a resposta, mas só havia uma maneira de ter certeza. Pegou a caixa e seguiu em direção à escada. Dois minutos depois, estava batendo à porta do bangalô de Quinn.

Ele a abriu e sorriu.

— Ah, ótimo. Chegaram.

— O que você comprou?

— Olhe dentro.

Ela levou o pacote até o bar e o abriu. Dentro da caixa, havia uma caixa de sapato preta. Na tampa, estava escrito: Saint Laurent Paris.

Courtney o encarou.

— Você comprou um par de sapatos para mim?

— Parece que sim.

— De Paris?

— Teoricamente, do site da Nordstrom, mas acho que são de Paris, sim.

— Como você sabe o tamanho do meu sapato? — Ela se retraiu. — Não tem nenhum fetiche esquisito por pés, não é?

Quinn riu.

— Não. Pedi para a minha avó descobrir seu tamanho, e ela prontamente atendeu.

Courtney olhou para a caixa. Era a embalagem de sapato mais linda que já tinha visto — o que a deixou nervosa para descobrir o que havia dentro.

— Por que me comprou sapatos?

Quinn apoiou a mão nos ombros dela e a virou de frente para ele.

— Vi você caminhar. Você encolhe os ombros como se tentasse ser mais baixa. Talvez até invisível.

— Notou isso? — Que humilhante. Courtney suspirou. — Sou muito alta. Esquisita de tão alta. Não quero que todo mundo note.

— É impossível não notar. Você precisa aceitar seu tamanho. É bonita e alta. Use isso a seu favor.

Ele havia acabado de dizer que ela era bonita? Sério? Poderia, por favor, repetir?

— Abra a caixa — ordenou Quinn.

Aparentemente, ele não ia repetir o elogio, mas Courtney se lembraria sempre. Ela se virou para o balcão, puxou o ar e ergueu a tampa. Então foi totalmente tomada pela decepção. Ah, não com os sapatos, que eram maravilhosos. Um sapato azul-turquesa de bico fino que devia ter uns dez centímetros de salto.

— Não posso usar isso — afirmou ela. — Não posso.

Quinn ergueu a sobrancelha.

— Já meço um e oitenta. — Courtney empurrou a caixa na direção dele. — Não tenho interesse em ter 1,90m.

— Por que não?

— É horrível. Não quero ser tão anormal. Além disso, não sei usar salto.

— Já tentou?

— Não.

— Então, já passou da hora. Calce-os.

Quinn puxou uma das cadeiras da sala de jantar. A ordem estava explícita. Courtney suspirou de novo, sentou e então tirou as sapatilhas. Quinn entregou a ela os sapatos.

Eram deslumbrantes. Gostosos só de segurar. Ela os calçou e viu que serviam perfeitamente. E tinha que admitir que ficavam muito bem em seus pés.

Ele estendeu a mão.

— Pronta para ficar de pé?

Courtney se segurou nele e levantou. Os tornozelos tremeram e ela precisou de um segundo para se equilibrar.

— Não é tão ruim.

Deu um passo e quase caiu. Quinn a segurou e riu.

— Você não estava brincando quando disse que nunca tinha andado de salto alto. Vá por aqui.

Ela riu e, apoiando-se nele, conseguiu ir até o banheiro. Quinn a levou ao espelho de corpo inteiro.

— O que você acha? — perguntou ele.

Courtney usava jeans e camiseta. Nada chique. Mas os sapatos... Eram extraordinários.

— Nunca vou conseguir andar com eles, mas são maravilhosos. Obrigada.

— Vai ficar com eles?

Ela pensou nas modelos que Quinn havia namorado. Eram todas altas. E o cara tinha andado de carro com um poodle no banco do passageiro de um Bentley. Courtney acreditava que uma coisinha de nada, como sua altura, não o incomodaria.

— Terei que aprender a caminhar com eles — sentenciou, tentada com a ideia.

— Quando dominar os saltos, terá dominado seus medos.

Ela riu.

— Estou morrendo de medo de estar dizendo a verdade mesmo. E pensei que teria que crescer como pessoa primeiro.

Quinn a abraçou.

— Nada tão mundano assim.

17

Courtney acreditava que era preciso provar as refeições antes de um evento importante, como um casamento, por exemplo. A última coisa que os noivos queriam era descobrir que não gostavam da comida servida. Ela e a mãe tinham um horário para se encontrarem com Gracie e decidirem sobre o bolo, mas igualmente importante era a comida da recepção.

Como a cerimônia de sua mãe era mais para a família do que a maioria dos eventos desse tipo, Courtney sugeriu que Maggie convidasse também Rachel e Sienna para a degustação. Houve uma breve discussão a respeito de David, mas Maggie decidiu que, enquanto o rapaz estivesse noivo de Sienna, deveria ser incluído. Como amiga e avó honorária, além de dona do hotel, Joyce também tinha sido chamada.

Por ser noite de quinta, Courtney tinha conseguido reservar um dos menores salões de jantar. Ela roubara, ou melhor, solicitara Matt, seu garçom preferido, e Kelly a estava ajudando a servir.

Courtney pensou que ficaria nervosa, mas estava muito mais tensa do que imaginara. Já tinha feito dezenas de jantares de degustação, aquele não era diferente. Exceto pelo fato de ser para sua mãe. Teve que lembrar a si mesma que, se Maggie não gostasse das sugestões, tinha direito a dar opinião. Era uma cliente como qualquer outra, e suas preferências não podiam ser levadas para o lado pessoal. Seria bom se conseguisse se convencer disso.

Neil chegou sozinho. Cumprimentou Courtney com um abraço.

— Muito obrigado por organizar isso — agradeceu ele. — Estamos ansiosos para provar tudo o que você montou hoje.

— Vai ser divertido — prometeu Courtney, e então olhou ao redor. — Onde está a mamãe?

— Sienna e David vão trazê-la.

Eles foram ao bar e Courtney explicou as diferentes opções de coquetéis — todos cor-de-rosa.

— Uma bebida própria pode ser divertida para os convidados. Uma das perguntas que terei para vocês dois é se querem que os convidados tenham a opção de beber alguma coisa antes da cerimônia. Há alguns que defendem e outros que vão contra a ideia.

Neil escolheu o cosmopolitan, e eles caminharam até a grande mesa montada no meio do salão. Quando se sentaram, ele experimentou.

— Bom. Não muito doce.

Courtney sorriu.

— O cor-de-rosa não te incomoda?

Ele olhou para os balões cor-de-rosa e creme ancorados por pequenos buquês de florzinhas cor-de-rosa.

— Não tenho problema com ele. Se Maggie está feliz, também estou. — Neil piscou. — Acredito muito no que dizem: se a esposa está feliz, o marido também está.

— Uma qualidade excelente em um homem — concordou Courtney, provocando.

— Passei a maior parte da minha vida adulta casado. Já aprendi minhas lições.

— Sua primeira esposa morreu de câncer, não é?

Neil pousou a taça.

— Sim. Karen e eu ficamos juntos por quase vinte anos. Quando ela encontrou o caroço no seio, pensamos que não seria nada demais. Uma cirurgia, quimioterapia e ela ficaria bem. — Seu rosto sempre sorridente ficou sério. — Mas não foi assim e, quando a perdi, fiquei arrasado. Não tivemos filhos. Eu tinha meu trabalho e meus amigos, mas não era a mesma coisa. Ela era tudo para mim.

— Sinto muito — falou Courtney. Sabia que Neil era viúvo, mas não conhecia os detalhes.

— Depois de alguns anos, comecei a namorar. — Ele fez uma careta. — Foi um desastre. Eu sentia saudade da Karen e não conseguia me ligar a mais ninguém. Depois de um ano, mais ou menos, desisti. Comecei a viajar para saber onde gostaria de viver minha vida de aposentado. — Neil sorriu.

— Parei por alguns dias em Los Lobos e fiquei neste mesmo hotel. Sua mãe estava aqui para um almoço com um cliente. Eu a vi e não consegui tirar os olhos dela. Assim que o cliente foi embora, fui até Maggie e me apresentei.

Courtney riu.

— Eu me lembro de ter conversado com ela depois dessa reunião. Mamãe não sabia dizer se você era o homem mais meigo do mundo ou um serial killer.

Neil riu.

— Eu sei. Senti uma faísca e soube que ela era a mulher certa. Mas fui devagar para não assustá-la. — Ele deu um tapinha na mão de Courtney. — Sou um homem de uma só mulher. Quero que você e suas irmãs saibam disso. Enquanto estava casado, sequer olhei para outra mulher. Sou o mesmo com sua mãe. Ela é minha princesa e tenho sorte de tê-la em minha vida. Nunca me dei conta de que tinha sorte, mas agora sei que sou o cara mais sortudo do mundo. Veja essas duas bênçãos que recebi.

Courtney sentiu os olhos arderem com vontade de chorar. Inclinou-se para a frente e abraçou Neil.

— Estamos muito felizes por ela ter te encontrado.

— Eu é que sou feliz por isso. — Ele pigarreou. — Farei uma promessa a você. Cuidarei de Maggie pelo resto da minha vida e da dela. Sua mãe nunca vai precisar de mais nada. Dou minha palavra.

— Obrigada.

Courtney sabia que Neil tinha vendido um negócio de sucesso recentemente, por isso achava que ele estava razoavelmente bem de vida. Maggie tinha se dado bem com o escritório de contabilidade, então tinha certeza de que os dois teriam uma vida bem confortável.

Neil olhou por cima do ombro dela e seu rosto se iluminou.

— Por falar em princesas...

Ela se virou e viu Maggie, Sienna e David aproximando-se da mesa.

Courtney duvidava que o comentário sobre princesas se referisse a David. Ela se levantou e foi até a irmã.

— Obrigada por fazer tudo isso — falou Sienna. Ela olhou ao redor. — Decorações lindas. Você fez tudo muito bem. — Fez uma pausa. — É você, não é, quem está cuidando de tudo? A mamãe disse algo a respeito de você cuidar do casamento.

— Tenho ajudado no hotel — confirmou Courtney, desviando-se da pergunta. — Por ser uma questão de família, eu quis ajudar.

David se aproximou.

— Se nos casarmos aqui e não em St. Louis, teremos que conversar, Courtney. Você sabe de tudo por aqui.

— Estão pensando em ir para St. Louis? — perguntou ela, surpresa. David assentiu.

— Ou viajar. Ainda não nos decidimos — concluiu Sienna.

Courtney observava a irmã falando. Ela estava sorrindo, mas havia algo tenso em seu olhar. Ou talvez estivesse imaginando coisas. Ela viu Rachel chegar e se retirou.

— Ei, você — cumprimentou ao abraçar a irmã mais velha.

— Oi, você. Nossa, o salão está lindo. Mal posso esperar para experimentar tudo. — Rachel deu um tapinha na barriga. — Caminhei três quilômetros a mais ontem e hoje, por isso não vou pensar nas calorias.

— Mas você perdeu peso, dá para ver. Está ótima.

— Obrigada. Detesto dizer disso, mas estou me sentindo melhor. Que pesadelo. E se tudo o que dizem sobre exercícios for verdade? E se eu tiver que fazer isso para sempre?

Courtney riu.

— Há coisas piores.

— É mesmo? Tipo o quê? — Rachel apontou para o bar. — Quero um coquetel. Lena me deixou aqui e mamãe e Neil me levarão para casa, então posso aproveitar.

— Faça isso. Vou levar todo mundo para a mesa, onde vamos discutir como a noite vai ser.

Quando todos pegaram as bebidas e ocuparam seus lugares, Courtney explicou como a noite iria funcionar e o que experimentariam.

— Tenho cartões de anotação e canetas para cada um de vocês — orientou ela, apontando o papel de cada um. — Podem avaliar a comida. Também tem espaço para comentários.

— Tipo o quê? — perguntou Maggie.

— Coisas como "gosto, mas é difícil de comer e estou com medo de cuspir".

— Os convidados detestam isso — disse Sienna. — Ninguém quer estragar suas roupas bonitas.

Courtney, que estivera se preparando para ouvir algo sobre "dar uma de Courtney", ficou surpresa com o apoio.

— Certo, certo. Então seguiremos a ordem normal da refeição. Aperitivos, sopas e saladas, prato principal e sobremesas. As porções são bem pequenas para podermos provar o máximo possível.

A chefe dela entrou com duas bandejas. Courtney se apressou para ajudá-la. Joyce se sentou ao lado de Maggie enquanto Courtney passava a bandeja e comentava sobre a comida.

— Varinhas caprese — informou. — Tomate-cereja, muçarela com manjericão e molho balsâmico. Se gostarem do sabor, mas não da apresentação, podemos colocar em colheres de aperitivos. Também podemos substituir o recheio da bruschetta por uma versão em pedaços.

Maggie deu uma mordida e gemeu.

— Eles são fantásticos. Neil, querido, precisa experimentar um.

— Vou experimentar dois.

Eles continuaram com os petiscos e passaram para as sopas e saladas. Enquanto todo mundo estava comendo, Courtney arranjou as taças de vinho. Sienna contou.

— Há seis taças. Não podemos beber tanto vinho assim e dirigir.

David concordou.

— Pois é.

— Estamos degustando, não bebendo — explicou Courtney. — Dois brancos e quatro tintos, todos da vinícola preferida da dona do hotel!

Joyce riu.

— Acho que eles vão ficar felizes com as sugestões de Courtney para hoje. São deliciosos e todos têm nomes charmosos que parecem perfeitos para o casamento.

— É mesmo? — Maggie parecia confusa. — Tipo o quê?

— Vermelho Rebelde e pinot noir Dois Saltos. — Courtney sorriu. — Os nomes são tão divertidos que não temos que nos preocupar em retirar as garrafas. Os convidados vão adorar olhar para elas. Olha, mãe, o Dois Saltos cor-de-rosa até combina com suas cores.

Ela mostrou a garrafa.

— Vinhos Irmã do Meio? — comentou Sienna, erguendo a taça. — Já gostei!

Rachel se inclinou para Courtney e disse:

— Será que o vinicultor também tem complexo de irmão do meio?

Courtney conteve um sorriso.

— É uma história interessante, na verdade — contou Joyce. — A vinícola recebeu o nome da filha do meio de um dos melhores amigos da fundadora. Ela disse que a moça é um arraso, um espírito livre. Sempre pensei a mesma coisa de você, Sienna.

— Obrigada, Joyce. — Sienna mostrou a língua para as irmãs.

— Não se preocupem se beberem muito — falou Rachel. — Greg está de folga hoje. Está com Josh. Posso ligar para ele levar todo mundo para casa. Vocês buscam seus carros amanhã cedo.

Courtney olhou para a irmã e ergueu as sobrancelhas. *Sério?* Ela e Greg estavam se dando tão bem assim? Obviamente havia ocorrido uma mudança no relacionamento deles. Ela se inclinou para a frente ao servir o primeiro vinho.

— Vamos ter que conversar mais tarde.

— Não temos nada para conversar. — Mas Rachel corou ao dizer isso.

Courtney chegou com as bandejas contendo diversas opções de entradas. Colocou uma pequena travessa na frente da mãe, que enrugou o nariz.

— O que é isso?

— Frango e espinafre.

Maggie se virou para ela.

— Detesto espinafre.

— Eu sei, por isso fiquei surpresa quando você marcou esse item na lista do menu. Lembra? Trocamos mensagens de texto.

— Pensei que parecia bom naquele momento. — Suspirou. — Bem, vou experimentar, mas não vou gostar.

Neil beijou o rosto da noiva.

— Sempre admirei sua maturidade, meu amor.

Courtney não teve muito tempo para se sentar e comer, mas ficou feliz por todo mundo ter gostado de suas escolhas. Bem, exceto o prato de espinafre e frango, que a mãe retirou do cardápio. Decidiram começar com um antepasto de azeitonas, pimentões assados e cogumelos marinados, com pinot grigio Drama Queen. Como prato principal, os convidados teriam filé com o vinho Vermelho Rebelde ou salmão grelhado com pinot noir Dois Saltos. Encerrariam a noite com um espumante. Até ali, tudo certo, pensou Courtney, feliz por terem quase terminado.

Café — normal e descafeinado — foi servido antes das sobremesas. Sienna se levantou e se serviu de uma xícara.

— Isso está indo muito bem — admitiu ela, em tom de surpresa. — Você não está só dando um jeito aqui e ali no hotel, também está planejando casamentos. Ou, pelo menos, este.

— Às vezes faço isso — confirmou Courtney. — Há algum tempo, um dos organizadores de casamentos ficou doente e eu ajudei. Gostei do trabalho e conheço todo mundo do hotel. Faz sentido que eu coordene.

Sienna a observou.

— O que mais você não tem contado para nós? — perguntou para a irmã.

Joyce interrompeu nesse momento, salvando Courtney de ter que inventar alguma coisa.

— O que vocês estão cochichando?

— Eu estava dizendo que Courtney está se saindo muito bem com o casamento. É bonito de ver.

O olhar de Joyce foi certeiro.

— É, sim.

Courtney sorriu tensa, e então voltou para a mesa.

— As sobremesas devem chegar a qualquer momento. Temos seis opções.

Rachel resmungou.

— Já estou cheia. Acho que não consigo provar a sobremesa.

— Você tem que provar — falou Maggie. — Preciso da opinião de todos. — Ela olhou para Courtney. — Você pensou mais sobre aquela escola de massagem?

Todos se viraram para olhá-la. Sienna franziu a testa.

— Por que Courtney faria um curso de massagem? Está trabalhando aqui.

— Ela precisa de mais — afirmou Maggie. — Ela é camareira. — Ergueu a mão. — Não é ruim, mas, Courtney, querida, você poderia ser muito mais.

Neil tocou a mão dela.

— Talvez não seja o momento, meu amor.

— Eu sei. — Maggie balançou a cabeça. — Estou me soltando com o vinho. Vou parar. Prometo. É só que eu me preocupo com a minha filha.

Courtney queria responder que ela não se preocupava, não, não de verdade. Ela se preocupava em sentir orgulho das filhas. Em poder dizer outra coisa que não fosse "minha filha é camareira".

Ela disse a si mesma para ir com calma — para sorrir.

Joyce se aproximou e colocou a xícara de café na mesa.

— Diga a eles.

Courtney conteve um resmungo. Sério? Sua chefe e amiga escolheu aquele momento para fazer isso?

Maggie as olhou e perguntou:

— Dizer o quê?

— Nada. Onde estão as sobremesas? — Courtney olhou para o interfone perto da porta. — Vou ver o que aconteceu.

— Courtney Louise Watson, do que Joyce está falando?

Ai! Por que as mães tinham línguas tão grandes? Ela sentiu o estômago revirar, a garganta secar e se sentiu com dez anos de novo.

— Mãe, está tudo bem — apaziguou. — Adoro o meu emprego aqui. Deixa pra lá.

— Mãe, pare. — Rachel se levantou. — Vou pegar um café. Neil, converse com ela. A noite está agradável. Vamos deixar que continue assim. Courtney, você tem feito um trabalho incrível. Parabéns.

Courtney foi ao telefone e ligou para a cozinha. Um dos funcionários atendeu.

— Sim, sim. Uma das bandejas caiu e estamos tentando dar um jeito nas coisas. — Claro, pensou, séria. Porque na vida dela imprevistos eram sempre questão de tempo. — Traga o que tiver. Depressa, por favor. Estou implorando.

Ela voltou para o salão e viu que a mãe havia chamado Joyce num canto.

— O que você sabe? — perguntou Maggie a Joyce.

— Temos um problema com as sobremesas — disse Courtney depressa. — Mas teremos amostras para provar a qualquer momento. Mãe, sei que tem mousse, se ele não estiver no chão. Não vai ser bom?

Estava com medo de parecer desesperada, porque estava. Uma coisa era sua chefe não dar informações, mas Joyce não mentiria quando perguntassem diretamente. Courtney sabia disso. Também reconhecia que o problema tinha começado com o comentário da chefe, o que a deixava com raiva de Joyce, o que era incomum.

— Tem alguma coisa — insistiu Maggie. — O que ela está escondendo de mim? O que você sabe que eu não sei? Droga, Joyce, estamos falando da minha filha.

— Não tente essa tática comigo, Margaret — rebateu Joyce. — Tenho certeza de que você se importa, à sua maneira, mas nunca apoiou Courtney direito e nós duas sabemos disso. Claro que ela guarda segredos de você. Por que não guardaria? Mas nesse caso eu gostaria que ela não fizesse isso. Se soubesse o que sua filha tem feito, o que já fez, não a trataria como uma idiota. Porque ela não é. É uma mulher esperta e muito capaz.

A sala estava em silêncio. Até a música ambiente tinha se tornado um barulho baixo de fundo. Courtney não sabia se queria que as sobremesas chegassem ou se era melhor que ninguém com quem trabalhava testemunhasse o que seria um de seus maiores desastres na vida.

A mãe a olhou. Lágrimas tomaram seus olhos.

— O que está acontecendo? O que está escondendo de mim?

Era fácil resistir à raiva, mas a mágoa era outra coisa. Courtney sabia que não tinha feito nada de errado, que eles não mereciam saber, mas não tinha certeza de que conseguia se convencer a acreditar nisso. Não do fundo do coração.

— Não quero ser massoterapeuta — respondeu baixinho. — Nem veterinária nem nenhuma profissão que vocês sugeriram ao longo dos anos. Quero administrar um hotel.

— Vá em frente — incentivou Joyce. — Conte o que tem feito.

Seguindo o conselho, mas ainda hesitante, ela soltou todas as verdades.

— Terminei o ensino médio pelo supletivo. Fiz vestibular e entrei na faculdade. Agora, faltam apenas dois semestres para eu me formar em administração hoteleira.

Joyce foi até ela e a abraçou.

— Tem mais. Courtney acabou de ser convidada, por um importante professor, para uma aula especial. É assim que eles a veem. É uma aluna exemplar, de notas altas, e a maior parte da faculdade foi paga com bolsas de estudo que ela conseguiu.

Maggie deu alguns passos para trás e procurou uma cadeira atrás de si para se sentar. Estava branca, com os olhos arregalados.

Rachel olhou para a irmã.

— Você não nos contou nada. — Parecia surpresa e magoada. — Todo esse tempo, todas as coisas que fazemos juntas, você nunca deu indícios.

Courtney sentiu o estômago revirar e a culpa tomar conta de si.

— Me desculpe. Sei que não entendem. Não foi algo planejado, simplesmente aconteceu. Eu terminei o ensino médio e queria surpreender todo mundo. Depois, fiz o vestibular e decidi esperar para ver se conseguiria ser aprovada. Quando isso aconteceu, quis mostrar a vocês o que era capaz de fazer. Queria poder entregar meu diploma.

Não entregar, mas jogar na cara delas, pensou Courtney. Queria provar que não era o que pensavam dela.

— Mas está planejando isso há anos — argumentou a mãe. — Você esconde isso há anos. Somos sua família e você não nos disse nada.

Maggie cobriu o rosto com as mãos e começou a chorar. Neil se levantou e foi até ela, se abaixando e a abraçando.

— Tenho certeza de que você teve seus motivos — disse a Courtney. — Mas magoou sua mãe.

— Magoou todas nós — analisou Rachel. Ela ficou de pé. — Vou ligar para Greg nos buscar.

Sienna se levantou também.

— O que há com todos vocês? E daí que ela não contou? Vejam tudo o que ela fez. Courtney, ponto para você. Você trabalhou e tem muito para mostrar. Mãe, precisa entender que isso é algo bom. Courtney não é a fracassada que pensamos que fosse. Ela vai se dar bem. Sinto orgulho da minha irmã, e você deveria sentir também.

Ninguém disse nada. Courtney sabia que tinha que pensar em algo para explicar ou para tornar a situação melhor, mas não conseguia. Não pretendia se desculpar. Não fizera nada de errado. Mas a mãe estava em prantos, Rachel estava chateada e a degustação tinha se transformado em um desastre.

— Você deveria se sentir orgulhosa — reafirmou Joyce a ela.

— Queria que você não tivesse dito nada.

— Estava na hora de saberem.

— Não era uma decisão sua. Isso era entre mim e minha família. Eu não estava pronta.

Sua chefe não parecia nem um pouco arrependida.

— Com base em como as coisas estavam indo, você nunca ficaria pronta, querida. Eu só dei um empurrãozinho.

— Você não tinha o direito. — Courtney caminhou na direção de Rachel.

A irmã olhou para ela com os olhos arregalados.

— Independentemente do que tiver para dizer, não quero ouvir. Meu Deus, Courtney, tentei muito te ajudar. Todos esses anos, pensei que fôssemos próximas. Que fôssemos o tipo de irmãs que podiam contar uma com a outra. Não acredito que me enganei tanto.

Ela saiu. Maggie e Neil foram em seguida. Sienna e David também se levantaram, mas a irmã parou.

— Eles vão superar isso. Você vai ver. — Sienna a abraçou. — É isso aí, mulher!

Courtney assentiu porque não conseguia falar. O choque, a culpa e uma sensação nauseante se misturaram e se tornaram uma gororoba emocional. Joyce saiu com Sienna e David, deixando Courtney de pé e sozinha no meio do salão. Dois segundos depois, um dos garçons entrou com uma bandeja de sobremesas.

— Onde está todo mundo? — perguntou ele. — Vão degustar isto?

Courtney balançou a cabeça, negando.

— Hoje não.

18

Quinn ficou surpreso ao ver a avó e seus cachorros na porta do bangalô tão cedo naquele dia. Tinha acabado de voltar da academia e estava prestes a tomar um café.

Pela primeira vez, Joyce não estava perfeitamente arrumada. Parecia cansada e não usava maquiagem nenhuma. A julgar pelas olheiras, não tinha dormido bem. Ele deu um passo para trás para deixar que ela entrasse. Os cães a acompanharam.

— O que foi? — perguntou Quinn. — Você está bem?

Joyce uniu as mãos.

— O jantar de degustação não terminou bem.

Ele sabia que Courtney tinha se esforçado muito para acertar o cardápio. Havia ajudado com os vinhos, e os dois conversaram sobre como ela esperava que a noite acontecesse. Quinn pensou que Courtney viria ao bangalô depois, mas não teve notícias dela. Imaginou que tivesse se cansado e ido para a cama.

— O que houve? — inquiriu enquanto segurava a avó pelo braço e a levava ao sofá. — Diga.

Joyce se recostou na almofada. Sarge e Pearl andaram pelo quarto cheirando tudo e Pearl pulou em uma das cadeiras. Sarge se uniu a ela e se deitaram juntos, enroscados.

Ela fechou os olhos por um tempo.

— Acho que pode ter sido minha culpa.

— Por quê?

— Maggie falou no meio do jantar sobre um curso de massagem para Courtney. Nós dois sabemos que ela não quer fazer isso. Sei que a menina queria esperar para mostrar a eles o diploma, mas já chega. Eu disse para ela contar o que estava fazendo.

A simpatia de Quinn desapareceu.

— Você contou?

— Por que está falando desse jeito? Só estava tentando ajudar.

O amor pela avó se misturou com a frustração e a preocupação com Courtney.

— Não era seu segredo. Não podia contar.

— Não contei. — Joyce ergueu o queixo. — Não exatamente.

— Se não contou, por que veio aqui tão cedo?

O lábio inferior da idosa tremeu.

— Você está bravo comigo.

— Não, estou decepcionado.

— Não diga isso.

Quinn se inclinou e beijou a cabeça da avó.

— Eu te amo. Nada pode mudar isso. Mas você agiu errado e sabe disso. Não vou dizer o contrário. Você deveria estar falando com Courtney, não comigo.

— Não consigo.

— Então eu vou falar.

Quinn deixou o bangalô e seguiu em direção ao hotel. Imaginou que havia cinquenta por cento de chances de Courtney ter começado a trabalhar, mas foi ao quarto andar mesmo assim e bateu em sua porta.

Ela atendeu quase imediatamente.

Courtney usava o uniforme de camareira de sempre, com os cabelos presos em um rabo de cavalo. Os olhos estava cansados, a expressão triste.

Ao vê-lo, endireitou um pouco os ombros.

— Se veio aqui para defender a sua avó, não quero ouvir.

Quinn entrou no quarto. Quando ela deu um passo para trás, ele segurou o rosto dela com as duas mãos e a beijou.

— Por que não mandou uma mensagem de texto nem foi ao meu bangalô? — perguntou.

Courtney se recostou nele.

— Eu precisava chorar, e nenhum homem quer lidar com essas coisas.

— Eu posso lidar com qualquer coisa que estiver acontecendo com você. — Beijou-a de novo. — Na próxima vez, quero estar presente. Não importa a hora. Entendeu?

Courtney assentiu e deu um passo para trás. As lágrimas tomaram seus olhos, mas as controlou.

— E se você estiver ocupado fazendo sexo com alguma cantora gostosa?

— Não estarei. Desisti das cantoras há muito tempo. Agora curto camareiras universitárias que ficam gostosas de calça cáqui.

— É um grupo muito restrito.

— Sou muito exigente.

Courtney respirou fundo.

— Estão todas bravas comigo. Não... não bravas. Se estivessem, eu saberia lidar com elas. Mas estão magoadas. Não sei como me sinto em relação a minha mãe, mas me sinto péssima por Rachel. Sempre fomos próximas.

— Você conversou com a sua irmã?

— Deixei algumas mensagens de voz e de texto. Ela não respondeu. — Courtney fungou. — Quer saber qual foi a parte mais estranha?

Quinn assentiu.

— Sienna é a única que entende. Ela achou o máximo e disse que está orgulhosa de mim. Quem imaginaria que isso poderia acontecer?

— A dinâmica familiar é sempre interessante.

— Há uma palavra para isso. — Courtney o olhou. — Só pra te avisar, estou bem brava com Joyce.

— Ótimo, eu também.

— Mas ela é sua avó e você não está envolvido.

— Ela chateou você. Isso me envolve.

— Sinceramente, não sei o que dizer sobre isso.

— Diga a que horas sai do trabalho. Vou te levar para jantar e voltaremos para cá para eu poder te ajudar a esquecer de seus problemas.

Courtney deu um sorrisinho.

— Com um excitante jogo de caça-palavras?

— Você leu minha mente.

Ela o abraçou.

— Obrigada.

Quinn retribuiu.

— De nada.

— Preciso trabalhar.

— Eu sei. Até logo.

Enquanto Courtney descia a escada, Quinn pensou sobre tudo o que tinha acontecido. O fato de Joyce se intrometer não era novidade, apesar de as consequências dessa vez terem sido piores do que o normal.

Mas o problema que sua avó tinha criado não foi o que chamou sua atenção. Na verdade, foi como se sentiu ao descobrir. E como tinha reagido: quis proteger Courtney. Quis defendê-la.

De alguma forma ela tinha tomado conta da sua mente. Achava que aquilo, em parte, era devido à mistura da falta de confiança dela e de sua coragem. Outra parte era apenas por ser Courtney.

Ele havia voltado para Los Lobos para ficar mais perto de sua avó, para sair de Los Angeles e para saber o que viria em seguida em sua vida. Courtney tinha sido um presente inesperado. Agora tinha que resolver o que fazer em relação a ela, a seu trabalho, e droga... a sua vida, e se havia a possibilidade de encontrar seu caminho de acordo com o que o resto do mundo considerava normal.

―――――

— Você me chocou — admitiu Lena ao entrar com o carro no estacionamento. — De um forma boa.

Rachel soltou o cinto de segurança.

— Agradeço pelo convite. Você tem razão: está na hora de eu sair um pouco.

Quando a amiga telefonou e sugeriu que fossem a um bar naquela noite, Rachel se sentiu tentada a aceitar o convite. Josh iria dormir na casa de um amigo para comemorar o fim do ano letivo. Ela pensou que Greg entraria em contato, mas ele não a procurou. Rachel ainda tentava entender o que havia acontecido no jantar de degustação dois dias antes. Sair com Lena parecia a melhor distração.

Quando saíram do carro, Lena mudou de assunto:

— Eu já disse que você está linda? Porque você está fantástica.

— Obrigada. — Rachel alisou a parte da frente do vestido. A dieta de restrição calórica e as caminhadas pela manhã estavam dando resultado. Tinha emagrecido cinco quilos e estava em um vestido que não usava havia cerca de três anos. Apesar de ter trabalhado muito naquele dia, sentia-se bem. Havia dedicado um tempo extra para arrumar os cabelos e para a maquiagem. Não que estivesse interessada em impressionar alguém. Tinha feito tudo para si mesma.

Lena parou na porta.

— Precisamos de um plano.

Rachel riu.

— Vamos entrar, tomar umas bebidas e depois voltamos para casa.

— E se você vir um cara bonito?

— Vamos comentar e rir.

Lena resmungou.

— E se ele te oferecer uma bebida?

— Não vai rolar.

— E se acontecer?

Sabia ao que a amiga estava se referindo. Que estava na hora de Rachel voltar à ativa. Estava divorciada havia quase dois anos. Não era velha, por isso encontrar alguém com quem passar o resto da vida fazia sentido. Só tinha um problema: ainda não tinha superado Greg.

— Vou agradecer e dizer não.

— Eu sabia que você diria isso.

— Olha, pelo menos eu me arrumei e saí. Um passo de cada vez.

— Você tem razão. Aceito o que puder me dar.

Rachel abriu a porta do bar. O Harry's ficava localizado no píer. A clientela era uma mistura de pessoas da região e turistas. Para Los Lobos, era considerado bem moderno, com boa decoração e iluminação bacana. Além da seleção normal de bebidas, havia também um menu de petiscos e um pão do dia.

Elas se sentaram a uma mesa perto das janelas. Rachel observou a carta de bebidas, e então a passou para a amiga.

— O que você acha que é bom? — perguntou Lena.

— Vou experimentar o mojito de blueberry.

— Que mulher selvagem.

— Estou tentando.

Rachel analisou o píer de mais de cem anos no qual famílias e casais estavam aproveitando a noite quente de fim de junho. O começo da temporada de turismo. A população da cidade aumentaria, e os estabelecimentos ficariam cheios.

Principalmente o hotel.

Pensar nisso fez com que lembrasse de Courtney.

— Ah, não — Lena notou o semblante da amiga mudar. — O que foi?

— Ainda não consigo entender Courtney. Sobre ter entrado na faculdade e estar quase se formando. Ela e eu conversamos quase todos os dias. Saímos juntas. Sempre fomos próximas. O que aconteceu?

— Não sei — admitiu Lena. — Não consigo me imaginar escondendo algo assim da minha família, nem de você. Conversou com ela?

Rachel balançou a cabeça, negando.

— Sinceramente, não sei o que dizer para ela.

— Entendo que esteja chateada. Eu também estaria. Mas não fique brava por muito tempo. Vocês duas têm um ótimo relacionamento. Eu detestaria que perdessem isso.

O garçom se aproximou para anotar o pedido de bebidas. Rachel aproveitou a interrupção para mudar de assunto.

— Como estão indo os planos de férias?

Lena e a família estavam planejando uma road trip de quatro semanas. Era a ideia de inferno para Rachel, mas compreendia que algumas pessoas gostavam de passar horas e horas dentro de um carro.

— Há mapas em todos os cantos da casa — respondeu Lena, rindo. — No momento, a discussão é sobre quanto tempo passar com os pais de Toby. Eu amo meus sogros, mas qualquer coisa além de três noites é demais.

Lena falou durante mais alguns minutos, e então foi ao banheiro.

Rachel ficou sozinha à mesa e se deu conta de que não sabia se já tinha ido a um bar sozinha. Havia se casado muito nova e, aos 21 anos, já era mãe. Ir a bares não combinava com seu estilo de vida.

Ela sentiu a bolsa vibrar. Pegou o celular de dentro e viu uma mensagem de texto de Greg.

O QUE VOCÊ VAI FAZER HOJE À NOITE?

Rachel analisou a mensagem. Se ele tivesse perguntado algumas horas antes...

SAÍ COM LENA. ESTAMOS NO HARRY'S BAR.

A resposta de Greg foi rápida: QUER COMPANHIA?

Ela sorriu. Lena a havia incentivado a fazer contato com um homem bonito. Seu ex-marido certamente contava como bonito, ainda que não combinasse com o que a amiga pretendia.

CLARO.

Quase uma hora depois, Lena e ela já tinham bebido quase metade dos drinks pedidos e estavam rindo e falando sobre possíveis desastres nas viagens. Foi nesse momento que Rachel sentiu os pelos de sua nuca se arrepiarem.

— O que foi? — perguntou Lena, e então olhou na direção da porta. — Você não fez isso!

— Ele enviou mensagem primeiro — explicou ela, sabendo que mais parecia uma adolescente na defensiva. — E você me mandou conversar com um homem.

— Não mandei. Perguntei o que você faria se um quisesse te comprar uma bebida. Você é impossível, Rachel. Sabe disso, não é? — Lena ficou de pé e abraçou Greg. — Vocês dois me deixam maluca.

— Prazer em te ver também — cumprimentou Greg, beijando o rosto dela. Ele puxou uma cadeira vazia. — O que estão bebendo? — perguntou olhando para o daiquiri de morango de Lena e para o mojito, e então fez uma careta. — Deixa pra lá. Uma cerveja — pediu a uma garçonete que passava por ali.

— Bem coisa de homem mesmo — comentou Rachel.

— Sou o que sou. E aí? De quem vamos falar?

— Por que você acha que estamos falando sobre alguém? — questionou Lena.

— Porque é o que sempre rola.

Rachel ficou feliz ouvindo os dois conversarem. Gostava do fato de seu marido e de sua melhor amiga se darem bem. Sempre tinha sido assim, e ela também gostava de Toby. Os quatro já tinham feito muitas coisas juntos. Seus filhos eram amigos. Tinha dado certo, até o divórcio.

Era engraçado ver como os sentimentos em relação aos segredos de Greg e de Courtney eram tão parecidos. Uma sensação de traição, de mágoa grande o suficiente para não caber dentro dela. A sensação de que tudo estava muito errado. As emoções tinham sido mais fortes dois anos antes, mas essas novas também machucavam.

Os três conversaram por um tempo. O garçom voltou para perguntar se queriam uma segunda rodada. Lena balançou a cabeça, negando.

— Para mim, chega. Vocês dois podem continuar.

— O que quer dizer? Nós saímos juntas — falou Rachel.

Lena ergueu as sobrancelhas.

— Estar com vocês dois me faz querer ir para casa para ficar com Toby. — Lena ergueu uma mão. — Não leve a mal. Greg pode levá-la para casa.

— Sim, posso e vou — confirmou ele com tranquilidade.

Rachel ficou de pé e abraçou a amiga.

— A gente se fala amanhã.

— Claro, divirta-se.

— Que estranho — comentou Rachel quando Lena se foi. — Não sei por que ela foi embora.

— Não sabe?

Antes que ela pudesse responder, o garçom voltou.

— Já decidiram se querem mais uma rodada?

— Eu topo, se você quiser — ofereceu Greg.

— Claro — aceitou Rachel. — Quero mais um.

— Ótimo. Já volto.

Greg se aproximou.

— E aí, o que está rolando? Você passou a noite toda pensando em alguma coisa. O que é?

Ele sempre conseguia perceber as emoções dela, notou Rachel.

— É Courtney. — E contou a ele a respeito da irmã e do que vinha acontecendo. — Não entendo — admitiu ela. — Como pôde não ter me contado?

Greg aproximou a cadeira e a encarou, olhos nos olhos.

— Não é sua culpa.

— O fato de ela esconder as coisas? Eu sei.

— Não. Que sua irmã teve dificuldade para aprender a ler. Que repetiu de ano. Não foi você.

Rachel relaxou na cadeira.

— Eu sei.

— Não sei bem se você entende isso. Você era uma menina quando seu pai morreu. Fez o melhor que pôde para segurar tudo. Ajudou sua mãe. Mas não era adulta. Courtney nasceu como nasceu. Você não fez um déficit de aprendizagem surgir. Não foi responsável pelo fato de ela ter sido mais lenta.

Rachel assentiu, mas não conseguia acreditar nele totalmente.

— Fiquei muito magoada quando descobri o que Courtney vinha fazendo — confessou. — Fico pensando que ela me culpa sem parar por não ter ido bem nos estudos.

— Ela não faz isso. Você é uma boa irmã.

— Espero que sim. — sussurrou Rachel. — Vamos falar sobre outra coisa.

— Certo. Gostaria de levar o Josh para acampar — sugeriu Greg. — Tudo bem para você?

— Claro, ele vai adorar. Você já falou com ele?

— Queria discutir o assunto com você primeiro.

— Obrigada. Espero que se divirtam.

Ele sorriu.

— Quer ir conosco?

— Nem se me pagarem.

Greg riu.

— Eu sabia que diria isso.

As bebidas chegaram. Eles permaneceram no bar por mais duas horas, conversando sobre trabalho, sobre Josh e sobre amigos em comum. Perto das 22h, Greg a levou para casa. Rachel já tinha entrado na caminhonete dele centenas de vezes. Sabia o caminho e quanto tempo o trajeto levaria, e, a cada segundo, sentia-se mais nervosa. A boca estava seca, as mãos tremiam.

Era tudo culpa de Greg, pensou, tentando fazer crescer a irritação com a esperança de que isso diminuísse a tensão crescente. Ele se achava muito esperto no que dizia respeito a ela. Claro, seu ex-marido estava sendo mais bacana e ajudando com Josh, mas e daí? Estava assim há apenas algumas semanas. Rachel não ia confiar nele. E isso não era o problema, admitiu a si mesma. O problema era que sentia saudade de Greg. Deles. O ex-marido sempre foi o único homem de sua vida, e não queria que isso mudasse. Queria que retomassem o casamento. Queria o que tinham antes da traição dele, mas sem o drama. Queria um marido com quem pudesse contar e queria que esse homem fosse o Greg.

O calor tomava conta de seu corpo. Rachel reconheceu o desejo. Era causado pelos muitos meses sozinha e pela proximidade com o único homem com quem já estivera. Independentemente de todas as coisas erradas entre eles, o sexo sempre tinha dado certo. A indecisão acabava com ela. Queria convidá-lo para entrar, queria que ele ficasse. Queria fazer amor. Rápido e quente, e então mais lento. Queria sentir o corpo dele perto do seu, as mãos de Greg em todas as partes. Queria beijá-lo até ficar molhada, inchada e muito pronta para ser preenchida.

Mas estavam divorciados e Rachel não tinha certeza. E se convidasse e Greg dissesse não? Até onde sabia, ele estava dormindo com outra pessoa.

Pensar nisso foi como uma facada no peito que quase a deixou sem ar. Ainda estava lidando com a indecisão quando Greg parou na frente da casa dela.

— Obrigada pela carona — agradeceu Rachel, e abriu a porta do passageiro.

— Você está bem?

— Estou. — Ela desceu. Greg começou a sair do carro, mas Rachel gesticulou para que ele parasse. — Estou bem. Até mais.

— Rachel, o que foi?

— Nada. Boa noite. — Ela bateu a porta do carro e praticamente correu até a casa. Depois que entrou e fechou a porta de casa, se recostou ali.

O que havia de errado com ela? E daí se Greg estivesse dormindo com outra pessoa? Não estavam mais juntos. Ele podia fazer o que quisesse. Com quem quisesse. Ambos estavam acostumados a ter sexo de ótima qualidade. A menos que ela tivesse se enganando. Afinal, Greg já havia estado com pelo menos mais uma mulher e Rachel só tinha transado com ele. Talvez o que considerava sexo de ótima qualidade fosse apenas algo comum. Talvez fosse melhor com outras mulheres e, se oferecesse, Greg recusaria, de qualquer modo.

Os pensamentos tomavam sua mente e se enroscavam, deixando-a confusa e com dor de cabeça. Sem saber o que mais podia fazer, começou a percorrer o longo e solitário caminho até o quarto. Aquele que uma vez dividiu com o único homem que já tinha amado.

19

Cinco dias depois do jantar, e ainda sem notícias da mãe, Courtney percebeu que havia um problema. A questão era como lidar com ele. O casamento aconteceria em menos de dois meses e os detalhes tinham que ser finalizados. Talvez o mais importante fosse o fato de serem uma família e de ser meio necessário que se dessem bem. Já tinham passado mais tempo sem contato, lembrou a si mesma ao atravessar a cidade. No dia em que fez 18 anos, depois de largar o colégio e fazer uma mala para sair de casa. Passara quase um ano sem falar com a mãe. Mas dessa vez era diferente. Dessa vez, era a mãe quem não respondia. Ela achava que havia um pouco de carma nisso e que talvez não devesse reclamar, mas não conseguia parar de pensar... e, talvez, de se preocupar.

Percebendo que o casamento aconteceria independentemente do drama familiar, ela foi ao compromisso com Gracie Whitefield, uma celebridade da região e decoradora de bolos nacionalmente famosa.

Courtney entrou na rua silenciosa e ficou feliz ao ver o carro da mãe estacionado na frente da casa de Gracie. A antiga mansão já fora do tio do marido de Gracie. Pelo que sabia, um lado todo da casa fora transformado em uma cozinha industrial para a empresa de bolos.

Ela estacionou atrás do carro da mãe. Imaginou os possíveis cumprimentos. O primeiro que lhe ocorreu foi "você começou", mas não seria nada maduro. Sabia que teoricamente tinha todo o direito de não contar coisas de sua vida. Mas as teorias nem sempre ajudavam — principalmente no que envolvia mães.

Ela e Maggie saíram do carro ao mesmo tempo. Entreolharam-se. Courtney respirou fundo e começou a dizer o mais óbvio.

— Oi, mãe. Que bom que está aqui. Acho que vai gostar bastante dos bolos da Gracie. Ela é muito talentosa. — Hesitou, sabendo que tinha que abordar o ocorrido. — Sobre a noite de quinta, sinto muito se estiver chateada.

Só de falar aquilo, Courtney se retraiu. Era difícil sair da enrascada.

— Não quero falar a respeito — afirmou Maggie. — Vamos acabar logo com isso.

Courtney sentiu o baque emocional. Então as coisas não tinham sido perdoadas, nem compreendidas.

— Neil virá?

— Não, ele foi chamado para uma reunião da diretoria. Está vendendo a empresa.

— Pensei que já a tivesse vendido.

— A negociação está demorando um pouco.

E precisava de uma reunião da diretoria? Courtney achava que ele era dono de algumas pizzarias com jogos eletrônicos. Será que isso exigia mesmo uma reunião de diretores? Mas esse não era um assunto para ser discutido naquele momento.

Elas deram a volta até a entrada lateral da casa. Gracie abriu a porta quando se aproximaram. Ela era uma loira bem bonita e as cumprimentou com um sorriso simpático.

— Estou tão animada com seu bolo! — Gracie as levou para a cozinha.

O local era amplo, com teto alto e o que pareciam ser quilômetros de balcões. A decoração era simples — branca, com armários pintados, balcões de mármore cinza e branco e eletrodomésticos de aço inox. O que poderia ter parecido frio e impessoal era na verdade o pano de fundo simples e perfeito para os bolos incríveis que estavam sendo montados.

Havia um muito extravagante, de quatro andares parcialmente coberto com flores cor de lavanda e azuis. Outro bolo tinha borboletinhas prontas para alçar voo. Havia fotografias nas paredes e desenhos em cima do revestimento de cerâmica cinza. No canto, havia uma mesinha cheia de gizes e livros de colorir.

Gracie as levou a uma mesa comprida com oito cadeiras em um canto do salão. Havia um bloco de rascunhos em uma ponta. Na outra, pratos com fatias de bolo e uma cafeteira.

— Andei pensando em suas cores — comentou Gracie quando se sentaram. — E no fato de você e Neil não conseguirem decidir se querem baunilha ou chocolate para o bolo. Então, o que acham de algo assim?

Ela abriu o bloco de rascunho e mostrou a foto de uma fatia de bolo. O interior era como um tabuleiro de baunilha e chocolate. Os quadrados se alinhavam perfeitamente.

A expressão tensa de Maggie se relaxou.

— É lindo. Pode mesmo fazer isso?

— Claro. Na verdade, não é tão difícil. Há formas especiais e quando tudo gira... — Gracie mexeu a mão. — Não quer saber os detalhes, mas sim, pode ser feito e é muito adorável.

Ela pegou dois pratos e garfos. Courtney viu que, apesar de a cobertura ser amarela, o bolo era todo quadriculado.

— Prove e me diga o que acha.

Courtney deu uma mordida. Os sabores se combinavam perfeitamente.

— É delicioso — comentou ela. — Nunca vi nada assim, e sempre há muitos bolos no hotel.

— O hotel que você praticamente está administrando? — perguntou Maggie com a voz tensa.

Courtney a olhou.

— Mãe, o que achou do bolo da Gracie?

Maggie deu de ombros e comeu um pedacinho.

— É bom.

Gracie olhou para as duas.

— Tenho outros sabores para provarem. Chocolate e baunilha, claro, e um belo bolo apimentado que faz sucesso.

Maggie abaixou o prato.

— Pode ser este.

Courtney se sentiu tensa. Obviamente, aquele tinha sido o momento errado para a reunião.

— Deveríamos remarcar — sugeriu ela.

— Por quê? — A mãe se virou para Gracie. — Estamos aqui. Se não decidirmos, teremos feito você perder seu tempo. Como eu disse, pode ser este.

— Certo — disse Gracie com cautela. — Com base no que você e eu conversamos ao telefone, tenho pensado em algo relativamente simples para a cobertura. Há uma técnica chamada *scratching*. Ela dá uma textura ao bolo que é muito bonita.

Gracie mostrou às duas várias fotos de bolos com cobertura que parecia ter sido colocada em fileiras e depois parcialmente amassadas.

— Eu faria uma cascata de flores de cima para baixo de um lado. — Ela colocou um rascunho de um bolo de quatro camadas na mesa. — É bem próximo do tamanho real e serve trezentas pessoas com facilidade. Foi esse o número que você disse?

Maggie olhou para o desenho.

— A cor é esta?

— O cor-de-rosa-claro? É, se você quiser. Eu faria as flores nas cores que estão vendo. Elas variam de muito claro até rosa escuro. Mas não magenta. Só tons de cor-de-rosa de verdade.

— Aceito. Obrigada por ter nos recebido. — Maggie se levantou e caminhou até a porta. Antes que Courtney conseguisse impedi-la, a mãe partiu.

— Sinto muitíssimo — desculpou-se Courtney. — Estamos brigadas. Mas acho que isso ficou claro.

Gracie sorriu pacientemente.

— Tudo bem. Você ficaria surpresa se soubesse o que já vi nessas reuniões. Nunca é chato, isso é certo.

— O bolo é mesmo muito lindo. Vou cuidar para que seja o que ela quer e volto a falar com você até o fim da semana. Pode ser?

— Claro. O bolo de casamento de sua mãe já está na minha agenda. Preciso do desenho definido até meados de julho. Tirando isso, está tudo certo.

— Obrigada.

Courtney pensou que a mãe já tivesse partido, mas ela estava perto do carro. Courtney reconheceu a expressão de determinação no rosto de Maggie e se preparou para o confronto.

— Não acredito que você escondeu aquilo de mim — falou a mãe quando Courtney se aproximou. — Por anos. Como pôde mentir para mim? Como pôde não me contar o que estava fazendo, dia após dia, ano após ano?

Havia mil respostas diferentes. Courtney pensou em muitas antes da raiva dominá-la.

— Como você pôde não se importar comigo por todos aqueles anos? Eu repeti na escola duas vezes, mãe. *Duas vezes*. Sabe como foi isso para mim? Sabe como a escola foi terrível?

— Você tinha um déficit de aprendizagem. Não era culpa de ninguém. Não pode me culpar por isso.

— Não culpo ninguém. Mas posso te culpar por não ter se preocupado em me levar a um médico antes. Eu te culpo por não ter percebido quando deixei as aulas para alunos especiais e entrei numa turma regular. Quando interrompi o ensino médio, eu tirava notas A e B e você não sabia.

A mãe a encarou com os olhos arregalados.

— Claro, ponha a culpa em mim. Gostaria de te lembrar que eu estava fazendo o meu melhor para manter a casa de pé. Seu pai nos deixou sem nada. Você não faz ideia do que tive que enfrentar para nos salvar.

— Você também não faz ideia das coisas pelas quais passei. A diferença é que eu era uma criança e você era minha mãe. Tinha que ter me ajudado, e não ajudou. Não olhava para mim, exceto quando mandava me esforçar mais. Cresci sabendo que era uma decepção e um fracasso para você.

Maggie começou a chorar.

— Isso não é verdade! Como pode dizer isso para mim? Eu te amo.

— Sei que ama, mas isso é diferente de acreditar em mim. Não contei o que estava fazendo porque tinha algo a provar. Pensei que se pudesse entregar a você meu diploma, a minha mãe finalmente me acharia boa o bastante.

— Eu acho isso.

— Não acha, não. Está sempre tentando fazer com que eu tente outra coisa. Tem vergonha de mim e do que faço.

— Pensei que fosse só uma camareira. Não é errado querer mais para um filho.

— Não, e não é errado que eu não queira o que você quer. Você nunca falou sobre mim como fala de Rachel e de Sienna. Mesmo na festa de noivado, você disse: "Sinto muito orgulho de minhas filhas... e de Courtney." Sempre fui lembrada por último.

— Isso não é verdade. Eu nunca disse isso.

— Mãe, tem um vídeo.

As lágrimas rolaram mais depressa. Os lábios de Maggie tremeram. Ela pareceu se retrair um pouco.

— Por que está fazendo isso? Por que está sendo tão cruel?

— Não estou. Estou tentando explicar. Só queria me virar sozinha.

— Sem mim.

Maggie não estava fazendo uma pergunta, por isso Courtney não respondeu. Em vez disso, falou:

— Nunca quis te ferir. Sinto muito pelo que aconteceu.

— Mas não sente muito pelo que fez?

— Por ter terminado os estudos, passado no vestibular e estar a um ano da formatura? Não. Não me sinto mal por isso.

— Eu teria te ajudado.

— E eu queria fazer tudo sozinha.

A mãe secou as lágrimas do rosto.

— Não, você não queria que eu fizesse parte disso. É diferente.

Depois de dizer isso, Maggie se virou e entrou no carro. Courtney a observou partir. Sentia-se enjoada e trêmula. Aquilo não era o fim do assunto, pensou com seriedade. Não estava nem perto de acabar.

Sienna se sentou à mesa de frente para a irmã. Courtney olhou para ela com atenção.

— Isto é só um almoço? — perguntou.

Sienna franziu o cenho.

— Claro. O que mais poderia ser?

— Todo mundo está bravo comigo. Só quero saber se você não está.

— Claro que não. Como eu já disse, acho que você tem que ser parabenizada pelo que fez. — Sienna sorriu. — Todos sabemos que, se eu estivesse no seu lugar, estaria anunciando tudo no jornal da região.

Courtney relaxou.

— Obrigada. Preciso que alguém não fique bravo comigo.

— Estou do seu lado.

Elas estavam almoçando no Treats'n Eats, perto do píer. Sienna havia enviado uma mensagem para a irmã por impulso, e agora estava feliz por ter sugerido que se encontrassem. Era engraçado ver como a revelação de Courtney tinha mudado tudo. Ela estava chateada pela irmã caçula ter tido problemas com Rachel e com a mãe delas, mas feliz por saber que eram mais parecidas do que pensava.

— O problema foi o segredo — afirmou Sienna. — A mamãe se sente idiota por não ter percebido, e a Rachel se sente traída.

Courtney resmungou.

— Obrigada por me lembrar desse momento doloroso.

— Não fiz por mal. Todos temos segredos. É que os seus são mais interessantes do que os da maioria.

O garçom chegou. As duas tinham pedido refrigerante diet e disseram que olhariam o cardápio. Não que precisassem, pensou Sienna. Elas iam ao Treats'n Eats desde pequenas e já sabiam o menu de cor.

— Quais são os seus? — perguntou Courtney.
— Meus o quê?
— Segredos.

Havia muitos dentre os quais escolher, pensou Sienna. Os sentimentos contraditórios em relação a David eram um, mas esse já devia ser de conhecimento de Courtney.

— Meu noivado com Hugh — contou Sienna de modo impulsivo, e então se questionou por que tocara naquele assunto.

— O que tem?
— Por que terminou.

A irmã se inclinou para ela.

— Você disse que tinha percebido, ao chegar em Chicago, que não daria certo.

— Sim, foi o que eu disse. O que aconteceu de verdade foi que, quando cheguei a Chicago, Hugh decidiu que eu não era boa o bastante. Acho que a família dele teve algo a ver com isso, mas, no fim, ele me largou.

Courtney olhou para Sienna e perguntou:

— Você? Ele te largou? Mas você é linda e inteligente... e porra! Hugh achou que encontraria coisa melhor?

Ouvir a revolta da irmã era surpreendente e gratificante.

— Obrigada. Isso é muito legal. Gosto de pensar que o azar foi dele, mas na época fiquei arrasada.

— Imagino. Que idiota. David sabe que você é um prêmio, não é?

— Sim, ele tem certeza disso. — Seus problemas com o noivo eram diferentes. Ou talvez só existissem na sua mente. Ele era doce e atencioso. Então, por que não conseguia enxergar os dois juntos pelos próximos cinquenta anos? — O que quero dizer — continuou — não tem a ver com o noivado. Tem a ver com segredos. Todos nós temos segredos. Eles fazem com que nos sintamos seguros. E nos ajudam a passar pelas coisas.

— Eu tinha medo de que todo mundo me dissesse que eu não conseguiria — admitiu Courtney.

— Eu teria feito isso. — Sienna ergueu um dos ombros. — Pensava que você fosse... especial.

— Retardada — corrigiu Courtney.

— Não se usa mais essa palavra, mas mais ou menos isso. Quando você era mais nova. Mas o que tem feito agora é incrível. Não só por ser difícil trabalhar e estudar ao mesmo tempo, mas por causa do que você teve que superar. Não tem como ter passado pelo que passou sem ficar com cicatrizes emocionais.

Sienna estava pensando bastante em Courtney nos últimos dias, desde o jantar de degustação. Nunca tinha analisado a vida da irmã daquele ponto de vista. Não mesmo. Mas ter repetido de ano e ser tão alta... Devia ter sido difícil. Talvez impossível. Mas ali estava ela. Um sucesso.

— Nunca disse isso antes e espero que você entenda do jeito certo, mas sinto muito orgulho de você.

Courtney sorriu.

— Obrigada. Isso significa muito.

Sienna retribuiu o sorriso.

— Ótimo. Agora me conte o que aconteceu com a mamãe. Perguntei sobre o bolo de casamento e ela não me disse nada além do fato de ser cor-
-de-rosa. Vocês realmente brigaram na cozinha de Gracie?

— Ah, não. Isso teria sido chique demais. Brigamos na rua mesmo, na frente dos vizinhos.

Sienna riu.

— Essa é minha menina. Quero saber tudo.

Courtney limpou o balcão do banheiro antes de conferir de novo se deixara o número certo de toalhas. Olhou ao redor para ver se tinha se esquecido de alguma coisa no balcão ou na mesinha, e então saiu e fechou a porta do quarto. Virou-se na direção do carrinho e se sobressaltou quando viu Joyce parada no corredor.

Elas não se viam desde a degustação. Sua chefe parecia mais velha e cansada, como se não estivesse dormindo bem.

— Olá — cumprimentou Courtney educadamente, e então pegou a prancheta para fazer anotações sobre a limpeza.

— Queria falar com você.

— Claro. Vou levar o carrinho até a sala de equipamentos e irei ao seu escritório.

Joyce uniu as mãos.

— Courtney, não.

Ela inclinou a cabeça.

— Não entendi.

— Não fale comigo como se eu fosse sua chefe.

— Você *é* minha chefe.

— Também somos amigas. Eu me importo com você. Sempre me dei bem com Maggie, mas você e eu sempre tivemos um relacionamento mais próximo. Não quero perder isso.

Deveria ter pensado nisso antes, pensou Courtney, irada. Teve que se concentrar e contrair os lábios para não dizer algo de que se fosse se arrepender.

— Você ainda está irritada comigo — confirmou Joyce, impotente. — Por favor, não fique. Sinto muito pelo que eu disse. Não quis causar problemas entre você e sua mãe.

Talvez não, mas quis trazer o assunto à tona. Joyce havia ficado impaciente e tomado as rédeas da situação, por assim dizer. Não que afirmar o óbvio ajudasse uma das duas, pensou Courtney. E apesar de considerá-la uma amiga, o fato é que também era sua chefe. Não era algo que pudesse esquecer.

Courtney precisava daquele emprego. Não apenas o salário, mas a moradia tornava sua vida conveniente. E gostava do hotel. De estar perto de pessoas diferentes o tempo todo. O horário de trabalho facilitava seus estudos. Tudo isso significava que não podia se revoltar, não sem aceitar as possíveis consequências.

— Tenho certeza de que você tinha as melhores intenções — admitiu por fim. — Todo mundo já sabe agora. Tenho certeza de que tudo vai ficar bem.

— Mas você ainda está brava.

— Preciso de um pouco de tempo.

— Courtney, te conheço desde que você era pequenininha. Precisamos acertar as coisas entre nós.

— Nós acertamos. Está tudo bem. — Courtney segurou um lamento. Agora estava parecendo sua mãe.

— Tem certeza? — A voz de Joyce foi baixando enquanto falava.

— Sim, claro.

— Não acredito. — Joyce balançou a cabeça. — Tudo bem, então. Vou te deixar trabalhar.

Ela se afastou. Courtney seguiu na outra direção. Reabasteceu o carrinho para o dia seguinte, passou o cartão e foi para seu quarto. No meio do caminho, mudou de direção e foi para o bangalô de Quinn. Foi atendida quase que imediatamente.

— E aí? — perguntou ele enquanto a deixava entrar.

— Estou chata e brava com o mundo. Sua avó quer que as coisas fiquem bem entre nós. Ela é minha chefe, então não posso dizer o que realmente penso. Não se quiser manter meu emprego. Minha mãe está magoada e brava e, de repente, Sienna e eu estamos saindo juntas. Rachel ainda não está falando comigo e é por ela que eu me sinto pior. Tirando isso, estou ótima. E você?

Quinn a analisou por um tempo, e então foi para seu quarto. Courtney foi atrás, sem saber exatamente o que ele ia fazer. Apesar de não estar muito a fim de sexo, sabia que Quinn conseguiria mudar isso.

Mas, em vez de ficar nu, ele pegou uma caixa do armário e a entregou a ela, que se sentou em uma cadeira ao ver o que era.

— Aqueles sapatos de salto? Sério?

— Calce-os e ande por aqui. Confie em mim.

Courtney sabia muito bem que ficaria ridícula andando de um lado a outro com saltos Saint Laurent, sua calça cáqui e a camisa polo. Mas também conhecia Quinn bem o bastante para confiar nele. Loucura, mas era verdade. Tirou os tênis e as meias brancas e calçou os sapatos.

Demorou um segundo para se equilibrar. Quando conseguiu, caminhou pelo quarto, indo e voltando. Sentiu a tensão deixar seu corpo. Seus ombros relaxaram e pôde endireitá-los. A respiração ficou mais lenta e a mente se aquietou.

Quinn foi para a sala de estar e Courtney o seguiu.

— Melhor? — perguntou ele.

— Sim.

Ele lançou aquele sorriso do tipo *eu sou demais* e se sentou no sofá.

— É difícil ser mais do que um rostinho bonito, mas faço meu melhor.

— Seu melhor é bom pra caramba. — Courtney se sentou à frente dele. — Não gosto de ficar brava com a Joyce.

— Então não fique.

— Simples assim?

— Por que tem que ser complicado?

— Porque normalmente os relacionamentos são complicados.

— Só se você deixar que sejam. Ela errou. Você sabe que minha avó se sente mal pelas consequências, mas acho difícil que esteja arrependida do que fez. Se puder aceitar isso, perdoe-a e siga em frente. Caso contrário, continue irritada.

— Onde você está nesse espectro?

— Eu a estou castigando.

— Qual é a diferença?

— Ela é minha avó. Não vai me despedir. Vou perdoá-la em breve, mas por enquanto quero que ela pense no que fez. Magoou você. E não gosto disso.

Quinn falou naturalmente, como se estivesse discutindo a previsão do tempo. Mas estavam falando sobre ela e ele parecia... digamos, protetor.

Courtney não sabia o que fazer com essa informação. Parte dela queria se agarrar àquilo e reviver o momento muitas vezes. Outra parte... Não havia outra parte. Só tinha a que queria se agarrar. Porque fazia muito tempo que ninguém cuidava dela. Achava que a última pessoa a fazer isso tinha sido Rachel, quando as duas eram crianças.

— Obrigada — sussurrou, pensando que não perguntaria o porquê. A resposta poderia ser que ele dizia essas coisas por pena dela. Melhor simplesmente se agarrar à sensação de proteção.

— Sem problema. O que vai fazer?

Ela olhou para os sapatos. Havia dito a si mesma que os deixaria no quarto de Quinn porque não sabia bem se aceitaria o presente. Mas a verdade era que não os havia levado para seu quarto porque não sabia se era digna de usá-los. Quem usasse sapatos como aqueles precisava ter muito mais atitude e confiança do que ela.

— Vou dizer a Joyce que está tudo bem. Ela fez o que fez. Sei o motivo e entendo. Vou dizer que não concordo com a atitude e não quero que ela faça isso de novo. Depois, vou abraçá-la.

— Parece que tem um plano.

— É sempre bom ter, não é? — Ela ficou de pé. — Obrigada por me ouvir.

— Disponha.

— Quer me ajudar a parar de sentir raiva da minha mãe?

Quinn ergueu as duas mãos.

— Até mesmo eu tenho limites.

— Medroso.

— Prefiro prudente.

— *Ai, que medo.*

Quinn riu e passou os braços pela cintura dela, puxando-a para mais perto. De salto, Courtney ficava alguns centímetros mais alta do que ele. Ela meio que gostava da facilidade de apoiar os braços nos ombros de Quinn e se inclinar para beijá-lo. Quando finalmente se afastaram, ela sorriu.

— Eu me sinto poderosa assim. Da próxima vez que fizermos amor, quero ficar por cima.

— Outra fantasia realizada.

Courtney riu.

— Você é fácil.

— Que bom que pensa isso. — Quinn tocou o rosto dela. — Está bem?

— Melhor.

— Vai levar os sapatos com você?

Será que ele adivinhara por que os deixava ali? Não tinha certeza, então decidiu que não importava.

— Vou. Eles são lindos e, apesar de seu rosto bonito, não combinam mesmo com você.

20

Quinn sentou no sofá com os pés na mesa de centro e o laptop aberto. Pearl se esticou ao seu lado, enquanto Sarge estava na poltrona. Wayne estava à mesa da sala de jantar, analisando várias pilhas de papel.

— Pediu para seu advogado olhar estes papéis? — perguntou o assistente.

— Duas vezes.

— Então, por que eu estou lendo?

— Você vai me encher o saco se não deixar você ler — argumentou Quinn com facilidade enquanto apagava um e-mail. — Você não confia na minha advogada.

— Ninguém confia em advogados.

— E se ela for ex-militar?

Wayne nem se incomodou em olhar para a frente.

— Ela não é.

O celular de Quinn tocou. Ele olhou para a tela e viu uma capa familiar de um álbum aparecer.

— Deu uma olhada nas notícias desta manhã?

Aquilo chamou a atenção de Wayne.

— Claro. Nada da nossa equipe. Por quê? O que aconteceu?

— Nada ainda. Só quero saber antes de atender essa ligação. — Ele pressionou o botão do viva-voz. — Alô?

— Ei, Quinn, somos nós.

Bryan, pensou Quinn, impaciente.

— Onde você está, cara? Estamos aqui na sua casa e não tem ninguém. — A voz de Collins era clara apesar de estarem no viva-voz.

— Você não está morto, está? — Esse era Peter.

— Ele atendeu ao telefone — apontou Bryan. — Não pode estar morto.

— Talvez a gente tenha ligado para o além. Acontece. Você não assiste filmes de ficção científica?

Quinn sentiu o início de uma dor de cabeça. Via de regra, ele evitava bandas. No começo não tivera muita escolha. Pegava talentos onde conseguisse encontrá-los. Mas, quando se tornou bem-sucedido, começou a escolher. Poderia repassar um grupo promissor para outras pessoas na empresa.

Nada impedia de que bandas fossem brilhantes. Claro que podiam. O problema verdadeiro era a mistura de personalidades. Havia Tadeo, por exemplo. Era um cara, mas entre a esposa, os filhos e a comitiva, lidar com ele era como uma reunião da ONU. Com uma banda, esse número se multiplicava por todos os membros mais vinte.

Mesmo sabendo de tudo isso, há alguns anos ele tinha sido inspirado por um grupo de adolescentes com um talento incrível. Disse a si mesmo que não seria tão ruim, que Bryan, Peter e Collins eram diferentes. Foi assim que acabou se tornando produtor musical do And Then.

Os primeiros três álbuns ganharam o disco triplo de platina, com uma série de oito sucessos em primeiro lugar nas paradas. Mas, sinceramente, não sabia ao certo se estava valendo a pena.

— Por que está me ligando? — perguntou Quinn.

Bryan, o vocalista do And Then, estalou a língua.

— Ei, cara, isso é jeito de falar com a gente? Sabemos que somos seus favoritos.

— Você considerou o fato de que existe uma razão para você não saber onde estou?

Peter, o baterista muito bonito, mas nada brilhante, falou em seguida:

— Você está morto? É legal estar morto?

— Não estou morto.

— Tem certeza? Porque você não está aqui.

Quinn olhou para Wayne, que lentamente balançou a cabeça.

— Peter, existem outros lugares além de "aqui".

— Tipo onde?

Quinn não sabia se o rapaz de 24 anos tinha caído de cabeça ou usara muita droga. Talvez uma combinação dos dois. Independentemente disso, era o melhor baterista que havia, e o And Then devia muito de seu sucesso a ele.

— Queremos compor com você — falou Bryan. — Diga onde está e vamos para aí hoje.

— É disso que tenho medo.

— Olha, você sabe que vai ceder. Para que se dar ao trabalho de fingir que não vai?

Bryan não tinha caído de cabeça em lugar nenhum. Era o vocalista e o cérebro da banda. Collins tocava guitarra e, como Zealand, raramente falava. Mas compunha músicas como um anjo.

— Los Lobos.

— Ele está falando espanhol? — perguntou Peter. — *Hasta la vista, baby.* — O outro homem riu. — Isso é de um filme. Não consigo me lembrar de qual.

Wayne pressionou a testa na mesa. Quinn torcia para que ele não começasse a bater a cabeça. Precisava que o seu assistente ficasse consciente.

— Estou em Los Lobos — esclareceu Quinn. — Venham de carro. Tem um hotel. Se conseguirem quartos aqui, sejam bonzinhos. É a minha cidade natal, e minha avó é a dona do hotel. Vou pedir para Wayne dar um tiro em cada um de vocês se não se comportarem. Entendido?

— Sim, cara. — Collins parecia mais estar se divertindo do que preocupado. — Isso deixaria Wayne feliz, mas nossos fãs comeriam você vivo.

— Poderia ser pior.

— Estamos indo. Tive umas ideias boas e quero falar com você sobre elas.

Isso despertou o interesse de Quinn.

— De quantas músicas estamos falando?

— Oito, talvez dez.

Para a maioria dos artistas, isso significava que, no máximo, duas em cada três seriam viáveis. Mas, com Collins, cada uma delas poderia ser um sucesso.

— Estou ansioso para ouvir o que você tem.

— Ótimo. Obrigado, Quinn.

— Sim, obrigado, Quinn — gritaram os outros dois antes de desligar.

— Tenho que voltar para Los Angeles — anunciou Wayne. — Agora.

— Não, você não vai.

— Quero um aumento.

— Ótimo.

— Você não sabe quanto eu quero.

— Não me interessa quanto, você vai ter.

O assistente olhou para ele.

— Odeio quando você cede.
— Eu sei. Em parte é por isso que eu cedo.
Antes que Wayne pudesse dizer qualquer outra coisa, o telefone tocou novamente.

Quinn atendeu.
— Cai fora!
— Q-quê? — A voz feminina era macia e trêmula.
— Vovó? — Quinn deixou os pés caírem no chão. — O que houve? — Joyce tinha saído com uma de suas amigas para o almoço.
— É uma bobagem — contou ela. — Escorreguei no restaurante e vim parar no pronto-socorro. Tenho certeza de que estou bem, mas você poderia vir ficar comigo?
— Me dê 15 minutos. Estou indo.

— Você não vai acreditar — continuou Belinda. — Ele disse para Ellie que ela podia se tatuar!

Rachel aplicou com cuidado a tinta à mecha do cabelo de Belinda, depois dobrou o papel-alumínio com habilidade em um pacotinho perfeito.
— Mas ela só tem 15 anos.
— Eu sei. Eu devia matá-lo. Sério, dar ré com o carro em cima dele. Talvez duas vezes. Agora sou eu que tenho que dizer não. Ele vai ser o pai legal, e eu a mãe terrível. Isso é justo?

Belinda continuou a reclamar. Rachel não podia culpá-la por ficar chateada. Como pôde acontecer algo assim? O que o marido da sua cliente estava pensando? Graças a Deus, Greg nunca tinha feito nada desse tipo com ela. Mesmo em sua pior fase, quando estava mais interessado em sair com amigos do que em ser marido e pai, nunca a desautorizou deliberadamente. E nos últimos tempos, bem, não sabia direito o que estava acontecendo nos últimos tempos.

Ele estava por perto muito mais do que já estivera. Estava cooperando, sendo agradável e compreensivo. Era como se Greg tivesse tomado a decisão de crescer. Se ao menos isso tivesse acontecido enquanto eram casados...

Às vezes, se perguntava por que ele estava se esforçando tanto. Queria retomar o casamento? Ela queria? Sentia falta do ex-marido, é claro. Tinha saudades deles juntos. Mas deixá-lo voltar para sua vida... Poderia confiar em Greg de novo? Ele a havia traído, e para isso não havia perdão. Foi o que sempre pensou. Mas talvez, apenas talvez, estivesse errada.

Rachel girou a cadeira para pôr mais alguns papelotes na lateral da cabeça de Belinda.

— Vamos esperar vinte minutos e depois lavamos com shampoo — explicou quando terminou. — Você precisa de mais revistas? Quer beber alguma coisa?

Belinda pegou a última edição da *Vogue*.

— Eu estou ótima. Vir para cá é um descanso dos meus quatro filhos. Vinte minutos para me sentar e ler é o paraíso.

Rachel sorriu, limpou as tigelas e a escova, foi para a sala dos fundos, ajeitou-se e bebeu um pouco de água. Estava prestes a verificar sua cliente quando Martina, a recepcionista, correu até ela.

— Ligaram para você — falou ela rapidamente. — Era dos bombeiros. Aconteceu alguma coisa com Greg.

Rachel ficou gelada. Aquela era a ligação que toda mulher de bombeiro temia.

Ela correu para o telefone na parede e discou um número que nunca esquecera.

— Bombeiros.

Ela se esforçou para manter a voz calma.

— Aqui é Rachel Halcomb. Estou ligando para falar sobre Greg.

— Ei, Rachel. Greg foi ferido em um atendimento. Não tenho os detalhes, mas ele estava consciente quando foi levado ao hospital. Isso é tudo que sei. Você está indo para lá?

— Agora mesmo.

Ela apertou a mão contra o peito enquanto falava. Seu coração palpitava tão forte e rápido. Queria chorar, mas não tinha como esmorecer naquele momento, disse a si mesma. Tinha que ficar forte. Quem saberia o que ia acontecer ou com que teria que lidar?

Rachel desligou e foi diretamente para o armário pegar sua bolsa. Entrou na sala de descanso, onde Sara estava trabalhando no laptop.

— Greg foi levado para o hospital — contou à colega. — Eu não sei é grave, mas preciso ir até lá. Você pode terminar o cabelo de Belinda?

Sara olhou para ela.

— Claro. Ele está bem? E você?

— Sei lá. Só estou com um pouco de dificuldade para respirar, mas isso passa. A tinta vai estar boa em cinco minutos. O corte dela é simples, em camadas. Nada que você não tenha feito um milhão de vezes. Muito obrigada. Te devo essa.

Sara se levantou e a abraçou.

— Não se preocupe. Eu me viro. Vá ficar com Greg.

Rachel se apressou para explicar a situação a Belinda, depois correu para o carro. Não fazia ideia do que tinha acontecido, mas sua imaginação conseguiu produzir dezenas de cenários, cada um pior que o outro. Ele podia ter sido atingido por um carro em um acidente ou se queimado em um incêndio. Poderia ter caído de um telhado ou ter sido atacado por uma pessoa louca.

Quando chegou ao hospital, estava quase histérica. O que contaria a Josh? Como sobreviveria como mãe solteira? Embora já pensasse em si como mãe solteira, na realidade Greg estava por perto, sempre ajudando. Ele não podia ir embora, não podia!

Ela correu para o pronto-socorro. Havia um punhado de pacientes esperando, algumas enfermeiras e alguém na recepção.

— Meu nome é Rachel Halcomb. Meu marido, Greg, foi trazido para cá. Ele é bombeiro.

A recepcionista examinou a tela do computador.

— Ele está na sala de exames quatro. A senhora pode entrar. É por ali. — A recepcionista apontou para a esquerda.

Rachel agradeceu, então saiu às pressas pelo corredor. Sentiu-se enjoada e um pouco zonza. Desacelerou por um segundo, assustada ao ver Quinn empurrando a avó em uma cadeira de rodas. Ela fez menção de parar para perguntar se Joyce estava bem, mas simplesmente acenou e continuou. Havia alguns bombeiros no corredor ao lado da sala de exames de Greg. Ela conhecia todos, os tinha recebido para jantar, fora a piqueniques com suas famílias. O mais alto dos três, Zack, sorriu quando a viu.

— Ei, Rach, não se preocupe. Ele está bem. Um dos novatos se meteu em uma encrenca em um incêndio e Greg o ajudou. Infelizmente, ele cortou o braço. Estava sangrando muito, então nós o trouxemos para cá, mas o cara vai ficar bem. — Zack piscou. — Vai ter uma cicatriz, mas as garotas adoram uma cicatriz, não é?

Rachel forçou um sorriso.

— Adoramos — concordou e puxou a cortina da sala de exames. Enquanto o fazia, viu Greg deitado na cama. Havia uma bandagem de pressão improvisada em torno do bíceps... e uma linda ruiva segurando a mão dele. Ambos olharam para ela.

Rachel ficou paralisada por dois segundos, depois deu meia-volta e partiu pelo caminho que viera.

— Rachel! Rachel, espere!

Ela ignorou a voz de Greg e todos à sua volta, manteve a cabeça erguida e o passo rápido. Apenas quando chegou ao carro foi que cedeu às lágrimas.

Idiota, pensou amargamente. Uma ex-mulher patética transformada em motivo de piada. Greg não estava tentando tê-la de volta. Ainda não sabia qual era o jogo dele, mas com certeza não isso. Provavelmente estava tentando ser um pai melhor para Josh e não queria que ela ficasse no caminho. Então, a enganou. E Rachel permitiu.

De novo, não, disse a si mesma com raiva enquanto enxugava as lágrimas. *Me enganou uma vez, e acabou.* Ela voltaria ao trabalho, faria o que precisava, depois iria para casa. Naquela noite, caminharia três quilômetros a mais. Encontraria uma aula de aeróbica e começaria a musculação. Ficaria tão incrivelmente em forma e gostosa que atrairia um homem maravilhoso, e se apaixonaria loucamente. Não havia um velho ditado que dizia que viver bem era a melhor vingança? A partir daquele momento, tudo nela era vingança. Ao menos por dentro. Que Greg e sua vaca ruiva se danassem. Ela ficaria muito bem.

Sua dor e raiva só diminuíram a noite, quando estava limpando sua estação de trabalho. Foi nesse momento em que teve a chance de pensar sobre tudo o que aconteceu com Greg. Ou não aconteceu.

Rachel não se deu ao trabalho de conversar com ele nem para saber se estava bem, muito menos para deixar que se explicasse. E talvez, apenas talvez, tivesse reagido de maneira exagerada à situação.

Não tinha ideia de quem era a ruiva. Era provável que, se Greg estivesse namorando, Rachel seria a primeira a saber. Quanto ao pensamento de ter sido enganada, honestamente não tinha ideia se era verdade. Porque o que quer que estivesse acontecendo entre eles, os dois não estavam conversando sobre a situação, e isso era culpa dela.

Rachel foi até o acampamento buscar Josh. Ele estava na calçada, com a bermuda de nadar e camiseta.

— Ei, mãe — disse o garoto enquanto deslizava para o banco do passageiro e colocava o cinto de segurança. — Fomos nadar hoje.

— Eu nunca teria adivinhado.

Ele abriu um sorrisinho para Rachel.

— Foi divertido. Estamos aprendendo a jogar polo aquático. É bem difícil. A gente tem que nadar o tempo todo *e* botar a bola no gol. — Josh franziu a testa. — Eu acho que é tipo futebol, mas na água, com as mãos, não com os pés.

— Então não tem nada de futebol? — questionou Rachel.

Ele riu.

— Acho que vou ter que aprender mais para te falar com certeza.

Ela hesitou, sem saber se deveria mencionar o que aconteceu com Greg. Ainda não sabia de nenhum detalhe. Antes que pudesse decidir, eles viraram a esquina, e Rachel viu a picape de Greg estacionada na frente da sua casa. Não tinha pensado no que fazer com aquela situação, mas agora, pelo menos, sabia que ele já tivera alta do hospital.

— O pai está aqui!

Ela pegou o braço do filho, segurando-o no banco do carro.

— Seu pai sofreu um acidente no trabalho hoje. Ele está bem, mas tome cuidado.

O sorriso de Josh desapareceu.

— O que aconteceu?

— Ele estava ajudando um dos novatos e machucou o braço.

Antes que Rachel pudesse impedir, Josh saiu do carro e correu para casa.

— Pai! Pai!

Ela o seguiu mais devagar. Greg estava sentado na sala de estar, com uma bandagem grossa no braço, a pele quase cinza. Josh encarou o pai.

— Ele está bem? — perguntou Josh em um sussurro para a mãe.

Greg sorriu e abriu o braço bom.

— Estou ótimo. Venha aqui e me dê um abraço.

Josh correu até ele e mergulhou em seu lado não ferido. Greg o abraçou bem forte, puxando-o para mais perto.

— Estou bem. Juro.

— Que bom. — Josh levantou-se. — Eu vou tomar um banho. Então, podemos pedir pizza? Porque, você sabe mãe... o pai está doente.

Rachel concordou com a cabeça.

— Tudo bem. Vou esperar você voltar para pedirmos.

Josh gritou "oba" e correu pelo corredor. Ela só desviou o olhar para Greg depois que ouviu a porta do quarto do filho se fechar.

— Não esperava te ver aqui.

Ele se mexeu no sofá e se retraiu.

— Queria falar com você. Do jeito que saiu do hospital... sabia o que estava pensando e que era ruim. — O olhar sombrio se fixou no rosto dela. — Aquela era Heidi. É a noiva do Tommy, o novato que ajudei. Ele estava em cirurgia e ela estava totalmente pirada, então eu estava tentando acalmá-la. Você sabe como é essa preocupação, mas é tudo novo para Heidi. E com o noivo ferido... — Greg balançou a cabeça. — Ela não estava lidando bem com isso.

Ele ficou de pé e se balançou um pouco.

— Não queria que achasse que tinha algo acontecendo, Rachel. Não teve ninguém além de você. Foi só naquela noite, e foi a única vez, eu juro. Queria que tivesse ficado para conhecer Heidi.

— Eu também. Devia ter ficado. Ou, pelo menos, não ter fugido. — O que dava na mesma, mas não conseguia evitar falar besteiras. — Você está horrível. Está bem para ficar para o jantar ou quer que eu te leve em casa?

— Quero ficar com você.

Greg quis dizer para o jantar. Ela sabia disso. Mas uma parte sua queria acreditar que ele estava falando sobre outra coisa. Que falava sobre sentir falta de estar com ela em todos os sentidos da palavra.

— Greg, eu...

Rachel não chegou a terminar a frase. Ele deu um passo na direção dela, então cambaleou um pouco. Rachel estendeu o braço para segurá-lo e acabou envolvida por Greg. Ela não tinha certeza se estavam se abraçando ou se ele a segurava. Mas não importava, porque as boca se encontraram, e eles se beijaram.

Por um segundo, Rachel não sentiu nada, apenas a pressão. Sem calor, sem desejo. Por aquele único instante, poderia ter se afastado. Talvez devesse ter se afastado. Mas tinha esperado tanto tempo. Porque, no momento seguinte, ela sentiu *tudo*. A firmeza suave da boca na dela, as mãos dele em seus braços.

Naquele segundo, Rachel se lembrou de tudo o que significava estarem juntos. Os beijos, os toques, a sensação das mãos dele em cada centímetro do corpo dela. A maneira como Greg sempre olhava profundamente nos olhos dela quando a penetrava. Como ele gritava "Vamos lá, meu amor" quando Rachel estava quase lá. Como sempre estavam tentando coisas diferentes e, às vezes, a estranheza os fazia rir tanto que tinham que parar e simplesmente se tocar até que a risada desaparecesse.

Lembrou-se de inúmeros momentos furtivos. Em um banheiro de restaurante em sua única viagem ao Havaí. Daquela vez na casa da mãe dela, quando chegaram alguns minutos antes do jantar e se esgueiraram para dentro de casa para aproveitar um dos quartos de hóspedes. Eram especialistas em transar no banco traseiro do carro, porque quando se tem um filho na casa, você tem que encontrar uma ocasião.

Greg recuou e a observou.

— Em que você está pensando?

Que nunca deixei de te amar. Que sinto muito por termos nos divorciado. Que quero você de volta.

Mas Rachel não podia dizer isso e admitir sua fraqueza. Tinha que ser forte e lembrar o que Greg tinha feito. Não as coisas boas, mas o restante.

— Josh vai estar pronto em um segundo. Vou ver que pizza ele quer. Você precisa dormir um pouco — comentou ela. — Está ferido e totalmente exausto. Amanhã de manhã, nem vai se lembrar disso.

— Eu vou lembrar — afirmou Greg. — Rachel, sinto falta de nós. Sinto sua falta, de Josh. Tenho saudades do que éramos juntos. Precisamos conversar.

— Precisamos. Só não hoje à noite. Você está drogado e eu estou... — *assustada*, pensou. Apavorada. Pelo que queria e por desejar dar mais uma chance para ele. Ela mal havia sobrevivido antes. Se cedesse novamente e Greg a traísse, estaria perdida para sempre. — Não hoje à noite — repetiu Rachel. Mais tarde seria corajosa, mas ainda não era hora.

21

Courtney correu pelo gramado do hotel, Pearl e Sarge mantendo o ritmo com facilidade, como se também estivessem preocupados. Quinn ligou do hospital e explicou que a avó tinha escorregado em um restaurante e torcido o tornozelo; Joyce ficaria bem, mas teria que pegar leve por alguns dias.

Na porta da frente do bangalô da chefe, Courtney bateu uma vez e entrou, anunciando-se enquanto fazia isso. Encontrou Joyce sentada em uma poltrona, o pé engessado apoiado em uma banqueta. Quando Courtney a viu, toda a irritação lhe escapou. Joyce parecia frágil e um pouco alquebrada, sem nada da mulher poderosa que dirigia o hotel com tanto sucesso.

— O que aconteceu? — perguntou, se apressando para chegar até ela. Os cachorros chegaram primeiro a Joyce. Pearl cutucou o braço dela para receber um carinho, e Sarge pulou diretamente no colo da dona.

— Fui desastrada — respondeu Joyce. — Tinha um pouco de água no chão, meu pé escorregou. Me sinto tão idiota.

Quinn estava em pé ao lado da poltrona.

— Vai ficar dolorido e inchado por alguns dias. Tem que ficar em repouso até o tornozelo melhorar, mas vai ficar bem.

Joyce apertou os lábios, como se estivesse segurando a emoção.

— Não fiz de propósito, quero deixar isso bem claro.

Courtney sorriu.

— Ninguém acha que você caiu de propósito só para eu não ficar mais brava.

— Ah, não, sei, não — comentou Quinn secamente. — Eu não duvidaria.

Joyce acariciou os cachorros.

— Lamento sobre o que aconteceu e o que eu fiz. Enquanto eu estava lá deitada, esperando a ambulância, só conseguia pensar que não queria mais você brava comigo. — O lábio inferior tremeu. — Você faz parte da família.

Courtney foi até ela, ficou de joelhos e a abraçou.

— Você também é família para mim — admitiu ela. — Te admiro e quero ser como você.

— Não está falando sério.

— Estou sim. Juro.

Elas se abraçaram de novo. Sobre a cabeça de Joyce, Courtney viu Quinn olhando-a. Não tinha ideia do que ele estava pensando. O perdão era um sinal de força ou de fraqueza da mente? Quinn a incentivou a fazer as pazes Joyce, mas fora só por ela ou era algo em que realmente acreditava? Não importava, adorava Joyce e não conseguia ficar brava com ela. Se isso fazia dela uma fraca, poderia viver com esse rótulo.

—⁂—

— Tenho uma surpresa para você — revelou David enquanto estacionava o carro na garagem de sua casa com terraço. — Mal posso esperar para ver sua reação.

Ele parecia animado e feliz. Sienna esperava que sentisse o mesmo quando descobrisse qual era a surpresa. Estava ansiosa por um feriado silencioso no Quatro de Julho, mas David insistira que tinha planos especiais e que a buscaria logo depois das nove na manhã de sábado.

— Você não vai me dar uma pista? — perguntou ela.

— Só mais alguns minutos.

Saíram do carro. Ele deu a volta até o outro lado e a tomou pela mão.

— Eu te amo, Sienna. Sou tão feliz com você. Vamos ter uma vida maravilhosa juntos.

Ela sorriu porque dizer "espero que sim" parecia ser maldoso e dizer "eu sei" não era exatamente verdade. Precisava lembrar que estava recebendo uma segunda ou, no seu caso, terceira chance de tomar a decisão certa. Ela tinha decidido seguir o fluxo das coisas e continuar com o noivado porque gostava de estar com ele. Não que fossem se casar no dia seguinte. Na verdade, David não falava sobre marcar a data há algumas semanas. Eles teriam tempo para falar sobre isso.

David a conduziu para dentro do vestíbulo dos fundos da casa e a fez subir a escada até a sala de estar.

— Voltamos — anunciou quando chegaram lá em cima.

Sienna se virou para ele.

— Tem alguém aqui?

David sorriu e apontou. Ela se virou, seguindo a direção apontada e viu uma mulher baixa, gordinha e de meia-idade avançando até eles. O cabelo escuro tinha um penteado parecido com uma bolha, e ela estava muito maquiada.

— Finalmente! — exclamou ela, abrindo os braços. Várias pulseiras com penduricalhos tilintaram enquanto a mulher se movia. — Sienna! Bem-vinda à família.

David soltou a mão dela, e Sienna se viu abraçada pela mulher.

— Quem é ela? — perguntou sobre a cabeça da estranha mulher sem emitir som.

— Minha mãe, Linda — respondeu David com uma risada. — Mãe, está é Sienna.

A mãe dele estava de visita e Sienna não tinha ficado sabendo?

Linda se endireitou, mas continuou segurando os braços de Sienna.

— Minha nossa, você é alta! David disse que era alta, mas não esperava tudo isso. — Ela balançou a cabeça. — Espero que os filhos não puxem você nisso. Vão ficar muito diferentes nas fotos da família.

Sienna abriu a boca, em seguida a fechou.

— Hummm... é um prazer conhecê-la, senhora Van Horn.

Linda a soltou, então fez um gesto com a mão.

— Me chame de Linda. Ou de mamãe. Somos uma família agora, querida. — Ela olhou para cima. — Essa é a sua cor natural? O loiro é bem bonito, acho. Agora, temos muito a discutir. Só vou ficar aqui por alguns dias, e temos todo o planejamento a fazer antes de eu voltar para passar o Quatro de Julho com a nossa família.

Sienna foi levada até a sala de estar, onde uma grande mala estava no chão. Embora geralmente não tivesse medo de bagagens, manteve-se longe daquela mala enquanto seguia Linda até o sofá.

— Planejamento?

— Do casamento — respondeu Linda, sentando-se ao lado dela e sorrindo. — David continua insistindo no Natal, mas simplesmente não vejo como. Além disso, o tempo em St. Louis é um pouco instável em dezembro. Na primavera seria melhor, desde que não haja um tornado.

— Ou inundações — acrescentou David.

Tornados e inundações?

— Não sabia que o tempo era tão ruim no Centro-Oeste — murmurou Sienna.

— Você se acostuma — garantiu Linda. — Assim que tiver morado alguns anos lá, nem vai pensar em nada disso.

Morar lá? Tipo... morar lá mesmo?

— Ora, mãe, eu já disse para você que Sienna e eu não decidimos onde vamos morar.

Linda fez que não com a cabeça.

— É claro que você vai voltar para casa, David. — Ela se virou para Sienna. — Há tantas oportunidades para ele agora que tem o tipo certo de experiência. Além disso, St. Louis é muito melhor que a Califórnia para criar os filhos. Todo mundo sabe que é.

Em vez de estar em pânico, David parecia satisfeito. Aquele tinha sido seu plano o tempo todo? Eles conversaram sobre a possibilidade de algum dia se mudar, mas Sienna não pensou que tinha sido nada além disso: uma conversa.

— Eu não tinha ideia de que você estava vindo para cá. David, você é mesmo cheio de surpresas — comentou Sienna de forma descontraída, mas séria.

— Mamãe me ligou há alguns dias.

— Eu disse para David que eu precisava conhecer a mulher que roubou seu coração — confirmou Linda. — Com o feriado prolongado, me pareceu o momento perfeito. Vim na noite passada, e volto para casa amanhã. Sou mesmo uma *jet-setter*. — Ela sorriu. — Ai, precisamos tirar muitas fotos para que todos vejam como você é.

— Isso vai ser ótimo — comemorou Sienna, vacilante.

— Eu comentei que já criamos uma página no Facebook para o casamento? Estamos tão animados. Toda a família quer participar. Ai, e falando nisso. — Linda apontou para a mala. — Isso é para você.

— Você comprou uma mala para mim?

Linda riu.

— Claro que não. Abra! Seu presente está aí dentro.

Sienna se levantou e deu a volta na mesa de centro. David assentiu de modo encorajador.

— Você sabe o que é? — perguntou ela.

— Não faço ideia.

Sienna se ajoelhou no chão e abriu o zíper da mala, em seguida ergueu a tampa lentamente. Lá dentro havia várias camadas de papel de seda. Ela os desdobrou, então encarou o que parecia ser um vestido branco. Não, não um vestido qualquer. Um vestido de noiva.

— Foi da minha mãe — contou Linda com orgulho. — Eu estava esperando que tivesse uma filha para usá-lo, mas eu só tive meninos.

Sienna tirou o vestido da mala. Era enorme e pesado, com mangas compridas e uma saia cheia. As rendas cobriam cada centímetro do vestido, e quanto ao tamanho...

— Minha mãe era uma mulher grande — falou Linda. — Talvez tenhamos que apertar um pouco.

Um pouco? Sienna levantou e segurou o vestido diante do corpo. Era pelo menos oito números maior. Também estava cerca de quinze centímetros curto demais.

— Você é alta — comentou Linda, pensativa. — Isso pode ser um problema.

Assim como o fato de o vestido ser feio. O anel de noivado não tinha sido o suficiente? Por que estava sendo punida?

— Você o usou no dia do seu casamento? — questionou Sienna.

— Minha nossa, não. Eu quis algo novo. Mas você vai gostar desse, tenho certeza.

Sienna olhou para David, que deu de ombros.

— Vamos considerar, mãe — prometeu. — Mas a escolha é de Sienna quando o assunto for o vestido.

— Claro — concordou Linda. — Ainda assim, tenho certeza de que ela também vai querer agradar seu futuro marido. Não é, querida?

— Não tenho nem palavras para dizer o quanto — murmurou Sienna antes de deixar o vestido afundar de volta na mala. — Vou tomar um café. A cafeteira está ligada?

David assentiu.

Sienna escapou para a cozinha, onde se agarrou ao balcão e disse a si mesma para continuar respirando. Nem por um decreto usaria aquela coisa horrível. E, mesmo que tivesse gostado, o que fariam quanto ao vestido ser curto demais? E que obsessão era aquela de Linda com sua altura?

Antes que pudesse fazer mais reclamações mentais, sua futura sogra entrou na cozinha. Sienna rapidamente pegou uma caneca do armário, então se forçou a sorrir quando perguntou:

— Quer um café também, Linda?

— Obrigada, querida. — A mãe de David esperou enquanto Sienna se servia. — Eu e meu marido estamos tão contentes por nosso filho ter encontrado alguém para fazê-lo feliz. Um bom casamento é uma bênção... não concorda?

— Concordo.

— David me disse que você já foi noiva antes e não deu certo. Não vai terminar com ele também, não é?

Essa vai direto ao assunto, pensou Sienna.

— Claro que não. David é um rapaz ótimo. Tenho sorte de tê-lo conhecido.

— Foi o que eu pensei. — Linda sorriu. — Pelo que soube, você trabalha para uma organização sem fins lucrativos e está arrecadando fundos para comprar um bangalô. É isso mesmo?

A brusca mudança de assunto foi confusa, mas Sienna podia acompanhar.

— Estamos, sim. Oferecemos abrigo para mulheres que escapam de relações abusivas. Ajuda se tiverem um lugar seguro para ficar que seja um pouco distante de onde estavam.

— Faz sentido. O pai de David e eu queremos que você saiba que teremos o maior prazer em contribuir com sua organização. *Depois do casamento*. O cheque será suficiente para garantir a compra.

Sienna pegou o leite da geladeira e despejou uma grande quantidade na caneca. Ela mexeu enquanto tentava imaginar o que dizer.

Por que a mãe de David achou que precisava oferecer um suborno? Como Sienna poderia dizer a ela "Não, obrigada" sem parecer desagradável? E não deveria aceitar o cheque em nome da Helping Store? Aquilo era meio que seu trabalho. Não que Seth esperasse que ela se vendesse em nome da arrecadação de fundos. Mas se fosse se casar com David de qualquer maneira, isso importava?

Sienna notou que a questão toda estava bem aí. Ela se casaria com David? Porque um noivado terminado podia acontecer com qualquer um, e dois, bem, podiam ser explicados, mas três era além do normal. Não era tanto pelo que as pessoas falavam, como se o rompimento representasse quem ela era. Mas qual era a alternativa? Casar-se para que as pessoas não falassem?

— Você é muito generosa — optou por responder. — Obrigada. — Sua futura sogra ficou radiante.

— Sabia que eu ia gostar de você.

— Eu sinto a mesma coisa.

Enquanto Sienna tomava um gole de café, imaginou se as duas estavam mentindo ou apenas ela.

A agência de *casting* não podia ter feito um trabalho melhor ao juntar a *boy band* perfeita, pensou Quinn quando os membros do And Then chegaram ao seu bangalô com Wayne no encalço. Bryan, o vocalista, era afro-americano; Peter, o baterista, era loiro de olhos azuis, e Collins era um mestiço que apontava para a Ásia. Todos tinham perto de 1,80m de altura, eram magros, sarados e bonitos o suficiente para fazer as garotas em todo o mundo gritarem todas as vezes que entravam em um lugar.

Quinn se interessou pelos rapazes porque eram brilhantes o suficiente para fazê-lo ignorar sua costumeira aversão a bandas, e tinham um "charme" que certamente não fazia mal. O contraste entre a beleza deles e a leve aparência de buldogue de Wayne o fez sorrir.

— Wayne comprou uma casa pra gente — destacou Peter com orgulho.

— Não *comprei* uma casa para vocês — corrigiu Wayne. — Eu aluguei uma casa. — Ele olhou para Quinn. — Aluguel de temporada. Tripliquei o depósito por danos.

— Estamos de boa — argumentou Bryan. — Não vamos acabar com o lugar.

— Pode me mandar isso por escrito? — Quinn apertou a mão de todos eles. — Vocês três, prontos para trabalhar?

Peter pareceu assustado.

— Pensei que ia surfar. As ondas parecem boas, e eu trouxe minha roupa de neoprene.

Collins deu um tapinha no ombro dele.

— Você pode surfar. Quinn e eu vamos compor. Bryan quer ajudar.

— Vou perder alguma coisa? — perguntou Peter, parecendo preocupado.

— Nada no que diz respeito à diversão.

— Tudo bem, então vou surfar.

Quinn ficou satisfeito porque a ordem fora restaurada. Bryan caminhou até a mesa da sala de jantar.

— São os planos para o estúdio? — quis saber. — É grande.

— É um armazém. — Quinn caminhou até a mesa. — Estúdios de gravação aqui. Salas para compor aqui. Escritórios e alguns lugares para dormir no andar de cima.

Peter caminhou até Wayne.

— Quer ir surfar comigo?

— Não.

— Tem certeza? Eu posso ensinar a você.

Wayne lançou um olhar de *me ajude*, mas Quinn imaginou que o ex-fuzileiro grande e malvado podia lidar com o garoto.

— Não, obrigado.

— A gente podia ir jantar mais tarde. Sabe, dar um rolé.

As sobrancelhas de Wayne se crisparam.

— Por quê?

— Para falar das coisas.

Quinn segurou um sorriso. Apesar da boa aparência e do sucesso atual, quando ele os descobriu, os garotos moravam em uma van. Cada um deles estava lidando com um passado difícil. A mãe de Peter era usuária de crack e ele viveu em lares de acolhimento a vida inteira. Bryan tinha perdido a mãe, atingida por uma bala perdida. Collins nunca falou muito sobre o passado. Nenhum deles sabia o que era um pai, e, por razões que faziam total sentido para Quinn, adotaram Wayne como tal. Enquanto trabalhavam com Quinn, queriam passear com seu assistente e a opinião dele era a que importava.

Wayne soltou um suspiro pesado.

— Encontro você para jantar mais tarde — resmungou.

— Tô dentro — acrescentou Bryan rapidamente.

— Eu também — aceitou Collins.

Quinn riu para o olhar de *me dá um tiro* de Wayne quando ele saiu do bangalô. Aquele tinha tudo para ser um belo dia.

Rachel hesitou antes de ir ao café. Embora seu plano de autoatualização estivesse avançando, sentia como se sua força recém-encontrada fosse muito mais concreta do que parecia. Estava indo muito bem caminhando todos os dias, e era possível dizer que seguia cerca de oitenta por cento de seu novo plano alimentar. As calças estavam mais largas, a barriga um pouco mais reta e, o mais importante, sentia-se melhor consigo mesma.

Mas suspeitava de que não demoraria muito para sair dos trilhos. A noite com Greg era prova daquilo. Após o beijo, sentiu-se instável e frágil por alguns dias. Só superou tudo quando Courtney lhe enviou várias mensagens de texto, sugerindo que saíssem para conversar.

Evitar a própria irmã parecia muito mais fácil do que discutir o que havia acontecido. Mas a verdade era que, com a mãe prestes a se casar, evitar Courtney, por mais que o pensamento a alegrasse, não era uma opção.

Por isso se viu querendo uma dose extra de xarope de mocha no seu *café latte*. Sempre podia contar com o açúcar para ajudá-la a ser corajosa.

Ela levou a bebida — sem chocolate — para uma das mesas para esperar a irmã. Tinha chegado alguns minutos antes. Ela e Courtney tinham exatamente trinta minutos para resolver seu problema, depois as duas precisavam encontrar Sienna na loja de noivas para escolher os vestidos das madrinhas. A última coisa que tinha ouvido falar era que havia duas opções: o mesmo estilo em cores diferentes, ou estilos diferentes na mesma cor.

Betty Grable enviou várias fotos para analisarem. Rachel tomou um gole de café enquanto rolava as fotos no celular. Os estilos não eram ruins, mas as cores... sério? Tons de rosa? Tinham que usar aquilo?

— Oi.

Ela olhou para frente quando Courtney sentou. A irmã mais nova parecia ansiosa e esperançosa. Um amor feroz invadiu Rachel, levando embora a mágoa. Por tantos anos, tinha sido a mãe substituta da irmã, a única a fazer o almoço de Courtney e garantir que ela tentaria, ao menos, fazer sua tarefa de casa. Tentara ajudar Courtney a aprender a ler, mas nada do que fizera tinha funcionado. Foi necessário um especialista em problemas de leitura para fazer acontecer.

Rachel sabia que o atraso de dois anos escolares da irmã não tinha sido sua culpa, mas ainda se sentia mal por isso. Ridículo, mas é verdade.

— Me desculpe — iniciou Courtney. — Eu deveria ter te contado. No início, tive medo de falar sobre isso para qualquer um porque tinha muita certeza de que eu seria um desastre. Que não conseguiria nem meu diploma do ensino médio. Mas então eu consegui, e minha professora sugeriu que eu me candidatasse a um curso técnico. Aquilo me deixou arrasada. Então, tive a ideia de surpreender a todos com um diploma universitário. E, a partir disso, as coisas cresceram.

Courtney engoliu em seco.

— É que passei tanto tempo sendo a criança-problema. Sabe? Eu queria ser a bem-sucedida. Só uma vez.

Rachel a conhecia bem para ler as entrelinhas. Ela se lembrou de todas as vezes que havia tentado consolar uma Courtney arrasada quando voltava da escola chorando porque as crianças a chamavam de estúpida ou retardada.

Rachel ficava tão incrivelmente frustrada, incapaz de entender o que havia de errado. O que a irmã devia ter passado?

— Sei que magoei você — continuou Courtney. — Me desculpe. Sinceramente, nunca pensei sob a perspectiva de ninguém, só da minha.

Rachel levantou e abriu os braços. Courtney correu até a irmã mais velha e a apertou tanto que Rachel mal conseguia respirar. Mas estava tudo bem, era melhor ter uma irmã do que ter ar.

— Também sinto muito — confidenciou Rachel. — Mas também estou feliz e orgulhosa. Orgulhosa mesmo. Olhe só você.

Courtney recuou, a expressão apreensiva.

— E aquilo de ter ficado com raiva?

— Ainda estou com um pouco de raiva, mas vou superar.

Courtney pegou um *café latte* e se juntou a Rachel na mesa. Elas sorriram uma para a outra.

— Melhor assim — admitiu Rachel. — Com tudo o que está acontecendo, realmente senti sua falta.

Assim que falou, queria que as palavras voltassem para a boca. Courtney não era a única a guardar segredos. Rachel ainda precisava compartilhar com alguém como seus sentimentos por Greg a confundiam. Não sabia se deveria começar agora ou não.

— O que foi? — perguntou Courtney.

— Nada. E tudo também. — Rachel olhou para o café e depois para a irmã novamente. — Estou perdendo peso. Andando e comendo melhor. Isso é bom. Tem vezes que eu ainda mataria por um bolinho, mas mesmo quando como um, digo a mim mesma que tudo bem, contanto que eu volte ao meu programa.

— Que bom. Eu devia comer melhor. — Courtney franziu o nariz. — Ou me exercitar.

— Seu trabalho já é exercício.

— Mais ou menos. Mas você está sempre de pé também.

— De pé, não em movimento. Tem diferença. De qualquer forma, isso é apenas uma parte. Também estou tendo problemas com uma das mães do beisebol. Ela não aparece quando diz que vai aparecer. É frustrante.

— Você falou com ela?

Rachel riu.

— Você diz de um jeito maduro, de mãe para mãe, dizendo para a outra mãe por que fico chateada por ela não estar fazendo o que se inscreveu para fazer?

— Acho que isso é um não.

— É. Eu tentei, mas ela sempre tem uma desculpa. Então, eu a odeio de todo o coração e a olho com raiva. Estou começando a achar que talvez eu tenha um comportamento um pouco passivo-agressivo.

— Você acha?

— Ei! Você ainda está enrascada. Precisa ser boazinha.

Courtney abriu um sorriso.

— Acho você mais agressiva que passiva.

— Assim espero.

— Então, o que mais está acontecendo?

— Coisas. É verão. Josh tem um milhão de atividades, e Greg ou eu temos que levá-lo. Graças a Deus ele é uma criança sociável. Também está saindo muito com os amigos, o que é bom.

Rachel tentou falar do jeito mais causal que podia, então Courtney não iria suspeitar que o problema real fosse o ex, e não seu filho.

— Greg está ajudando?

Ela pegou seu *café latte*.

— Ã-hã. Está coordenando a agenda dele para ficar por perto o máximo possível, o que é excelente para Josh. Meu filho precisa do pai, especialmente agora, quando está ficando mais velho.

Os olhos azuis de Courtney se concentraram no rosto de Rachel.

— Vocês dois estão se dando bem?

— Claro. Sempre nos demos.

— Não depois que você o expulsou de casa. — Ela hesitou. — O que Greg fez foi horrível, mas sempre me senti mal por vocês não terem conseguido resolver. Vocês eram tão bons juntos. O jeito que ele te olhava quando você não estava prestando atenção... — Courtney suspirou. — Sempre invejei.

Rachel não tinha ideia do que queria dizer e não sabia como perguntar.

— Nós nos casamos jovens. Ele não estava pronto para ser marido e pai, e eu não estava interessada em dar espaço e tempo para ele amadurecer. Não sei se não estávamos condenados a isso desde o início.

— Isso é tão ruim. Pelo menos vocês estão se dando bem agora.

Rachel pensou sobre a outra noite, quando Greg apareceu em sua casa para garantir que ela entendesse que não estava namorando ninguém. Estavam divorciados. Por que seu ex-marido tinha que se importar com o que ela pensava?

— Estamos... — murmurou ela, então olhou para o relógio. — Temos que ir. Sienna vai nos encontrar na loja. Precisamos decidir hoje. Betty me disse que os vestidos que estamos avaliando estão disponíveis em lojas diferentes em todo o país, então vão chegar a tempo, mas não podemos demorar mais para escolher.

Courtney suspirou.

— Tudo bem, vamos lá. Para a cova do leão dos vestidos. — Ela franziu a testa. — Ficou muito melhor na minha cabeça.

Rachel riu.

— Entendi o que você quis dizer. Não se preocupe.

Eles saíram juntas e viraram a esquina para ir até a loja. Sienna apareceu correndo atrás delas.

— Ah, ótimo. Não estou atrasada — comentou e abraçou as duas. — Graças a Deus. Família normal, racional. Fico tão feliz.

Rachel ergueu as sobrancelhas.

— O que significa isso?

Sienna cobriu o rosto com as mãos, depois deixou cair os braços ao lado do corpo.

— A mãe de David veio visitá-lo por alguns de dias durante o fim de semana do feriado. Foi horrível. Ela está obcecada com minha altura, não sei por quê. David é um centímetro mais alto que eu. Mas ela falava nisso toda hora. Pior, ela me trouxe o vestido de noiva da avó dele. É horrível, imenso e curto demais, e ela espera que eu use. David disse que não preciso, mas ainda assim. Está lá. Na casa dele. Eu ouço o vestido zombando de mim toda vez que entro na sala de estar. Ah, e a mãe dele fez uma página no Facebook para a família e espera que nos mudemos para St. Louis.

Sienna fez uma pausa para respirar.

— Não é que ele não seja um cara ótimo e tudo o mais, só que eu estou muito confusa com tudo.

— Inclusive se você ama ou não David? — perguntou Rachel, reconhecendo o pânico na voz e os olhos da irmã.

Sienna encarou-a.

— Hein? Não. Eu o amo. Pelo menos tenho uma certeza razoável de que o amo. Quero dizer, claro que amo. É que tudo aconteceu tão rápido, e tem o vestido assustador a considerar.

Rachel deu um tapinha no braço da irmã.

— Está um pouco cedo para beber, mas acho que você vai precisar de uma margarita antes das 18h.

— Nem me fale.

22

Trinta minutos depois, Sienna parecia mais calma, as irmãs tinham visto as opções de estilo e de cores dos vestidos de madrinhas e agora precisavam tomar uma decisão. Courtney sabia qual queria, mas não dependia só dela.

— Sua mãe escolheu um vestido rosa-claro — informou Betty. — E me informou que as opções para as madrinhas são branco, marfim, um cor-de-rosa mais escuro ou preto.

— Preto — disseram Sienna e Rachel juntas.

Courtney assentiu.

— Preto. — O branco ou o marfim seriam muito esquisitos e o cor-de-rosa escuro, bem, levando em conta o que já havia sido encomendado para o casamento, ninguém queria.

— Então vestidos pretos em estilos semelhantes, mas ligeiramente diferentes? — perguntou Betty.

Todas concordaram balançando a cabeça.

— Excelente. Vamos ver o que temos.

Elas voltaram às araras de vestidos de madrinha. Acabaram escolhendo um designer que tinha três vestidos no mesmo tecido. Eram semelhantes, com variações que bastavam para manter as coisas interessantes.

Cada uma delas levou um vestido a um provador. Courtney mal tinha tirado a calça jeans quando o telefone apitou. Ela olhou a mensagem.

— Ah, não.

— O quê? — perguntou Rachel de seu provador.

— É a mamãe — respondeu Courtney. — Quer saber se temos uma lista de músicas para o DJ.

— Nós temos?

— Até onde eu sabia, não teríamos DJ.

— Agora teremos — disse Sienna do provador em que estava. — Conheço um cara ótimo que sempre contratamos nos eventos beneficentes. Querem que entre em contato com ele?

— Sim, por favor. — Courtney respondeu a mensagem da mãe. Estavam trocando mensagens de texto agora. Não falavam muito, mas havia comunicação. Ela acreditava que era um progresso.

Courtney tirou a camiseta e então vestiu a peça. Assim que ajeitou o vestido no corpo, percebeu que com sutiã não ficaria bom, então também o tirou.

— Eu vou precisar de um sutiã sem alças pra este vestido — comentou ela.

— Somos duas — concordou Sienna.

— Somos três.

O vestido de Courtney era simples. Tinha um corpete justo com o decote em formato de coração, com alças fininhas. A saia acompanhava o formato do corpo pelo quadril antes de se espalhar até o chão. O tecido era armado sem ser muito fofo. O corte a favorecia e era confortável.

Ela saiu do provador. As irmãs fizeram a mesma coisa. O vestido de Sienna tinha um corpete justo, no estilo tomara-que-caia, e o de Rachel era um modelo de um ombro só. Eram todos longos e justos no quadril. O tecido preto enfatizava os cabelos loiros e a pele clara delas.

As três subiram na plataforma na frente do espelho grande. Sienna jogou os cabelos para o lado.

— Estamos lindas.

— Estamos — concordou Rachel, com o tom de voz levemente descontraído. — Tenho um baita corpo. Preciso valorizar mais isso.

— Modesta, né? — provocou Courtney.

— Olha, eu tenho sofrido em um mundo sem muffins. Larga do meu pé.

— Meninas — disse Sienna. — Vamos ser bacanas e nos admirar por um minuto.

Courtney pensou nos sapatos de salto que Quinn havia comprado para ela. Mesmo sabendo que não os usaria por causa da cor, só ter a noção de que eles existiam dava vontade de comprar um par que combinasse com aquela roupa. O vestido de madrinha merecia saltos de matar.

Betty entrou e uniu as mãos.

— Vocês estão mais lindas do que pensei. Impressionante. Se não encomendarem esses vestidos, vou ficar decepcionada.

— Acho que ficaremos com estes, sim — afirmou Sienna. — Vocês concordam?

— Sim.

— Quero este — disse Rachel, virando para poder se ver de lado. — Não consigo me lembrar da última vez em que me senti gostosa. Acho que foi antes de engravidar de Josh. Que delícia. Vocês acham que seria demais usar este vestido para trabalhar depois do casamento?

Elas riram, e então desceram da plataforma e voltaram para os provadores. Courtney vestiu a calça jeans e se sentiu bem menos glamourosa. Engraçado que nunca tinha dado muita atenção a roupas antes. Eram coisas que vestia, mas com as quais não se importava. Mas aqueles malditos sapatos tinham mudado tudo. Ou talvez fosse apenas o modo com que Quinn olhava para ela quando os usava.

Seu telefone tocou.

— Alô?

— Courtney? É Jill Strathern-Kendrick. Estou acertando os detalhes do casamento de sua mãe no civil.

— Claro. — Não conseguia pensar em um único motivo que fosse para a juíza estar ligando a menos que... — Algum problema?

— Espero que não. Você sabe que estou grávida, certo?

— Sim. — Courtney conteve um gemido. Jill teria que ficar de repouso ou algo assim?

— Parece que a data do parto mudou. O médico acabou de adiantá-la em duas semanas. — Jill conteve uma risada. — Mais precisamente, no mesmo dia do casamento.

— Ai. Isso não é bom.

— Quis te avisar para o caso de você querer fazer outros planos. Mas, para ser sincera, eu atrasei mais de duas semanas na primeira vez, então não temos motivos para pensar que não vou atrasar de novo. É você quem sabe. Vou entender totalmente se quiser chamar outra pessoa.

Courtney hesitou.

— Minha mãe quer muito que você realize a cerimônia. Maggie conhece seu pai desde sempre. Ele foi muito gentil com ela depois que o meu pai faleceu. Vou falar com ela sobre isso, mas direi que estamos esperando o melhor no que diz respeito a você.

— Ah, ótimo. Eu adoraria poder realizar a cerimônia. Sua mãe é uma querida. Pretendo estar lá.

— Ótimo. Obrigada por me avisar, Jill.

Sienna e Rachel entraram no provador.

— Ouvimos a conversa — contou Sienna. — O que vai fazer?

— Conversar com a mamãe, apesar de ter certeza de que ela vai querer manter a Jill. Vou ver se consigo uma outra pessoa para o caso da juíza entrar em trabalho de parto. Vai dar tudo certo.

Sienna sorriu para a irmã.

— Você tem mesmo tudo sob controle.

— Estou tentando.

— Não, você está fazendo muito mais do que isso.

Quinn e Joyce estavam à sombra do pátio do bangalô dela. Era meio da tarde, com a temperatura beirando os 27 graus. Uma brisa vinda do mar os refrescava, assim como o chardonnay Washington gelado que ela tinha servido. Havia um prato de frutas e queijo, além de dois cães muito atentos esperando que algo caísse no chão.

Joyce estava sentada em uma espreguiçadeira com o pé machucado coberto e apoiado em um travesseiro. Sarge estava deitado em seu colo, observando cada mordida que ela dava. Pearl depositava suas esperanças em Quinn. A cadela se posicionara na sua frente. Ele não sabia bem como recusar aqueles olhos castanhos enormes.

— Quando você fecha a compra do prédio? — perguntou Joyce.

— No fim da semana. — Havia vantagens em pagar à vista. — Wayne está com empreiteiros prontos para fazer os orçamentos. Vamos começar a reformá-lo até o fim do mês.

Quinn ia dizer mais quando viu Maggie se aproximando. Ele sabia, pelo que Courtney contara, que a reconciliação entre mãe e filha não tinha sido muito sincera. Apesar de entender que Maggie ainda estava digerindo o que tinha descoberto, Quinn estava, com certeza, do lado de Courtney.

Ele começou a ficar de pé para se retirar quando Joyce tocou seu braço. A avó não disse nada, mas ele entendeu o recado mesmo assim. Ela queria que o neto permanecesse para o caso de as coisas ficarem difíceis. Maggie abriu um sorrisinho, e então direcionou sua atenção a Joyce.

— Fiquei sabendo sobre seu acidente. Como você está?

Joyce fez um gesto para que ela se sentasse.

— Estou bem. Foi uma coisa sem importância e vou me recuperar nos próximos dias. Tenho sorte por ter sido só uma torção. Na minha idade, ninguém quer quebrar um osso.

— Não mesmo.

Quinn serviu uma taça de chardonnay e a entregou a Maggie.

— Obrigada. — Ela tomou um golinho. — Queria falar com você sobre a Courtney.

— Pensei que fosse isso mesmo. — Joyce deu a Sarge um pedaço de queijo.

— Sinto muito. Errei em abordar o assunto daquela forma. Não deveria ter pressionado a sua filha.. Não era o meu segredo, eu não tinha o direito.

Maggie se mostrou triste.

— O que não entendo é por que esse segredo um dia existiu. Ela é minha filha, mas é muito mais próxima de você do que de mim. — Seu lábio inferior tremeu. — Tudo ficou tão difícil depois da morte de Phil. Sei que me concentrei no trabalho, mas pensei que as meninas estivessem bem. Nunca quis machucá-las.

— Você deu um jeito — afirmou Joyce com um tom caloroso. — Maggie, você só tinha o ensino médio e mais nenhum conhecimento. Perdeu seu marido, sua casa e tinha três meninas para criar. Veja tudo o que fez e onde está agora.

— Mas a que preço? Talvez se eu tivesse prestado mais atenção nas minhas meninas, elas não me odiassem tanto.

— Agora você está sendo tola. Ninguém te odeia. Courtney está fazendo tudo o que pode para tornar seu casamento lindo. Ela fica feliz vendo tudo se ajeitar.

A expressão de Maggie se tornou esperançosa.

— Você acha?

— Eu sei que sim.

Quinn deu um pouco de melão a Pearl, e então alisou as orelhas compridas e sedosas. Não que alguém quisesse sua opinião, mas, para ele, tudo naquela conversa estava errado. Se Maggie estava tão chateada, por que não conversava com as filhas, em vez de falar com Joyce? E tudo pelo que Courtney tinha passado? Onde estava o arrependimento por isso? Quinn se lembrou do que ela contou sobre ter repetido de ano duas vezes e o fato de a mãe mal ter dado atenção. Que tinha saído de casa aos 18 anos porque não queria mais ser a esquisita da escola. Lembrou da tatuagem na lombar de Courtney, que era uma promessa a si mesma. Ela não desistiria. Continuaria lutando. Mas não disse nada disso. Não estava participando da conversa.

— Ela contou que teremos um DJ? — perguntou Maggie.

— Não. Isso vai ser demais.

— Tenho pensado nas decorações. Você não acha que seria bom ter um tipo de árvore cheia de frutos?

Quinn deu um pouco de queijo a Pearl. Precisava se distrair para não revirar os olhos. Aparentemente, a dor de Maggie tinha duração bem curta.

— É difícil locomover árvores — comentou Joyce, rindo. — Mas e se fizéssemos algo que oferecesse o mesmo tipo de interesse visual? Outro dia, eu estava conversando com alguém sobre a Astrantia. É linda. Poderíamos colocá-la com flores de cerejeira. — Ela se virou para Quinn. — Faça a gentileza de pegar meu laptop. Quero mostrar a Maggie como é uma Astrantia.

Ele ficou de pé e beijou o rosto da avó.

— Gosto de servir.

Joyce riu.

— Até parece.

— Você sabe que estou ocupada, não é? — avisou Courtney quando Quinn a deixou entrar em seu bangalô. Era domingo e, teoricamente, ela não estava trabalhando, mas isso não significava que não estivesse ocupada. — O casamento está cada vez mais perto.

— O tempo voa mesmo — disse Quinn, e fechou a porta quando ela entrou.

— Ha-ha. Preciso encontrar um kit esquisito de flores e encomendar. Parece que agora eu e minha mãe estamos nos falando, apesar de não termos tido uma conversa de reconciliação nem nada do tipo. De repente, estamos trocando mensagens de texto e ligações. Ela quer bolinhas crocantes.

Quinn ergueu uma sobrancelha.

— Como as do Starbucks?

— Sim. Bolinhas redondinhas em um palito. Cor-de-rosa, claro. As toalhas de mesa são cor-de-rosa e cobre, então é claro que precisamos de *sousplats* de cobre para a mesa. — Courtney arregalou os olhos. — Você sabe o que são *sousplats*?

— Grandes pratos decorativos que colocamos antes do jantar. E então, eles são levados antes de as pessoas comerem. Essa conversa está muito confusa. O que quis dizer?

— Que estou ocupada! Por que me chamou aqui?

Quinn havia enviado uma mensagem de texto e pedido para ela ir ao seu bangalô. Não que Courtney não estivesse feliz em vê-lo. Ele estava lindo como sempre. Jeans desbotado, uma camisa branca para fora da calça, com as mangas enroladas até o cotovelo. Parecia que não tinha se barbeado naquele dia, e a barba por fazer ficava bonita nele. Sensual.

Não pense nisso! Ela não tinha tempo para devaneios sexuais, muito menos para o sexo propriamente dito. Havia cerca de cinco mil coisas em sua lista de afazeres.

— E os sapatos... — acrescentou.

— Como é?

— Encomendamos nossos vestidos de casamento. São pretos, e eu gostei. Mas, por sua causa, fico querendo usar salto. E não posso usar os azuis. Por isso vou ter que comprar sapatos. Aqui é Los Lobos. Onde posso comprar um par bacana de sapatos de salto pretos?

Quinn caminhou na direção dela.

— Eles não são "os azuis" — disse, fazendo as aspas com as mãos. — São sapatos de veludo Saint Laurent. Vou comprar sapatos pretos para você. Talvez uns Jimmy Choo. — E esticou o braço para trancar a porta.

Courtney estava confusa e estressada.

— Não tenho tempo para sexo.

Quinn esboçou um sorriso.

— Tudo bem. Não vamos fazer sexo. Venha aqui.

Ele a levou para a cadeira ao lado do sofá e disse para se sentar.

Courtney viu uma bandeja na mesa de canto com alguns frascos pequenos com pontas finas, uma toalha de mão e um líquido em uma tigela.

— O que está fazendo? — perguntou ela ao se acomodar.

— Henna.

— Oi?

Quinn pegou um banquinho, se sentou, e secou as costas da mão dela com a toalha.

— Vou fazer um desenho de henna nas costas das suas mãos.

Ele poderia ter dito que estava indo para Júpiter e Courtney não teria ficado tão surpresa.

— Por que faria isso?

Quinn encarou-a, e então voltou a olhar para a mão feminina.

— Por que não fazer?

Sinceramente, era uma pergunta que ela não sabia responder.

— Eu falei que estou ocupada?

— Falou. Mas pense nisso como férias mentais.

Quinn pegou um dos fracos pequenos e começou a espirrar o líquido denso. Trabalhava depressa, criando um desenho que era simples e bonito ao mesmo tempo. O mais impressionante era que ele estava fazendo o desenho à mão livre.

— Você já fez isso antes — concluiu Courtney.

— Algumas vezes. Gosto de ser criativo de vez em quando. Já fiz algumas capas de discos. É bom variar.

Ela observou enquanto Quinn fazia o desenho além de seu pulso. Com tudo o que estava acontecendo, era bom ficar sentada sem fazer nada por alguns minutos.

— O que tenho que fazer com isso? — perguntou Courtney.

— Nada. Quando secar, limpe o excesso de henna e o desenho permanece. Dependendo da química de sua pele, vai durar cerca de dez dias, talvez um pouco mais.

— Legal.

Ele terminou a mão direita e rolou o banquinho para o outro lado da cadeira para começar a esquerda. Courtney fechou os olhos enquanto Quinn trabalhava. Nas últimas noites, ela tinha coberto o turno da recepção e limpado os quartos de manhã. O casamento seria dentro de um mês e havia mil coisas a fazer.

— Joyce mostrou algumas flores para a minha mãe e eu tive que encontrá-las, juntamente com as flores de cerejeira, que por acaso não estão na temporada. Mas isso importa para alguém? Claro que não. Ah, e mamãe também encontrou guardanapos que combinam com a textura do bolo de casamento. Tenho que encomendá-los.

— Você está ocupada.

— Estou. E você?

— As coisas estão boas.

— Como está sua boy band?

— Irritando Wayne.

Courtney sorriu.

— E você está gostando.

— Estou. — Quinn deu um tapinha no joelho dela. — Pronto.

Ela abriu os olhos e olhou para o desenho, para as curvas e floreios cobrindo as costas de suas mãos.

— É lindo. Quanto tempo demora para secar?

— Duas horas.

— Duas horas! — Courtney ficou de pé. — Qual parte do "estou ocupada" não ficou clara? Não posso ficar sentada aqui por duas horas.

Quinn sorriu quando ela se levantou.

— Vai ter que ficar. Não pode colocar nada em cima da henna, ou vai estragá-la. Não quer um borrão em seu desenho, não é?

— Está maluco? Tenho que sair e fazer várias coisas.

— Foi mal. Acho que você está presa.

Ele não parecia nem um pouco triste com isso.

Courtney arregalou os olhos.

— Se não tivesse henna nas mãos, bateria em você.

Quinn sorriu.

— Mas tem e não pode me bater. Duas horas esperando, hein? O que vamos fazer?

O tom de voz chamou a atenção de Courtney antes de as palavras serem compreendidas. Quando ambos se conectaram no seu cérebro, ela sentiu algo dentro de si derreter.

— Quinn — começou, sem saber direito se estava irritada ou impressionada. *Provavelmente impressionada*, admitiu para si mesma. — É sério essa coisa do tempo?

— Você está presa. Que pena. Vou ter que te compensar pelo tempo perdido. — Quinn a olhou de cima a baixo. — Humm... o que poderia fazer? — Ele levou as mãos à frente da calça jeans dela. — Já sei.

Ele abriu o botão e desceu o zíper. Courtney esticou o braço para afastá-lo, mas lembrou-se das mãos molhadas e apenas ficou de pé, de um jeito esquisito, enquanto Quinn descia sua calça até o chão. Ela deu um passo para o lado. A calcinha foi junto.

Estava nua da cintura para baixo, na sala de estar do bangalô dele. Era uma tarde muito esquisita.

Quinn empurrou as roupas dela para o lado e se aproximou, segurando-lhe o rosto. Courtney teve apenas um segundo para se preparar para o impacto do beijo antes que começasse. Ela entreabriu os lábios assim que a boca de Quinn tocou a sua. As línguas se enroscaram e o calor e o desejo subiram por seu corpo. A sensação estranha passou, e a ansiedade tomou conta. Aquele era Quinn, pensou ela, um pouco atordoada. Independentemente do que mais estivesse acontecendo em sua vida, confiava nele, confiava *neles*. Estar com aquele homem era excitante e desafiador, satisfatório e sempre, sempre, seguro. O que quer que acontecesse, Quinn a apoiaria.

Ele desceu as mãos pelos ombros dela e, então mais baixo, até o quadril. Parou no traseiro nu e apertou de leve.

— Se preferir, posso te dar uma revista.

Courtney riu, se inclinou e mordiscou o lábio inferior dele.

— Acho que você vai ser mais interessante.

— Se você acha... Mas tenho a última edição da *Rolling Stone*.

— Apesar de ser uma oferta tentadora, acho que isto é melhor.

Quinn levou a mão à barriga dela, e então as subiu até os seios. Passou as pontas dos dedos nos mamilos rígidos. Através da camada de tecido do sutiã e da camiseta, Courtney sentiu o toque firme. A tensão e o calor surgiam de seus seios e iam até a virilha.

— Sente-se — ordenou Quinn.

Courtney se sentou na cadeira. Ele se ajoelhou à frente dela e a posicionou até seu traseiro repousar na beira da almofada. Abriu as coxas femininas, expondo sua essência. Pousou a mão aberta sobre a barriga, pressionando o polegar no clitóris.

O prazer foi instantâneo. Courtney se recostou na cadeira e fechou os olhos. Independentemente do que estivesse acontecendo, sabia que seria mágico. Ela simplesmente se deixou levar.

Quinn não desapontou. Continuou a pressionar o clitóris até ela movimentar o quadril no ritmo de suas ações. Courtney abriu ainda mais as pernas, sabendo que haveria mais e desejando tudo. Ela sentiu que Quinn mudou de posição, mas não olhou. Queria ser surpreendida. Por um segundo, não houve nada, e então, sem aviso, ele pressionou o centro inchado de seu corpo com a língua quente.

Ela ficou ofegante ao sentir o prazer tomar seu corpo, irradiando do centro para todas as partes. Os dedos dos pés entortaram, os músculos das coxas ficaram rígidos e Courtney jogou a cabeça para trás.

O cara sabia o que fazia, pensou enquanto Quinn passava a língua em círculos algumas vezes antes de assumir um ritmo constante, fazendo seu quadril se movimentar no mesmo ritmo. Ele lambeu e chupou até deixá-la arfar e gozar. Ao mesmo tempo, penetrou dois dedos nela. Quinn os movimentava no ritmo da língua, mexendo-os para que pudessem estimular seu ponto G.

Courtney se agarrou nos braços da poltrona e fincou os dedos no tecido. O corpo todo estava focado nos lugares que ele tocava e no êxtase que aquilo prometia. Seus músculos ficaram tensos e a respiração se acelerou enquanto ia em direção ao orgasmo. A sensação continuou inebriante até que ela não aguentou mais e estremeceu, as sensações explodindo sob o toque dele.

Courtney se sentiu pulsando contra os dedos invasores. Quinn esfregava seu clitóris de baixo pra cima enquanto movimentava a língua para dentro e para fora. Ela gozou, gozou e gozou pelo que pareceram horas enquanto cada tonelada de prazer era drenada de dentro de si.

Quando terminou, ficou ali, deitada, pernas abertas, olhos fechados. Não conseguia fazer nada além de tentar recuperar o fôlego. Ouviu movimentos e sentiu o toque dele em suas coxas.

Abriu os olhos a tempo de vê-lo penetrá-la. A ereção estava enorme, e a expressão, tensa. Quinn penetrou, e então saiu. Ela mudou de posição para poder envolver o quadril dele com as pernas. Quinn enfiou as mãos por baixo da camiseta dela e massageou-lhe os seios. Ele entrava e saía, um caminho certo para o orgasmo. Ao mesmo tempo, beliscava os mamilos de Courtney cuidadosamente. Ela estava tão sensível por tudo o que tinha sentido antes que se viu arqueando o corpo, desejando mais e mais.

Ela esticou os braços para ele, lembrou-se da henna, e então segurou-se na cadeira.

A combinação de Quinn tomando seu corpo e dos dedos e polegares em seus mamilos fez com que Courtney chegasse mais perto do prazer.

— Mais... — pediu ela, sem saber do que precisava, e então percebeu que não importava.

Quinn foi ainda mais fundo enquanto apertava seus mamilos com mais força. Courtney gozou de novo com um grito.

Ele continuou os movimentos cada vez mais rápido, prolongando o orgasmo de Courtney até os dois estarem ofegantes. Quinn levou as mãos ao quadril dela, segurando-a parada, e a penetrou mais uma vez antes de gozar.

Eles permaneceram assim — ele dentro dela, as mãos em seus quadris, enquanto recuperavam o fôlego. Os olhares eram intensos, escuros, e se encaravam firmemente. Um olhando para o outro. Era como se, por terem acabado de dividir a intimidade física, agora quisessem uma ligação emocional. Courtney se deixou perder no olhar dele.

— Você está bem? — perguntou Quinn.

Ela sorriu.

— Essa henna me fez muito bem.

Ele também sorriu.

— Eu tinha a sensação de que você ia gostar. Vamos ter que tentar de novo em breve.

23

— Você e suas irmãs gostaram dos vestidos que escolheram para a festa do casamento da sua mãe? — perguntou David.

— Gostamos. Eles são pretos, o que vai ser ótimo em contraste com todo o cor-de-rosa, e o estilo é bem clássico. Vou levar o meu a uma costureira depois do casamento para encurtá-lo. Poderei usar muito mais um vestido na altura do joelho do que um longo — comentou Sienna.

Eles estavam jantando no Audrey's, no Píer, um bom restaurante de frutos do mar com vista para a praia. Sienna estava se esforçando ao máximo para relaxar. Nos últimos dias, teve a sensação de que as coisas estavam fadadas a dar errado. Se tivesse que dar um palpite, diria que tudo começou quando a mãe de David apareceu tão inesperadamente.

— Você não gostou de ter comprado sem pechinchar, não é? — provocou ele. — Sei que adora uma pechincha.

— Adoro mesmo. Não tem jeito. Além disso, trabalho ao lado de um brechó incrível. Por que não aproveitar isso?

Eles já tinham feito o pedido, e o garçom havia trazido a cada um uma taça de chardonnay. Sienna bebericou o dela.

— Eu estava pensando — comentou David se inclinando para ela. — Deveríamos sair para comprar o vestido de noiva juntos.

— Como é?

— Você ouviu. Quero que saiba do que gosto. Vou querer sua opinião sobre meu terno, então acho justo.

Ele sorriu interessado e empurrou os óculos para cima.

— Você vai estar linda, mas eu gostaria de dar minha opinião.

No vestido de casamento dela?

— Pensei que deveria ser surpresa.

— Vai ser. Não quero saber qual vestido vai comprar. Talvez só dar uma orientação.

David achava que ela precisava de orientação?

— Certo — falou lentamente. — Desde que a gente só faça isso depois do casamento da minha mãe. Tem muita coisa acontecendo. Quero ficar disponível para ajudar Courtney.

— Sua irmã provavelmente vai precisar.

Sienna o olhou de modo questionador.

— Como assim?

David pareceu confuso.

— O quê? É você quem sempre diz que ela é incompetente e desastrada. Só estou repetindo o que você já disse.

— Ah. — Ele provavelmente tinha razão. Até pouco tempo, ela tinha visto a irmã mais nova como um desastre, mas tudo isso tinha mudado. — Courtney deu a volta por cima, pode acreditar. Nós todas estamos muito bem. Quanto ao casamento, não é que a mamãe mude muito de ideia, mas está sempre acrescentando coisas. De qualquer maneira, quero estar por perto para ajudar.

— Eu sempre soube que você era mais do que um rostinho bonito.

Sienna sorriu, sabendo que ele estava sendo gentil, mas por dentro sentiu vontade de dar um tapa naquele homem. Tudo tinha que girar em torno de sua aparência? Claro, talvez estivesse sendo sensível demais. Talvez David não quisesse dizer o que parecia querer dizer, ou talvez ela estivesse interpretando demais suas palavras.

— Temos que conversar sobre onde será o casamento — comentou David quando o garçom trouxe as saladas. — Em St. Louis seria muito bom.

— Tirando os tornados e as inundações — falou Sienna.

— Podemos dar um jeito nisso. Tenho uma família grande. Seria mais fácil se fosse lá.

Sienna queria dizer que seria mais fácil para a família dele. Sem falar dela. Se o casamento fosse na cidade de David, ela tinha a sensação ruim de que seria planejado pela mãe dele. O que significava que Sienna brigaria com Linda por todos os detalhes. Apesar de a mulher ter sido muito agradável durante sua visita, parecia ter opiniões muito firmes.

— Vamos falar sobre isso depois do casamento da minha mãe — pediu ela. — Temos muito a considerar e não posso lidar com isso no momento.

— Sem problema. — David piscou. — O que acha de passarmos para um assunto mais tranquilo? A lua de mel. Tenho pensado que deveríamos ir a um lugar exótico. Jennifer e Justin foram ao Four Seasons em Bora Bora. Poderíamos ir para lá. Você ficaria tão linda de biquíni e teríamos fotos maravilhosas para mostrar a todo mundo.

Ela sabia que estava boquiaberta. Então fechou a boca e colocou o garfo na mesa.

— Quem são Justin e Jennifer?

— Jennifer Aniston. Não sei qual é o sobrenome do rapaz. Não viu as fotos na revista *People*?

— Sinceramente, não consigo me lembrar. — Sienna respirou para se acalmar. — David, por que você se importa em ir para o mesmo lugar ao qual foi uma celebridade?

— Pensei que seria divertido. Algo sobre o que poderíamos falar com nossos amigos.

Mas não tinham amigos em comum, e os amigos dela não se importavam com casamentos de celebridades. Por que David se importava com isso?

— Acho meio longe. Há muitos resorts tropicais bem bacanas e mais próximos.

— Acho que sim. Temos tempo para discutir isso. Mas não abro mão de que seja em uma praia. Todo mundo precisa ver como minha esposa fica linda de biquíni.

Sienna franziu o cenho.

— É a quarta vez que menciona minha aparência hoje.

— É? — David riu. — Eu te acho atraente, isso não é ruim.

— Não. — Não era, disse a si mesma com firmeza. — Mas me preocupo que seja a única coisa de que goste em mim. Não terei essa aparência para sempre.

— Claro que não. Você vai envelhecer. — David sorriu. — Mas é pra isso que existe cirurgia plástica.

Sienna arregalou os olhos.

— Como é? Você disse isso mesmo? — Ela começou a se levantar.

A expressão de David ficou séria no mesmo instante e ele se esticou por cima da mesa para segurar o braço dela.

— Sienna, me desculpe. Eu estava fazendo uma brincadeira, mas foi sem graça. — Ele a soltou. — Peço desculpas. Foi uma coisa horrível de dizer.

Ela se sentou de novo na poltrona, mas não falou nada. As palavras dele a assustaram, assim como sua necessidade de sair dali. Mas disse a si mesma que deveria ouvi-lo com calma.

— Claro que te amo por inteiro — continuou ele. — Você é inteligente e carinhosa. Foi o que primeiro notei a seu respeito. O quanto se importa com as mulheres que ajuda. Por favor, me perdoe.

Sienna assentiu porque era a coisa certa a se fazer. E o pedido de desculpa tinha sido exatamente assertivo. Ainda assim, não conseguia deixar de lado a sensação de que o comentário sobre a cirurgia plástica tinha sido o mais sincero dito por David. Mas seria mesmo isso ou ela só queria uma desculpa para fugir?

—m—

Nada tirava mais o peso de um dia difícil do que o som de ingredientes de uma margarita sendo misturados em um liquidificador de boa qualidade. Courtney movimentou o quadril no ritmo da música que tocava no sistema de som da casa da mãe e acionou o botão do aparelho.

Quando Maggie chamou as filhas para uma noite de mulheres, um encontro de última hora, Courtney entendeu o convite como um pedido de trégua. Ela havia reorganizado seus compromissos para estar presente. Rachel e Sienna também tinham ido. Neil fora a Los Angeles para ficar uns dias, por isso só seriam elas na casa. Provavelmente pela última vez antes do casamento.

Ela desligou o liquidificador e serviu a mistura em quatro taças com sal na borda. A mãe pegou a primeira e sorriu. Courtney retribuiu o gesto.

Sim, havia coisas a serem ditas. Talvez algumas que nunca seriam ditas. Era melhor colocar tudo sobre a mesa e lidar com os problemas? Provavelmente, mas e daí? Toda família tinha problemas. Para ser sincera, poderia passar a vida toda sem ter que lidar com quem fazia o quê e quando. Era melhor aceitar que um problema tinha acontecido e seguir em frente.

— Comprei comida pronta — anunciou Maggie quando se sentaram ao redor da ilha da cozinha. — Comida mexicana do Bill's.

— Adequado. — Sienna tomou um gole grande de sua margarita. — Vocês sabiam que o álcool acelera o processo de envelhecimento?

Todas olharam para ela.

— Que animador — comentou Rachel. — Você está bem?

— Estou bem. Melhor do que bem, porque, sabe de uma coisa? Se começar a ficar velha, posso fazer cirurgia plástica.

Courtney se aproximou e tocou o braço da irmã.

— O que está acontecendo?

Por um segundo, Sienna parecia prestes a chorar. Em seguida, jogou a cabeça para trás.

— Nada. Estou bem. Só sendo esquisita. Podem me ignorar. — Ela se virou para a mãe. — Vamos falar sobre o casamento, mamãe. Quais são as novidades?

Maggie sorriu.

— Bem, há algumas coisas que preciso mostrar a vocês.

— Quero ver tudo — afirmou Sienna.

Maggie se levantou e saiu depressa. Rachel pegou uma tigela grande e colocou salgadinhos dentro, enquanto Courtney pegava os pacotes de molho e de guacamole. Quando Maggie voltou com duas caixas, elas estavam passando as tigelas uma para a outra na ilha.

— Comprei um par de tênis — confidenciou ela, abrindo a primeira caixa. — Amo a internet. Eu já disse isso? Vocês sabiam que podemos comprar tênis personalizados no site da Converse e que eles têm modelos especiais para casamentos?

Ela levantou os tênis brancos com detalhes cor-de-rosa. No calcanhar de um dos tênis estava escrito "Maggie" e, no outro, "Neil".

— Que bonitinhos — falou Rachel. — O que mais?

A mãe mostrou as taças de champanhe desenhadas para a noiva e para o noivo, e também uma liga personalizada para usar na perna.

— Não vou fazer o Neil encarar essa — disse Maggie, fechando a caixa. — Estou um pouco velha para mostrar tanto a coxa, mas saberemos que estará ali e é o que importa. — Ela olhou para Courtney. — Você está fazendo um ótimo trabalho com o casamento. Obrigada, querida, vai ser um dia incrível.

— Acho que vai. — Courtney pensou em falar sobre a data prevista para o parto de Jill, mas quando dissera à mãe a respeito da mudança, Maggie havia insistido para que mantivessem Jill como a primeira opção de juíza. Então, Courtney havia encontrado alguém que pudesse substituí-la se necessário.

Maggie empurrou as caixas para a ponta da ilha.

— Como está todo mundo? Parece que estamos todas tão ocupadas ultimamente. Rachel, querida, você está linda.

— Obrigada. — Rachel ergueu a taça de margarita. — Vou pecar hoje, mas amanhã cedo vou caminhar. — Ela deu de ombros. — Estou cuidando de mim e isso tem me ajudado muito a fazer com que eu me sinta melhor.

— Como está o Greg?

Rachel ficou tensa.

— Por que me pergunta isso?

Maggie deu de ombros.

— Não sei. Eu penso nele. Vocês dois eram ótimos juntos. Sinto muito por ele ter sido um idiota.

— Eu também — admitiu Rachel. — Pelo menos estamos nos dando bem e ele está sendo um bom pai para o Josh.

Courtney observou a irmã. As palavras estavam todas corretas, mas havia algo no tom de voz de Rachel. Nada ruim. Seria um desejo? Ela havia dito que Greg estava mais próximo, ajudando e cuidando do filho. Haveria algo mais rolando?

— Alguma faísca? — perguntou Sienna, indo direto ao ponto.

— Como é? — Rachel desviou o olhar. — Claro que não. Estamos divorciados. Claro, podemos ser amigos, mas é só. Tenho certeza de que ele está saindo com um milhão de mulheres.

— Não o vi com ninguém — contrapôs Sienna.

— Nem eu. — Maggie bebericou seu drinque. — Não vou pressionar. Você tinha todo o direito de mandá-lo embora, sim. É só que... bem, já chega de falar disso. Sienna, como está o David?

— Bem. Ótimo. Estamos postergando os planos de nosso casamento para esperar o seu primeiro, mas estou atenta para roubar as melhores ideias.

Courtney não sabia se aquela frase feliz poderia ter soado mais dura.

— O que está acontecendo? — perguntou para a irmã.

— Nada. — Sienna sorriu. — Estou feliz por estar noiva.

Rachel revirou os olhos.

— Ninguém acredita nisso. Quer falar sobre o assunto?

Sienna entornou toda a bebida.

— Adoraria pegar mais uma margarita. — E foi até o liquidificador se servir. — Courtney, sua vez. Como está a vida amorosa?

— Não tenho uma.

Todo mundo riu.

— Claro que tem — revelou a mãe. — Está saindo com o Quinn.

— Sim, mas é só diversão. — *E é quente e incrível*, pensou, olhando para a henna nas costas da mão. — Ele não é para casar. Já namorou um monte de mulheres famosas. Atrizes e modelos. Não se interessaria por mim.

— Claro que se interessaria — afirmou Rachel. — Ele teria sorte em ter você.

— Obrigada, mas sejamos realistas. — Courtney pegou um salgadinho. — Independentemente de como isso acabar, ele tem sido ótimo comigo. Tem me ajudado com muitas coisas. — Como com o fato de ela se preocupar por ser alta demais, e também por tê-la apoiado quando Joyce a pressionou para revelar o segredo sobre a faculdade. — Gosto dele. Quinn tem sido um ótimo amor de verão. Quando terminar, e vai terminar, eu vou ficar mal, mas vou superar.

— Gostaria muito de te ver casada — comentou Maggie, e então franziu o cenho. — Todas vocês. Meu Deus, acabei de me dar conta de que todas as minhas filhas estão solteiras.

— Eu estou noiva — disse Sienna, balançando a mão esquerda. — Olha. Tenho aliança e tudo.

— Sim, mas nenhuma está casada. Sou uma péssima mãe.

Agora foi a vez de Courtney revirar os olhos.

— Mãe, parece chocante, mas é verdade: nem tudo tem a ver com você.

Maggie riu.

— Tem razão, mas deveria ter. Não acham? Bem... Quem quer jantar?

Josh saiu da cozinha para sua sessão de videogame de terça à noite. Uma das novas regras para o verão era limitar o uso do computador em três horas por semana. Greg olhou para o filho.

— Você deixou marcas de derrapagem no chão? — perguntou, rindo.

— Com certeza. Sempre planejo me divertir nas noites de videogame.

Josh se virou de novo para a lava-louças e colocou os últimos pratos dentro dela. Quando Greg buscou Josh do acampamento, eles pararam para comprar comida, e ele acabara ficando para jantar. Com Josh à mesa, Rachel não se preocupou, pois não ficaria sem jeito, mas agora estavam sozinhos e ela não fazia ideia sobre o que falar.

— Como está seu braço? — perguntou por fim e não soube se tinha feito o certo em abordar o assunto. Talvez fosse melhor ignorar o que tinha acontecido antes.

— Quase curado. Os pontos estão saindo, então só preciso mantê-lo seco por mais alguns dias e vai ficar novo em folha.

Ela passou um pano no balcão.

— Ótimo. E aquele outro cara, o Tommy? Como está?

— Ele volta ao trabalho amanhã.

Rachel enxaguou as mãos e as secou. Certo, hora de Greg ir embora. Mas não sabia como fazer isso sem ser grosseira. Antes de se decidir, ele caminhou até a máquina de café e a ligou.

— Quero um descafeinado — afirmou ele. — E você?

— Também. Obrigada.

Greg sabia onde todas as coisas ficavam. Enquanto pegava as xícaras e as colheres, Rachel foi à sala de estar e se sentou em uma das poltronas. De propósito. Se fosse no sofá, ela se preocuparia com o local onde se sentar. Na ponta? No meio? Uma poltrona era mais segura.

Greg trouxe os cafés alguns minutos depois, e se sentou na ponta do sofá mais próxima dela.

— Minha mãe me disse que eu não levo você para visitá-la com frequência — contou Greg.

— Vou parar e ver como ela está na próxima vez em que for buscar o Josh. — Rachel sempre gostou dos pais de Greg. — Como está sendo morar com eles?

— Nada mal. Eles me deixam à vontade a maior parte do tempo.

— Você pensa em morar sozinho?

— Às vezes. Estou esperando.

Isso chamou a atenção de Rachel. Esperando o quê? Por eles? Seu coração começou a bater mais forte no peito. O que era aquilo? Conversariam sobre o relacionamento naquele momento? Ela abriu a boca, depois fechou, e decidiu deixá-lo tocar no assunto.

— Como estão as coisas com o Josh e as tarefas? — questionou Greg.

Certo, não era o assunto que ela estava esperando.

— Não tenho seguido muito aquilo — admitiu.

— Percebi pela lista na geladeira. Por que não quer que ele faça as tarefas?

— Eu quero.

— Mas?

Rachel se ajeitou na poltrona.

— Não sei. É mais fácil eu fazer tudo. Assim, sei que foi feito direito.

— Pensei que detestasse limpar o banheiro dele.

— Bem, usando a lógica — começou Rachel, e então suspirou. — Tem razão, preciso fazer com que ele limpe o banheiro.

O olhar de Greg estava sério.

— Você tem dificuldade mesmo em pedir ajuda, não é? Quanto disso tem a ver comigo, e quanto tem a ver com seu pai?

Ela ficou tensa.

— Não quero falar sobre isso.

— Com certeza não quer, mas deveria falar. Vamos, Rachel, você sempre teve dificuldade para deixar as pessoas fazerem coisas para você. Me ajude a entender o que é isso.

— É só que... — Ela pegou o café e o colocou de novo sobre a mesa. — Sempre fui assim. — Lembrava da mãe agachada na sua frente, com lágrimas nos olhos: "Seja boazinha comigo, Rachel. Por favor. Preciso que cuide das coisas."

— Você assumiu muitas responsabilidades quando seu pai morreu — disse Greg com delicadeza. — Coisas demais.

— Minha mãe dependia de mim.

— Você a deixou orgulhosa, com certeza. E então se casou comigo e eu não estava, de jeito nenhum, pronto para esse tipo de responsabilidade. Então, mais uma vez, você teve que fazer tudo. Qual foi a lição que tirou disso? Que se depender de alguém, essa pessoa vai te decepcionar?

— Tem alguém lendo muitos livros de autoajuda.

— Sim, mas isso não responde à pergunta.

Rachel esperava que ele não percebesse.

— Eu sinto, Greg, que confiei em você, me entreguei totalmente, e você me decepcionou.

— Eu sei. Sinto muito. Se pudesse voltar no tempo, mudaria isso. Eu errei. Independentemente do que estivesse acontecendo entre a gente, eu não tinha o direito de fazer aquilo. Mas espero que entenda que minha traição foi um sintoma, não um objetivo.

— Você estava irritado e frustrado — admitiu ela. — Eu sabia disso. Eu sentia que não tinha sua atenção e você achava que eu nunca estava feliz.

E não estava feliz mesmo, pensou. Não no fim.

— Gostaria que você pensasse em confiar em mim agora — pediu Greg baixinho. — Estou fazendo o melhor que posso para mostrar que você pode confiar. Eu estava sendo sincero com o que disse antes. Não tem mais ninguém. Nunca teve.

— Para mim também não.

Ele sorriu.

— Ótimo. Estou feliz por ter acreditado em mim. — Greg olhou para o relógio. — Tenho que trabalhar cedo amanhã. Preciso ir para casa.

Assim, do nada? Ele não queria ficar e talvez dar uns amassos? Claro que não. Rachel se levantou.

— Obrigada por trazer o jantar.

— De nada. Fique em cima do Josh para que cumpra as obrigações. Ele é capaz. Confie um pouco.

— Pode deixar.

— Torço para que confie mesmo, Rachel. Torço mais do que você pensa.

24

— São todas baladas — reclamava Collins de modo desafiador, como se esperasse uma discussão.

Bryan respirou fundo.

— Cara...

— Não tive como evitar — insistiu Collins. — É o que elas são.

Quinn analisou a música. Collins preferia acertar a melodia antes de colocar letras. Mas ele sabia trabalhar como seus artistas queriam. Contudo, Quinn também era conhecido por não gostar de baladas, por melhor que vendessem.

— Baladas são legais — afirmou ele com tranquilidade, pegando o violão.

Collins e Bryan olharam para ele.

— Tem certeza? — perguntou Collins.

— Tenho.

— Você está ficando mole. — Bryan pegou um bloco de rascunho. — Tem a ver com a idade?

— Não me faça pedir a Wayne para acabar com você, cara.

Bryan riu.

— Estou feliz por ter dito isso assim, porque tenho certeza de que eu acabaria com você, velhote.

— Nem sonhando. E não tem nada a ver com idade.

Se tivesse que justificar, diria que tinha algo a ver com Courtney, e também com o fato de ter retornado para casa. Estar de volta parecia ser o mais certo. Ele gostava do ritmo de vida dali. Não sentia saudade de nada de Los Angeles — talvez da vista, apenas, que era demais. Mas podia viver sem isso.

Gostava de estar perto da avó. Do prédio que sua empresa tinha comprado e de como as coisas seriam quando tudo fosse finalizado. Gostava de estar com Courtney. Aquela mulher era uma combinação única de desafio e tranquilidade. Muitas tinham passado por sua vida, mais do que a maioria dos homens podia dizer já ter tido. Ele não sabia ao certo se isso era bom ou ruim — simplesmente era. Ele estava pronto para abrir mão disso também.

A mudança tinha começado alguns anos antes, quando estava saindo com Shannon. Antes de se dar conta de que seus sentimentos tinham mudado, ela havia se apaixonado por outra pessoa. Quinn não achava que ela tinha sido a mulher da sua vida, mas reconhecia que tinha perdido uma oportunidade. Não deixaria que isso voltasse a acontecer. Queria mais. Queria algo permanente. Tradicional. Esposa. Filhos. Dois cachorros: ainda que não fossem tão gloriosos e especiais como Sarge e Pearl.

— Está pronto? — perguntou Collins, trazendo-o de volta ao presente.

— Vamos fazer acontecer.

Collins tocou vários acordes. Quinn ouvia, respirando os sons e deixando que fossem absorvidos. Não dizia nada. Collins não parava de tocá-los. Na quarta vez, Quinn tocou junto, e então fez algumas mudanças. Bryan rabiscou os novos acordes.

Quinn tocou tudo enquanto Collins escutava, e assim foi, várias vezes, até ajeitarem a melodia. E passaram para a letra. Ele lia nas entrelinhas.

— Acho que é *fim antes do começo* e não *fim antes de começar* — comentou.

— Assim fica melhor. — Bryan tocava a melodia e cantava junto.

Duas horas depois, a música estava pronta. Precisaria ser corrigida até o resultado final, mas Quinn estava animado. Aquela tinha chance de ser um sucesso.

Os caras pegaram suas coisas. Leigh, a esposa de Tadeo, havia chegado à cidade e receberia a banda para fazerem um churrasco. Ele havia recusado o convite, mas soube que Wayne iria. Por mais que seu assistente fingisse não gostar do And Then, estar com eles era bom para Wayne. E para os garotos.

Quando Collins e Bryan foram embora, ele viu Courtney caminhar em direção ao bangalô. Ela levava Pearl e Sarge na coleira, e acenou para ele.

— Vamos passear — contou ela. — Quer ir com a gente?

Courtney ainda estava de franjinha. Ele achava que ela mantinha o corte porque combinava com o rosto e não por deixá-la muito sensual. Até mesmo de calça jeans e camiseta, ela chamava a atenção de Quinn. Aquela mulher era uma fantasia viva, ambulante, e não fazia a menor ideia. Como resistir a isso?

— Passear... que boa ideia. — Ele pegou a chave do bangalô e o celular, fechou a porta e partiu. Quando se aproximou, cumprimentou os dois cães, e então pegou a coleira de Pearl e caminhou ao lado de Courtney. — Como estão as coisas?

— Ótimas. Faltam menos de três semanas, e contando. — Courtney franziu o cenho. — Por que dizemos "e contando"?

— Não sei. Podemos falar sobre isso, se quiser.

— Pensei que você soubesse. Parece ter muitas habilidades. — Ela o olhou de canto de olho. — Como sua habilidade com a henna.

Quinn sorriu.

— Aquilo foi divertido.

— Muito.

Caminharam em direção ao mar. Era um fim de tarde quente, com céu claro. Quando chegaram à beira da propriedade, viram um caminho de pedra que levava à praia de rochas lá embaixo. O ar estava salgado, e o som das ondas aumentava conforme desciam.

— Preciso ir a Los Angeles daqui a alguns dias — comentou Quinn. — Preciso conferir algumas coisas na casa antes de colocá-la à venda. Também estou pensando em dar uma festa. Um último "urra"!

— Você vai mesmo fazer isso? Vai mudar para Los Lobos?

— Sim, vou começar a procurar uma casa aqui.

— Não sei o que pensar disso. Não vai sentir saudade de ficar perto do pessoal do seu ramo?

— Não, e quem quiser me ver pode vir aqui. Sobre a festa, quer ir como minha acompanhante?

Courtney olhou para ele.

— Ir para Los Angeles para participar de uma festa chique da indústria da música?

Quinn sorriu.

— Posso prometer que você verá umas estrelas do cinema também.

— Nunca fui a uma festa assim. E se eu não me encaixar no ambiente?

— Você vai estar comigo.

Isso fez com que Courtney risse.

— Porque, estando com você, sou um deles.

— Você sabe como é, baby. Cole em mim.

— Você acabou de me chamar de baby?

— Chamei e gostei disso.

O sorriso voltou.

— Talvez. Um pouco. Está bem, eu topo. — Courtney parou e se virou para ele. A expressão estava séria. — Vou por sua causa, Quinn. Não pela festa.

Ele gostava da necessidade que ela sentia de esclarecer sua posição.

— Imaginei, mas obrigado por deixar claro.

— Não tenho o que vestir.

— É em Los Angeles. Podemos dar um jeito.

— Você vai querer que eu use salto?

Quinn a queria nua, mas isso não seria adequado.

— Só se você quiser.

Courtney pensou por um segundo.

— Tenho certeza de que estou pronta para o desafio. Só espero não cair.

— Não se preocupe, eu te seguro se cair.

— Não posso usar toalhas de papel? — perguntou Josh enquanto Rachel mostrava como limpar os balcões e a pia, e então secar tudo.

— Panos de microfibra são melhores. Podem ser reutilizados. Eu os lavo toda semana para estarem prontos para a próxima limpeza.

O menino de 11 anos suspirou.

— Eu sei. Economiza dinheiro e protege o meio ambiente. Acho que gostaria mais de limpar o banheiro se pudesse usar papel.

— Acho que você nunca vai gostar de limpar o banheiro, mas tudo bem. Só tem que fazê-lo.

— Meio como algumas coisas no beisebol. São exercícios chatos, mas nos tornam jogadores melhores.

— Mais ou menos isso.

Rachel mostrou como tirar a água do vaso sanitário e então a usar o esfregão de cabo comprido.

— Isso é totalmente nojento. — Josh parecia estranhamente animado com esse fato. — Nunca pensei que fosse preciso limpar os vasos sanitários.

— Você achou que não ficavam sujos?

Ele riu.

— Não tem como não sujar, mãe. Fica cheio de cocô.

O que os meninos achavam tão interessante em assuntos escatológicos? Principalmente os menos socialmente aceitos? Rachel disse a si mesma para ficar feliz pelo filho ainda dizer *cocô* e não outras palavras.

Os dois já tinham limpado o box do chuveiro, agora só faltava o chão.

— Você sabe onde fica o aspirador de pó, não sabe? — perguntou ela ao mudar de posição para ficar mais à vontade. Suas costas a incomodavam de novo.

— Sei. Na lavanderia.

— Vá buscá-lo. Você vai passar o aspirador primeiro, depois usar um pano de microfibra para limpar o chão.

— Você gosta dessas coisas de microfibra mesmo.

— Gosto. Eles limpam as coisas e assim não precisamos usar um monte de produtos químicos.

— Você parece um comercial de TV.

Rachel sorriu.

— Então, você deveria estar me pagando.

Josh riu e foi pegar o aspirador. Ela o observou limpando o chão.

— Atrás do vaso sanitário — indicou acima do ruído. — E nos cantos.

Ele fez o que foi pedido, e então molhou o pano de microfibra que ficava preso na ponta do esfregão.

— Tem que torcer primeiro — ensinou Rachel. — Ou o chão vai ficar molhado demais.

Josh olhou para a mãe.

— Você não vai ficar parada me olhando toda vez que eu limpar o banheiro, né?

Ela queria dizer que ia, sim. Que se não ficasse, ele não faria direito, que se esqueceria dos cantos ou se esqueceria de... Rachel pensou nos comentários de Greg de que ela era incapaz de pedir ajuda. Que durante metade do verão não tinha se dado ao trabalho de ensinar Josh a fazer as tarefas.

No fundo, Rachel sabia que o banheiro não tinha que ser limpo perfeitamente todas as vezes. Que deixar o filho aprender a fazer as coisas em casa era o mais importante. Josh já tinha idade suficiente para assumir responsabilidades. Além do mais, isso lhe dava um descanso. Mas abrir mão era difícil.

— Vou fazer uma lista principal — falou ela de modo relutante. — Vai te ajudar a lembrar tudo o que tem que fazer. Mas vai estar sozinho a menos que venha me pedir ajuda.

— Beleza.

Ele colocou o esfregão no chão e começou a mexê-lo de um lado a outro. Rachel estava prestes a dizer para Josh se lembrar de limpar atrás do vaso, mas parou.

— Coloque toalhas limpas quando acabar — acabou pedindo.

— Vou fazer isso.

— Sabe onde ficam?

— Mãe!

— Tudo bem. — Ela se virou de costas para o banheiro e se afastou.

— Você tem mesmo que trabalhar até tarde ou ainda está brava comigo? — perguntou David.

Uma boa pergunta, pensou Sienna enquanto mexia nos montes de papéis sobre sua mesa. Ela trocou o telefone de orelha para poder prendê-lo entre o rosto e o ombro. Ainda estava no trabalho e ocupada — então, a última coisa de que precisava era de um telefonema de David.

— Estou lidando com muita coisa no momento.

— Mas ainda está brava.

— *Brava* não é a palavra certa — admitiu. — Estou magoada. E pensando no porquê de você querer se casar comigo. — E talvez no porquê de ela ter concordado em se casar.

— Eu estava errado — disse ele. — Já me desculpei mais de uma vez. Não sei mais o que fazer. Nunca quis te machucar ou sugerir que só me interesso por sua aparência. Eu te amo, Sienna. Você inteira. Quero que fiquemos juntos para sempre. Quero ter filhos com você e vê-los crescer. Quero te fazer feliz.

Todas as palavras certas, pensou ela. Então por que não acreditava?

— David, não sei. Estou preocupada pensando que as coisas podem estar acontecendo depressa demais.

— Então vamos mais devagar. Não importa o que isso custe. Não quero te perder, Sienna. A visita de minha mãe foi um problema? Sei que ela tem uma personalidade curiosa.

— O vestido não ajudou muito — admitiu.

— Já falamos sobre comprar o vestido juntos. Pensei que isso tivesse te mostrado que não espero que você use aquele vestido.

David tinha razão nesse aspecto.

— E se eu não quiser me casar em St. Louis? Isso é muito importante para você.

— É, mas existem maneiras de fazer dar certo. Poderíamos fazer duas festas de casamento. Uma aqui e outra lá. Ou o que falamos antes, sobre viajar para algum lugar. — Ele fez uma pausa. — Sienna, o que importa somos eu e você. Tenho pensado muito no casamento em si. Você e eu juntos é a parte importante. Você tem razão. As coisas têm acontecido depressa demais. Vamos colocar a conversa sobre casamento em espera por um tempo e focar um no outro. Vamos falar de nós primeiro.

Sienna sentiu um nó na garganta e seus olhos arderam. Finalmente, pensou com certo alívio.

— Eu não sabia que era o que eu precisava que você dissesse, mas agora que disse, percebi que era o que me faltava. Preciso que pensemos mais em nós.

— Então vamos pensar. Eu te amo, Sienna. Estou falando sério.

— Eu também te amo.

— Ótimo. Agora vá trabalhar. Se não ficar até muito tarde, me ligue e vamos jantar ou coisa assim.

— Está bem. Tchau.

Duas horas depois, Sienna já tinha terminado quase todos os seus relatórios trimestrais. Só precisava checar depressa seus e-mails e podia ir embora. Talvez ligasse para David para que pudessem jantar.

A conversa que tiveram havia ajudado, avaliou. Sentia-se melhor, com menos um peso nas costas e mais como devia se sentir. O celular tocou.

Ela viu um número desconhecido e então atendeu.

— Alô?

— É Erika Trowbridge. Não desligue. Preciso de sua ajuda.

Sienna pensou em sua inimiga dos tempos de escola e sabia que a situação tinha que ser ruim para Erika estar ligando para ela.

— Onde você está? Precisa de ajuda da polícia ou de uma ambulância? Posso ligar para eles ou ir pessoalmente.

— Nossa. Eu estava pensando se podia te fazer umas perguntas. Estou na frente do seu escritório.

Sienna já estava se movendo. A preocupação misturada com o pânico familiar ameaçava, mas disse a si mesma para ficar calma e se concentrar na tarefa a sua frente.

— Estarei na entrada em dez segundos. Permaneça na linha comigo.

— Estou bem. Ninguém me machucou.

Sienna correu para o corredor principal que levava à recepção. Destrancou a porta. Só quando viu Erika, desligou o telefone.

— O que está acontecendo?

A mulher ficou olhando-a.

— Você leva essa coisa muito a sério.

— É o meu trabalho. — Sienna avaliou-a de cima a baixo. — Você está bem? Ninguém te machucou?

— Estou bem. Desculpa. Não queria dar início a nada. Só preciso falar com você sobre alguém que conheço. Acho que ela está em apuros.

— Não é você?

— Não. — Erika fez um muxoxo. — Tenho certeza de que você acha isso decepcionante.

Sienna respirou fundo. Seu coração se acalmou e voltou a bater na velocidade normal e o pânico sumiu.

— Fico feliz por estar bem. Pode acreditar em mim ou não.

— Você ia mesmo chamar a polícia ou uma ambulância?

— Claro. É o que fazemos aqui. Ajudamos mulheres com problemas. O brechó é só uma maneira de ajudar com a arrecadação de dinheiro.

Elas entraram. Sienna fechou e trancou a porta da frente, e então levou Erika para a sala de descanso. Abriu a geladeira e indicou para a outra mulher escolher uma bebida. Pegou uma garrafa de chá gelado e foram para o sofá e as poltronas no canto. A mobília estava gasta, mas era confortável. Normalmente, os clientes não iam ao escritório, mas, quando iam, as conversas costumavam acontecer mais facilmente quando as pessoas estavam mais relaxadas. Mesas com computadores podiam ser intimidantes como pano de fundo.

Quando se sentaram, Sienna encolheu as pernas embaixo do corpo, e então abriu o chá gelado.

— Conte o que está acontecendo.

Erika prendeu uma mecha de cabelos ruivos atrás da orelha, e então pegou a garrafa de água.

— Não vai sair daqui, certo? Você não conta para ninguém?

— Se me contar alguma coisa que me faça achar que a vida de alguém está em perigo, vou ter que avisar as autoridades. Caso contrário, falar comigo é meio como conversar com um advogado. Eu guardo segredos. — Ela sorriu. — E não cobro por hora.

— Certo. — Erika colocou a água sobre a mesinha de canto, e então a pegou de novo. — É minha prima. O namorado a agride muito e não sei como fazer com que ela o deixe.

— Há quanto tempo eles estão juntos?

— Dois anos.

— O que agredir muito significa? Hematomas? Fraturas?

— Ele bate nela de vez em quando. Acho que ele nunca quebrou nada, mas minha prima já ficou com o olho roxo algumas vezes. Eu o conheci e ele parece bem bacana, mas aparentemente é nervosinho. Já falei para ela se afastar, mas ela não faz isso. — Erika balançou a cabeça, contrariada. — É essa a parte que não entendo. Minha prima é uma ótima pessoa. Por que aguenta essas coisas?

Sienna ficou de pé e caminhou até uma pequena mesa do outro lado da sala. Abriu uma gaveta e tirou várias folhas de papel, e também um folheto. Ela os levou até Erika.

— Você precisa ler isto — disse quando se sentou de novo.

— Vai me dar lição de casa?

— Sim. Veja o folheto primeiro. Os itens três e cinco são os mais importantes no momento. — Sienna começou a explicação levantando os dedos e contando: — Um, ajude sua prima a fazer um plano de segurança. Ela precisa saber o que fazer se as coisas ficarem ruins. Dois, não intervenha. Você só vai tornar a situação pior.

Erika enrugou o nariz.

— Por que você acha que eu faria isso?

— Te conheço desde que éramos pequenas. Você adora se meter em problema. Agora não é o momento para isso. Se tentar resolver as coisas sozinha, pode acabar fazendo com que sua prima morra.

Erika arregalou os olhos.

— Está falando sério?

— Totalmente. Você é esperta, capaz e totalmente desinformada a respeito. Não precisa gostar de mim, mas tem que confiar no que digo. — Ela mostrou os papéis. — Leia estes — repetiu. — Pesquise on-line e se informe. Apesar de não haver duas situações iguais, elas costumam seguir um padrão. Ele vai aumentar o abuso. Se quiser ajudar sua prima, tem que fazer isso de um jeito que a apoie.

— Está bem. Obrigada. Agradeço pela informação. E se ela quiser ir embora?

— Podemos ajudar. Onde ela mora?

— Em Sacramento.

— Ótimo. É longe o bastante e vir para cá faria sentido. Você tem meu número. Se ela fugir, pode me ligar a qualquer momento, dia ou noite. Eu a levarei a um lugar seguro.

— Esse é o seu trabalho?

Sienna sorriu.

— Não, eu arrecado dinheiro para a organização. Mas as coisas ficarão mais tranquilas se você puder tranquilizar sua prima dizendo ter uma relação pessoal comigo. Já fiz isso antes. Quando sua prima estiver aqui, protegida, vou apresentá-la à nossa equipe de apoio.

— Simples assim?

— Como eu disse... é o que fazemos.

Erika bebeu um gole da água.

— Certo. Obrigada. Vou ler isto e depois conversar com ela. Tem sido bem ruim e não sei bem o que dizer.

— A verdade é que quem nunca passou por essa situação não consegue entender por que as mulheres permanecem. O material vai te ajudar a entender.

Erika se recostou no sofá.

— Agora me sinto culpada por não ter te dado os apetrechos de cozinha de minha bisavó.

— Sim, isso mesmo. Deveria fazer um cheque generoso para compensar isso.

Erika riu.

— Talvez eu faça. — Seu bom humor desapareceu. — Por que faz isso? Por que trabalha aqui? Por que não está em uma revista de moda em Nova York ou coisa assim?

— Quer saber por que não tenho um emprego mais raso?

— É.

Sienna ergueu um ombro.

— Estudei marketing em meu primeiro ano na faculdade. Consegui um emprego de verão em uma revista de turismo. Uma das mulheres da equipe estava sendo abusada pelo marido. Quando saiu de casa, ela me procurou para ajudá-la. Eu tinha 19 anos e não fazia ideia do que fazer, mas encontrei um abrigo de mulheres na lista telefônica e dei um jeito de ela ir para lá. No ano seguinte, comecei a trabalhar como voluntária. Então, troquei de curso e vim parar aqui. — Sienna se inclinou para a frente. — Agora é minha vez.

Por que você sempre me odiou? Não pode ser por causa do Jimmy. Você não o queria de verdade.

— Ainda assim, você o roubou.

— Certo. E peço desculpas por isso. Mas não é motivo para você me odiar.

— Não odeio você. — Erika olhou-a. — Você nunca me via. Na escola, você era a princesa e eu era invisível. Eu queria ser sua amiga e você nunca me notou. Você ignorava todo mundo que não fazia parte de seu círculo privilegiado.

Sienna queria dizer que não era verdade, mas tinha certeza de que era, sim.

— Eu fiz ou disse algo que feriu seus sentimentos?

— Não. Para isso alguma coisa mais séria teria que ter acontecido.

— Sinto muito por você ter sido invisível.

— Sinto muito por ter detestado você.

Um silêncio esquisito tomou o ambiente. Sienna olhou para o relógio e viu que já eram quase 19h.

— Quer ir jantar?

Erika pensou por um segundo.

— Beleza. Claro. Seria muito bom. Eu até pago.

Sienna balançou a cabeça.

— Não vai ter nada a ver com trabalho. É coisa de amigas. Por que não dividimos a conta?

— Eu topo.

25

— Então, o que exatamente vai acontecer nesta grande festa em Los Angeles? — perguntou Sienna.

— Não faço ideia. — Courtney pensou sobre o que Quinn havia lhe dito sobre sua próxima viagem a Los Angeles. — Sei que vai ser na casa dele, na quinta-feira à noite.

— Preciso de mais detalhes. Quando você voltar, vai ter que me contar tudo. Você tem o que vestir?

— Não, mas Quinn disse que vamos fazer compras assim que chegarmos a Los Angeles.

— Tudo bem, então você precisa de algo fofo para a viagem e talvez um jantar. — Rachel sorriu. — Tenho certeza que vai fazer muito sexo, mas para isso não precisa de roupa. A menos que você tenha alguma fantasia, nesse caso você vai ter que se virar. Não precisamos saber se você tem tesão em ser domadora de leões.

Courtney piscou para a irmã.

— Domadora de leões? Caramba, o que você e Greg costumavam fazer?

— Não é isso. Só estou dizendo que não precisa de roupa para a parte em que fica nua.

Sienna balançou a cabeça.

— Quando você acha que conhece uma pessoa...

Courtney e as irmãs estavam no meio do brechó. Elas haviam concordado em ajudá-la a comprar algumas coisas para a viagem.

Courtney queria ficar bonita quando estivesse com Quinn, pois sairiam com gente descolada. Não achava que jeans e camisetas seriam suficientes.

— Vestidos — afirmou Rachel. — São fáceis de usar, fáceis de pôr na mala, e você pode usar acessórios para qualquer ocasião.

— Concordo. — Sienna apontou para uma arara na outra ponta da loja. — Vou pegar alguns. Volto já.

— Domadora de leões? — repetiu Courtney quando Sienna partiu.

Rachel riu.

— Aquilo foi um exemplo, não uma sugestão. Vocês são jovens e estão apaixonados. Sabe-se lá o que você vai fazer com aquele homem.

Courtney sentiu o corpo enrijecer.

— Não estamos apaixonados. Estamos nos divertindo. Quinn é ótimo e tudo o mais, mas não é sério. Ele não é do tipo sério.

Apaixonados? Por que alguém pensaria numa coisa dessas? Não havia amor, não podia haver. Amar significava ser magoada e, quando estava perto de Quinn, só se sentia bem.

Rachel ergueu as mãos em forma de um T, pedindo um tempo.

— Foi modo de dizer, não precisa arrancar minha cabeça. Vocês dois estão bastante juntos e é divertido. Só isso.

— Tudo bem, desculpa. Estamos nos divertindo. Ele é legal. Eu não esperava, mas ele é.

— Todo mundo está transando, menos eu — reclamou Rachel ao vasculhar uma arara de camisas. — É deprimente.

— Fica mais fácil de transar se você estiver namorando.

— Eu não quero namorar.

Que surpresa, pensou Courtney. Desde o divórcio, Rachel se manteve sozinha.

— Você quer voltar com o Greg?

A irmã mais velha deu meia-volta e a encarou, olhando feio.

— Por que está dizendo isso?

— Só estou perguntando. — As reações exageradas pareciam estar no ar. — Você e ele estão se dando bem. Greg é um cara ótimo, você é fantástica. Coisas estranhas aconteceram.

— Eu sei. Desculpa. Greg me deixa confusa.

Sienna voltou com vários vestidos.

— Como ele deixa você confusa?

— Ele está sendo legal.

— Que desgraçado!

Rachel revirou os olhos.

— Ele está cada vez mais próximo de Josh. Está fazendo tudo o que peço. Poderia ter feito isso antes do divórcio, não? Por que agora?

— Talvez ele precisasse de tempo para descobrir o que é importante — comentou Sienna. — E de ver o que perdeu.

Courtney concordou com a cabeça.

— Assim que ele perdeu você e Josh, conseguiu enxergar o quanto vocês significavam. Rachel, precisa fazer o que é certo para você. Estou apenas enfatizando que ninguém vai julgá-la se quiser dar outra chance.

— Greg não está interessado.

— Como você sabe? Vocês já conversaram sobre isso?

Rachel jogou o peso de um pé para o outro.

— Não, mas ele não disse nada sobre voltarmos a ficar juntos.

— Alguém tem que dar o primeiro passo — lembrou Sienna. — Talvez seja você.

Rachel agarrou os vestidos e empurrou-os para Courtney.

— Você precisa experimentar esses daqui para podermos ir encontrar o Neil. Vai, depressa.

— Isso não foi nem um pouco sutil — comentou Courtney, enfática, enquanto as três caminhavam até os provadores.

Precisavam ficar de olho no relógio, pois o noivo da mãe pedira para que o encontrassem para um café.

Courtney provou os cinco vestidos que Sienna escolheu. Dois não eram para ela, mas os outros três eram possibilidades. Um era um tubinho justo com uma estampa de redemoinho vermelha e branca.

— Espere — pediu Sienna, e saiu correndo. Um minuto depois, voltou com um cinto branco fino. — Tente com isso.

O cinto era perfeito.

— Ponha os cabelos para cima — instruiu Rachel. — E você precisa de sandálias bem bonitas. Brancas não. Talvez *nude* e de salto.

— Saltos *nude* vão funcionar muito bem — acrescentou Sienna.

Havia um vestido de verão azul-claro que todas decidiram ser perfeito para o sul, e um conjunto casual de tricô que seria uma ótima saída de praia.

Courtney comprou os três vestidos por um total de 37 dólares, então as três foram até a SUV de Rachel. Elas se encontrariam com Neil no Polly's Pie Parlour. Sim, teriam ido a qualquer lugar para encontrar com ele e tomar café, mas o incentivo a mais de uma fatia de torta não fazia mal a ninguém.

— Você sabe alguma coisa sobre kazoos? — perguntou Rachel enquanto dirigia pela cidade.

Courtney ficou feliz por estar no banco de trás. Havia menos coisas para bater em sua cabeça.

— Ele os mencionou antes. Achei que estivesse brincando.

— Não estava. Quando ligou para me pedir para encontrá-lo, ele tocou para mim. Vai ter muito barulho.

Sienna se virou no banco e abriu um sorrisinho.

— Agradeça por não haver cisnes. Poderiam achar que os kazoos são um chamado para acasalamento e começar a atacar os convidados.

— Você é tão engraçadinha!

Courtney teria que checar se o horário em que os kazoos aparecessem não fosse depois das 22h, pois estariam violando a lei do silêncio, sem falar no incômodo aos outros convidados.

— Gostaria que parássemos com as surpresas — confidenciou Courtney. — E de comprar coisas para o casamento. Mamãe encomendou capas de cadeira personalizadas. São bordadas com as iniciais dela e de Neil. São lindas, e temos trezentas delas. O que vamos fazer com aquilo depois?

— Provavelmente vão deixar que a gente leve para casa como lembrança — sugeriu Rachel alegremente. — Deixe para lá, Courtney. Esse casamento é maior que todas nós. Você só precisa se render ao inevitável. Pelo menos, mamãe está feliz.

Courtney inclinou-se contra a porta.

— Tem razão. Vou me concentrar nisso. E o jantar será ótimo. Temos um excelente vinho, e o resto vai se arranjar sozinho.

Houve alguns minutos de silêncio, então Sienna disse:

— Eu não me lembro muito do papai. Você lembra, Rach?

Courtney olhou para a irmã mais velha. Rachel olhou para a frente pelo para-brisa.

— Um pouco. Tenho imagens dele. Fragmentos, na verdade. O som de sua risada. Como era quando me abraçava e dizia que eu sempre seria sua princesa. Mas não muito mais que isso.

— Eu não me lembro de nada — admitiu Courtney.

— Você era muito mais nova — comentou Rachel. — Eu deveria ter mais lembranças.

— Já faz tanto tempo — falou Sienna. — Deveríamos estar felizes por Neil ter aparecido.

Courtney estava feliz porque sua mãe tinha alguém, mas não via Neil como um pai. Ela tinha visto outras mulheres com seus pais. Amigas e colegas de trabalho. Havia muitos pais com as filhas no hotel. Mas tudo aquilo era tão distante dela. Courtney não conseguia sentir essa ligação. Quanto a falta de seu pai — achava difícil sentir falta do que nunca havia tido.

Pararam em frente ao restaurante e saíram do carro.

— Não fale sobre o papai — pediu Rachel enquanto entravam.

— Não me importo se falarem sobre o seu pai.

Todas deram um pulo e se viraram para ver que Neil havia entrado logo atrás delas. Ele sorriu.

— Phil foi uma parte importante da vida de sua mãe, e da de vocês também. — Ele apontou uma mesa desocupada. — Podemos?

Courtney e suas irmãs trocaram olhares. Nenhuma delas parecia saber o que dizer, então seguiram Neil até a mesa e se sentaram.

Ele não era um homem de beleza clássica, pensou Courtney ao observá-lo. Era um pouco baixo e meio arredondado. Estava ficando careca. Mas havia uma gentileza em seus olhos. Um sentimento que a fez ter certeza, no seu íntimo, de que sua mãe ficaria muito bem com Neil.

Então ele se inclinou para a frente, as mãos sobre a mesa.

— Eu tenho algumas coisas a dizer, e depois vamos comer uma torta.

As irmãs esperaram.

— Eu tive muita sorte em encontrar a mãe de vocês. Já disse isso antes, perdi minha primeira esposa para o câncer e levei anos para superar essa perda. Não queria ficar sozinho, mas não conseguia me imaginar amando alguém do jeito que eu a amava.

Ele respirou fundo.

— E aqui está a coisa engraçada. Eu não amo Maggie do mesmo jeito. Eu a amo de um jeito diferente. É tão maravilhoso, tão profundo, mas não penso em nenhum momento que estou me casando com alguém semelhante à minha primeira esposa. A mãe de vocês é uma pessoa diferente.

Neil sorriu para elas.

— Então, não se preocupem se eu espero que vocês me vejam como seu pai. Torço para que, com o tempo, fiquemos próximos. Que me vejam como alguém que podem procurar, um homem em quem possam confiar. Mas não sou o pai de vocês e não espero substituí-lo.

Sienna assentiu.

— Obrigada por nos dizer isso. Você nunca teve filhos?

— Não. Não tivemos essa bênção. Espero que vocês, meninas, não se importem se às vezes eu pensar em vocês como minhas filhas. É só porque isso me deixa feliz.

— Tudo bem — concordou Rachel.

— Ótimo. Espero conseguir convencer a mãe de vocês a vender a empresa de contabilidade e viajar comigo, mas, se ela quiser trabalhar por mais algum tempo, vou me manter ocupado. Também quero que saibam que fui muito bem na minha empresa. Separei um pouco de dinheiro para sua mãe, está em um fundo fiduciário. Se eu for primeiro, ela ficará bem. Não quero que se preocupem.

Courtney talvez não lembrasse muito do pai, mas lembrava da mãe se preocupando com o jeito como as coisas ficariam. Mesmo depois de ter sido bem-sucedida e ter a família de volta a uma casa, ela fazia comentários de vez em quando, deixando claro que o medo de perder tudo não havia desaparecido. Courtney não conseguia se lembrar do pai, mas a dor que sua morte causou havia ficado. Ela e Maggie tiveram suas diferenças. Talvez sempre batessem de frente, mas, mesmo assim, ficava feliz por saber que aquele homem maravilhoso que protegeria sua mãe.

Sem pensar, Courtney levantou e deu a volta na mesa. Ela se inclinou e abraçou Neil.

— Obrigada — disse. — Obrigada por amá-la. Torço para que sejam muito felizes juntos.

— Obrigado, minha querida.

Courtney voltou para o assento. Neil pigarreou.

— Agora que tiramos isso do caminho, pensei em pedir a opinião de vocês sobre levar sua mãe a Vail para a nossa lua de mel. Há alguns resorts encantadores. Nesta época do ano é relativamente silencioso. Tem natureza o suficiente para ser lindo, mas também dá para fazer compras e ir a muitos restaurantes.

— Parece ótimo — admitiu Rachel.

Sienna sacudiu os cabelos curtos.

— Jennifer Aniston fez sua lua de mel em Bora Bora. Vocês poderiam ir para lá.

Neil sorriu.

— Não estou em forma para usar sunga.

Courtney se inclinou para a irmã.

— Desde quando você liga para onde Jennifer Aniston passou a lua de mel?

Sienna riu.

— Não ligo. Sei lá por que fiz esse comentário.

— É uma bela sugestão — concordou Neil —, mas acho que vamos ficar com Vail. — Ele pegou os cardápios no centro da mesa e entregou-os às três. — Olha, acho que a torta de pêssego não deve ser ignorada. Quem vai pedir um pedaço comigo?

A casa era, definitivamente, para um recomeço: pequena, antiga e longe da praia. Mas o jardim era bonito e havia muitas janelas que deixavam tudo iluminado.

Sienna viu as placas de venda quando voltava ao escritório. Estava em um almoço de um grupo empresarial feminino, falando sobre o que a Helping Store fazia para as mulheres necessitadas. Ela ignorou a primeira placa, mas se virou quando viu a segunda.

Apesar de ser uma tarde de terça-feira e de as visitas à casa terminarem em poucos minutos, havia outros três carros estacionados na frente. Ela parou logo depois de um casal jovem e os seguiu até lá dentro. Jimmy lhe deu uma piscadinha quando a viu. Ele entregou folhetos aos três.

— Nova no mercado — revelou ele com um sorriso fácil e acolhedor. — Os vendedores estão motivados. Tive muitos interessados e espero que esta aqui venda rapidamente. Se tiverem qualquer pergunta, é só me dizer.

Ela murmurou seu agradecimento e caminhou da sala surpreendentemente grande até a cozinha nos fundos. Era menor e precisava ser modernizada, mas tinha aquele jeito de ter sido bem cuidada. Havia estênceis no teto, e os azulejos tinham sido cuidadosamente esfregados.

Sienna verificou os dois pequenos quartos e o único banheiro, em seguida saiu para o quintal.

Tinha um tamanho decente e uma cerca. Sem vista, não daquele ponto, do oceano.

Todas as janelas estavam abertas e ela conseguia ouvir os outros casais falando.

— Eu também gosto — comentou um homem. — Mas, meu amor, você conseguiria ser feliz nesta cozinha? Você gosta de cozinhar, e a distribuição certa é importante. Não vamos conseguir pagar uma reforma durante anos.

Havia uma preocupação genuína na voz dele. Amor, pensou com tristeza. Ele se preocupava com a mulher. Queria que estivesse entusiasmada com sua primeira casa.

Voltou para dentro e foi até a pequena sala de jantar. Jimmy deixara um caderno ali com fotos diferentes da casa, juntamente com informações sobre a área, inclusive escolas, restaurantes locais e lojas. Com três grandes empresas vindo para a região, estavam tendo muitas realocações. A cidade estava crescendo rapidamente.

Sienna se sentou à mesa e folheou o caderno. Embora estivesse examinando as páginas, não lia as palavras. Em vez das fotos, via o rosto de David e se perguntava se alguém conseguia ouvir amor em sua voz.

A relação deles a confundia. Por um lado, ele era doce e solidário. Por outro, Sienna se preocupava por David ser obcecado por seu visual. Ainda mais preocupante, ela não conseguiu identificar o que sentia. Às vezes, estava convencida de que mal gostava do noivo, e outras vezes realmente queria estar com ele.

Isso era amor? Não parecia nenhuma das definições que já tinha ouvido, mas talvez fosse diferente para cada pessoa. Talvez aquela fosse a sua versão do amor.

Não era como o que sua mãe tinha com Neil. Apenas olhando para eles Sienna conseguia saber que eram feitos um para o outro. Estavam felizes.

Ela colocaria Rachel e Greg nessa categoria, mas agora eles estavam divorciados. Mesmo assim, tinha algo de correto no casamento da irmã mais velha. Courtney sempre evitou compromissos a longo prazo. Talvez isso fosse mudar com Quinn. Quanto a si mesma, tinha mais perguntas que respostas.

Poucos minutos depois, o último dos potenciais compradores partiu, e Jimmy se juntou a ela na mesa.

— Teve sucesso? — perguntou Sienna.

— Estou esperando uma oferta até amanhã ou depois. Talvez mais de uma.

— Você faz um bom trabalho.

— Obrigado. — Ele a observou. — Você está bem?

— Estou. Só um pouco introspectiva, mas vai passar.

Ele pegou uma garrafa d'água do centro da mesa e a abriu.

— Quer conversar?

Discutir David com Jimmy? Isso seria estranho.

— Você já se apaixonou alguma vez? — perguntou Sienna antes que pudesse pensar direito.

Ele fez uma pausa para beber a água.

— Você *é* introspectiva. — Jimmy deixou a garrafa na mesa e pensou na pergunta. — Teve uma garota uma vez. Era loira, engraçada e, quando sorria, era a melhor coisa do mundo. — Ele deu de ombros. — Mas éramos jovens e não funcionou.

— Deve ter tido alguém além de mim — comentou ela. — Não que eu não tenha gostado do elogio.

— Tenho certeza de que você é a única que eu poderia dizer que amei. Houve outras mulheres, mas não foi a mesma coisa. — Jimmy bebeu a água. — Não estou preocupado. A mulher certa vai chegar.

— Você é um partidão.

Ele sorriu.

— É o que me dizem. E você? Além de mim, é claro. Aquele cara de Chicago e David. Alguém mais?

— Não. — Sienna já não tinha certeza sobre Hugh. Ela o amava ou amava o que ele representava? E David... — Você vai ao casamento da minha mãe? — perguntou ela, sem querer falar mais sobre amor.

— Você sabe que vou. Recebi meu convite outro dia. Já confirmei. — Jimmy franziu a testa. — Era muito rosa.

— O convite? Eu vi. — Ela riu. — Acho que você precisa se preparar. Vai ter muito rosa na recepção. Vai acompanhado?

— Não. Mas vou dar uma olhada nas solteiras. Talvez eu possa conseguir alguma coisa com as madrinhas.

— Improvável. Somos eu, Courtney e Rachel. Sinceramente, não consigo imaginar você querendo dormir com uma das minhas irmãs.

— Isso é verdade, não com as suas irmãs. — Jimmy piscou para ela.

Ai! Ele quis dizer...? O pensamento a atingiu no baixo-ventre. Mas ela estava com David, e estavam noivos.

— Estou brincando com você — falou Jimmy. — Não fique em pânico.

— Eu não fiquei.

— Parecia pronta para correr.

Talvez, mas não pelas razões que ele imaginou. Sienna pegou a garrafa de água.

— Quer que eu guarde uma dança para você? — questionou ela.

— Claro.

Courtney já estivera em Los Angeles antes. Houve algumas viagens à Disneylândia — que tecnicamente ficava no Condado de Orange, mas era bem próximo — junto com a Universal Studios. Passou um fim de semana com uma amiga em Mischief Bay. Mas o que sabia sobre Malibu vinha do que tinha visto em revistas ou na TV.

O passeio ao longo da Pacific Coast Highway foi incrível. O oceano se estendia sem fim. O céu estava claro e fazia calor.

Havia um tráfego pesado, mas ela não ligou por terem que ir devagar. Tinha mais tempo para olhar tudo.

Quinn virou em uma rua residencial e ela ficou um pouco surpresa ao ver muros e portas de garagem em vez de casas. Não havia telhados altos e mansões, ao menos que pudessem ser vistos.

Ele parou na frente de um portão fechado de ferro fundido e pressionou um botão na parte inferior do espelho retrovisor. O portão se abriu. Courtney viu um caminho de entrada relativamente curto com uma garagem para quatro carros na outra ponta. Havia um caminho que levava a uma porta sólida e de aparência modesta.

Quinn estacionou na garagem e pegou as duas malas. Caminharam até a porta, e ele usou um teclado para abri-la. Courtney entrou e percebeu que o exterior enganava deliberadamente.

A casa era enorme. Ela ficou parada em um imenso vestíbulo. O piso era de mármore, e o candelabro parecia ser italiano. Ela não tinha certeza. Havia uma sala de estar ampla, com vários lugares onde sentar. Uma sala de jantar gigante que poderia facilmente acomodar vinte pessoas ficava à esquerda, e as escadas ficavam à direita. Courtney teve a impressão de que a casa tinha sido decorada por um especialista, alguém que sabia que obra de arte escolher para o local ter um ar casual. Mas o que realmente chamou sua atenção foi a vista.

Toda a parede à esquerda era de janelas, do chão ao teto. Ela conseguia ver a praia e o oceano além. Havia um grande deque e escadas exteriores que levavam até a areia.

Quinn desceu as escadas, com Courtney logo atrás. O andar de baixo tinha mais áreas de estar, e parecia ser onde ele realmente passava seu tempo. Havia uma grande cozinha, que podia rivalizar com algum restaurante, uma confortável sala de estar e o que parecia ser uma adega.

Aparelhos eletrônicos complicados enchiam um armário com portas de vidro. Ela notou alto-falantes embutidos em todos os lugares, o que fazia sentido, considerando o trabalho de Quinn.

Mais uma vez, a vista dominava tudo. A luz inundava a casa, e Courtney sabia que, se abrisse uma porta de vidro deslizante, ouviria o som do oceano, junto com o grito das gaivotas.

Desceram mais um andar. Ela viu um quarto de hóspedes de bom tamanho e o quarto principal. Este último era grande, com uma lareira e um banheiro luxuoso. A banheira tinha espaço para cinco, assim como o chuveiro. A praia ficava bem nesse nível. Havia um pátio imenso e cadeiras. Courtney ficou observando Quinn, depois a janela, e de volta para ele.

— Sério? Você está deixando tudo isso para trás para morar em Los Lobos?

— Depois de um tempo você para de perceber a vista.

— Então você precisa ir ao oftalmologista. Isso aqui é incrível.

Ele riu e deixou as duas malas na cama.

— Acho que você vai dormir comigo — concluiu Quinn de um jeito fácil. — Tem o quarto de hóspedes, se preferir.

Courtney inclinou a cabeça.

— Sério? Por que eu ia querer o quarto de hóspedes? Embora seja muito educado da sua parte oferecer essa opção. Sua avó ficaria muito orgulhosa.

Ele se retraiu.

— Não vamos contar para ela.

— Tenho certeza de que Joyce quer ouvir sobre sua vida sexual tanto quanto você quer falar sobre isso. — Ela girou devagar. — Você realmente vai vender este lugar?

— Este é o plano. Vai estar à venda na próxima semana.

— Você não vai encontrar nada assim em Los Lobos.

— Não quero nada assim. Estou pronto para seguir em frente.

Quinn se aproximou e a puxou para si.

— Sobre nossos poucos dias aqui. Tenho um plano.

— Já gostei.

Ele a beijou de leve.

— Vamos desfazer as malas, fazer amor, e depois vamos às compras. Esta noite vamos comer em casa, e amanhã vou mostrar para você os pontos turísticos. Na quinta-feira à noite é a festa, então voltamos para casa na sexta-feira.

Courtney o observou, percebendo as linhas em seu rosto. A paixão acesa em seus olhos. Ele era alto e forte, e, quando estava perto daquele homem, ela se sentia melhor consigo mesma. Como se fosse capaz de fazer qualquer coisa.

Ela sorriu.

— Então, vamos transar só uma vez?

Quinn riu.

— Podemos transar duas vezes, se for importante para você.

Courtney adorava como ele a provocava. Bem, os dois podiam fazer esse jogo.

— Você está velho. Eu não posso forçar seu coração.

Ele a beijou de novo.

— Você é jovem. Eu não quero chocar você com meu jeito pervertido.

— Você é pervertido?

— Talvez tenha sido, uma ou duas vezes. — Quinn endireitou o corpo. — Courtney, você sabe que houve outras mulheres na minha vida.

Não era uma pergunta, pensou ela, mas a mensagem não estava clara.

— Claro que eu sabia que você não era mais virgem.

— Na festa... — começou ele, então hesitou.

Courtney não conseguia se lembrar de um momento em que Quinn não soubesse o que dizer. Ela levou as mãos ao peito dele.

— Eu conheço algumas garotas malvadas. Elas vão me deixar saber por que não me enquadro na turma de descolados, ou que você não liga nem um pouco para mim. Ou que não tem nada a ver comigo. — Courtney lembrou de algumas coisas que aconteceu quando era a garota mais velha e mais alta de sua turma. — Passei por coisas muito piores. Vou ficar bem.

— Nunca duvidei disso nem por um segundo.

26

NA QUARTA-FEIRA À NOITE, SIENNA encontrou David em sua casa. Pediu para vê-lo depois do trabalho, embora não tivesse dito sobre o que queria falar. Sentia como se fosse vomitar, mas sabia que estava fazendo o que era certo.

Sentou-se diante de David em sua sala de estar. Felizmente, a mala havia desaparecido, mas as lembranças daquele dia permaneceram. A família dele realmente havia criado uma página no Facebook para o casamento, e Sienna ainda estava recebendo pedidos de amizade de primos de terceiro grau dele. Enquanto olhava para seu noivo, ela reconheceu que, embora não conseguisse apontar exatamente o que estava errado, David não era o cara certo.

Sienna engoliu em seco, deu um suspiro para reunir coragem, depois retirou cuidadosamente a aliança de noivado do dedo.

— David, desculpe, mas não posso me casar. Acho você maravilhoso e sei que merece toda felicidade do mundo. Gostaria que pudesse ser comigo, mas não pode. — Sienna hesitou. — Sinto que não estou apaixonada.

Ela se forçou a parar de falar. Embora seu instinto natural fosse de continuar, sabia que precisava dar um segundo para ele processar o que lhe dissera. David ficaria com raiva. Estava preparada para isso. Ninguém queria ser rejeitado dessa maneira.

Independentemente disso, Sienna sabia que estava tomando a decisão certa.

O que sentia por David não era amor. Não podia ser. Sim, tinha medo do que todos diriam, mas e daí? Era a vida dela, e precisava fazer a coisa certa.

Ele a olhou por um longo tempo, se levantou e foi até Sienna para levantá-la. A expressão de David era compreensiva, até mesmo gentil. Ele não parecia nem um pouco irritado.

— Olha, Sienna, eu já vinha esperando isso havia algum tempo.

— O quê?

David a puxou para si e a envolveu com os braços.

— Você passou por muita coisa. Desculpe por todas as perguntas e preocupações. Coitadinha.

Ela não entendia. Aquela não era a reação tradicional de alguém que ouvia: *Estou te dando um pé na bunda.* Sienna recuou.

— Estou rompendo nosso noivado. Você entendeu?

David tomou o rosto dela nas mãos.

— Não, não está.

— Estou. Foi o que acabei de fazer.

Ele sorriu com ternura.

— Você tem medo de não me amar. Está se perguntando se fez a escolha certa. Não sabe o que deveria estar sentindo com toda essa situação, mas pânico não devia fazer parte disso.

— É... talvez. — Como ele pôde ter percebido tudo isso? Sienna mal sabia o que estava acontecendo. Como David podia estar mais em sintonia com ela do que a própria Sienna?

— É seu pai — disse ele calmamente. — Você era tão jovem quando ele morreu, e você e sua família passaram por um momento difícil. Isso marcou. Não apenas você... todas as suas irmãs. Você está reagindo de forma diferente, mas todas estão lidando com os desdobramentos. Sei que foi por isso que você rompeu os outros noivados. Ficou assustada e está assim agora. Acho que o termo tradicional para isso é *cagaço*. — Ele sorriu. — Você está morrendo de medo, nada mais.

— Estou?

— Está. — David a encarou. — Sienna, você é a melhor coisa que já me aconteceu. Todos os dias eu agradeço por não ter parado de procurar. Esperei, sabendo que a pessoa certa estava por vir, e então conheci você. Eu soube desde o início que você era a mulher certa. — Ele correu as mãos até os ombros dela. — Tudo bem ficar com medo. Tudo bem ter questionamentos. Mas, assim que você passar por isso, por favor, lembre-se de que amo você e sempre estarei aqui.

Sienna imaginou a conversa de várias maneiras, mas nunca nada assim.

— Estou apavorada — admitiu. — Com nosso casamento, com a mudança para St. Louis.

— Acho que esses são apenas sintomas. O que realmente apavora você, eu acho, é a sensação de perder de novo. De perder tudo como aconteceu antes.

Sienna não havia pensado dessa maneira, mas parecia correto. Claro que a morte de seu pai afetou a todas elas.

David levou-a para o sofá e se sentou ao seu lado. Ele se inclinou e acariciou sua mão.

— Sienna Watson, você é a mulher que eu amo. Nos dê uma chance. Por favor. Basta considerar a possibilidade de que sua incerteza não tenha nada a ver com o que sente por mim. De que ficar vai valer a pena. E quando tudo isso ficar para trás e estivermos casados, você verá que somos feitos um para o outro. Me deixe passar o resto da vida fazendo você feliz.

Ele tem razão, pensou ela, sentindo-se zonza. Estava deixando seus medos tomarem conta. David a amava. Deveria confiar nisso. Confiar nele. Talvez, ao fazer isso, aprendesse a confiar em si mesma.

Sienna pôs os braços em volta do pescoço dele e ficou ali. Como David havia pedido.

Courtney já vira dezenas de festas no hotel, mas nenhuma se comparava à que Quinn dera em Malibu.

O serviço de *catering* começou as instalações às oito da manhã; os alimentos foram entregues em caminhões, assim como as flores. Os pratos, copos e talheres eram suficientes para abastecer metade de Los Lobos.

Quinn deixou à disposição um estilista, caso Courtney quisesse. Ela aceitou porque, cara, quando isso aconteceria de novo? Então, passou a tarde num spa exclusivo de Malibu. Fizeram suas unhas, depilação, e jogaram spray bronzeador nela. Seu cabelo estava brilhante, aparado e enrolado em ondas casuais, praianas, que levaram mais de uma hora para serem feitas. Em seguida, maquiagem, inclusive cílios postiços.

Courtney tinha levado o vestido novo — aquele que ela e Quinn compraram na tarde anterior. Era um tomara que caia justinho de rendas azuis que custara mais que o carro dela. Felizmente, era da cor exata de seus sapatos Saint Laurent, assim poderia usá-los.

Ela pôs o vestido, depois os sapatos, guardou os shorts e a camiseta que tinha usado, então percebeu que não sabia como voltar para a casa. Quinn a largou no spa, mas estaria ocupado com as coisas da festa agora.

A recepcionista do local aproximou-se.

— Seu carro está aqui, senhora Watson.

Ela tinha um carro?

— Obrigada. Hum, sobre a conta...

— Ah, já foi paga. Juntamente com uma gorjeta muito generosa para todos que a atenderam hoje.

Quinn, pensou Courtney. Nem deveria se surpreender. Ele também a presenteou com o vestido. O homem era simplesmente ótimo.

Ela saiu e viu uma limusine longa e preta esperando. Sério? Para um percurso de três quilômetros? Ainda estava rindo quando pararam na frente da casa.

Lá dentro, ela se deparou com um caos controlado. O *catering* estava nos estágios finais da preparação. Courtney tirou os sapatos e caminhou descalça até o piso inferior, onde viu Quinn abotoando uma sóbria camisa preta.

A cor escura contrastava com os olhos azuis e os cabelos loiros. Ele parecia sexy e perigoso, para não falar poderoso. Quando a viu, sorriu devagar.

— Você está linda.

— Obrigada. — Courtney se aproximou. — Por tudo. Pelo vestido, pelo dia no spa. Essa viagem está incrível.

— Eu gosto de te fazer feliz.

— Você sabe que para isso não precisava dessas coisas, certo?

— Sei, mas às vezes essas coisas são divertidas. Como foram os tratamentos?

Courtney sorriu.

— Interessantes. Tenho uma coisa para te mostrar mais tarde.

— Como assim?

Ela apontou para a virilha.

— Sempre mantive tudo aparado, você sabe... mas desta vez fui ao extremo. Depilação completa.

O sorriso de Quinn desapareceu.

— Ai, isso dói. Você está bem?

— Estou, mas vamos ter que fazer um *test drive*.

Ele a puxou para si.

— Eu gostaria. Mas primeiro quero exibir você.

Courtney riu.

— Exatamente o que eu estava pensando sobre você.

A festa só começou depois das 21h. Courtney imaginou que nenhuma daquelas pessoas tinha empregos que exigissem que estivessem na mesa de trabalho às sete da manhã.

Ela passou a maior parte do tempo no deque, observando as pessoas bonitas. Quinn a encontrava e a levava de volta para dentro, onde a apresentava a todos. Em seguida, Courtney fugia de novo.

Aquilo não era para ela. Sabia disso, bem no fundo. Embora fosse divertido ver celebridades, atores e cantores se misturarem, não sabia o que dizer. Não, ela não tinha visto o último filme ou programa de TV de fulano, nem tinha ouvido a última música de beltrano.

Até aquele verão, estivera trabalhando em período integral e indo para a faculdade. Não tivera tempo para muito mais do que isso. Ela não estava interessada na fofoca do setor ou em quem estava dormindo com quem. Claro, tinha sido divertido passar o dia ali, porém, mais do que isso, seria tedioso.

Mas, por ora, agarraria aquilo com as duas mãos e aproveitaria cada segundo. O champanhe estava delicioso, assim como a comida, e observar Quinn... bem, isso sempre era um show a parte, e dos melhores. O homem era bonito no sentido mais másculo da palavra. Courtney gostava de ver como ele ouvia pacientemente, mesmo quando não estava interessado no que a outra pessoa estava dizendo. Ficou surpresa de que ninguém mais conseguisse ler a linguagem corporal dele, que era clara para Courtney.

Ela se debruçou contra o parapeito e deixou que o ar fresco da noite a cobrisse. Música tocava em alto-falantes escondidos. Uma morena alta e magra aproximou-se. Courtney tentou identificá-la e, honestamente, não conseguiu. Modelo, talvez? Atriz? O vestido era deslumbrante, assim como o corpo. Courtney nunca tivera muito busto, mas aquela mulher tinha seios fantásticos.

— Quem é você? — perguntou a mulher.

— Courtney.

A mulher encarou-a.

— Não quero saber seu nome. Quem é você para o Quinn? Por que está aqui?

Ai, meu Deus! Courtney teria mesmo aquele momento "menina malvada"? Alguém poderia gravar para ela poder se divertir mais tarde?

— Será que você não deveria perguntar isso ao Quinn? — respondeu, torcendo para parecer um pouco aborrecida em vez de super empolgada.

— Estou perguntando pra você.

— Sou a namorada dele — anunciou Courtney, então se esforçou para não estragar a altivez da voz com uma risadinha.

A outra mulher fungou. Fungou de verdade!

— Você não faz o tipo dele.

— E você faz? — Courtney tomou um gole de champanhe antes de abrir seu melhor sorriso de desdém. — Acho que não.

A morena deu um passo para trás.

— Você não pode falar comigo desse jeito. Sabe quem eu sou?

Aquilo era fantástico. Era como um teatro da vida real. Tudo bem, teatro ruim, mas mesmo assim...

— Não tenho a mínima ideia. Nem quero saber — desdenhou Courtney.

— Vaca.

Ela ergueu a mão livre.

— Sério? Vaca? É o melhor que você pode fazer? Pelo menos se esforce um pouco. Me chame daquela palavra com "p" ou algo assim. Fala sério. Nunca mais venho em uma festa dessas de novo. Você foi a melhor coisa que me aconteceu a noite toda. Vamos começar de novo. Me fale como sou horrível. Ai, eu sei, tem coisa melhor: me fale como sou feia e que não vou durar uma semana com Quinn. Isso sempre é bom.

— Ele vai voltar para mim — retrucou a outra mulher. — Quinn sempre volta.

A morena se virou e se afastou. Courtney seguiu atrás.

— Você nunca vai roubá-lo de mim. Você vai ver. Vou ficar com tudo.

A outra mulher mostrou o dedo antes de entrar na casa. Quinn saiu por outra porta e ergueu uma sobrancelha.

— Quer conversar sobre isso?

— Eu tive um momento de "menina malvada". Foi fantástico, embora minha contraparte tenha sido decepcionante. Ela não disse que eu era feia ou que você estava me usando. Ela não assiste filmes de adolescentes? Tem um jeito certo para fazer esse tipo de coisa.

Quinn a encarou.

— O quê? — perguntou ela. — Você é maluco? Era para levar aquilo a sério?

Ele riu.

— Não, Courtney. Você fez tudo exatamente como deveria.

— Você está bem? — perguntou Greg calmamente enquanto o restante das pessoas à mesa conversava.

— Estou ótima. — Rachel abriu um sorriso brilhante.

Ela ainda estava tentando entender o que acontecera. A mãe ligara no dia anterior com um convite de jantar de última hora. Josh passaria a noite fora, na casa de Lena, para que pudesse sair com seu amigo. Maggie mencionara que Sienna e David os encontrariam no restaurante do hotel. Courtney ainda estava em Los Angeles. A única pessoa que Rachel não esperava ver era Greg.

— Maggie trombou comigo no supermercado ontem — explicou ele em voz baixa. — Não foi uma emboscada.

— Acredito em você.

Rachel acreditava mesmo. Era tão estranho. Ela e Greg estavam divorciados. Por que sua mãe o convidaria para o que seria um jantar em família? Claro, David estaria lá, mas ele e Sienna estavam noivos.

— Quer que eu vá embora? — perguntou Greg.

— Hein? Não! Claro que não. — Rachel se inclinou para perto dele. — Greg, estou bem quanto a isso. Apesar do divórcio, você ainda é da família. Não se preocupe.

— Tem certeza?

— Claro.

O problema não era ficar desconfortável perto do ex, pensou com pesar. O problema era que ela não ficava. Passaram mais tempo juntos naquele verão do que nos últimos seis meses. Também estavam se dando melhor do que tinham se dado em anos. Seu ex-marido estava diferente, mas talvez ela também estivesse. Ouvir, por acaso, aquela conversa na festa de noivado tinha sido um verdadeiro insight.

Maggie esperou até que seu garçom tivesse servido vinho a todos, então levantou a taça.

— Obrigada por virem esta noite — exclamou ela. — Lamento que Courtney não esteja aqui, mas vamos fazer um brinde a ela em sua ausência.

Todos levantaram as taças e beberam.

Estavam em uma mesa redonda para seis. Neil estava de um lado de Rachel, com Greg do outro. Sienna estava entre Greg e David.

— O jogo de beisebol de Josh no final de semana passado foi muito emocionante — comentou Maggie, deixando a taça de vinho de lado. — Ele é bastante atlético. — Sorriu para Rachel. — Desculpe, minha querida, mas acho que ele herdou isso do pai.

Rachel ergueu as mãos, com as palmas para cima.

— Nem vou discutir, mãe. Nunca me interessei por esportes.

— Ah, ele puxou todas as coisas boas de mim — disse Greg com uma piscadela.

— Não mesmo — afirmou Maggie. Ela se voltou para a ficha de novo. — Você faz muitas coisas durante os jogos. Vi você com a água e os lanches. Tinha que ter mais uma mãe do time.

Rachel sentiu como Greg a observava. Eles tinham discutido como Heather continuava a não aparecer.

— E há outra mãe! — exclamou Rachel. — Eu estou querendo falar com ela sobre virar as costas para as responsabilidades.

— Eu deveria imaginar.

Maggie sorriu, aprovando.

— Sério? — perguntou Greg calmamente.

— Olhar feio para Heather não é uma estratégia eficaz se ela não estiver lá — admitiu Rachel. — Não gosto da ideia de enfrentá-la, mas está na hora.

O garçom colocou o pão na mesa. Rachel olhou para a cesta por um segundo, então balançou a cabeça. Estava tentando ser indulgente com as coisas que realmente amava. Embora pão fosse bom, não era tão empolgante quanto um copo de vinho ou uma sobremesa excelente. E estava economizando calorias para a torta de mousse de chocolate que tinham naquele restaurante.

Ela passou a cesta a Neil. Ao se virar, sentiu aquela pontada familiar na parte inferior das costas.

Todos os exercícios mais a caminhada haviam ajudado, mas ultimamente sentia pontadas fortes do lado direito. Teria que ser mais diligente com os alongamentos ou enfrentaria uma dor daquelas nas costas.

— Josh joga outros esportes? — perguntou Neil.

— Ele gosta de basquete — respondeu Rachel. — Jogava futebol antes, mas não ama. Acho que é um garoto do beisebol.

— Melhor que futebol americano — acrescentou Sienna. — Não vai ter que se preocupar com tantas lesões. — Ela sorriu para Greg. — Não que você não tenha sido incrível quando foi capitão da equipe de futebol americano.

— Eu era bem sonhador.

Todo mundo riu.

— Joguei futebol americano por um ano — recordou David. — Então abandonei para me concentrar nos estudos.

Depois disso, houve um momento de silêncio incômodo. Rachel disse a si mesma para não julgar. Só porque não conseguia ver o que a irmã achava de atraente não significava que David não tivesse grandes qualidades.

— Gosto que meu filho seja o tipo de criança que quer ficar ao ar livre — explicou Rachel, esperando dar continuidade à conversa. — Limitamos seu tempo de videogame, e ele está bem com isso. Eu me preocuparia se quisesse jogar por horas a fio.

— Concordo — assentiu Neil. — É por isso que a Barrels oferece tantas outras maneiras de se brincar. Os videogames tem seu lugar, mas as crianças precisam se mexer. Houve muita preocupação quando introduzi o laser tag, mas é um sucesso desde o início. — A expressão dele ficou melancólica. — Sempre quis ter uma área de paintball, mas isso exigiria um espaço grande demais.

Rachel fez o possível para imaginar exatamente do que Neil estava falando. Sabia que o futuro padrasto tinha algum tipo de casa de fliperama, mas achava que era apenas um lugar. Barrels era uma franquia nacional com um modelo de negócio único. O nome — Barrels, ou barris em inglês — referia-se a seu duplo propósito. Barris de diversão para crianças durante o dia e barris de vinho e uísque à noite.

Sienna pareceu igualmente confusa.

— Você tinha uma loja da franquia?

— A Barrels não era uma franquia. A empresa é dona de cada estabelecimento no país inteiro.

Maggie deu um tapinha na mão do noivo.

— Eu achei que tinha dito para as meninas. Neil criou a Barrels. Abriu a primeira quando tinha 20 anos, e a partir daí ela cresceu. Ele vendeu tudo no ano passado.

Rachel olhou para a irmã. Sienna estava boquiaberta, mas se recuperou primeiro.

— Hum, não, mãe, você não nos contou. Você disse que Neil tinha um fliperama.

— Disse? — Maggie parecia pouco convencida. — Acho que eu não queria me gabar.

— Vender a Barrels é um negócio e tanto — conseguiu dizer Rachel. — Deve ter rendido milhões. Ou bilhões!

O sorriso de Neil foi modesto.

— Tive muita sorte. Como já falei antes, vou garantir que sua mãe fique bem para o resto da vida.

— Acho que sim — murmurou Sienna.

Rachel nunca se preocupara com o futuro financeiro de Maggie, mas foi bom saber que não teriam problemas. Barrels. Isso sim foi um choque.

— Você não sabia? — perguntou Greg.

— Não. Você sabia?

— Claro. Quando sua mãe começou a namorar, dei uma vasculhada na internet. — Ele se virou para Neil. — Sem ofensa.

— Imagine. Fico muito feliz por saber que minha noiva tem tantas pessoas cuidando dela.

— Você deveria falar com Neil sobre o dinheiro — sugeriu David a Sienna. — Para aquele duplex.

Ela ficou vermelha.

— Não vou pedir para minha família participar de nenhum dos meus projetos, David. Você sabe disso.

Sienna estava falando a verdade, pensou Rachel. Quando a irmã começou a trabalhar para instituições sem fins lucrativos, criou essa regra para si. Dessa forma, estava livre para falar de trabalho sem que ninguém sentisse que estavam sendo aliciados. David precisava respeitar isso.

— Você pode falar comigo, sem dúvida — falou Neil. — Eu ficaria feliz em ajudar.

— É muito gentil da sua parte. Alguém pode mudar de assunto? — pediu Sienna.

— Estou grávida — anunciou Rachel.

A mesa ficou em silêncio enquanto todos a olhavam. Bem, todos, exceto Greg, que só parecia estar se divertindo.

Ela ergueu a taça e sorriu.

— Brincadeira. — encarou a irmã. — Você me deve essa.

— Devo e agradeço.

— Outro bebê seria legal — comentou Maggie. — Gostaria de ter mais netos.

— Eu também — concordou Neil.

Greg se aproximou.

— Você que começou, então a culpa é só sua.

— Obrigada pelo apoio. — Rachel se voltou para a mãe. — Foi uma piada. Não estou saindo com ninguém, então seria difícil de engravidar.

Assim que disse as palavras, perguntou-se por que não mencionou que já tinha passado da hora. Estava com trinta e poucos. Queria ter mais filhos agora?

O garçom apareceu com as saladas.

— Tem o piquenique anual de verão dos bombeiros e famílias neste fim de semana — contou Greg. — Quer ir?

O convite a surpreendeu. Rachel não tinha ido ao último por causa do divórcio. Ainda assim, sempre gostara de se reunir com os colegas de trabalho de Greg e as outras esposas.

— Seria divertido. Obrigada.

Ele sorriu. Por um segundo, o resto do mundo pareceu sumir, e apenas os dois permaneceram. Rachel se viu querendo inclinar-se para ele, estar em seus braços. Não só para o sexo, embora fosse maravilhoso, mas também para ser abraçada. Sentia saudade dos abraços de Greg. Na verdade, sentia saudade de quase tudo de seu casamento.

Pela milésima vez, desejou que seu ex-marido pudesse ter sido desse jeito lá atrás, quando ainda estavam casados. Rachel teria sido a mulher mais feliz do mundo.

27

Sienna se forçou a dar mordidinhas e mastigar. Ainda estava chateada com a sugestão de David de pedir dinheiro para Neil. Mas o que era aquilo? Claro, era incrível descobrir que seu futuro padrasto era multimilionário, mas e daí? Isso não dava a ela o direito de exigir que ele patrocinasse nada.

Pedir doações exigia tato e compreensão. Era uma dança delicada. Algumas pessoas tinham a ideia errada de que gente rica tinha a obrigação de dar dinheiro. Não era tão simples assim.

A conversa havia sido retomada à mesa. Ela participou, torcendo para que ninguém notasse que estava chateada. Enquanto ainda comiam as saladas, seu telefone tocou.

— Ah, me desculpem — disse ela ao pegar o aparelho da bolsa. — Devo ter me esquecido de colocá-lo em modo silencioso.

Ela olhou para a tela e viu uma mensagem de texto de Erika.

Minha prima está aqui. Ela não está bem e precisamos de ajuda. O que eu faço?

Sienna colocou o guardanapo sobre a mesa e se levantou.
— Já volto.
— O que foi? — perguntou David.
— Trabalho. Com licença.
Ela entrou no salão do hotel e ligou para Erika.
— Ela precisa de ajuda médica? — questionou assim que a moça atendeu.

— Ela diz que não. Foi agredida, mas jura que está bem. Posso levá-la para a minha casa, mas pelo que li, isso é uma ideia ruim. E se o cara for procurar por ela lá?

— Tem razão. É melhor não se envolver nisso. Não vai dar certo. — Sienna já estava caminhando em direção à recepção. — Me dê cinco minutos e eu volto a te ligar.

Ela reconheceu o atendente atrás do balcão.

— Oi, Cliff. Estou fazendo o check-in de Anna Fields.

Cliff, o universitário, pareceu confuso por um momento.

— Oi, Sienna. Uma amiga sua está chegando?

— Mais ou menos. Há uma reserva permanente para Anna Fields. — Ela sorriu. — Pode olhar.

Porque o compromisso de Joyce com a Helping Store era manter um quarto pequeno disponível. Como o quarto de Courtney, não era muito grande nem bonito, mas era um porto seguro até que conseguissem espaço em uma das casas para mulheres vítimas de agressões.

Cliff digitou em seu computador, e então assentiu.

— Estou vendo. Não é cobrado e não devo fazer perguntas. Nunca vi uma reserva assim antes. O que é?

Sienna ergueu as sobrancelhas.

— Você se lembra da parte de não fazer perguntas?

— Ah, desculpe. Claro.

O atendente pegou duas chaves e as entregou.

— Obrigada — disse ela, e pegou seu telefone. Dois minutos depois, Sienna desligou, com todas as providências tomadas: Erika e a prima estavam indo ao hotel.

Assim que chegassem, ela poderia avaliar a situação. Se a prima de Erika parecesse estar bem, Sienna pediria a um dos assistentes sociais que a encontrasse de manhã. Se as coisas estivessem piores, chamaria um imediatamente.

Ela subiu a escada e checou o quarto. Tinha mobília simples, com duas camas de solteiro. Havia uma pequena cozinha com um frigobar, um fogão de duas bocas e um microondas. A porta possuía tranca dupla, para que os hóspedes se sentissem mais seguros.

Ela usou o bloco de folhas na mesinha de canto com luminária para fazer uma lista. *Comida*, pensou. Comida e outras coisas com as quais a garota passaria os próximos dias.

Ela voltou à recepção. David saiu da sala de jantar e foi até ela.

— O que está acontecendo? — perguntou, parecendo irritado. — Você desapareceu.

— Desculpa, aconteceu uma emergência no trabalho. Eu estava voltando para explicar agora mesmo. Vou ficar ocupada por algumas horas.

Ele pareceu desconfiado.

— O que você poderia estar fazendo que não pode esperar? O cheque de alguém não foi compensado?

O tom de desdém a pegou desprevenida.

— Como é?

David revirou os olhos.

— Vamos, Sienna. Trabalho? Sério? Você arrecada dinheiro. Não ajuda de verdade as mulheres agredidas. Não é nada que não pode esperar. Vou viajar amanhã a negócios. Esta é nossa última noite juntos durante um tempo e você está acabando com o momento.

Sienna se sentiu como se tivesse levado um tapa. Não, fora pior, como se David jogasse no lixo todas as coisas que ela considerava importantes.

— David, por mais surpreendente que possa ser aceitar, eu ajudo as mulheres agredidas, *sim*, quando é necessário. Não posso entrar em detalhes agora, só posso dizer que, quando alguém precisa de mim, vou ajudar. E quero que você respeite isso.

— Não enquanto você não me respeitar. Não pode simplesmente sumir do jantar e esperar que eu fique bem com isso.

— Por que está agindo assim? O que está havendo com você? Tenho uma emergência no trabalho. Quando eu puder contar mais, vou contar, mas no momento, preciso que confie em mim.

— Se você não vai ficar para jantar, eu também não vou.

Ele só podia estar brincando. Tudo isso tinha que ser uma brincadeira muito sem graça.

— David, por favor.

— Você vai voltar para jantar ou não?

— Não.

— Então eu vou embora.

Ele deu as costas e saiu do hotel. Que ótimo. Não que Sienna tivesse tempo para lidar com aquilo. Mais tarde, prometeu a si mesma.

Voltou correndo para o salão e explicou que teve um problema no trabalho. A mãe, Rachel e Greg assentiram compreensivos, mas Neil parecia confuso.

— Vou explicar daqui a pouco — prometeu Maggie, e então olhou para ela. — Podemos ajudar?

— Acho que tudo está sob controle. — Sienna pegou a bolsa, beijou a mãe no rosto e disse: — Desculpa, preciso correr.

— Tudo bem, querida. Falamos depois.

Sienna acenou e voltou para a recepção para esperar Erika. Viu Jimmy com um jovem casal, provavelmente clientes, mas não tentou chamar a atenção dele. Saiu para esperar, em vez disso.

Menos de cinco minutos depois, Erika chegou com uma morena pequena ao lado.

— Esta é a Jessie — apresentou Erika. — Jessie, minha amiga Sienna.

— Oi.

A voz da prima de Erika era baixinha. Ela usava óculos de sol escuros e mantinha o braço esquerdo quebrado em uma tipoia. Parecia minúscula e indefesa. Sienna engoliu a raiva que fervia dentro de si. Aquele não era momento para isso.

— Oi, Jessie. Prazer em conhecê-la. Vamos entrar.

Sienna as levou ao andar de cima, e então lhes deu as chaves e um cartão com vários números de telefone.

— Este quarto é seu por 72 horas — começou a dizer. — Posso conseguir ajuda médica, psicólogo, um emprego ou uma passagem para casa.

— Não vou voltar nunca mais — revelou Jessie com seriedade. Ela tirou os óculos, revelando os olhos roxos. — Ele já tinha me batido, mas nunca desse jeito. Pensei que fosse me matar. — Lágrimas encheram seus olhos, mas ela os secou. — Já estou de saco cheio. Quero ajuda para me livrar. Pode me conseguir um advogado?

— Posso.

— Vou ficar com Jessie — falou Erika. — Por quanto tempo ela precisar.

— Ótimo. O que você trouxe?

Jessie fez uma careta e ergueu o braço engessado.

— Deixei tudo, menos minha carteira de motorista, um pouco de dinheiro e meu celular. Assim que liguei para a Erika para dizer que estava chegando de ônibus, destruí meu telefone para que ele não pudesse me localizar. Depois de pagar a passagem do ônibus, fiquei com 32 dólares.

Sienna sorriu.

— Não se preocupe. Tudo é substituível. Você vai ficar bem.

— Posso ajudar com dinheiro — ofereceu Erika depressa. — Pago o que ela precisar — E sorriu para a prima. — Você me devolve quando puder. Não tem pressa.

— Obrigada.

Sienna sabia que ter uma rede de apoio ajudaria Jessie. Esperava que a moça estivesse falando sério a respeito de não voltar para a relação abusiva. O tempo diria.

— Preciso arranjar algumas coisas para você — explicou Sienna. — Erika, pode ficar com ela até eu voltar?

— Claro — respondeu Erika. — Como eu disse, vou ficar aqui. Com Jessie. Não quero que fique sozinha.

— Jessie, tudo bem para você?

Ela assentiu.

— Obrigada. Por tudo.

— Volto em uma hora — prometeu Sienna, e então olhou para Erika. — Você tem meu número de celular.

— Tenho.

Sienna as deixou e foi até o corredor. Parou para escrever *celular* em sua lista e então percebeu que estava sem carro. David a havia levado até lá. Ah, droga. Teria que ligar para a irmã ou para a mãe para...

— Oi, Sienna.

Ela olhou para a frente e viu Jimmy saindo do bar.

— Oiê. Reunião com cliente?

— É. Estávamos comemorando o fato de a oferta deles ter sido aceita. O que está fazendo aqui?

— Eu estava jantando com minha família quando aconteceu um imprevisto. Pode me dar uma carona até a minha casa?

— Claro. — Jimmy apontou os fundos do hotel. — Estou desse lado.

Eles começaram a caminhar.

— O que está acontecendo? — perguntou ele.

— Coisa de trabalho. — Sienna se preparou para perguntas parecidas com as de David, mas ele só assentiu.

— Precisa ir ao escritório?

— Sim, e depois voltar para cá.

— Posso te levar — ofereceu ele. — Por que perder tempo indo para casa para pegar seu carro?

— Pode ser que eu demore um pouco.

— Posso esperar.

Ela ia dizer que não precisava, que só queria uma carona para casa. Mas, para ser sincera, gostaria muito de ter a companhia de Jimmy.

Ele abriu a porta do passageiro para Sienna, que entrou. Quando estavam a caminho, ele a olhou.

— É difícil quando elas vão embora?

— Para mim ou para elas?

— Para ambas.

— Sim. Elas estão com medo e eu sinto o mesmo por elas. Às vezes é difícil entender pelo que passaram. — Como o braço quebrado e o olho roxo de Jessie. Não diria isso a ele. Só podiam trocar amenidades.

— Você é uma boa pessoa — afirmou Jimmy.

— Não me dê muito crédito. Estou ajudando a amiga de uma amiga. Normalmente, uma assistente social cuidaria disso.

— Por que não chamou uma?

— Vou fazer isso se for preciso. Mas para as coisas básicas, como acomodá-la, tenho qualificação.

Jimmy estacionou na frente do escritório da Helping Store e entrou com ela. Sienna caminhou até o estoque, onde mantinham itens prontos para noites como aquela. Esses kits eram cheios de coisas básicas e necessárias para os primeiros dias. A maioria das mulheres saía de casa sem nada.

Havia de tudo um pouco, desde itens de higiene a meias, chinelos e alguns livros. Havia também um kit de primeiros socorros, itens de higiene feminina e petiscos.

Jimmy pegou a mochila e a jogou sobre o ombro. De outra estante, Sienna pegou uma grande bolsa de lona, e então a encheu com roupas íntimas, uma camisola, algumas camisetas e um ursinho de pelúcia bege.

— Legal — falou Jimmy. — Todo mundo precisa de alguém para abraçar.

— Exatamente.

Havia pacotes com celulares. Sienna pegou um, além de uma sacola de mercado cheia de itens não perecíveis.

— Preciso pegar algumas coisas da geladeira — informou ela.

— Vou levar tudo isso para o meu carro e te encontro lá na frente.

— Obrigada.

Na geladeira da sala de descanso, havia algumas coisas para comer. Leite, queijo, ovos e frios. Pão e umas refeições congeladas foram para a segunda bolsa. Acrescentou duas barras de chocolate, e então apagou as luzes e encontrou Jimmy.

— Voltamos ao hotel? — perguntou ele.

Sienna assentiu.

Jimmy ligou o carro e voltou para a estrada. Quando passaram por um poste de rua, a aliança de noivado reluziu a luz. O brilho repentino fez com que Sienna pensasse em David. Seu noivo a havia deixado sozinha. Não tinha se preocupado em pensar em como ela voltaria para casa e o que poderia ter que fazer para ajudar alguém. Ele só se importava consigo mesmo.

David havia dito a ela que suas dúvidas não passavam de "cagaço". Que estava reagindo a algo de seu passado e não a ele. Naquele momento, enquanto Jimmy a levava de volta para o hotel, Sienna sabia que ele estava enganado. Seu coração havia lhe dito algo o tempo todo e ela simplesmente não tinha sido forte o bastante para ouvir.

Quinn e Courtney decidiram pegar a Pacific Coast Highway para voltarem a Los Lobos. A viagem seria mais longa, porém, mais bonita. Além disso, ele não tinha pressa para que os dias deles juntos terminassem.

Ela se sentou ao lado dele no Bentley, com os pés descalços apoiados no painel. O cabelo estava puxado para trás em um rabo de cavalo simples, e ela usava óculos. Eles pararam para almoçar no In-N-Out Burger antes de seguirem para o norte.

Eles se divertiram muito. Quinn gostara de vê-la se dando bem na festa. Courtney admitiu que estava se sentindo totalmente por fora, mas manteve-se firme quando necessário. Sua reação ao momento "menina malvada" ainda fazia com que ele risse sozinho.

Quinn passara grande parte da vida tendo algo a provar. Talvez essa necessidade tivesse vindo do fato de o pai não ter se importado muito em ficar com a família depois que sua mãe tinha engravidado, o que resultou no abandono pela parte da mãe. Talvez estivesse em seu DNA. Independentemente dos motivos, Quinn se dedicara ao máximo ao trabalho, sem se importar com compromisso, apenas usando as mulheres bonitas que cruzaram o seu caminho para satisfação própria.

Tivera o cuidado de não se envolver, até poucos anos antes, quando começou a perceber que queria algo mais. Durante um tempo, pensou em se comprometer com Shannon, mas quando ela se apaixonou por outro homem, Quinn seguiu em frente. Até conhecer Courtney.

Ela era tudo que ele poderia ter desejado e mil coisas mais. E isso o levava para a próxima pergunta óbvia. Aonde chegaria com isso?

Há alguns anos, uma conversa como aquela faria com que indicasse o caminho da rua para a moça em questão. Mas agora... agora ele tinha outros planos.

Courtney esticou os braços à frente do corpo e apontou a placa de Los Lobos.

— Estamos quase lá. Eu me diverti muito, mas tenho que dizer que o pouco que tive daquela cidade já é demais.

— Para mim também.

— Mas não costumava ser assim.

— As pessoas mudam.

Courtney o encarou.

— Você mudou, definitivamente. Tem certeza de que está pronto para abrir mão da casa e das... — ela fez sinal de aspas com os dedos — "pessoas bonitas"?

— Sim. A casa era boa, mas posso construir outra igual em Los Lobos. — Não que quisesse. Estava pensando em construir uma casa para uma família. Com um quintal amplo e muitos quartos.

— Mas elas com certeza querem você de volta — mencionou Courtney.

— Quem?

— Aquelas mulheres.

Quinn as desconsiderou, dando de ombros.

— Elas querem o que eu represento. Para a maioria, eu poderia ser qualquer pessoa. É a mesma coisa com os homens que tentam entrar nesse mercado. É um meio para um fim. Querem poder e prestígio, e acham que eu posso fazer acontecer.

— Isso não te incomoda? Que usem você?

— Não me importo com elas. Eu me importo com as pessoas de quem gosto e com a música. O resto é apenas parte da paisagem.

Courtney dobrou as pernas contra o peito e passou os braços por cima.

— Entendo isso. Eu sei que te provoco com essa história de morar em Los Lobos, mas você se encaixa bem. Wayne reclama do clima de cidade pequena, mas não consigo imaginá-lo em Los Angeles. — Ela riu. — Ele nunca teria sobrevivido naquela festa.

— Não é coisa para ele.

— Nem para mim. Mas o lance da menina malvada foi meio divertido. Estranho, mas interessante. — Courtney apoiou os pés no tapete. — Obrigada por ter me levado, eu nunca tinha sido o sabor do mês antes. Foi uma experiência incrível.

Quinn saiu da rodovia e dirigiu em direção à cidade.

— Do que está falando? Você não é o sabor do mês.

Ela balançou a mão.

— Seja lá como se chame aquilo. Eu entendo, Quinn. Não quero que você se preocupe. Tem sido divertido ficarmos juntos e não queria que as coisas terminassem, mas sei que você não está... — Courtney parou e contraiu os lábios. — Certo, isso ficou esquisito. O que estou tentando dizer é que você...

Eles estavam quase no hotel. Ele saiu da estrada e estacionou o Bentley, e então se virou para ela.

— É isso o que você pensa? — questionou Quinn. — Que estou usando você porque está disponível e eu te desejo?

Courtney tirou os óculos escuros.

— Não. Desse jeito fica parecendo que você é terrível. Desculpa. Não estava tentando causar problema nem nos levar por um caminho pelo qual não queríamos seguir. Você tem sido ótimo para mim e nos divertimos demais juntos. — Ela corou um pouco, mas não se virou. — Gosto de você e você gosta de mim. Eu valorizo isso. Quanto ao resto... — xingou baixinho. — Podemos falar sobre outra coisa?

Courtney gostava dele? Era isso? Quinn não tinha certeza se ela estava tentando agir com tranquilidade ou se realmente não se importava. Não saber o que uma mulher estava pensando era incomum para ele. E desconcertante.

— Deveríamos falar sobre isso — insistiu Quinn.

—⚞—

Courtney queria enfiar os dedos nos ouvidos e ficar falando alto.

— Não acho que seja necessário — retorquiu ela. — De verdade. — Buscando uma saída, apontou o hotel. — Ah, veja. Estamos quase lá. Por que não desfazemos as malas e conversamos depois? — Tipo... nunca.

Courtney não sabia por que se sentia tão desconfortável. Sua pele estava quente. O estômago se revirava e ela se sentia estranhamente sem ar. Quinn era ótimo. Estar perto dele a deixava feliz. Não queria que nada mudasse, e tinha a péssima sensação de que se ele continuasse falando, tudo mudaria.

— Courtney...

— Não. Por favor. Vamos continuar como estamos. Conversando, saindo e as coisas com a henna. Aquilo foi ótimo, a propósito.

— Foi ótimo, sim. Mas não é só o que quero. — Quinn tirou os óculos e olhou dentro dos olhos dela. — Courtney, estou apaixonado por você.

As palavras a atingiram com a força de um trem-bala. Ela se sentia fisicamente esgotada e presa. Definitivamente presa. Estava em um carro e não tinha para onde ir.

— Não — afirmou ela com firmeza. — Não, não está. Não pode estar. Isso não é amor. O amor machuca e você não me machuca. Ficamos bem juntos. Não faça isso, por favor.

Courtney tentou escapar, mas não conseguia se mexer. Não conseguia respirar.

O cinto de segurança, pensou, desesperada. Ela o soltou, e então procurou a trava da porta.

— Espere — pediu Quinn. — Courtney, temos que conversar.

— Não temos, não. Pare de falar. Vai estragar tudo.

Ela abriu a porta do carro e quase caiu. Quando ficou de pé, virou-se na direção do hotel e começou a correr. Quinn chamou seu nome várias vezes, mas Courtney o ignorou. Continuou em movimento, secando as lágrimas idiotas e se perguntando por que ele tinha que estragar tudo.

Demorou só cinco minutos para chegar ao hotel. Foi até seu quarto, subindo a escada dos fundos para evitar encontrar alguém. Quando parou na frente da porta, percebeu que tinha deixado a chave no carro de Quinn e não tinha como entrar no quarto. Não sem ir até a recepção. Continuou andando mesmo assim e quase não se surpreendeu quando viu Quinn de pé no fim do corredor.

Ele trouxera sua bolsa e a bagagem, mas o que chamou mesmo sua atenção foi a combinação de dor e raiva que viu nos olhos de Quinn.

Quando se aproximou, ele estendeu a chave do quarto. Courtney a usou para deixar que entrassem. Quinn colocou a bagagem perto da cama, e então se virou para ela, que fechava a porta.

— É sério mesmo? Você fugiu?

— Sinto muito. — Courtney corou. — Entrei em pânico.

— Pronta para ter uma conversa de adultos agora?

Ela não queria conversar. Queria empurrá-lo para o corredor e trancá-lo para fora. Não... o que realmente queria era voltar no tempo cerca de 15 minutos para que aquilo nunca tivesse acontecido.

— Entendo que não está apaixonada por mim — afirmou Quinn com seriedade.

— Não quero amar ninguém — admitiu Courtney. — E você não quer me amar. Não sou tão especial assim.

— Está me dizendo como eu me sinto?

— Não. — Ela abaixou a cabeça. A náusea cresceu. — Quinn, por favor. Éramos tão bons juntos como estávamos. Era divertido e fácil. Não havia pressão. Gosto muito de você. Mais do que já gostei de alguém. O problema é o resto. A parte do amor. Não quero fazer isso. Não quero me importar.

Courtney olhou para a frente e viu que ele a observava.

— Não, o que você não quer é correr o risco. — Quinn balançou a cabeça. — Por que não vi isso? Não tem nada a ver comigo, tem a ver com você. O risco é grande demais. O que foi que disse antes? Que o amor machuca?

— Machuca. Eu já vi.

— Se foi essa a lição que você tirou, é a errada. Sinto muito, Courtney. Pensei que você estivesse pronta para ser corajosa. — Quinn esboçou um sorriso. — Só para constar, muitas mulheres adorariam saber que isso está acontecendo. Diriam merecer. E provavelmente estariam certas.

Ele se virou para a porta. Courtney o segurou pelo braço.

— Não vai, por favor. Não podemos voltar ao que tínhamos antes?

Quinn a olhou com tristeza.

— Não quero mais aquilo. Quero outra coisa. Quero tudo. Com você. Ou queria.

E então, ele se foi. Fechou a porta bem devagar — como se não estivesse irritado. Como se já tivesse passado daquele ponto. Courtney se sentou no chão e puxou as pernas contra o peito. Disse a si mesma para continuar expirando e inspirando. Era tudo o que podia fazer por ora. Continuar respirando. O resto se resolveria.

28

O MAIOR PARQUE DE LOS Lobos ficava no norte da cidade, no alto de uma falésia, com vista para o mar. Em um dia claro de verão, como aquele, não havia vista mais bonita, pensou Rachel ao parar o utilitário no estacionamento. A cidadezinha podia não ter grandes shoppings centers ou restaurantes sofisticados, mas ela não se importava. Valia a pena abrir mão de quase tudo para ter uma vida tranquila.

Enquanto Josh tirava o cinto de segurança e saía apressado para encontrar os amigos, ela aproveitou para respirar o ar salgado. A tarde seria divertida. Não ia a um piquenique de famílias do corpo de bombeiros havia alguns anos. Desde o divórcio. Estava ansiosa para conversar com as pessoas que tinha conhecido antes. É claro, elas fariam perguntas, mas Rachel podia viver com isso.

Ela apertou o botão para abrir o porta-malas e se abaixou para pegar a primeira de várias sacolas. Suas costas reclamaram de imediato, principalmente do lado direito. Rachel respirou fundo até passar a dor e admitiu que talvez fosse hora de procurar ajuda profissional.

— Rachel.

Ela viu Greg correndo em sua direção. Ele usava roupas casuais: jeans e camiseta. Ambos gastos, mas com aparência confortável. Os braços eram musculosos, o peito largo. Rachel percebeu que tentava combater uma palpitação estranha no coração. Uma sensação que lhe fez pensar quanto tempo tinha passado desde a última vez que fizera amor com aquele homem.

— Oi. Eu trouxe salada de batata — informou ela. — E aquela salada de pepino com abacaxi que você gosta.

— Obrigado. — Greg deu um beijo rápido na boca dela e pegou as sacolas. — Deixe que eu levo isso. Suas costas estão doendo?

Rachel ouviu as palavras e, em um ou dois segundos, quando a confusão mental induzida pelo beijo passou, respondeu:

— Ah, mais ou menos — admitiu relutante. — Estão me dizendo que não estão felizes.

— Tome cuidado. Você sabe como é quando fica ruim das costas.

Ela sabia. Ficava travada e com espasmos. Ficava péssima por pelo menos três dias, vivendo à base de relaxantes musculares.

— Vou ligar para o quiroprático logo cedo.

— Ótimo. — Greg fechou o porta-malas. — Vamos. Todos estão empolgados por você ter vindo.

— Você contou?

— É claro. O pessoal gosta de você. — Eles foram na direção das mesas de piquenique sob as árvores. — Vieram algumas esposas e namoradas novas. Os caras iam gostar se conseguisse falar com elas. Sabe... ser a voz calma da razão. Você é sempre boa nisso.

— Você quer dizer que tenho que ser a senhora idosa que já viu de tudo? — perguntou Rachel, brincando.

Greg colocou o braço em volta dela, antes de elogiar.

— Nada disso. Você está mais para a ex-esposa gostosa e sabe muito bem disso.

Ela era? Sabia disso?

Antes que pudesse continuar com aquela intrigante linha de questionamento, eles encontraram o grupo.

Eram cerca de vinte famílias e mais ou menos uma dezena de casais. Crianças corriam por todo lado, em volta das árvores e pela área de piquenique. Eles haviam montado churrasqueiras portáteis na parte norte, perto da fogueira. Quando começassem a cozinhar, vários bombeiros ficariam de guarda para garantir que as crianças não chegassem perto demais.

As famílias com filhos estavam agrupadas. Bebês descansavam sobre cobertores à sombra, enquanto as crianças pequenas exploravam o espaço sobre pernas cambaleantes. Os adolescentes se reuniam o mais longe possível dos bebês — sem dúvidas discutindo sobre como tudo aquilo era horrível. Josh corria com alguns outros garotos de sua idade. Ele estaria cansado quando chegasse em casa, pensou Rachel com alegria.

Tinha sentido falta disso. De seus amigos. Embora tivesse mantido contato com várias das esposas, era diferente. Ela ficara de fora. Porém, pelo menos durante aquela tarde, estava de volta ao círculo.

— Rachel!

Algumas das esposas a avistaram e se aproximaram. Cate e Dawn a abraçaram.

— Você está aqui — disse Cate. — Mike falou que você vinha, mas eu não acreditei. Você está ótima. Como estão as coisas? Como está o Josh? — Ela abaixou o tom de voz. — Você e Greg vão voltar? Seria tão legal se voltassem.

Dawn concordou.

— Seria. Sentimos sua falta.

Rachel olhou para o ex, que colocava as saladas sobre as mesas. Como responder àquela pergunta? Quatro meses antes, teria dito com segurança que não voltariam a ficar juntos, mas agora não tinha tanta certeza. Eles estavam passando mais tempo juntos e ela gostava de estar com Greg. Os problemas que tiveram antes foram resolvidos, mas não sabia ao certo se aquilo significava apenas que haviam descoberto como ter um divórcio feliz. E, infelizmente, Rachel parecia não conseguir perguntar diretamente o que estava acontecendo ou dizer a ele o que queria.

— Estamos fazendo o melhor pelo Josh — optou responder às amigas. — É a coisa mais importante.

— Que pena — falou Dawn com um suspiro. — Venha. Sente com a gente. Quase não te vemos mais.

Rachel permitiu que a conduzissem. Logo estava na companhia de várias outras esposas, atualizando-se das novidades. Algumas coisas não tinham mudado, pensou ela algumas horas depois. O grupo sempre se separava por gênero, com os homens conversando de um lado e as mulheres agrupadas um pouco mais distante. Mas tudo mudaria na hora de comer. Então as famílias se reuniam. Pais alimentavam os bebês e ajudavam com as trocas de fraldas. Memórias seriam construídas.

Cate trouxe uma jovem de cabelos curtos e escuros. Ela era bonita e sorriu com timidez quando foi apresentada.

— Esta é a Margo — indicou Cate. — Ela está namorando o Jeremy.

Um dos caras novos, se lembrou Rachel. Recém-saído do período de experiência.

— Oi, Margo.

— Prazer em conhecê-la, sra. Halcomb.

Rachel riu.

— Por favor, não me chame assim. Sinto-me como minha sogra. Ela é uma pessoa adorável, mas você sabe como é. — Uma das crianças pequenas passou correndo. Rachel a pegou no colo. Alguém lhe entregou um conjunto de chaves de brinquedo e ela deu para a menininha.

Margo se sentou de frente para ela.

— Jeremy disse que eu deveria falar com você. Sobre, você sabe... o trabalho dele.

— Porque você está com medo.

Uma afirmação brusca, mas que ia direto ao ponto. Margo arrancou umas folhas de grama.

— Estou um pouco — confessou em voz baixa. — Eu o amo e estamos falando em casamento. — Margo levantou a cabeça. Os olhos estavam arregalados. — Não sei se consigo viver com essa preocupação. Eu ficaria assustada o tempo todo. Não quero perdê-lo.

— Ele ama o que faz?

— Sim. É o que Jeremy sempre quis, desde que o conheço. E ele é bom nisso. — Seu lábio inferior começou a tremer. — Talvez eu não seja forte o bastante.

Dawn voltou para pegar a filha. Rachel a entregou, depois voltou a atenção para Margo.

— Todas temos medo — explicou Rachel calmamente. — Mas a vida é assustadora. Meu pai morreu dirigindo do trabalho para casa. Não estava chovendo, não tinha nada de errado. Ele perdeu o controle do carro, bateu em uma árvore e morreu. Eu tinha nove anos e isso mudou minha vida para sempre.

Margo arregalou ainda mais os olhos.

— Sinto muito. Eu não sabia.

— Como poderia? O que estou querendo dizer é que as pessoas morrem quando menos esperamos. O que posso dizer sobre o Corpo de Bombeiros de Los Lobos é que é um dos melhores do estado. Os rapazes treinam todos os dias. Eles são preparados. Cuidam uns dos outros. É preciso ser uma pessoa especial para estar disposta a correr para dentro de prédios em chamas quando todo mundo está correndo para fora deles. — Rachel sorriu. — Sim, você vai ficar com medo, mas também vai poder fazer parte de uma comunidade maravilhosa. Vai saber que Jeremy está fazendo o que ama e salvando pessoas ao mesmo tempo. Só você pode decidir se vale a pena.

— Você acha que vale?

Rachel imaginou que ninguém havia mencionado que ela e Greg estavam divorciados, embora a separação não tivesse nada a ver com o fato dele ser bombeiro. Ela havia passado alguns momentos difíceis quando eram recém-casados, mas o amava e sabia que aquilo era o que ele queria fazer. Não estar com Greg não era opção. Então tinha aceitado sua profissão.

— Vale. Tenho orgulho dele, e o nosso filho também.

Margo assentiu.

— Obrigada. Vou pensar no assunto, mas tenho quase certeza de que compreendo o que está dizendo.

Margo saiu e Greg tomou seu lugar.

— Como foi? — perguntou ele.

— Não sei muito bem. Ela está com medo. Vai ter que descobrir como lidar com isso.

— Você conseguiu.

— Nem todo mundo consegue.

Greg pegou na mão dela.

— O capitão vai falar com você hoje.

— Seu capitão?

Rachel estava orgulhosa de si mesma por agir de forma tão normal enquanto Greg tocava em sua mão.

Ele fez que sim.

— Ele acha que é hora de eu começar a subir na vida. Tenho que estudar para passar nas provas.

— Devia fazer isso mesmo. Você é ótimo com os mais novos, e sempre foi um líder nato. Pensando bem, estou surpresa por não ter feito isso antes.

— Algumas coisas atrapalharam. — Ele a estudou. — Rachel, você me perdoou?

A pergunta era inesperada.

— É claro — respondeu ela sem pensar. — Você errou quando teve aquele caso de uma noite só, mas eu também errei. Cometi muitos erros. Estava infeliz, mas, em vez de falar sobre os problemas verdadeiros, reclamava sobre outras coisas. Não estava disposta a abordar o assunto diretamente com você ou lidar com a gente. Reclamava de tudo, menos do que estava realmente acontecendo.

— Obrigado. Isso significa muito para mim.

— Ei, Greg, vamos começar os hambúrgueres — chamou um dos colegas bombeiros.

Ele soltou sua mão.

— O dever me chama. Guarde um lugar para mim no almoço.
— É claro.

Rachel o viu correr na direção dos rapazes e da churrasqueira. Seu coração disparou, e ela se sentia um pouco tonta, como acontecia no colégio. Não queria que fosse verdade, mas não negaria a realidade: quase vinte anos depois do primeiro encontro, estava tão apaixonada por Greg quanto sempre havia sido.

Courtney tinha passado os últimos cinco dias como se fosse pegar uma gripe. Sentia dores no corpo, náusea e uma angústia que a acompanhava a todos os lugares. Pior, fora forçada a agir como uma personagem em um enredo muito ruim, se esgueirando atrás de portas e se escondendo em corredores, tudo para tentar evitar Quinn.

Embora não o tivesse encontrado desde que voltaram de Los Angeles na sexta-feira, sabia que o encontraria a qualquer hora. Ele ainda morava no hotel. Em algum momento se encontrariam, mas queria adiar esse momento o máximo possível, principalmente porque nem imaginava o que dizer.

Estava mais que confusa, estava perdida. Sentia falta dele. Mil vezes por dia pensava em alguma coisa que queria compartilhar com Quinn. Queria vê-lo e ser abraçada. Ao mesmo tempo, estava furiosa por ele ter mudado as regras. Deviam se divertir juntos, mais nada. Era para serem amantes, depois cada um seguiria seu caminho. Amor não fazia parte do acordo.

Não queria amar ninguém. Isso nunca acabava bem. Olhe, por exemplo, a sua mãe, as irmãs! O amor era um desastre. Machucava. Não queria ser ferida. Era melhor ficar sozinha. Tinha tomado aquela decisão muito tempo atrás, e havia sido boa para ela. Courtney era feliz assim. Até Quinn.

Sentia falta dele. De como ele a olhava, de como se movia. Sentia falta da camiseta idiota da Taylor Swift e de como Quinn a tinha feito aprender a andar de salto alto. Sentia falta de sua visão de mundo, de como ele amava Pearl, Sarge e a avó. Sentia falta de sua atitude, do sorriso, da risada e da confiança inabalável.

Como alguém tão incrível podia amá-la? Citando filmes românticos podia dizer: *ela não era digna*. Mas pensar que não era boa o bastante também a enfurecia. Podia não ser tão incrível quanto Quinn, mas ainda tinha suas qualidades. Era inteligente, divertida e ambiciosa. Tudo bem, claro, tinha o medo e a dificuldade de se comprometer, mas ninguém era perfeito.

Courtney se sentia com uma combinação desconfortável de tristeza, raiva e medo. Daí os sintomas de gripe.

Ela terminou o último quarto e devolveu o carrinho de limpeza ao armário de roupas no térreo. Cumprira só um terço de sua agenda normal de limpeza, porque haveria um casamento naquela semana, sem mencionar duas convenções na semana seguinte. Depois disso seria a vez do casamento de sua mãe, e então três dias gloriosos de quase nada, depois um casamento por semana até o fim de setembro.

Pensar em trabalho a ajudava a se sentir um pouco melhor. A disposição quase alegre durou até Kelly acenar, chamando a sua atenção, e dizer:

— Joyce está te procurando. Ela quer que vá ao escritório imediatamente.

Ah, não. Sua chefe tinha descoberto sobre Quinn.

— Obrigada — respondeu Courtney, apreensiva. Isso ia ser complicado.

Ela endireitou os ombros e foi diretamente à sala de Joyce, atrás da recepção. A porta estava aberta. Ela bateu uma vez e entrou.

— Kelly disse que quer falar comigo?

Joyce levantou o olhar da tela do computador e assentiu.

— Quero. Feche a porta, por favor.

Ai, Deus, ai, Deus, ai, Deus. Courtney seguiu a instrução, parando apenas para afagar Pearl e Sarge. Os cachorros estavam em uma cama pequena e peluda que Joyce havia comprado para eles. Sarge tinha uma meia na boca.

Courtney sentou na frente da chefe e disse a si mesma que, o que quer que acontecesse, ficaria bem. Cuidava de si mesma havia quase uma década. Tinha habilidades, algumas economias e vontade de sobreviver.

Joyce tirou os óculos de leitura e uniu as mãos sobre a mesa.

— É completamente ridículo que continue se comportando desse jeito — começou ela. — Você não é camareira, Courtney. Deixou de ser há muito tempo. Está organizando vários eventos e atuando como assistente da gerência. Isso é mais valioso para mim do que limpar os quartos. Quero contratar mais três camareiras e te promover a coordenadora de eventos em tempo integral.

A expressão de Joyce era séria.

— Não sei o que tem na cabeça para continuar limpando os quartos, mas isso tem que parar agora. Tenho que cuidar da empresa. Sou sua chefe. Não vou mais admitir isso.

Era isso? Ela não ia falar sobre Quinn?

— Não sei o que dizer — admitiu Courtney.

— Lamento ter que ser tão dura, mas é isso — continuou Joyce. — Estava aguardando você recuperar o bom senso, mas não vai acontecer. Esperava que acabasse percebendo que tem mais para você aqui. Mas você continua se escondendo. Ainda tem medo. Você faz o trabalho, mas não aceita o cargo. Por quê?

Embora falassem sobre coisas completamente diferentes, as palavras de Joyce a fizeram lembrar daquela conversa horrível com Quinn. Ele também tinha mencionado o medo. O dela. Courtney sempre havia pensado em si mesma como alguém forte. Estava errada?

— Aprecio sua confiança em mim — disse lentamente. — Obrigada por ser direta. Tem razão. Eu devia me comprometer com um ou outro trabalho. Adoro planejar casamentos e os outros eventos. Obrigada por essa oportunidade e por acreditar em mim.

A expressão séria de Joyce não mudou.

— Isso é um sim?

Courtney piscou.

— O quê? Claro que é um sim. Quero ser coordenadora de eventos. Em tempo integral. Vou sentir saudade de limpar banheiros, mas eu supero.

Joyce sorriu.

— Fico feliz com sua resposta, porque já contratei as novas camareiras.

— E se eu dissesse não?

— Nesse caso, eu teria que te demitir.

Courtney ficou feliz por estar sentada.

— Sério?

— Amo você, menina, mas todo pássaro precisa deixar o ninho. Você não estava voando. Agora está. Estou orgulhosa de você, Courtney. Tem realizado muitas coisas. Todo mundo tem medo de vez em quando. O truque é não deixar isso te controlar.

Rachel pôs o último grampo e pegou o spray fixador. O cabelo preso realçava os traços da mãe. Maggie havia decidido usar um véu curto preso por um pente.

— Quando a cerimônia acabar — falou Rachel depois de aplicar o spray —, vou conseguir tirar os grampos. Os cachos vão ficar, e você vai ter uma aparência mais casual para a recepção.

— Adorei. Obrigada, querida.

Estavam no banheiro amplo de Maggie experimentando o penteado. A mãe ficou em pé e caminhou até o closet, depois olhou para trás.

— Nem uma palavra para suas irmãs. Quero fazer surpresa.

— Prometo.

Rachel estava acostumada a lidar com noivas e suas esquisitices. Normalmente, era uma das primeiras pessoas fora da família a ver o vestido. Era comum fazer uma sessão experimental com cabelo e maquiagem, e no fim a noiva punha o vestido para ver o visual completo. Com a mãe, só criara o penteado. Tinha feito a maquiagem de Maggie inúmeras vezes antes.

— Vou precisar da sua ajuda com o zíper — pediu a mãe.

Rachel foi até o closet e subiu o zíper do vestido, depois voltou rapidamente ao banheiro para poder ver o efeito completo.

Maggie saiu do closet.

— Ah, mãe. Você está linda.

O vestido era perfeito. Era um tomara que caia com forro rosa-claro, mas a renda fina e cor de marfim que cobria o tecido ia até as clavículas. A mesma renda criava mangas longas e descia até a bainha abaixo dos joelhos. O corpete era ajustado e a saia era ampla. Ela se movia e balançava a cada passo.

Os sapatos tinham sido pintados à mão com um padrão floral cor-de-rosa e a data do casamento.

— Meu buquê é branco com toques verdes, vai aparecer contra o vestido. Vocês vão carregar flores cor-de-rosa.

Rachel suspirou.

— Você ficou linda. Não podia ser mais perfeito.

Os olhos de Maggie se encheram de lágrimas.

— Muito obrigada. Agora me ajude a abrir o vestido. Não quero que nada aconteça com ele antes do casamento.

Assim que Maggie colocou de novo o short e a camiseta, ela e Rachel foram à cozinha. Elas se sentaram de frente uma da outra à mesa de vidro. A mãe havia prometido um almoço como recompensa pela sessão experimental.

— Você tem sido muito boa para mim — afirmou Maggie. — Sempre pude contar com você. — Enquanto falava, serviu chá gelado para as duas de uma jarra sobre a mesa. — Talvez até demais.

— Mãe, meu trabalho é arrumar cabelos. Quero ajudar.

Maggie a encarou.

— Estou falando sobre quando você era pequena e seu pai morreu. Descobrir o que Courtney escondia de mim me fez pensar. Eu estava muito desesperada naquela época. Com muito medo. Phil morreu, depois eu perdi a casa. Se Joyce não houvesse acolhido a gente, teríamos ido para um abrigo. Eu não tinha nada e não me sentia capaz de nada. Dependia de você para me ajudar. Mas você era só uma menininha.

— Eu também estava com medo — confessou Rachel. — Ajudar você me deu um foco.

— Eu estava me afogando, e você me salvou.

— Isso é meio dramático.

— Talvez, mas é verdade. — A mãe se inclinou para ela. — Diga que eu não estraguei você para sempre. Diga que eu sou não sou o motivo por ter se separado do Greg.

— Está estressada com o casamento? Esse seu comportamento é bem estranho.

— É sério. Eu destruí o seu casamento?

Rachel pensou em tudo que tinha dado errado. Sua incapacidade de pedir o que queria ou aceitar qualquer tipo de ajuda. Greg não ter maturidade suficiente para lidar com a responsabilidade. Estavam apaixonados, mas amor não havia sido suficiente.

— Nós éramos jovens e cometemos muitos erros — respondeu ela. — Por isso nos separamos.

As atitudes da mãe formavam partes de sua personalidade. Isso contribuíra para o fracasso de seu casamento? Talvez. Mas admitir não ajudaria ninguém. Ela e Greg eram responsáveis pelo que acontecera, ninguém mais.

— E agora? — perguntou Maggie.

— Somos amigos. Gostamos um do outro de novo. — Talvez fosse mais do que isso, mas não tinha certeza. — Eu o perdoei. Isso é bom. Temos Josh.

— Você quer mais?

— Às vezes — reconheceu Rachel. — Mas isso me assusta. Não sei se suportaria perdê-lo pela segunda vez.

— Por que teria que perdê-lo? Você aprendeu muito, e ele também. Dessa vez pode ser para sempre.

Era bom pensar nisso. Estar com seu marido de novo. Dar uma segunda chance ao casamento. E embora achasse que iam nessa direção, não tinha certeza. Porque nenhum dos dois falara abertamente, ou fizera a proposta. Rachel sabia por que não havia falado, mas e ele? E isso a levava ao seu maior medo. O de ser a única considerando a possibilidade de tentar de novo.

29

Sienna serviu mais uma taça de vinho e entregou a Courtney. Estavam no quintal de Sienna. A noite era clara e ainda quente. Dava para ouvir a música na casa de um vizinho.

— Não sei — falava Courtney. — Sobre Quinn. Ele disse que me amava. Não consigo entender. O que isso significa?

— Não quero parecer óbvia, mas acho que significa que ele te ama.

— E o que eu faço com isso?

— Você o ama?

— Não sei. Talvez. Não. Não tenho certeza.

Sienna conteve um sorriso. Era bom saber que não era a única irmã Watson mentalmente perturbada.

— Vamos tentar uma pergunta mais fácil. O que nele não te agrada?

Courtney bebeu um pouco de vinho.

— Nada.

— Deve ter alguma coisa.

— Às vezes ele é autoritário, mas é sempre de um jeito legal, e não consigo pensar em mais nada. Ele é bem-sucedido, gentil, ama a avó e os cachorros dela, se preocupa com as pessoas, inclusive quando finge que não. É talentoso. Tenho certeza de que as outras mulheres da vida dele vão ficar furiosas quando souberem que Quinn está preparado para sossegar, e eu estou surtando. Minha vida pode estar em risco.

Sienna riu.

— É só não contar para elas.

— Pode acreditar, não vou contar. Estou muito confusa. — Courtney pôs o braço em cima da mesa e apoiou a cabeça nele. — O que eu faço?

— Sou a pessoa errada para dar conselhos. Também estou confusa, mas por motivos diferentes.

Courtney endireitou o corpo e olhou para ela.

— Você não ama o David, ama?

Sienna não esperava por isso.

— É claro que amo. Por que a pergunta? Ele é... — Ela fechou os olhos e respirou fundo. A verdade estava ali, e fazia muito tempo. Provavelmente, desde o começo. — Não amo o David. — Tomou um gole de vinho, e continuou: — Tentei falar sobre isso. Tentei terminar tudo. Ele disse que era porque eu estava com medo. Disse que a morte do papai tinha me abalado, e que eu era a mulher da vida dele. Falou até que ia me esperar. — Sienna bebeu mais vinho e esperou a intuição dizer o que devia fazer. — Ai, Deus. Tenho que terminar o noivado.

Courtney bateu de leve no braço da irmã.

— Você é muito corajosa. Admiro essa qualidade.

Sienna a encarou.

— Não posso terminar com David.

— Quê? Por que não?

— Ele vai ficar fora da cidade até o casamento da mamãe. Literalmente. Está viajando a trabalho, depois vai passar uns dias com a família. Chega na sexta-feira à noite. Não posso romper o noivado por telefone. Seria horrível e de mau gosto. Além do mais, tenho que devolver o anel. — Sienna olhou para a própria mão, tirou do dedo o anel feio e o jogou em cima da mesa. — Quero terminar e tenho que esperar mais de uma semana. Terei que falar com ele pelo telefone, e não sei se vou conseguir.

— Respire — instruiu Courtney. — Só respire. É muito maduro querer encontrá-lo pessoalmente. Quanto aos telefonemas, David estará ocupado. Você também pode estar. Mande mensagens em vez de conversar "ao vivo". Isso vai facilitar as coisas.

— Tem razão. Eu vou conseguir. Estou bem. Estou bem. — Bebeu mais vinho. — Também vou ficar bêbada, mas não vou dirigir. Como você vai para casa?

— Talvez tenha que dormir no seu sofá.

— É claro que pode ficar. É isso. Vamos pedir pizza, abrir outra garrafa de vinho e lidar com o desastre em que se transformou nossas vidas amorosas.

— Acho que é o plano perfeito.

Sienna olhou para a irmã.

— Você não está feliz.

— Sinto falta do Quinn.

Sienna esperou.

Courtney fez uma careta.

— Eu sei, eu sei. Sou uma idiota. Um homem maravilhoso me ama, e eu o mando embora porque estou com medo. Foi o que fiz com meu emprego. Eu me escondi atrás do que era seguro. Estou me escondendo de novo ou sendo sensata?

— Está se escondendo.

Courtney revirou os olhos.

— Não quer pensar um pouco antes de responder?

— Não, desculpa. Olha só, é sempre mais fácil enxergar o erro dos outros. Você sabia que eu não amava o David. Eu sei que você gosta muito mais do Quinn do que está disposta a admitir. E aí, o que vai fazer? Ser corajosa ou burra?

— Ai... só tenho essas opções?

— Acho que sim.

Sienna se sentia bem pretensiosa. Tinha mais de uma semana até ter que lidar com seu problema. Era fácil dizer o que as outras pessoas deviam fazer.

— Tenho que decidir hoje? — perguntou Courtney.

— Provavelmente seria melhor que não.

— Então não vou.

— É isso aí, garota.

O novo estúdio de gravação, que no momento estava vazio, logo seria ocupado pelo equipamento. O isolamento acústico fora instalado para garantir que nenhum ruído externo entrasse, e nenhum barulho saísse. No andar de cima ficavam os escritórios, as salas de trabalho e uma grande área dividida entre cozinha e sala de estar. Compor e gravar consumiam tempo e energia. As sessões podiam atravessar a noite, por isso as pessoas precisavam comer e relaxar.

Durante alguns dias, Quinn considerou a ideia de acrescentar uns quartos nos quais os artistas pudessem descansar entre as sessões, mas desistiu. Os sofás na sala de estar eram suficientes. Ter um quarto disponível só causaria problemas com os parceiros que não eram do mundo da música.

— É totalmente radical — comentou Peter com a voz cheia de admiração. — Mal posso esperar para gravar aqui.

— Eu também — concordou Collins.

— O equipamento chega na semana que vem — avisou Wayne. — Coisa de primeira. Quinn escolheu tudo pessoalmente.

— Se não gostarem, já sabem de quem é a culpa. — Quinn apontou a escada. — Cuidado quando subirem. Ainda não está totalmente pronto.

Não queria que sua banda de maior sucesso se machucasse caindo da escada ou através de uma parede.

— Vamos ter tudo pronto e funcionando no meio de setembro — disse Wayne quando os rapazes desapareceram no alto da escada. — Avise quando quiser que eu comece a procurar uma casa para você. Ouvi boas recomendações sobre um corretor da região. Vou entrar em contato com ele. — Por um momento, Wayne pareceu desconfortável. — Devo, ahn, falar com a Courtney sobre a casa?

Quinn sabia que chegaria o dia em que ouvir o nome dela não seria um grande problema. Quando não teria a sensação de levar um soco no estômago nem experimentaria aquele sufocante sentimento de perda. Com o tempo, conseguiria ser pragmático. Nenhum grande problema. Viveram bons momentos e tudo acabou.

— O que foi? — perguntou Wayne. — O que aconteceu?

— Não estamos mais juntos.

Seu assistente, um fuzileiro-naval aposentado, chegou a se encolher.

— Você não disse nada.

— Não queria falar sobre isso.

— E agora?

— Ainda não quero.

— O que aconteceu?

Quinn disse a si mesmo para não descontar em Wayne. Seu assistente não tinha culpa de nada.

— Falei que a amava, e ela fugiu. Literalmente. Foi impressionante.

— Ficou com medo.

Era o mesmo que Quinn pensava. Considerando o passado e tudo o que ela enfrentara, confiar em alguém não era fácil. Courtney não queria correr riscos. E tinha ficado muito brava com a declaração dele. Quinn sabia que o medo estava por trás da raiva, mas isso não tornava mais fácil a vida sem ela.

— Ela vai voltar — opinou Wayne.

— Não voltou até agora.

— Quando isso aconteceu?

— Quando voltávamos de Los Angeles. Falei com ela no carro. — Quinn fez uma careta. — Não foi meu momento mais romântico.

— Courtney vai voltar — repetiu Wayne. — Vocês dois se dão bem. Você é feliz com ela e ela é feliz com você. Não desista.

Quinn nunca foi de esperar. Normalmente, acabava decepcionado. Era mais um homem de ação. Mas nesse caso não sabia o que devia fazer. O coração dizia para ir atrás dela. A cabeça dizia para dar um tempo.

— É irônico que eu tenha finalmente me apaixonado, e a mulher em questão não queira saber de mim. Deve ser carma.

— Você não acredita em carma.

— Não, mas dá uma boa história.

— Vamos ficar em Los Lobos?

Essa era uma pergunta interessante que Quinn havia feito a si mesmo. Durante alguns dias, tinha pensado em voltar a Los Angeles. Mas o que isso provaria?

— Vamos ficar.

— Mesmo que tenha que lidar com ela?

— Especialmente porque vou ter que lidar com ela. Vai ser melhor nós dois encararmos o que aconteceu.

— Muito bom. O único jeito de superar esse tipo de coisa é enfrentar tudo. Você não está fugindo. Esse é o primeiro passo.

— Obrigado.

Quinn pensou que se havia alguém que sabia o que era superar uma tremenda perda, era Wayne. Ouviria os conselhos dele e superaria tudo aquilo. Em algum momento. Porque, para ser honesto, era surreal se imaginar não amando Courtney. Ela o havia transformado de um jeito fundamental, e Quinn tinha o pressentimento de que era algo sem volta.

Rachel disse a si mesma que aquela segunda-feira em especial não estava mais quente que as outras segundas de verão. Que o único motivo de seu desconforto eram as costas, que acabavam com ela. Tinha marcado um horário com o quiropata pela de manhã, mas acabara adiando. Agora pagava o preço.

É claro, Heather não estava lá. Nem era mais uma surpresa. Rachel começou a arrastar o equipamento pelo qual era responsável, bem como a água e os lanches, e parou. *Peça ajuda*, pensou. Era hora de começar a mudar. Ela se aproximou do treinador.

— Você e os meninos podem me ajudar a tirar as coisas do carro? Minhas costas estão me matando.

— É claro, Rachel. — Ele olhou em volta. — Cadê a Heather?

— Não faço ideia.

O treinador apitou e acenou para o time. Em menos de um minuto, a SUV foi esvaziada e tudo colocado no devido lugar. Felizmente. Cada passo era um pesadelo. Assim que chegasse em casa, tomaria um relaxante muscular. Não gostava da reação que tinha a esse tipo de remédio, mas não tinha opção.

Rachel se sentou na arquibancada desconfortável e gemeu. Aquele seria um jogo muito, muito longo.

Cerca de cinco minutos antes da hora marcada para o começo da partida, ela viu Heather andando em sua direção. A raiva a fez levantar de repente. Tudo bem, tinha aprendido a pedir ajuda. Agora ia falar para aquela mulher tudo que estava pensando. Como ela se atrevia a deixar tudo em suas mãos durante toda a temporada?

— Oi. — Heather, uma mulher de cabelo castanho e porte médio, acenou para Rachel. — Deve estar surpresa por me ver.

— Estou.

— Desculpa, não estive muito presente nesse verão. Eu devia ter telefonado. — Lágrimas inundaram seus olhos. — É que...

Rachel sentiu a raiva desaparecer. Puxou a outra mulher para a arquibancada, e as duas sentaram.

— O que aconteceu?

— Minha mãe teve um derrame. Foi bem sério. Já estava difícil, e piorou quando meu pai foi embora. Do nada. Eles foram casados por quase quarenta anos, e ele a abandonou. Disse que não queria ficar casado com uma aleijada. — Lágrimas corriam pelo rosto de Heather. — Ela está com um lado do corpo paralisado. Não consegue falar. Não sei o quanto minha mãe entende, mas tenho a sensação de que continua esperando ele aparecer na clínica de reabilitação. Mas não tenho notícias do meu pai há um mês.

Paul tem sido ótimo, mas precisa trabalhar, e as crianças estão assustadas. Eu choro o tempo todo.

— Tudo bem — falou Rachel, pensando que teria sido bom ter essa informação semanas atrás. Podia ter tido essa notícia se tivesse se dado ao trabalho de perguntar. Em vez disso, ficara furiosa e tirara conclusões. Quanta idiotice.

— Peço desculpas por não ter entrado em contato com você antes — continuou Heather. — Devia ter avisado.

— Não. Tudo bem. Você já tem muito em que pensar. Eu cuidei de tudo. Vou pedir ajuda para uma das outras mães. — Rachel fez uma pausa. — Não vou contar por quê, a menos que você queira.

— Pode dizer que minha mãe teve um derrame — respondeu Heather limpando o rosto. — Mas talvez não precise falar sobre meu pai...

— Como quiser. — Rachel a abraçou. — Como posso ajudar? Ah, já sei. E se eu passar na clínica? Posso lavar e cortar o cabelo da sua mãe. Talvez ela se sinta um pouco melhor.

Heather começou a chorar de novo.

— Obrigada. Isso é muito importante.

Elas ficaram juntas nos três primeiros tempos, depois Heather disse que precisava ir ver a mãe. Rachel prometeu passar pela clínica no começo da semana seguinte. Até lá, o casamento já teria passado e suas costas estariam melhores.

O time de Josh ganhou por dois pontos. A torcida fez muito barulho. Lena perguntou se Josh podia ir ao cinema com ela e o filho. Rachel aceitou o convite e agradeceu. Uma noite tranquila era tudo de que precisava.

Ela foi ao banheiro e, quando voltou ao campo, todos já tinham ido embora. Ainda havia equipamento no campo e garrafas de água sobre a mesa. Uma embalagem de biscoito passou rolando no chão, levada pela brisa leve. Quando se abaixou para pegá-la, Rachel sentiu uma pontada forte na altura da bacia e soube que a coisa tinha ficado séria. E, quando ergueu o corpo, sentiu as costas travarem. Não conseguia se mexer, não conseguia respirar, os músculos se contraíam como um torno. Um único passo causava uma dor terrível. Ela gritou e tentou se segurar em alguma coisa, mas não havia nada. A arquibancada estava muito longe. A dor era um animal selvagem. Apoderava-se dela com unhas e dentes afiados, e Rachel só conseguia choramingava.

Sentia saudades de Greg. Mesmo quando viveram o pior momento do casamento, ele sempre estava por perto quando suas costas travavam. Cuidava dela, e até a carregava para a cama quando não conseguia andar. Era uma pena ter perdido isso no divórcio.

Rachel tirou o celular do bolso e ligou para Courtney. A chamada caiu direto na caixa postal. Com Sienna foi a mesma coisa. O telefone da mãe tocou seis vezes antes de a ligação cair. Uma olhada rápida para o relógio mostrou que Lena e os meninos já deviam estar no cinema, e a amiga teria desligado o telefone.

Não sabia o que fazer. Finalmente, ligou para o corpo de bombeiros e pediu para falar com Greg.

— Oi. O que houve?

— Desculpa por ligar para o seu trabalho — começou ela. Mal conseguia falar. Estava apavorada pensando que os espasmos poderiam voltar a qualquer segundo. — Tentei falar com todo mundo antes. É que... — Estava afundando no desespero.

— Rachel, que foi? Está machucada?

— Josh teve jogo. Todo mundo já foi embora. Tenho que levar as coisas para casa e minhas costas travaram. Não consigo me mexer. Desculpa. Preciso de ajuda.

— Aguenta aí. Chego em cinco minutos.

Rachel pôs o celular no bolso e começou a andar em direção à arquibancada. Tinha percorrido metade da distância, quando viu uma caminhonete desconhecida parar ao lado de sua SUV. Greg saiu da caminhonete, falou com o motorista por um segundo, depois correu para ela. O alívio quase a fez desabar. Queria chorar e se atirar nos braços dele. Em vez disso, fez o que podia para se controlar.

— Obrigada por ter vindo — disse.

— Fico feliz por poder ajudar. — Greg a estudou. — Qual é o melhor jeito de levar você para o carro?

— Deixar eu me apoiar em você.

Ele se aproximou e esperou Rachel encontrar a posição mais confortável. Ela também determinou o ritmo. Assim que a viu sentada no banco do passageiro da SUV, Greg correu de volta ao campo, recolheu tudo e voltou para se sentar ao volante.

— Você tem remédio? — perguntou ele.

— Tenho. E também tenho horário marcado com o massagista. Adiei a consulta por muito tempo. Eu sabia que devia ter ido antes.

Esperava que Greg fizesse uma brincadeira qualquer, que dissesse que sim, que devia ter ido antes, mas ele continuou sério. Greg a levou para casa e a ajudou a entrar. Depois de acomodá-la na cama, foi buscar os comprimidos e um copo de água.

— Obrigada.

Ele ficou parado no meio do quarto, sem sentar na cama. Rachel engoliu os comprimidos e devolveu o copo.

— Tenho que voltar ao trabalho — disse Greg. — Já liguei para a Courtney. Ela vai chegar daqui a pouco.

Rachel olhou para o homem com quem tinha sido casada. Ele estava dizendo e fazendo tudo certo, mas tinha a sensação de que havia algo errado.

— Você está bem? — perguntou ela.

— Estou.

— Parece... não sei. Alguma coisa.

Greg a encarou por um longo instante.

— Nada mudou. Tudo é exatamente como era. — suspirou e mudou de assunto. — Deixe-me ver se a Courtney chegou.

Ele saiu do quarto. *O que foi isso?* Mas antes de Rachel poder tentar entender o significado dos comentários cifrados, as costas sofreram um espasmo e ela teve que se concentrar apenas em respirar. Quando os músculos relaxaram, Rachel olhou para o relógio, prometendo a si mesma que a medicação logo faria efeito, e então tudo ficaria bem.

—⟨⟩—

— Odiei esses vestidos — contou Maggie, apontando para as fotos no álbum. — Minha mãe adorou!

Dois dias depois das costas de Rachel terem travado e três dias antes do casamento, Courtney estava sentada no sofá da casa da mãe, olhando um velho álbum de fotos. Os pais eram jovens e pareciam muito apaixonados. Os vestidos das damas de honra, uma coisa verde horrorosa com laços enormes na frente, foram uma escolha infeliz.

— Isso era moda naquela época? — perguntou ela.

— Não. Isso teria sido feio em qualquer década. — Maggie fechou o álbum antes de sorrir para a filha. — Já agradeci por tudo que tem feito por mim e pelo casamento?

— Já.

— Mas quero agradecer de novo. Obrigada. Estou muito animada com tudo. Você tornou meu dia especial.

— Não diga isso — pediu Courtney. — Não fale sobre como vai ser incrível. Não quero desafiar o destino. Até agora todos os problemas foram pequenos, e espero que continue assim.

— Falou com a Rachel?

— Ela está bem melhor. O massagista fez mágica, ela está tomando os comprimidos e melhorando. E jura que vai estar bem até sábado.

Courtney tinha repassado a lista de coisas a resolver umas 15 vezes nos últimos dois dias. As flores chegariam de manhã. A comida fora encomendada, os garçons estavam programados. O tempo estaria perfeito. As tendas seriam montadas em dois dias, todos tinham seus vestidos ou smokings, e Gracie mandava fotos do bolo na medida em que era construído.

— Estou esperançosa — falou Courtney cruzando os dedos —, tudo vai dar certo.

— Eu sei que vai. — Maggie afagou a mão dela. — Fico feliz por ser você a pessoa que está fazendo tudo isso acontecer. Estou muito orgulhosa de você e do seu novo trabalho.

— Obrigada, mãe.

— É muita responsabilidade. — A expressão de Maggie perdeu um pouco do entusiasmo. — E pensar que eu podia ter perdido você.

— Mãe, para. Você não me perdeu.

— Mas podia ter perdido. Você ficou muito brava comigo por um longo tempo.

Courtney realmente não queria falar sobre o passado das duas.

— Eu era jovem, estava confusa sobre muitas coisas.

— Você me rejeitou. — A mãe suspirou. — Talvez dê para dizer que eu rejeitei você primeiro.

Isso despertou o interesse de Courtney.

— Por quê?

— Você estava certa, eu não sabia o que acontecia na sua vida. Quando você tinha oito ou nove anos, eu finalmente era bem-sucedida. Tinha pavor de perder tudo de novo. O que aconteceu depois da morte de seu pai me transformou. Eu soube que nunca mais ia querer depender de alguém. Queria ser autossuficiente de qualquer jeito. — Maggie olhou para a filha. — Esqueci o que era importante de verdade. Minhas meninas deveriam ser a prioridade. Em algum lugar ao longo do caminho, essa mensagem se transformou em outra coisa.

— Estou bem aqui — garantiu Courtney.

— E eu sou muito grata por isso. Espero que saiba que também pode contar comigo.

— Eu sei.

— Então, por que não me contou sobre o rompimento com Quinn?

Courtney não sabia qual das irmãs havia dado com a língua nos dentes, mas não devia estar surpresa.

— Isso não é tão importante.

— Não é? Você gostava muito dele.

Não era um assunto sobre o qual queria falar. Courtney sentia mais falta de Quinn do que imaginava ser possível. Não tinha percebido o quanto ele havia se tornado parte da sua vida. Era a primeira pessoa em quem pensava ao acordar e a última antes de dormir. Passava os dias evitando-o e, ao mesmo tempo, esperando encontrá-lo. Até então, só o tinha visto de longe.

— Quase não tive encontros com Neil — contou a mãe. — Mas aceitei porque... na verdade, nem sei por que aceitei. Foi uma dessas coisas da vida. No fim do primeiro encontro, eu sabia que ele era especial. E depois fiquei com medo.

— Como assim?

— Não queria me apaixonar de novo. Não queria sofrer. Perder seu pai foi muito difícil, mas ele não ter cuidado de nós foi igualmente destruidor. Não queria sentir aquele medo de novo, e sabia que deixar Neil se aproximar de mim seria assumir esse risco.

— Neil sempre vai cuidar de você.

— Agora eu sei disso, mas na época não sabia. Tive que acreditar. — O sorriso voltou. — Sabe o que é engraçado? Não precisei acreditar nele. Precisei acreditar em mim. Tive que saber que seria forte o bastante para sobreviver ao que acontecesse. Porque amar alguém significa entregar seu coração completamente, e, quando você faz isso, não tem defesas. Está à mercê da outra pessoa. — Maggie segurou a mão de Courtney de novo. — Acho que é com isso que está preocupada. Ficar à mercê de Quinn.

— Ele não me machucaria.

— E se ele fosse embora? Se morresse? E se o seu amor fosse maior que o dele? E se Quinn mudasse de ideia?

Eram todas as perguntas que Courtney fazia a si mesma.

— O amor machuca — murmurou ela.

A mãe a abraçou.

— Tinha medo de que fosse essa a lição que você aprendeu. Não é nada disso, meu bem. O amor não machuca. Não quando é certo.

— Você amava o papai e se machucou.

— É verdade. Mas eu sofri porque perdi seu pai. Não foi o amor que me machucou, foi a perda.

— Mas se não amasse meu pai, não o teria perdido.

— Talvez, mas também não o teria tido. E isso valeu a pena, compensou tudo. — A mãe afagou-lhe o cabelo. — É clichê, mas não podemos fazer um bolo sem quebrar os ovos.

— Não quero correr o risco de perder Quinn, então é mais seguro não me apaixonar.

— Tem uma pequena falha no seu plano. Você já está apaixonada.

Courtney começou a protestar. Não amava Quinn. Fora muito clara quanto a isso. Gostava dele. Muito. Queria estar com ele. A lista de qualidades daquele homem era interminável. Mas isso não era amor.

— Não amo o Quinn — disse com firmeza. — Eu me recuso.

Maggie bateu de leve na mão dela.

— Isso, meu bem. Tenho certeza de que negar vai funcionar muito bem.

30

Na quinta-feira, Rachel voltou para o mundo dos vivos. As costas estavam melhores. Conseguia se mexer com relativa facilidade, porém, não se livrara da sensação de que alguma coisa estava errada. O problema é que sabia o que era.

Sienna apareceu pouco antes do meio-dia para aparar as pontas do cabelo, para o casamento. O estilo curto e espetado era fácil de manter, só pedia cortes regulares e alguns produtos.

— Não acredito que faltam só dois dias para o casamento — comentou Sienna quando Rachel começou a cortar seu cabelo. — Parecia muito longe quando mamãe e Neil anunciaram o noivado.

— É verdade. O verão está passando muito depressa. As aulas de Josh começam em menos de um mês.

— E agora ele vai passar mais tempo com o pai?

— Como assim?

Sienna adotou uma expressão preocupada.

— Droga. Talvez tenha falado mais do que devia. Corretores de imóveis têm que guardar segredo?

— Não sei. — Rachel abaixou os braços. — O que isso tem a ver com a história toda?

A irmã parecia estar se sentindo culpada.

— Jimmy mencionou por acaso que Greg pediu para ele começar a procurar uma casa. Acho que cansou de morar com os pais. Então pensei que talvez isso significasse que Greg vá passar mais tempo com Josh. Não fale nada para ele, está bem?

— É claro que não.

A resposta de Rachel foi automática. Ela mudou de assunto, passou a falar do esforço para levantar fundos com o qual Sienna estava envolvida e conseguiu preencher o restante do tempo de atendimento com conversa casual. Mas, por dentro, estava fervendo.

Como ele tinha coragem? Achava que estavam construindo alguma coisa. Não sabia exatamente o que tinha com Greg, mas não era para acabar com ele comprando uma casa. Sempre havia pensado, esperado, na verdade, que um dos motivos para o ex-marido morar com os pais fosse sua esperança de retomarem o casamento. E ela havia começado a pensar nisso também.

Mas, aparentemente, Rachel era a única. Exatamente como quando eram casados. Ela fazia todo o trabalho, e Greg só pegava carona. Ele era... era...

Rachel respirou fundo quando percebeu que não tinha ideia do que ele estava fazendo, porque não havia conversado sobre o assunto. Não havia perguntado o que Greg queria e certamente não tinha se posicionado. Só seguia em frente, torcia, presumia, mas nunca perguntava. Nem expressava seus sentimentos com clareza. Nunca admitira que ainda o amava e o queria de volta.

Ela terminou o cabelo da irmã e foi olhar a agenda. Tinha um intervalo de quase uma hora antes da próxima cliente. Greg trabalhara na segunda-feira, então estava de folga naquele dia. Ela mandou uma mensagem de texto pedindo para ele ir encontrá-la em sua casa em cinco minutos.

Rachel dirigia atenta à estrada. Sabia que estava nervosa e não queria bater na traseira de outro motorista inocente. Estava confusa. Assustada, perturbada e brava, tanto com Greg quanto consigo mesma.

Parou o carro na entrada da garagem de casa, e cerca de dez segundos depois, Greg parou atrás. Ele desceu da picape e foi abrir a porta da SUV para ela.

— O que aconteceu?

Seu ex-marido era bonito. A camiseta velha tinha alguns furos em volta da gola. O short largo devia ser ridículo, mas não era. Ele não se barbeava havia alguns dias.

Ela o amava, e não tinha nem ideia se Greg ainda a amava. Se queria um relacionamento com ela ou se estava só passando o tempo. O medo a invadiu. O pavor de perdê-lo de novo. E porque o medo a apavorava, Rachel mudou para uma emoção muito, muito mais segura. Raiva.

— Você! — disse ela o cutucando no peito ao descer do carro e encará-lo. — Que coragem! Foi divertido? Riu muito depois de me fazer pensar que se importava?

Uma vozinha no fundo de sua cabeça sussurrava que era melhor ter aquela conversa dentro de casa, mas Rachel a ignorou junto com todo o resto, exceto sua inesperada e talvez imprópria fúria.

— Para que essa palhaçada toda? — perguntou Rachel. — Ficar por aqui fingindo que se importa comigo? Falar todas aquelas coisas sobre aprender a lição? Tudo mentira.

Por um breve segundo, esperou que Greg a puxasse para perto e dissesse: "É claro que não, Rachel. Eu sempre te amei." Mas isso não aconteceu. Nem de longe.

Ele se inclinou em sua direção, os olhos escuros brilhando de raiva.

— Não foi palhaçada. Eu estava fazendo a minha parte, Rachel, embora você não facilite. Se alguém tem direito de estar furioso aqui, sou eu. Foi você quem brincou comigo.

— Eu não. Você começou com isso, e agora vai distorcer tudo? Bem a sua cara. Tudo bem, legal. Conseguiu o que queria. Você me machucou. Estou magoada. Está feliz? Espero que tenha valido a pena, porque é bom que saiba: nunca mais vou facilitar as coisas para você.

Greg recuou um passo e a encarou como se nunca a tivesse visto antes.

— Eu te magoei? Isso nem é possível! — exclamou gesticulando muito. — Para isso você teria que se importar, o que obviamente não acontece. Então, não, eu não te magoei.

Do que ele estava falando?

— Magoou, sim. Vai sair da casa dos seus pais. Está procurando uma casa. Isso mostra que esse verão foi só uma brincadeira. Fez de tudo para me mostrar que ainda gostava de mim. Que se importava com a gente. Jurou que tinha mudado, mas não mudou.

— O que esperava que eu fizesse? — Ele subiu um pouco o tom de voz. — Você deixou seus sentimentos bem claros no outro dia.

— Do que está falando?

— Fui o último a ser lembrado! Você machucou as costas, precisava de ajuda, e fui o último para quem telefonou. E fez questão de me contar, para eu entender o quão desimportante sou para você.

Rachel se sentia como um personagem de desenho animado, com o queixo caído no chão.

— Do que está falando? — Ela repetiu a pergunta, tentando entender. Ele virou e deu três ou quatro passos antes de encará-la.

— Acha que gostei de morar com meus pais? Não gostei. Tenho quase 36 anos. Eu me sinto um idiota. Mas fiz isso para economizar. Porque acreditava que a gente encontraria um jeito de voltar. Queria ajudar a pagar a hipoteca e ainda ter dinheiro suficiente para manter a casa, assim você trabalharia menos, para a gente ter outro filho. Foi isso que eu fiz o verão inteiro. Tentei provar que mudei. Mas não importa, não é? Você não está interessada.

O cérebro de Rachel havia desligado, ou alguma coisa assim, porque ela não conseguia pensar.

— Você quer voltar comigo e ter mais filhos? — repetiu incrédula.

— Pensei que fosse uma possibilidade. Porque sou um idiota.

— Não fale assim.

— Fui o último para quem telefonou. — Greg a encarava furioso enquanto falava. — Estava machucada, desesperada, e ligou para todo mundo que conhecia, e só *depois* me ligou. Se gostasse de mim, se *confiasse em mim* e precisasse de mim, teria me ligado primeiro.

— Você estava trabalhando. Não queria incomodá-lo enquanto estava no trabalho. Se estivesse em casa, eu teria ligado para você primeiro. Só quis ser legal!

— Não. Admita. Você não se importa — ordenou Greg com raiva.

A raiva de Rachel também voltou.

— Você não vai falar por mim. Não pode dizer o que quero ou não. Não pode dizer o que penso. Esse é um direito meu. Isso cabe a mim. E embora isso não mude nada, eu me importo. Muito. Pronto.

Rachel voltou para sua SUV e ligou o motor. Tremia tanto que quase não conseguia dirigir, mas não podia ficar ali.

Ela voltou ao salão com um bom tempo livre antes da próxima cliente. Bebeu água, tomou o anti-inflamatório e olhou a agenda do resto do dia.

Tomara uma posição, e Greg também. A questão era que não sabia o que iam fazer com a informação.

Courtney não esperava dormir na noite anterior ao casamento da mãe. Imaginava que ficaria deitada na cama, revendo os milhares de detalhes que teria que cuidar na manhã seguinte. Por isso se surpreendeu quando abriu os olhos e descobriu que o sol já tinha nascido, e que passava das 6h.

Ela se espreguiçou e se sentou na cama. Fisicamente, sentia-se muito bem. Descansada e determinada para fazer aquele casamento da melhor maneira possível. Do champanhe rosé aos kazoos que Neil havia comprado.

A julgar pela luz do sol entrando pela janela, o tempo não seria problema. Uma preocupação a menos. Assim que se vestisse, cuidaria de todo o resto.

Mas antes que pudesse entrar no banheiro minúsculo, alguém bateu na porta. Não, bateu não. Esmurrou.

— Courtney, levanta! Você tem que vir rápido.

Ela abriu a porta e viu Kelly parada no corredor.

— São seis da manhã de um sábado — disse em voz baixa, puxando a amiga para dentro do quarto. — Você vai acordar os outros hóspedes.

Kelly estava pálida.

— Ah, acho que esse é o menor dos problemas que eles têm.

— Do que está falando?

— As abelhas. As que estavam na Anderson House?

— Sim, o que tem?

— Estão aqui. Ou melhor, estão por toda parte. Acho que são as flores que trouxemos para o casamento da sua mãe. Aquelas esquisitas que a Joyce sugeriu. Ou são as flores de cerejeira. Não sei. Mas tem abelhas.

Courtney se vestiu em tempo recorde. Só escovou os dentes e pegou um elástico para prender o cabelo. Depois ela e Kelly desceram a escada para o saguão.

Antes mesmo de chegarem à porta de vidro para a área externa, ela ouviu. Um zumbido baixo como de milhões de asinhas. Era o som de um dos filmes antigos favoritos de sua mãe. *A selva nua*. É claro, no filme o problema eram formigas, não abelhas, mas o resultado era o mesmo. Desastre e destruição.

Courtney correu para fora, para o local onde a equipe preparava a cerimônia do casamento. Havia abelhas em todos os lugares. Na tenda, nas cadeiras, mas principalmente nos belos vasos de flores. Várias passavam voando. Ignoravam os humanos e seguiam em seu alegre caminho de abelha. Havia centenas. Não, milhares.

Milhares e milhares de abelhas bem onde o casamento aconteceria.

— Não vai dar para fazer o casamento aqui — murmurou. — Vamos ter que levar tudo lá para dentro. Em menos de dez horas.

Seria possível? O espaço comportava tanta gente? O jantar seria servido nas mesas, não em um bufê, o que exigia mais espaço. Além do mais, planejara montar duas tendas, uma para a cerimônia e uma para a recepção. Mas só havia um salão de baile, e não era grande o bastante para abrigar a cerimônia e recepção. Não ia caber tudo.

O celular vibrou. Ela atendeu a ligação sem olhar para a tela.

— Alô?

— Oi, Courtney. É Jill Strathern-Kendrick. Desculpe se incomodo.

Courtney levou um segundo para juntar o nome à pessoa. Ou, no caso dela, ao propósito.

— Não — respondeu com voz fraca. — Não, não, não.

— Sinto muito. Minha bolsa acabou de estourar. Não acredito. Na última vez eu passei da data prevista. Estamos indo para o hospital. Não vou poder realizar a cerimônia.

A voz de um homem ao fundo apressou Jill.

— Tudo bem — respondeu Courtney automaticamente. — Vá ter seu bebê. Está tudo bem.

Ela desligou. Kelly a encarava.

— A juíza?

— A bolsa estourou.

— Tem alguém de reserva para realizar a cerimônia?

— É claro. — Courtney rolou a tela de contatos até encontrar a pastora em Sacramento que havia aceitado a posição de reserva. Ligou para ela.

— Alô?

A voz estava sonolenta. Courtney lembrou que ainda era cedo.

— Desculpe, pastora Milton. É cedo. Não parei para pensar. Aqui é Courtney Watson. Estou ligando para avisar que vou precisar de você para fazer o casamento da minha mãe.

Houve um momento de silêncio, depois a pastora tossiu para limpar a garganta.

— Courtney. Isso é inesperado. Você não mandou notícias, achei que não ia precisar de mim. Peço desculpas e nem sei como falar, mas estou no México, vou passar uns dias aqui. Férias de última hora com meu marido.

— M-México? Não. Não! — Courtney fechou os olhos. — Tudo bem. Obrigada. Divirta-se.

Ela desligou e olhou para a amiga.

— Minha pastora de reserva está no México.

— Ah, não — murmurou Kelly. — O que vai fazer?

Boa pergunta. O que ia fazer?

— Cerimônia e recepção primeiro, celebração oficial depois.
— O que quer que eu faça?

Por volta das 10h, Courtney parou para respirar e beber água. Dois apicultores locais transferiram com cuidado todas as flores para o limite mais afastado da propriedade. A maioria das abelhas foi junto, embora algumas permanecessem no hotel para confirmar que, sim, o casamento realmente teria que ser transferido para a área interna.

Ela modificara o mapa das mesas para acomodar todo mundo no salão de baile, onde faria a recepção, e encontrara o que pensava ser uma solução brilhante sobre onde realizar a cerimônia, e, se tivesse um pouco de sorte, conseguira resolver todos os desastres até então.

Ainda havia o problema de quem realizaria a cerimônia, mas iria achar uma solução para isso também.

Courtney terminou de beber a água, lamentando que não fosse tequila, depois se dirigiu ao bangalô isolado. O bangalô de Quinn. Já tinha visto o Bentley no estacionamento, sabia que ele estava em casa. O que não sabia era o que ele ia dizer.

Talvez a mandasse sumir. Ou declarasse seu amor novamente e implorasse para ficarem juntos. Talvez fingisse que não a conhecia. Podia dizer não também.

Ela bateu na porta uma vez e esperou. Alguém abriu. Quinn estava lá, em toda a sua glória. Esquecera como ele era alto, como era bonito. O cabelo era comprido demais, os olhos eram muito azuis. Ele radiava intensidade e poder.

Seu coração implorava para se agarrar a aquele homem e segurar forte. O cérebro dizia que talvez não fosse uma má ideia. Mas o medo... Ah, como era grande e poderoso. Foi o sentimento de medo que a fez dizer:

— Peço desculpas pelo incômodo, mas a mulher que ia realizar a cerimônia de casamento da minha mãe entrou em trabalho de parto, e minha pastora reserva está de férias no México. Sei que tem licença para realizar casamentos neste estado. Será que pode me ajudar?

Odiava o tom profissional. Impessoal. Por que não podia ser mais branda? Flertar um pouco, talvez?

— Que horas? — perguntou Quinn.
— Cinco e meia.
— Pode contar comigo.
— Obrigada.

Ela respirou fundo e tentou pensar em alguma coisa a mais para dizer. Algo que o fizesse sorrir ou rir, ou até convidá-la a entrar. Mas não conseguia encontrar as palavras, e antes que pudesse pensar em alguma coisa, Quinn fechou a porta.

Rachel estava um pouco atordoada com os relaxantes musculares, mas como não ia dirigir, achava que não teria nenhum problema. Sim, ia fazer cabelo e maquiagem, então havia um pequeno risco de as coisas ficarem um pouco tortas. Mesmo assim, decidiu que era melhor aproveitar o casamento sem sentir dor ou ter que se preocupar com as costas, que se recuperavam bem.

Tinha dado um jeito no próprio cabelo em casa. O penteado de Sienna foi fácil, pois o cabelo curto não exigia muito esforço, e a irmã fazia a própria maquiagem. Courtney levou mais tempo. Decidiram fazer um rabo de cavalo liso, baixo, e olhos esfumados. A irmã caçula ficava mais bonita a cada dia. Agora Rachel terminava de arrumar a mãe, e pegou uma lata de spray fixador.

— Está nervosa? — perguntou.

Maggie cobriu o rosto com as mãos enquanto Rachel aplicava o produto em seu cabelo.

— Estou entusiasmada e agitada, mas de um jeito feliz. Tenho muita sorte. Neil é maravilhoso.

— Ele é.

Rachel finalizou o penteado e disse:

— Pronto, mãe. Você está linda.

Alguém bateu na porta do quarto da noiva. Rachel foi abrir e viu Joyce parada no corredor.

— Tive que vir ver sua mãe. Posso entrar?

Maggie correu para receber a amiga, e as duas se abraçaram.

— Animada? — perguntou Joyce.

— Sim. Tudo está muito bonito.

— Lamento pelas abelhas.

— Bobagem. Elas não me incomodam, e vão render uma história maravilhosa para contar.

Rachel deixou as duas mulheres conversando e foi se vestir no banheiro. Havia feito um penteado simples em si mesma, metade preso, metade solto com alguns cachos. Ela tirou a calça de ioga e a camiseta e guardou as peças na bolsa, depois pôs o vestido. O caimento era bom, realçava suas curvas sem ficar justo a ponto de precisar de um modelador. Aquele era, oficialmente, seu dia de sorte, e pretendia aproveitá-lo. Verificou a maquiagem, depois voltou ao quarto da noiva. Joyce segurava o vestido de Maggie.

— Vamos lá — dizia ela. — Está na hora de se vestir.

As duas foram para o banheiro. Rachel começou a recolher seu material de trabalho. Novamente, alguém bateu na porta do quarto.

— Que movimento — resmungou ela, e foi abrir pela segunda vez.

Foi uma surpresa ver Greg no corredor, lindo em seu terno cinza com camisa branca. Ele usava até uma gravata. Não lembrava da última vez que isso havia acontecido.

— Preciso falar com você — avisou ele com um olhar urgente. — Agora.

Greg segurou a mão de Rachel e a puxou para o corredor, depois para uma porta na qual havia uma placa com a inscrição *Roupas de cama*. Ele abriu a porta, puxou-a para dentro, depois trancou.

O cômodo era pequeno, de três por três, talvez, revestido de prateleiras cheias de pilhas de roupas de cama. Havia um carrinho de camareira de um lado e uma mesa do outro.

Rachel olhou para o ex.

— O que está acontecendo?

— Isso.

Greg segurou o rosto dela entre as mãos e a beijou. Não, não foi bem um beijo. Ele a *reclamou* com a boca, apoderou-se de tudo naqueles poucos segundos de contato. Calor, necessidade e uma emoção profunda que Rachel temia ser amor eterno brotaram dentro dela. Quando estava quase cedendo, Greg se afastou.

— Precisamos voltar a cuidar da nossa capacidade de comunicação — comentou ele. — Droga, Rachel, estou tentando recuperar a gente. Pensei que soubesse disso. Achei que tinha deixado claro.

— Bom, não deixou. Não foi nada claro. Você foi presunçoso, mas não claro.

— Estava te paquerando.

Estava?

— Eu não percebi.

— Parece que não. Quando você contou que fui o último para quem telefonou, pensei que não havia mais esperança. Desisti. Desculpa. Isso foi um erro.

Rachel pensou em como mudara nos últimos meses e no que tinha aprendido sobre si mesma. Era isso, chegara o momento de ser corajosa.

— Então vamos começar de novo. — Rachel encarou-o profundamente. — Greg, eu não queria te incomodar no trabalho. Foi só isso. Se não estivesse no quartel, eu teria ligado para você na hora. Juro. — Ela comprimiu os lábios, fez uma prece rápida pedindo força, depois admitiu: — Eu amo você. Amo desde o nosso primeiro encontro. Isso não mudou para mim. Mesmo quando nos divorciamos, eu ainda te amava.

Greg levantou um canto da boca.

— Sério?

— Sério. Eu tenho tido esperança, medo e raiva, tudo ao mesmo tempo. Quero que as coisas deem certo entre nós. Quero que a gente se dê bem. Não quero perder o que construímos.

— Nem eu. — Ele segurou o rosto dela outra vez. — Rachel, você é meu mundo. Você e Josh. Um dia ele vai crescer, ter a própria vida, e então seremos só nós dois. Quero isso com você. Quero para sempre. Tenho tentado mostrar que agora sou um homem melhor. Que sou digno. Eu te amo muito.

Lágrimas inundaram os olhos dela.

— Você sempre foi digno.

— Antes... — começou ele.

Rachel o interrompeu com um beijo.

— Já falamos tudo que devíamos sobre isso. Acabou. Temos que seguir em frente.

Greg olhou nos olhos dela.

— Tem certeza?

— Tenho. — Porque perdoar os fazia mais fortes.

Ele a fez dar um passo para trás, depois outro.

— Você nunca me perdeu, Rachel. Depois do divórcio, eu não saí com ninguém. Nem uma vez.

— Nem eu.

— Você é a mulher da minha vida. Eu te amo.

Rachel tropeçou na mesa. Greg a beijou de novo.

— Só para deixar claro, estamos juntos de novo? — Ele queria uma confirmação verbal.

O coração dela batia forte no peito.

— Eu gostaria.

— Eu também. — Ele sorriu. — Estive guardando dinheiro para nós. Podemos pagar a hipoteca, se quiser. Ou você pode trabalhar menos, e a gente pode ter outro filho. Ou viajar para a Europa. Quero que seja feliz, Rachel.

— Ah, Greg. Sim, o que você quiser. Eu te amo.

Ela o enlaçou pelo pescoço. Ele a abraçou com força.

— Juro que aprendi com meus erros — cochichou, determinado.

— Eu também. Vou pedir ajuda e avisar quando precisar de alguma coisa.

Ele a beijou de novo. O desejo a dominava, deixando-a fraca e desesperada.

— Greg — sussurrou ela, segurando a mão dele e levando-a aos seios.

Ele gemeu e esfregou a ereção em sua barriga.

— Quero você, Rach. Sempre.

— Eu sei. Também quero. — Fazia cinco vidas que não faziam amor. — Mas o casamento.

— Dane-se o casamento. — Ele riu. — Força de expressão.

Rachel deu risada também. Depois soltou um gritinho quando ele a pôs em cima da mesa.

— Não podemos!

— É claro que podemos. Consigo fazer você gozar em menos de um minuto.

Bom, isso era verdade. Greg sabia exatamente o que fazer com ela.

— Posso fazer a mesma coisa com você. — Depois lembrou e o empurrou. — Não estou tomando anticoncepcional. Parei para dar um descanso para o meu corpo. A menos que tenha camisinha aí...

Greg sorriu de forma lenta e sensual.

— Não tenho. — E abriu o zíper do vestido dela. — Eu amo você, minha esposa linda. E quero mais filhos.

— Eu também quero.

— Nesse caso, acho que hoje é nosso dia de sorte.

31

Courtney disse a si mesma que, contanto que continuasse se movimentando e respirando, ficaria bem. Era uma combinação simples. Toda criatura unicelular tinha algum tipo de sistema respiratório, não é? Então ela estava bem. Perfeitamente bem. E mais tarde, quando o casamento chegasse ao fim e tudo tivesse corrido bem, tomaria um porre.

A festa fora transferida para o salão de baile. Toda a decoração já estava pronta e as mesas e cadeiras estavam no lugar. O problema da cerimônia tinha sido resolvido. O fotógrafo já estava tirando as fotos, os convidados chegariam em menos de uma hora e então haveria um casamento e, sério, tudo ficaria bem.

Lucy, uma das arrumadeiras, correu na direção dela com uma expressão muito estranha no rosto. Courtney disse a si mesma para não entrar em pânico.

— O que foi? — perguntou ela, tentando parecer calma.

— Preciso de sua ajuda com uma coisa.

— Tudo bem. — Courtney pensou em dizer que tinha um casamento prestes a começar, mas por que afirmar o óbvio?

— Preciso fazer a arrumação dos bangalôs — explicou Lucy.

Os quartos mais sofisticados também eram arrumados à noite. Courtney não sabia ao certo o que ela queria.

— E?

— Não consigo abrir o armário onde fica a roupa de cama. A porta está trancada com o ferrolho, então minha chave não funciona. — Lucy desviou os olhos por um instante antes de voltar a encará-la. — Um dos mensageiros disse que viu sua irmã e seu cunhado entrando no armário.

Era isso. A nova camareira soltou algumas frases e parou de falar. Courtney processou a informação antes de soltar:

— Ai, meu Deus! Está dizendo que Rachel e Greg estão transando dentro do armário?

Lucy ficou corada.

— Acho que sim.

Courtney não sabia se ria ou simplesmente se encolhia e se rendia.

— Certo — falou ela finalmente. — Eu vou resolver. — Mesmo não fazendo a mínima ideia de como.

O voo de David estava atrasado, o que significava que Sienna ainda não tivera tempo de falar com ele. Ela fora obrigada a mudar os planos de rompimento para depois do casamento da mãe. O que não tinha problema, exceto pelo fato de ter esquecido completamente das fotos que seriam tiradas.

De jeito nenhum David poderia estar nelas. Não se estava para terminar com ele. Mas, como seu noivo, David esperaria sair nas fotos com a família. E todos esperariam o mesmo. E era por isso que Sienna andava, neste momento, de um lado para o outro nos fundos do resort, esperando ele chegar.

Que deselegante. Terminaria o noivado no estacionamento de um hotel. Seria péssimo. Ainda assim, a vulgaridade do momento não alterou sua determinação. David estava errado desde o princípio. Embora o maior erro tivesse sido dela. Sienna não dissera não quando ele a pediu em casamento. Ou pelo menos no dia seguinte. Mas havia continuado. Ficara com medo demais de acreditar em seus sentimentos, de aceitar o fato de que, sim, teria três noivados rompidos em seu passado. Não tivera coragem o suficiente.

Tudo seria diferente agora, tinha prometido a si mesma. Faria o certo. Não se preocuparia com o que os outros pensavam. Ou, no mínimo, não deixaria essa preocupação influenciar seus atos. Queria ser forte e impressionante — como suas irmãs e sua mãe.

Então, com o vestido de madrinha, ficou esperando seu futuro ex-noivo chegar. Quando viu o carro dele estacionando, colocou a mão sobre a barriga para acalmar os nervos, depois ergueu a cabeça e foi na direção de David.

— Sienna! — Ele fechou a porta do carro e foi na direção dela.

Ela parou e refletiu que tinha certeza de que estava tomando a decisão certa. Quando David se aproximou, Sienna percebeu que não estava triste. Sentia-se resignada. Aquilo seria difícil, mas tudo ficaria bem.

— Oi, David. — Ela segurava a bolsinha de veludo com a aliança da avó dele. — Ainda bem que consegui te encontrar.

— Desculpe pelo atraso. O tempo estava ruim em St. Louis. — Ele se aproximou para beijá-la. Sienna se virou, de modo que o beijo pegou no rosto. David se afastou e franziu a testa. — O que foi?

Ela estendeu a mão com a bolsinha.

— Sinto muito por fazer isso agora. Desta forma. Mas você estava viajando e depois seu voo atrasou, não tive outra escolha. Você é um cara ótimo, David, mas não é a pessoa certa para mim. Estou devolvendo sua aliança. Não fomos feitos um para o outro. Não sei se um dia fomos.

Sienna tinha mais coisas para dizer. Que desejava o bem dele e nunca quis magoá-lo, mas as palavras foram contidas pela inacreditável fúria que fez o rosto dele se transformar em uma máscara medonha.

— Está terminando comigo? — gritou David. — Que merda é essa, Sienna? Minha mãe bem que avisou que você era um erro, mas eu não quis acreditar. Defendi você. — Ele se aproximou dela. — Como pode fazer isso? Qual é o seu problema? Acha que consegue arrumar coisa melhor? Não consegue. Certo, você é bonita agora, mas e depois? Você tinha razão. Não consigo parar de pensar no que você disse sobre sua beleza desaparecer. Isso vai acontecer. Você vai ficar velha e gorda, e com o que vou ficar?

David arrancou a bolsinha da mão dela e olhou dentro, como se quisesse confirmar que o anel estava realmente lá.

— Foda-se. Eu ia ter que me divorciar de você mesmo. Vá para o inferno, Sienna. Não preciso de você e nem da sua família ridícula. Cansei. Você foi um erro. Fique longe de mim. — Ele apontou o dedo para ela. — Estou falando sério. Não pense que vai poder voltar se arrastando e me implorando para te perdoar. Isso não vai acontecer. Vadia.

Com isso, David se virou e voltou para o carro.

Sienna percebeu que estava prendendo a respiração. Soltou o ar e depois tentou respirar. Seu corpo tremia, a mente estava girando e teve um momento em que pensou que fosse realmente desmaiar.

Aquilo tinha mesmo acontecido? David se voltara contra ela? Sienna levantou os olhos e o viu sair do estacionamento às pressas. Ele quase bateu em um carro que entrava, depois virou à direita e desapareceu.

— Você está bem — murmurou Sienna enquanto voltava para o hotel. — Você está bem. Tudo está bem. — Ou ficaria bem. Ela ia se sentar no saguão por alguns minutos para se acalmar. Depois passaria o resto da vida agradecendo por não ter cometido um erro terrível.

Mal havia entrado no prédio principal quando avistou Courtney. A irmã a examinou.

— Não importa o que está pensando em fazer agora, você vem comigo — exigiu a irmã caçula de maneira convincente. — Vamos.

Sienna apreciou aquela distração.

— O que aconteceu?

— Rachel e Greg se trancaram no armário de roupa de cama. Meus funcionários acham que eles estão transando. Não só precisamos dos dois para as fotos, mas Lucy precisa arrumar os quartos, então tem que entrar lá. Eu terei que interrompê-los. E existe uma boa chance de eu ver alguma coisa que vai me marcar para o resto da vida. Se tenho que ver, você também tem. Então venha comigo.

Sienna puxou Courtney e a abraçou.

— Eu te amo tanto. Obrigada.

— Por quê?

— Por ser exatamente o que estou precisando nesse segundo. — Que excelente distração. Dane-se o David. Ele estava fora de sua vida e aquilo a deixou feliz. Se Rachel e Greg estavam transando no armário, sorte deles.

— Depois que interrompermos o sexo, vamos tomar uma taça de champanhe — sugeriu Sienna, rindo.

— Com certeza!

O saguão do hotel fora transformado em um paraíso cor-de-rosa. Havia flores e bandeirinhas cor-de-rosa por todo canto. Cadeiras de madeira cor-de-rosa criavam um corredor central, com uma passadeira cor-de-rosa com fotos da família. A fonte de champanhe derramava bebida rosa — hum... *rosé*.

Os hóspedes do hotel estavam sendo recebidos em um pórtico do lado de fora e depois levados para os quartos. Quando o casamento terminasse, o saguão voltaria a ser o que era, mas por enquanto era o local perfeito para a cerimônia.

No salão de baile, as mesas estavam arrumadas para o jantar. Havia mais champanhe. Sofás cor-de-rosa compunham áreas para bate-papos. As cadeiras brancas foram cobertas com capas cor-de-rosa. Capas cor-de-rosa com monogramas. *Sousplats* acobreados decoravam a mesa. O DJ havia entrado no espírito do evento e aparecido com um smoking rosa. Courtney aumentaria a gorjeta dele por isso.

Agora ela estava de volta ao saguão e observava os últimos convidados ocupando seus lugares. Tudo tinha ficado perfeito. Deveria estar feliz e aliviada. Em vez disso sentia-se... vazia. A profunda sensação de perda tinha começado alguns dias antes e só aumentava. Quando o pânico de organizar o evento desapareceu, começou a sentir aquilo de forma aguda. Havia demorado um tempo para descobrir o que estava errado, mas agora sabia.

Quinn.

Olhou-o, parado no fim do corredor, ao lado de um Neil radiante. Quinn estava todo vestido de preto — smoking, camisa, gravata. O corpo dela ainda o desejava, mas, ao mesmo tempo que aquilo era interessante, não era tão importante quanto a dor em seu coração.

Sentia falta dele. Pior, estava começando a perceber o que perdera. Ele lhe oferecera seu coração, e Courtney tinha fugido. Por medo. Quinn a deixava apavorada. Amor — como as pessoas lidavam com isso? Como as pessoas corriam o risco?

Rachel chegou perto dela. As três irmãs andariam na direção do altar, uma por uma, em ordem de idade. Greg passou por Josh. Deu um beijo rápido em Rachel e piscou para Courtney antes de sentar em seu lugar.

— Não me importo com o que vão dizer — murmurou Rachel. — Sim, eu transei no armário de roupa de cama. E faria de novo se pudesse. Na verdade, posso fazer mais tarde. Estou apaixonada, e nada que disserem poderá me fazer sentir culpada.

Courtney sorriu.

— No geral, estou feliz por você. Um pouco constrangida e muito agradecida por não estarem pelados quando eu e Sienna encontramos vocês.

Rachel sorriu.

— Foi tão bom. Sério. Você trabalha aqui. Não acredito que nunca transou no armário de roupa de cama. Tem até uma mesa.

Courtney a empurrou de leve.

— É a sua vez.

Sienna seria a próxima. A irmã já tinha contado sobre o término do noivado.

— Ainda está tudo bem? — perguntou Courtney.

— Nunca estive melhor. Com um pouco de inveja do sexo quente da Rachel, no entanto. Não vai rolar por um tempo. — Elas se abraçaram. — Eu te amo.

— Também te amo.

Sienna começou a caminhar.

Courtney endireitou os ombros, segurou com firmeza o buquê cor-de-rosa e esperou sua vez. Amava sua família, pensou com alegria. Elas eram...

Courtney as amava. O pensamento se repetiu umas 15 vezes em sua cabeça. Ela as amava e estava tudo bem. É claro, alguns momentos tinham sido difíceis, mas tinham superado. Ela as amava. Então seu problema era romance, e não amor comum?

Ela seguiu Sienna, sorrindo ao caminhar, mas de repente sua mente começou a rodar e girar enquanto tentava combater a dúvida. Como podia amá-las e não amar Quinn? Porque, se existia no mundo um homem para ela, era aquele.

Chegando ao altar, Courtney assumiu seu lugar e depois se virou para ver sua mãe entrando. Todos se levantaram.

Maggie estava linda e parecia muito feliz. Ela caminhou mais rapidamente do que no ensaio, como se não pudesse esperar para chegar até seu homem. Neil se apressou para recebê-la no meio do caminho e eles se beijaram. Todos riram. De mãos dadas, foram juntos até o altar.

Quinn encarou o casal e balançou a cabeça.

— Já perdi o controle.

Mais risadas.

Courtney quis participar, mas teve medo de começar a chorar. Seus olhos ardiam e a garganta estava apertada. A verdade recaiu sobre ela. Amava Quinn, exatamente como sua mãe havia dito. Ela o amava e estava com medo, então tinha fugido. Porque era uma idiota. Ele era incrível. Realmente fantástico. O que estava pensando?

Certo, Courtney não estava pensando. Estava com medo. O que fazia sentido. Sob as mesmas circunstâncias, qualquer um teria medo. Mas, nossa, o que fizera?

Disse a si mesma que poderia surtar depois. No momento, tinha que participar da cerimônia e da festa. Depois pensaria no que fazer. Precisava encontrar uma solução.

Quinn estava com a Bíblia nas mãos, mas não a abriu. Também não tinha nenhuma anotação. Simplesmente começou a falar.

— Bem-vindos a esta feliz ocasião — começou. — Como muitos de vocês sabem, o casamento é mais do que uma cerimônia. É dar o melhor de si ao aceitar seu parceiro como ele ou ela é. É respeito e empoderamento. É saber que cada um é uma pessoa, mas é muito mais quando está com o outro. Amor e compromisso significam abertura. Compartilhar as esperanças e os sonhos, mas também os medos e lugares obscuros em seu interior. Amar significa aceitar o outro, reconhecer que existirão momentos bons e ruins, e acreditar que ambos são melhores quando estão juntos.

Courtney sentiu seu coração partir. E pensar que Quinn tinha lhe oferecido tudo aquilo e ela tinha fugido! Como pôde se enganar tanto? Ter tanto medo?

— Vi Maggie e Neil juntos — continuou ele. — Sei que tiveram sorte de terem se encontrado. Mais do que isso, tiveram coragem. Disposição para arriscar o desconhecido, estender a mão e encontrar um caminho para o merecido final feliz. Isso é apenas o início. De agora em diante, vão entrar na mais maravilhosa e abençoada jornada. Podemos todos relaxar, sabendo que estão prontos.

Courtney sentiu as lágrimas escorrendo dos olhos. Sabia que todos achariam que estava chorando porque sua mãe estava se casando, e estava. Mas também chorava pelo que tinha perdido. Não tinha ninguém para culpar além de si mesma. Ela provavelmente teria conseguido chegar até o fim do casamento se Quinn não tivesse, naquele exato momento, olhado para ela.

— Sinto muito — falou Courtney antes de conseguir se conter. Pior, deu um passo na direção dele. Depois se lembrou de onde estava e o que estava acontecendo.

A mãe se virou para ela. Tinha uma expressão de tão cheia de amor, ternura e apoio, que Courtney quase começou a chorar convulsivamente.

— Está tudo bem, querida. Vá em frente. Diga o que tem que dizer.

— É o seu casamento.

— Tenho o resto da vida para me casar com Neil. Você é minha filha e eu te amo. Prossiga, Courtney.

Como se soubesse a importância desse momento, pensou Courtney. É claro que sabia. Talvez todos soubessem, menos ela.

— Sinto muito — falou ela novamente, voltando a atenção para Quinn. — Eu estava com medo. Porque o amor dói, não é? Só que amei minha família a vida toda e fiquei bem. E não é como se eu tivesse um monte de caras que amei. Não amei nenhum. Não sei o motivo. Era eles ou eu? Acho que não importa. Mas então te conheci e você não era como os outros. Estar com você era divertido e fácil, seguro e maravilhoso. Eu não sabia o que estava sentindo porque nunca achei que pudesse ser amor. Depois, quando você disse que me amava, eu fiquei com tanto medo.

Courtney secou o rosto.

— Não quero mais ter medo. Quero ser forte e corajosa. Quero ser como minhas irmãs e minha mãe. Sei que não é o momento certo, mas realmente espero que me dê outra chance, para que eu possa provar. Por favor.

Quinn ficou olhando-a por um bom tempo. Courtney não fazia ideia do que ele estava pensando. Quinn entregou a Bíblia a Neil, foi até ela e a puxou para mais perto.

— Você não precisa me provar nada, Courtney. Eu te amo. Isso não vai mudar.

— Ótimo, porque eu também te amo.

Ao redor deles, todos suspiraram.

Quinn se afastou e piscou para ela.

— Depois... — sussurrou. — Ouvi maravilhas sobre o armário de roupa de cama.

Courtney riu e seu mundo inteiro se endireitou.

Quinn voltou para o centro e pegou a Bíblia com Neil.

— Onde estávamos?

Sienna cutucou Courtney e sorriu para Quinn.

— Você estava casando os dois.

— É verdade.

Algumas horas mais tarde, depois da cerimônia e do jantar, Courtney estava nos braços de Quinn, dançando uma música de Tadeo sobre o amor infinito.

— Ele vai ficar feliz de saber que tocou no casamento — comentou Quinn.

— Eu não sei. Ainda não tocou Prince, e você sabe que é quem ele gostaria de ser.

— É uma fase. Tadeo está melhor sendo ele mesmo.

Courtney sorriu.

— Estou feliz por estar com você.

— Que bom. Eu estava falando sério. Eu te amo, Courtney.

— Eu também te amo. Sinto muito por ter surtado. Andei pensando sobre isso. Existiram outros caras, mas nenhum relacionamento real. Você, na verdade, é meu primeiro namorado. — Ela se encolheu. — Posso te chamar assim? Ou é demais?

— Você ainda não entendeu, não é? Você é A escolhida, Courtney. Não tem mais ninguém. Quero me casar com você. — Ele balançou a cabeça. — Isso não foi um pedido. Imagino que você precise de um tempinho antes de eu me ajoelhar. Vamos chamar de declaração de intenção. Assim você vai se acostumando com a ideia.

Casamento. Ela? Courtney pensou por um instante, depois assentiu.

— Tudo bem. Wayne e a banda vão morar com a gente?

— Espero que não.

— Mas provavelmente vão nos visitar.

— Sim, então vamos precisar de uma casa grande.

— Além disso, vamos ter bebês e animais de estimação. — Ela apertou os olhos. — É melhor você querer ter filhos.

— Eu quero. E quero você. Então... temos o armário de roupa de cama... Courtney riu.

— Que tal irmos para o seu bangalô?

— Ótima ideia.

Sienna deu um gole no champanhe. Apesar de estar sem acompanhante, se sentia muito bem. A mãe estava casada com um homem maravilhoso. A julgar pelo modo com que Rachel e Greg se agarravam na pista de dança, a conciliação ia bem. Josh estava empolgado pelos pais estarem juntos novamente, perguntando se o pai podia voltar a morar com eles naquela mesma noite.

Quanto a Courtney e Quinn, bem, simplesmente desapareceram. Sienna tinha a sensação de que não voltariam tão cedo.

Havia o problema de voltar para casa, pensou, não muito preocupada. Em último caso, podia dormir no quarto da irmã no hotel. Parecia que Courtney só voltaria na manhã seguinte.

— Este lugar está ocupado?

Sienna levantou os olhos e viu Jimmy próximo à cadeira ao seu lado. Ela sorriu.

— Não.

Ele se sentou.

— Você está muito bonita hoje.

— Obrigada. Você também.

— Ah, esse trapo velho?

Ela riu.

— Não veio acompanhado?

— Estou tragicamente solteiro — contou Jimmy. — Fico tentando encontrar a pessoa certa, mas até agora não aconteceu. E você? Onde está seu noivo?

Sienna mostrou a mão esquerda sem aliança.

— Nós terminamos.

Jimmy levantou a sobrancelha.

— Como você está?

— Aliviada. Ele foi um erro. Eu devia ter reconhecido isso antes.

— Antes tarde do que nunca. — Ele se levantou e estendeu a mão. — Dança comigo?

— Eu adoraria.

Sienna foi para os braços dele e descobriu que o abraço parecia muito certo. Eles não falaram nada por um bom tempo e, quando começou a música seguinte, permaneceram na pista.

Um garçom passou com mais taças de champanhe. Cada um pegou uma. Ela ergueu a taça e disse:

— Aos velhos amigos. São o melhor tipo.

Jimmy manteve os olhos escuros sobre o rosto dela.

— A nós.

O brinde foi uma surpresa, mas foi bom. Eles se conheciam havia séculos. Foram amantes, amigos, foram...

Sienna piscou ao se dar conta de que Jimmy sempre estivera em sua vida. Era como se, bem, como se tivessem que ficar juntos. Ela encostou a taça na dele.

— A nós, Jimmy.

— Você demorou para entender... — concluiu ele sorrindo. E então a beijou.

Receitas:

Em homenagem à abelha bêbada de cara vermelha, que desempenhou um papel essencial no livro, *As filhas da noiva* apresenta três receitas deliciosas usando mel. Para obter as receitas para download, incluindo fotografias, visite DaughtersoftheBride.com

Bisque de abóbora assada

1 abóbora-bolota
2 colheres de sopa de manteiga
1/2 xícara de cebola em cubinhos
2 cenouras em cubinhos
1 ramo de salsão em cubos
1 dente de alho amassado
1 colher de chá de gengibre fresco, amassado (opcional)
1/2 xícara de mel
4 xícaras de caldo de legumes ou de frango
1/2 colher de chá de sal

1. Pré-aqueça o forno a 240°C. Corte a abóbora ao meio. Tire as sementes e reserve. Coloque as partes cortadas da abóbora em uma panela com água. Cozinhe até a pele poder ser furada com um garfo com facilidade, por cerca de 40 minutos. Deixe esfriar, e então retire a pele e corte a abóbora em pedaços.

2. Enquanto ela estiver cozinhando, lave as sementes e retire o excesso de abóbora delas. Seque-as cobrindo-as com uma folha de papel absorvente e pressionando-as. Espalhe-as em uma forma untada. Cubra com azeite e salpique sal. Mexa para cobrir todas as sementes. Quando tirar a abóbora do forno, abaixe o fogo para 180°C e asse as sementes até ficarem douradas, mexendo a cada 5 ou 10 minutos. Reserve.

3. Derreta a manteiga em uma panela em fogo baixo. Refogue a cebola, as cenouras e o salsão por cerca de cinco minutos. Acrescente o alho e o gengibre e refogue por mais 30 segundos. Acrescente o mel, o caldo, o sal e a abóbora. Deixe ferver, depois abaixe o fogo e deixe mais 10 minutos. Bata a mistura em um liquidificador ou na panela com um mixer.

4. Sirva quente, salpicado com algumas sementes da abóbora.

Salmão com limão e mel

750 gramas de filés de salmão, cortados em porções individuais
suco e raspas de 1 limão
1 colher de sopa de mel
1 colher de sopa de molho de soja
1 dente de alho amassado
molho de pimenta a gosto (recomenda-se 4 gotas por porção)

1. Misture os ingredientes da marinada. Cerca de uma hora antes de comer, tempere o salmão com a marinada e volte à geladeira. Aqueça o forno a 240°C. Asse o salmão em um prato próprio para o forno até a pele do peixe se soltar com facilidade ao ser puxada com um garfo, por cerca de 15 minutos.

Cupcakes das abelhas bêbadas

Vamos preparar o cupcake em três etapas: bolinho, cobertura e decoração:

Bolinho
1\2 xícara de manteiga em temperatura ambiente
1\2 xícara de açúcar
1 ovo, mais 2 gemas, em temperatura ambiente
1\2 xícara de creme de leite
3\4 de xícara de mel
1 colher de chá de bourbon ou extrato de baunilha
1 3\4 de xícara de farinha de trigo
1 colher de chá de fermento em pó
1\2 colher de chá de sal

    1. Pré-aqueça o forno a 180ºC. Forre 12 formas de cupcake com papel-manteiga.
    2. Bata a manteiga e o açúcar até ficarem leves e cremosos. Acrescente o ovo e as gemas, uma por vez.
    3. Acrescente mexendo o creme de leite, o mel e o bourbon.
    4. Em uma tigela à parte, bata a farinha, o fermento em pó e o sal. Faça um furo no meio e acrescente os ingredientes líquidos. Misture com a mão até não restarem pedaços grandes.
    5. Divida a massa de modo igual entre as 12 formas, cerca de 2/3 do espaço. Asse até ficarem dourados, cerca de 18 minutos, virando a travessa uma vez. Ao espetar um palito no centro de um dos cupcakes, ele deve sair limpo. Deixe esfriar completamente antes de despejar a cobertura.

Cobertura de cream cheese e mel
1\2 xícara de manteiga amolecida
150 gramas de cream cheese amolecido

1\4 de xícara de mel
3 colheres de sopa de bourbon
4-5 xícaras de açúcar cristal
corante amarelo para alimentos

1. Junte a manteiga e o cream cheese. Acrescente o mel e o bourbon, e misture bem. Adicione o açúcar cristal, 1 xícara por vez e o corante de alimentos, 1-2 gotas por vez até a cobertura ficar bem amarela e a consistência ser a de um creme amanteigado.

2. Coloque a cobertura dentro de um saquinho Ziploc (eles são mais resistentes do que os plásticos para alimentos) e corte uma ponta. Comece testando um furo bem pequeno, e faça um maior se necessário. Vire o cupcake para fazer uma cobertura circular, em formato de colmeia. Cubra com as abelhas bêbadas de marzipan.

Abelhas bêbadas de marzipan
1 caixa de massa de marzipan (150 gramas)
1 colher de chá de cacau em pó
corantes para alimentos nas cores amarela, preta e vermelha
amêndoas fatiadas para as asas

1. Para o corpo da abelha, misture algumas gotas de corante amarelo em cerca de 1/3 do marzipan. Forme duas bolinhas e una-as.

2. Para as listras e os olhos, amasse o cacau com algumas gotas de corante preto em 1\4 do marzipan. Enrole bolinhas pequenas e as transforme em listras e olhinhos, e coloque-os no corpo da abelha.

3. Para o nariz, amasse corante vermelho em uma porção pequena do marzipan. Enrole para que se transformem em um nariz e prenda--os às abelhas. Pressione com cuidado duas fatias de amêndoa para formar cada asinha da abelha.

Visite DaughtersoftheBride para ver imagens coloridas das abelhas de marzipan.

Publisher
Omar de Souza

Gerente Editorial
Mariana Rolier

Assistente Editorial
Tábata Mendes

Copidesque
Mônica Surrage

Revisão
Anna Beatriz Seilhe

Diagramação
Carolina Araújo | Ilustrarte Design e Produção Editorial

Design de capa
Osmane Garcia Filho

Este livro foi impresso no Rio de Janeiro, em 2018,
pela Edigráfica, para a Harlequin. As fontes usadas no miolo são
Adobe Caslon Pro, corpo 11/14.4 e Sofia, corpo 10/16.4
O papel do miolo é Avena 80g/m2, e o da capa é cartão 250g/m2.